Quand tombent les masques

Du même auteur
aux Éditions J'ai lu

Le renégat, *J'ai lu* 3944
Le lys et le léopard, *J'ai lu* 4022
Le mercenaire amoureux, *J'ai lu* 4194
La voleuse de chevaux, *J'ai lu* 4400
Le seigneur du crépuscule, *J'ai lu* 5020
Le Seigneur de la Nuit, *J'ai lu* 5582
Retour à Crystal City, *J'ai lu* 6197

Susan Wiggs

Quand tombent les masques

Traduit de l'américain
par Maud Godoc

J'AI LU

Titre original :

PASSING THROUGH PARADISE
Warner Books, Inc., New York

Pour Jay, qui répare ce que je casse.

« La vie et la mort n'attendent pas la justice. »

Daphné DU MAURIER

1

Vendredi 4 janvier

Dix supplices pour Courtney Procter

1. La féliciter de commencer enfin sa croissance.
2. Organiser un boycott de ses sponsors.
3. Lui faire parvenir une mise en garde pour implant en silicone défectueux.
4. Convaincre un détenu de lui envoyer des lettres d'amour de prison.
5. Révéler au grand jour avec qui elle sortait… et pourquoi il l'a plaquée.

— … a conclu officiellement à un accident, mais la petite ville tranquille de Paradise soupçonne toujours une femme d'être à l'origine du drame qui a coûté la vie à une figure politique locale, le sénateur Victor Winslow : sa jeune et jolie veuve, Sandra. En dépit du non-lieu rendu hier, de troublantes interrogations demeurent.

La caméra cadra en gros plan le visage de la journaliste blonde.

— Selon les derniers témoins à avoir vu la victime vivante, le soir du 9 février, il y aurait eu une violente dispute entre le sénateur et son épouse. Un correspondant anonyme affirme que la voiture roulait à tombeau ouvert, avant de faire plusieurs embardées sur le Sequonset Bridge et de s'abîmer dans la baie.

« Les enquêteurs ont découvert par la suite une balle logée dans le tableau de bord, ainsi que des traces du sang de la victime sur les vêtements de Mme Winslow.

« En dépit de ces éléments à charge, la thèse de l'homicide n'a pas été retenue, mais nous ne renonçons pas pour autant à explorer la piste qui mène à l'épouse de feu le sénateur Winslow, unique bénéficiaire d'une conséquente assurance vie.

« Pour l'instant, Sandra Winslow, surnommée la Veuve noire de Blue Moon Beach, se terre dans la solitude de sa propriété, avec sa conscience pour seule compagnie. Ici Courtney Procter, WRIQ News.

Sandra Winslow posa son journal et son stylo. Elle prit la télécommande et la pointa sur le visage lifté de la présentatrice des infos du matin.

— Pan, tu es morte, dit-elle en appuyant sur la touche *off*. Non-lieu, accident... ne connais-tu donc pas la signification de ces mots, Courtney Proctologue ?

La jeune femme se leva et s'avança jusqu'au bow-window, savourant un fugace sentiment de triomphe. Le non-lieu pour accident avait enfin été prononcé. Mais comme le reportage inepte qu'elle venait de voir le laissait craindre, ce n'était pas pour autant la fin de ses ennuis. Malgré les conclusions du médecin expert, il y en aurait toujours certains pour croire à sa culpabilité.

Annonciatrices d'une tempête imminente, de violentes bourrasques couchaient les herbes folles sur les dunes, et faisaient bouillonner les eaux de la baie tel un champ d'écume. Un petit oiseau de verre multicolore, fixé sur la fenêtre par une ventouse, tinta contre la vitre, ravivant des souvenirs douloureux auxquels elle ne pouvait échapper...

Sandra se sentait si éloignée de celle qu'elle avait été, avant qu'elle se retire dans cette vieille demeure isolée en bordure de plage, à sa sortie de l'hôpital. Elle se revoyait, à peine un an plus tôt, assise à la table d'honneur dans la salle de bal de la marina de Newport, pimpante dans son tailleur en jersey rose gansé de noir avec les escarpins assortis, ses mains gantées sagement posées sur ses genoux. Avec le panache qui le caractérisait, son mari prononçait un discours sur le podium, s'adressant avec une brillante éloquence à ses concitoyens qui venaient de l'élire pour un deuxième mandat. Il leur parlait d'engagement, de gratitude, de famille. Et d'amour. Quand Victor parlait d'amour, il faisait fondre le cœur le plus blasé.

Et c'était elle qu'il avait choisie pour être son phare, sa balise au milieu des flots tumultueux de la politique. Sa famille et ses amis l'avaient accueillie à bras ouverts. Après le discours, elle avait fait la conversation aux uns et aux autres, tout sourire, avait pris gentiment dans ses bras les bébés qu'on lui tendait – bref, elle avait tenu son rôle avec fierté aux côtés de son célèbre mari.

L'homme qui avait disparu et était présumé mort.

Sandra regarda par la fenêtre, ses mains tachées d'encre enfoncées dans les poches arrière de son jean.

Pour elle, le décès de Victor n'avait rien de « présumé ». Elle savait.

Le ciel torturé du petit matin, terne comme l'hiver, devenait de plus en plus maussade. Tandis que son regard balayait la plage grise et morne, une solitude aiguë la transperça, si violente et glacée qu'elle tressaillit. Elle resserra les bras sur le pull-over marin, trop grand pour elle.

Le pull-over de Victor.

Elle ferma les yeux et inspira avec un frisson d'émotion. La laine portait encore son odeur. Une odeur de propre, à laquelle se mêlaient les effluves légèrement épicés de son after-shave.

Victor, je te déteste...

Comment avait-il pu ? On est persuadé d'aimer quelqu'un, d'être lié à lui pour toujours et l'instant d'après, c'est toute votre vie qui bascule. Ne restent plus alors que l'amère désillusion, les rêves brisés.

Sandra reprit son carnet et parcourut les notes de l'intrigue sur laquelle elle travaillait. Son éditeur lui avait déjà accordé un délai supplémentaire de deux mois. Il était presque écoulé. Si elle ne lui remettait pas bientôt le manuscrit, elle devrait rendre l'avance touchée pour ce roman à la signature du contrat.

Toute modeste fût-elle, cette somme était depuis longtemps dépensée en frivolités telles que les courses et les honoraires d'avocats. À aucun moment elle n'avait été accusée, mais les procédures lui avaient coûté une petite fortune. Le non-lieu allait lui permettre de toucher la prime de l'assurance vie.

L'idée de profiter financièrement de la mort de Victor lui donnait la nausée, mais il fallait bien qu'elle essaie de se reconstruire une existence ailleurs. C'était une torture de vivre à Paradise, au milieu de ceux qui adulaient son mari. Parfois, elle allait même jusqu'à Wakefield faire ses courses, par souci d'anonymat.

Malheureusement pour elle, la réputation de son défunt mari dépassait largement Paradise. Sa carrière politique fulgurante, stoppée net par son décès spectaculaire, l'avait fait connaître de l'État tout entier. Elle devrait s'éloigner de plusieurs centaines de kilomètres pour échapper à l'ombre de Victor.

Depuis des mois, elle tournait et retournait ce projet dans sa tête : elle allait remettre la maison en état, la vendre, et recommencer sa vie ailleurs. Aujourd'hui, l'occasion se présentait enfin. Plus rien ne la retenait ici. La destination importait moins que la nécessité de fuir.

Sandra prit un prospectus qu'elle avait trouvé sur un panneau d'affichage, à l'entrée de la poste :

PARADISE CONSTRUCTIONS
Tous travaux de rénovation et d'aménagement.
Professionnel agréé – références sérieuses.

Elle se dépêcha de décrocher avant de changer d'avis et composa le numéro. Elle tomba sur une boîte vocale.

Que dire ? Elle opta pour la concision : elle cherchait quelqu'un pour des travaux dans sa maison. À la suite de quoi, elle laissa ses coordonnées.

Dehors, les bourrasques agitaient les églantiers sous la fenêtre. Les épines griffaient la vitre mal dépolie, fouettée par le grésil. Pas étonnant que des bateaux s'égarent dans la zone par gros temps : elle distinguait à peine le faisceau du phare de Point Judith, dans le lointain.

Le froid glacial s'insinuait par tous les interstices de la vieille bâtisse. Frissonnante, Sandra prit une bûche. C'était la dernière dans le panier à bois. La porte du poêle s'ouvrit avec un grincement de métal rouillé. Elle déposa la bûche sur les braises, puis actionna le soufflet jusqu'à ce que le cœur des tisons rougisse et qu'une nuée de flammèches vienne lécher le dessous de la bûche. Il n'y avait pas si longtemps, elle ne connaissait rien au fonctionnement d'un poêle à bois. Maintenant, c'était devenu la routine.

Elle régla l'arrivée d'air, puis reprit son journal.

Dix avantages de la pauvreté

1. On apprend à se chauffer au bois.

2. On a une bonne raison pour évincer les démarcheurs...

Quelle blague, jamais elle n'arriverait à dix! Elle reposa son journal et fixa les flammes impétueuses du feu.

Elle avait l'impression d'être la Fille aux Allumettes d'Andersen qui brûlait ses dernières réserves, luttant pour sa survie. Elle s'imagina sans chauffage, pelotonnée en position fœtale devant le poêle froid. Qui la trouverait ici? Son squelette blanchi par le temps ne serait découvert que dans bien des années. Un promoteur immobilier ferait raser la maison et construire des immeubles en béton sur le front de mer. Et les sombres secrets qu'elle détenait au fond de son cœur, elle les emporterait avec elle dans la tombe.

Était-il normal d'avoir ce genre d'idées noires, quand on était à court de bois?

Certains adolescents du coin se faisaient un peu d'argent de poche en coupant du bois l'été, pour les touristes qui organisaient des barbecues sur la plage. Mais, non-lieu ou pas, Sandra était à peu près sûre de ne trouver personne pour lui couper ses bûches.

Le vent glacial se renforça. Il s'engouffrait en hurlant sous les avant-toits et dans les moindres fissures, comme pour se gausser de la piètre chaleur que dégageait la dernière bûche.

L'immense bâtisse était dans la famille de son père depuis des générations, construite plus d'un siècle auparavant comme lieu de villégiature estival, perchée à l'écart sur les dunes. Les années passant, la propriété avait été laissée à l'abandon. Bien que l'endroit ne fût pas prévu comme résidence d'hiver, c'était là que Sandra avait choisi de se réfugier.

Les yeux rivés sur la vitre battue par le grésil et le vent, elle s'efforça d'ignorer le froid qui la transperçait jusqu'aux os. La tempête avait couché les branches de bruyère aux abords de la maison. Sur la plage, la bande d'algues formée au gré des marées était encombrée d'épaves de toutes sortes, jetées là par les vagues. Une fine couche de givre avait figé le paysage dans son manteau d'argent : les dunes, les rochers, les vitres de la maison qu'elle n'avait pas les moyens de chauffer.

Chauffer.

Cela devenait ridicule. Dût-elle s'y briser les reins, elle allait couper elle-même son bois !

Sandra passa une épaisse veste en tissu écossais, enfila de vieilles bottes en caoutchouc et sortit. La pluie avait faibli, mais le vent balayait les dunes avec force. Alors qu'elle traversait l'allée en direction du garage et de l'appentis, un papier qui battait au vent attira son regard vers le bord de la route.

Quand les rumeurs avaient commencé, il lui était arrivé de trouver un rouleau de papier toilette, jeté d'une voiture, sur la haie près de la boîte aux lettres. Depuis le temps, elle aurait dû être habituée, mais elle ne parvenait pas à se faire à cette humiliation.

Nichée dans la haie d'églantiers, sa boîte ne portait aucun signe distinctif, pas même son nom. Juste le numéro.

Le petit drapeau de métal rouge se trouvait au milieu de la chaussée, tout tordu. Quant à la boîte en acier galvanisé, elle gisait déchiquetée dans le fossé en bordure de la route. Un crash aérien en miniature.

— Mon Dieu, murmura Sandra en claquant des dents. Jusqu'où vont-ils aller ?

Des pétards, sans doute l'œuvre d'un gamin du coin. Comment se pouvait-il qu'elle n'ait rien entendu ? Peut-être le coup de vent de la nuit dernière avait-il étouffé l'explosion, ou bien elle l'avait confondue avec la pétarade d'un pot d'échappement.

Poussé par le vent, le courrier s'était répandu le long de la route et dans le fossé. Elle reconnut la couverture d'un catalogue de lingerie dans lequel elle ne commandait jamais rien, un carnet de bons de réduction pour des vidanges qu'elle oublierait d'utiliser avant la date d'expiration et, bien entendu, l'inévitable offre de crédit quotidienne. Même quand le monde entier est contre vous, les sociétés de crédit ne vous lâchent jamais, songea-t-elle avec amertume.

Poussant les lambeaux du bout du pied, elle reconnut le bleu ciel du papier à lettres de sa maison d'édition. Elle ramassa la feuille déchirée. Tout ce qui restait d'un chèque.

Du vivant de Victor, ses modestes droits d'auteur constituaient un plus gratifiant. Aujourd'hui, cet argent signifiait sa survie.

Mais les vandales se fichaient pas mal de sa survie. La Veuve noire de Blue Moon Beach : voilà ce qu'elle était devenue pour les gens d'ici.

Sandra froissa rageusement les lambeaux de son chèque. Cette fois, la coupe était pleine.

Elle contempla d'un œil noir les grosses bûches entassées sous l'appentis accolé au garage. Elle jeta le chèque déchiré, décrocha la hache, puis fit rouler du pied une bûche sur la pelouse et la mit debout. Rassemblant ses forces, elle planta la lame de la hache au milieu de la bûche et la brisa en deux. Claire et légèrement humide, la moelle dégageait une bonne odeur de bois. Elle redressa les deux moitiés et les fendit, un peu surprise de sa dextérité. Puis elle ramassa les quatre morceaux et les jeta dans la brouette rouillée.

La jeune femme fendit une deuxième bûche, puis une autre, avec des ahans d'effort et une détermination inébranlable. Elle perdit la notion du temps. Dans la brouette, le bois s'amonçelait à vue d'œil. Comme une machine, elle prit une bûche après l'autre et abattit sa hache, jusqu'à ce que la transpiration se mêle aux larmes de désespoir qui roulaient sur ses joues.

2

Mike Malloy gara son pick-up sur le bord de la route, à quelques mètres de l'adresse qu'on lui avait indiquée sur sa boîte vocale. Il remarqua un socle de boîte aux lettres... sans boîte aux lettres. Le numéro de la rue avait sans doute disparu avec elle, mais il repéra celui peint par les pompiers sur la chaussée.

La vieille maison Babcock? C'était sûrement une erreur. Il composa le numéro de sa messagerie sur son portable et réécouta le message :

— Je cherche quelqu'un pour des travaux sur ma maison au 18707, Curlew Drive. Contactez Sandra au 555-4006.

Bon sang... Sandra. La veuve de Victor. Les avant-bras appuyés sur le volant, Mike observa la vieille bâtisse isolée. Il connaissait cette maison depuis des années, mais ignorait qu'elle appartenait à la bête noire de tout Paradise. Maintenant, il comprenait mieux les malheurs de la boîte aux lettres. Les gamins du coin avaient l'habitude des virées mouvementées sur la route touristique qui longeait la côte, et il arrivait que des boîtes aux lettres en fassent les frais. Mike avait lui aussi commis sa part de frasques, quand il était adolescent.

La méthode classique consistait à vandaliser les boîtes au hasard, mais il devinait que celle-ci avait été détruite avec une malveillance toute particulière.

Il coupa le moteur, qui consommait beaucoup, et se remémora les rumeurs qui couraient dans Paradise. De retour depuis seulement quelques semaines, il avait déjà entendu une bonne douzaine de versions du drame de l'année dernière. Toutes tournaient autour de la veuve énigmatique de Victor.

Il jeta un coup d'œil à la carte de la région, ouverte sur le siège du passager. L'endroit était isolé, un point vert sur le bleu de l'Atlantique, mais apparemment pas encore assez pour épargner à Sandra Winslow le battage médiatique.

Personne n'avait habité cette grande bâtisse victorienne depuis des années. Enfants, Victor et lui avaient l'habitude de venir bombarder avec leurs lance-pierres la maison Babcock, occupée seulement l'été. Inséparables, les deux garçons passaient les étés à la plage, et patinaient l'hiver sur la mare aux Grenouilles. À douze ans, ils étaient devenus frères de sang lors d'une cérémonie solennelle devant un feu de camp à Horseneck Cove. Ils s'étaient entaillé les poignets avec un vieux canif émoussé, en psalmodiant quelques phrases latines trouvées sur un billet d'un dollar.

Puis l'âge adulte était venu, avec son cortège de bouleversements, et ils s'étaient perdus de vue.

Aujourd'hui, Victor était mort, et lui s'efforçait de se reconstruire après un divorce difficile – ce qui, à côté du destin de son ami, ne lui paraissait plus si tragique.

Ce n'était sans doute pas une coïncidence si, dès le lendemain du non-lieu, Sandra Winslow était prête à engager des frais. Connaissant Victor, il avait sûrement prévu une douillette assurance vie.

— Bon, qu'est-ce que je fais, Vic ? s'interrogea-t-il à voix haute.

Son souffle embua le pare-brise. Il connaissait déjà la réponse. Il avait besoin de ce travail.

Dire qu'à Newport, il avait dirigé sa propre entreprise de restauration d'édifices. Mais le divorce avait brisé sa carrière professionnelle comme le reste. À présent, il s'efforçait de remonter la pente en acceptant les menus travaux de rénovation qui se présentaient. Jamais il n'aurait imaginé devoir recommencer de zéro.

En cette saison, les chantiers ne couraient pas les rues. Quelques rares personnes le contactaient pour des réparations dans leurs maisons de vacances : bardeaux arrachés, vitres soufflées, caves inondées, mais cela n'allait pas bien loin. Un gros contrat serait une aubaine.

Il pianota un moment sur le volant, puis remit le moteur en marche et s'engagea dans l'allée de la propriété Babcock.

C'était une construction typique des années 1880, avec un toit élancé abritant des combles sur pignon et des bordures découpées comme une dentelle délicate. Des cintres en ogive encadraient les fenêtres, et une terrasse couverte entourait le rez-de-chaussée sur trois côtés.

La maison avait été délibérément conçue comme lieu de villégiature estivale. De par sa situation, elle tirait le meilleur parti du soleil, tout en étant protégée des vents marins. La seule disposition prévue pour l'hiver semblait être la cheminée de pierre à une extrémité du toit.

Le revêtement extérieur gris n'avait pas reçu de couche de peinture depuis des décennies, et le toit était envahi d'un manteau de mousse, lichen et sumac vénéneux. Le perron aux marches creusées par les ans accueillait tristement le visiteur. La balustrade de la terrasse était cassée en plusieurs endroits. De guingois sur leurs gonds rouillés, les volets ne devaient plus se fermer depuis un demi-siècle. L'un d'eux était même tombé dans un lilas gigantesque.

La propriété était dans un piètre état. Ceux qui voulaient envoyer la veuve de Victor en prison auraient dû venir y jeter un coup d'œil. S'il existait un purgatoire pour les meurtriers injustement acquittés – si tel était le cas –, peut-être ressemblait-il à cet endroit.

Cependant, en dépit de son délabrement, il émanait de cette fière bâtisse un raffinement dénué d'ostentation. L'œil exercé du professionnel remarquait la pureté de ses lignes élancées, le charme discret des moulures et volutes soulignant les volumes, les fenêtres en avancée. Et quelle situation spectaculaire ! Perchée sur les dunes au milieu de deux mille mètres carrés de terrain, elle jouissait d'une vue imprenable sur l'océan.

Laissé à l'abandon, le jardin n'était plus qu'une friche impénétrable. Certains massifs d'églantiers qui entouraient la villa atteignaient le premier étage. Le vent et le froid avaient depuis longtemps dénudé les branches enchevêtrées, ne laissant que de gros cynorhodons racornis.

Mike coupa le moteur. En descendant du pick-up, il entendit des chocs sourds qui provenaient des abords du garage.

Quelqu'un coupait du bois. Il fit le tour du garage. Au rythme soutenu des coups, il s'attendait à trouver un costaud expérimenté. Il avait coupé assez de bois lui-même pour savoir que c'était éprouvant.

Au premier abord, il ne reconnut pas Sandra Winslow. Il ne l'avait vue qu'en photo dans le journal. Sa tenue – jean délavé, veste à carreaux trop grande pour elle et vieilles bottes en caoutchouc – n'était sûrement pas celle qu'elle présentait aux médias. Des mèches brunes s'échappaient de sa queue-de-cheval.

Des bûches fendues gisaient autour d'elle, tels de petits cadavres. Inconsciente de sa présence, elle continuait de couper son bois avec opiniâtreté, levant la hache au-dessus de sa tête avant de planter la lame dans la bûche et de la dégager avec un coup de poignet expert. À un moment, elle s'arrêta et poussa un petit cri de surprise, puis s'accroupit pour observer une musaraigne qui trouva refuge derrière le tas de bois.

Elle prit une nouvelle bûche et leva sa hache.

— Excusez-moi, dit Mike.

Stupéfaite, elle pivota vers lui, la hache brandie au-dessus de sa tête, les joues rougies par l'effort, le regard farouche.

— Qui êtes-vous ? s'exclama-t-elle.

— Je m'appelle Mike Malloy.

Il marqua un temps d'arrêt pour voir si le nom lui disait quelque chose. Manifestement, Victor ne lui avait pas parlé de lui.

— Que faites-vous ici ? s'enquit-elle, serrant la hache contre sa poitrine.

Il lui tendit sa carte de visite.

— Paradise Constructions. Vous avez laissé un message sur ma boîte vocale.

— Je ne m'attendais pas à vous voir si vite... J'ai besoin de quelqu'un pour des travaux de rénovation, ajouta-t-elle avec un regard en direction de la maison. Comme vous pouvez le constater, elle en a bien besoin.

— À commencer par la boîte aux lettres.

Elle pinça les lèvres, et il comprit qu'il avait commis un impair.

— Cette maison est une ruine, dit-elle en appuyant la hache contre le mur du garage. J'en suis bien consciente. Alors épargnez-moi vos remarques.

Mike éprouva une antipathie immédiate pour cette femme. Quelques phrases lui avaient suffi pour cerner le personnage : une casse-pieds agressive et pète-sec. Inutile de perdre mon temps, décida-t-il. Il posa sa carte de visite dans la brouette et la coinça sous une bûche.

— Si jamais vous décidez de faire appel à mes services, vous savez où me joindre.

Sans un regard, il tourna les talons et se dirigea vers son pick-up.

— Attendez ! cria-t-elle alors qu'il ouvrait la portière.

Il se retourna. Elle était au milieu de l'allée, sa carte à la main.

— C'est quoi exactement, votre spécialité ?

— Les réparations.

— Quel genre de réparations ?

— Vous me dites ce qui ne va pas, et je m'en occupe.

Cette réponse parut l'amuser, mais le rire qu'elle laissa échapper n'était qu'un petit ricanement sec, sans une once d'humour.

— En fait, j'ai décidé de vendre, dit-elle d'un ton lugubre en jetant un regard aux débris calcinés de sa boîte aux lettres.

Mike cacha sa surprise. Ce genre de propriété était rare sur le marché.

— Dans ce cas, vous avez besoin de moi. Cet endroit est invendable en l'état.

Il referma sa portière.

— Voilà ce que je vous propose, madame...

Il était risqué de faire semblant de ne pas la connaître, mais peut-être qu'ainsi elle se détendrait un peu.

— Sandra Babcock Winslow, répondit-elle en fourrant la carte dans sa poche.

Elle le sonda du regard, mais Mike ne se trahit pas, bien décidé à garder ses distances. Pendant des années, il avait travaillé pour des dizaines de clients, sans se sentir obligé de leur raconter sa vie. S'il lui confiait qu'il avait connu Victor, elle était capable de le virer illico.

Elle s'avança jusqu'à la limite du jardin, où un enchevêtrement de fougères et de bruyère formait une barrière naturelle entre la propriété et les dunes. Le terrain en pente douce était envahi par les herbes folles, couchées par les tempêtes.

— Cette maison date de 1886, expliqua-t-elle, les cheveux ébouriffés par les rafales de vent. Mon arrière-grand-père, Harold Babcock, l'a construite de ses mains pour les vacances d'été. Elle est toujours demeurée propriété de ma famille, laquelle, à un moment, a entrepris de la restaurer.

Cette maison était un diamant à l'état brut, un véritable petit bijou dont il savait tout le parti qu'on pouvait tirer. À Newport, son aptitude à restaurer les maisons anciennes avait été la clé de son succès. Il n'avait pas son pareil pour effacer les outrages du temps, corriger les modernisations hasardeuses, afin de révéler l'intention originelle de leurs constructeurs.

La maison de Blue Moon Beach possédait cette capacité d'éveiller une nostalgie pure, sur laquelle n'avaient prise ni le cynisme ni les désillusions ou le poids des ans. L'espace d'un instant, il imagina la villa restaurée, belle et élancée comme un clipper, le jardin en fleurs, une balançoire accrochée à une grosse branche du hickory noueux, des enfants jouant dehors...

Calme-toi et arrête de rêver, se dit-il, tu n'as sous les yeux qu'une vieille baraque délabrée, abandonnée à la pourriture et contaminée par le mauvais karma de sa résidente.

Et pourtant...

— Alors ? demanda-t-elle.

— La candidate parfaite pour une restauration, répondit-il avec sincérité. En dépit de son état actuel, elle me semble tout à fait récupérable.

Sandra Winslow laissa à nouveau échapper un petit rire amer.

— Vous avez une imagination prodigieuse.

— Un œil exercé, corrigea-t-il, agacé par son sarcasme. Il y a du pain sur la planche, je ne vous le cache pas, mais la structure me paraît saine. Il se peut même que le toit soit encore en bon état, sous cette jungle.

— Croyez-moi, il ne l'est pas.

Elle le conduisit jusqu'à la véranda qui faisait face à l'immensité de l'océan. Sans réfléchir, il ramassa au passage une brassée de bois.

— Vous n'êtes pas obligé, dit-elle.

— Pas de problème, répliqua-t-il en lui emboîtant le pas.

La Veuve noire de Blue Moon Beach... n'était-ce pas ainsi que la surnommait la presse locale ?

Elle poussa la porte.

— Entrez donc dans mon humble logis, fit-elle avec une pointe d'ironie.

— ... dit l'araignée à la mouche son amie, finit-il en pénétrant dans la maison.

Elle repoussa ses mèches folles en arrière.

— Oh, vous connaissez cette comptine ?

Elle semblait surprise. Les gens l'étaient toujours ; ils s'attendaient à ce qu'un manuel soit illettré, ignorant jusqu'aux poèmes enfantins les plus stupides.

Elle retira ses bottes en caoutchouc et les laissa près de la porte.

— Alors, vous devez avoir des enfants.

Il hocha la tête.
— Un garçon et une fille.
— C'est bien, fit-elle, un peu plus détendue.
C'était la première fois qu'il voyait son visage s'adoucir. Mike s'étonna de l'absence de petits Winslow. Il se souvenait que Victor aimait beaucoup les enfants. Il avait été maître nageur à Newport. Et tous les étés, il donnait des leçons de voile à First Beach.
Mais c'était tout aussi bien qu'il n'y en ait pas. Quel enfant pourrait supporter d'entendre, toute sa vie durant, que sa mère avait assassiné son père ?
Il posa le bois en tas près de l'entrée.
Elle ne le remercia pas, mais pointa l'index vers un angle du plafond.
— Voilà ce que je voulais dire, à propos du toit.
Des traînées de moisissure tachaient le plafond et le haut du mur.
— C'est réparable, dit-il. Il va falloir que je regarde ça de plus près.
Elle croisa les bras sur sa poitrine.
— Je n'ai pas dit que...
— Moi non plus, la coupa-t-il. Je jette un coup d'œil, c'est tout.
— Vous m'avez l'air d'avoir beaucoup de temps libre...
— En ce moment, c'est la saison creuse.
Il entra d'un pas nonchalant dans la cuisine étroite et haute de plafond. Le vieux linoléum était élimé par endroits. Il y avait une vieille table en pin récurée et un grand évier en fonte. Un oiseau de verre coloré était fixé à une vitre par une ventouse. Le réfrigérateur arborait une collection de *magnets*, pour la plupart des personnages de dessins animés, des notes et des listes griffonnées. Il flottait dans la pièce une légère odeur d'épices et de produit de vaisselle.
— Beau travail d'ébénisterie, commenta-t-il en considérant les placards. Mais côté peinture, on a déjà vu mieux.
Sandra passa une main sur la porte d'un placard, engluée d'une épaisse couche de vert émeraude brillant.

— L'œuvre d'une de mes grand-tantes, je crois.

Elle fit la grimace et examina sa main. La paume était couverte d'ampoules, certaines à vif.

— Vous devriez porter des gants, quand vous coupez du bois, fit remarquer Mike.

— Apparemment.

Sans réfléchir, il lui prit le poignet. Par réflexe, elle essaya de se dégager.

— Il faut nettoyer ça, décréta-t-il en l'entraînant jusqu'à l'évier.

Il ouvrit le robinet d'eau froide, étrangement conscient de la fragilité de son poignet, de sa peau veloutée et délicate, des taches d'encre sur ses doigts.

Il lui tint la main sous le jet d'eau glacée. C'était sans doute douloureux, mais elle ne broncha pas.

— Voyons l'autre main, dit-il.

Elle était dans le même état. Il la fit aussi passer sous l'eau, puis déchira quelques feuilles d'essuie-tout et sécha doucement les plaies, sa main nichée au creux de la sienne.

— Vous avez une pharmacie dans la maison ? lui demanda-t-il.

— Ce n'est pas une urgence vitale.

— Si vous ne protégez pas ces ampoules à vif, elles peuvent s'infecter.

— Puisque vous le dites.

Elle fouilla dans le placard sous l'évier et en exhuma une vieille trousse de premiers secours. Il y trouva un rouleau de gaze, du sparadrap et un flacon de mercurochrome, si ancien que le bouchon était tout rouillé.

— Pas question de me barbouiller de ce truc, protesta-t-elle. Ça m'a traumatisée quand j'étais gamine.

Il jeta le flacon dans la poubelle sous l'évier.

— De toute façon, c'est sûrement périmé.

Il lui reprit la main et l'enveloppa, sans serrer, de gaze, qu'il fixa avec du sparadrap.

Tandis qu'il s'occupait de l'autre main, elle examina le pansement.

— Maintenant, je sais que vous êtes vraiment un papa. On voit que vous avez de l'entraînement, dit-elle en pliant les doigts. Je ressemble à un boxeur professionnel.

Il réprima un sourire. Chez les poids plume, alors, étant donné son gabarit.

— La prochaine fois, portez des gants.

— D'accord.

— Depuis combien de temps vivez-vous ici ?

Elle s'adossa contre l'évier.

— Presque un an. Mais la maison est restée à l'abandon depuis longtemps.

Elle se redressa et le conduisit dans la pièce voisine, un grand salon au milieu duquel trônait un canapé aux coussins affaissés, face à un foyer de pierre dans lequel était encastré un poêle à bois. Un bow-window avec une banquette garnie de coussins s'ouvrait sur un panorama à couper le souffle. Des rayonnages couverts de livres flanquaient la cheminée. Et il y en avait d'autres dans une bibliothèque en alcôve, dans un angle du salon.

— Le plancher grince, dit-elle avant d'ouvrir une porte qui donnait sur un escalier. Il y a des fuites à la cave, toutes les fenêtres ont du jeu, comme cette rampe d'escalier. Et Dieu sait dans quel état est le grenier. J'y ai entreposé un tas de cartons et je n'y suis plus montée depuis.

Elle gravit les marches, secouant au passage la rampe comme une dent branlante. L'étage se composait d'un corridor étroit qui parcourait la maison sur toute sa longueur. Il donnait sur une salle de bains et trois chambres dont deux, vides de tout mobilier, ne renfermaient que des toiles d'araignée. La troisième, dotée d'une impressionnante rangée de fenêtres ouvrant sur la mer, était manifestement habitée. Un imposant lit à baldaquin en noyer, aux montants gravés de gerbes de riz, était adossé contre un mur. Il était défait, mais cela ne parut pas émouvoir Sandra Winslow. Un vieil ours en peluche brun, du style de ceux qu'on gagne aux fêtes foraines, gisait tout avachi au milieu des couvertures en désordre. Des livres de poche étaient empilés au petit bonheur sur la table de nuit, à côté d'un flacon de comprimés, d'un carnet à spirale et d'un gros stylo à encre. La pièce embaumait de discrets effluves fleuris – un parfum de femme. Mike aurait préféré ne pas le remarquer.

L'atmosphère du lieu rappelait celle d'une chambre d'hôtel miteuse destinée à une clientèle de passage. Mais à nouveau, comme dans le jardin, il oublia le papier peint qui se décollait et les boiseries abîmées. Dans son imagination, il vit la chambre métamorphosée, le lit placé de façon à profiter du lever de soleil sur la mer, les prismes des fenêtres à petits carreaux projetant des arcs-en-ciel sur les murs.

— C'est tout pour ici, dit-elle en passant près de lui pour ressortir.

Elle sentait le shampooing et l'air marin. Dans le couloir, elle lui indiqua deux portes.

— Le placard à linge et l'escalier du grenier.

Il monta inspecter les lieux. Déchirant les toiles d'araignée, il se fraya un passage entre des bagages bosselés et des cartons de déménagement entassés en désordre.

— Vous pouvez déplacer les cartons, s'ils vous gênent, lui cria Sandra Winslow. Alors, qu'est-ce que ça donne ?

— Je n'ai pas l'impression qu'il y ait une fuite.

Les lucarnes étaient si sales qu'elles laissaient à peine filtrer la lumière. Les encadrements étaient couverts d'une fine poussière brune, signe que le bois avait pourri. Il tira sur le cordon de l'unique ampoule électrique, qui s'alluma. La charpente paraissait saine. Les poutres équarries à la main avaient la robustesse du bois pour les bateaux. Il éteignit et redescendit.

Il rejoignit la jeune femme dans le salon chichement meublé. Elle se tenait le dos au poêle, ses mains bandées cherchant inconsciemment la chaleur.

— Alors ?

— Qu'avez-vous l'intention de faire de cette maison ?

— Je vous l'ai dit, la vendre. Ce qui implique quelques travaux. Jamais elle ne trouvera preneur, sinon.

S'il avait eu l'argent, Mike l'aurait achetée en l'état. Cette vieille demeure victorienne en bord de mer exerçait sur lui un attrait quasi magique. Mais la plupart des gens ne souhaiteraient pas investir dans ce genre de projet immobilier. Pour lui, de toute façon, la question ne se posait même pas.

— Quel est votre prix ? demanda Sandra Winslow.

Elle n'y allait pas par quatre chemins, il fallait lui reconnaître ça.

— Cela dépend de vos desiderata.

Nouveau petit rire sec.

— Quelles sont mes options ?

— Une restauration dans les règles de l'art, ou bien un simple rafistolage.

— Tout ce qui me permettra de la vendre, répondit-elle avec lassitude.

— Alors va pour le plan A : restauration complète, en accord avec les réglementations du Registre national des bâtiments historiques.

— C'est nécessaire ?

— Financièrement, oui. Une villa ancienne homologuée par la Société des bâtiments historiques se vendra vite, et au prix fort. Cette propriété est un lieu d'exception : la maison par elle-même et sa situation. Si vous vous contentez d'une couche de peinture, de quelques travaux de plomberie, d'électricité et de couverture, elle sera vendable, mais vous n'obtiendrez jamais le classement.

— Est-ce *vraiment* nécessaire ? insista-t-elle.

— Sinon, vous attendrez plus longtemps un acheteur et vous en tirerez beaucoup moins.

— J'ai l'habitude d'obtenir moins que je ne l'espère, marmonna-t-elle.

Elle leva vers lui ses grands yeux bruns aux reflets dorés. Peut-être était-ce un effet de la lumière, mais Mike crut déceler une certaine douceur derrière ce masque caustique. Il vit la femme qui avait épargné un mulot dans le tas de bois, qui collectionnait les *magnets* et lisait le soir pour s'endormir. Oublié, le personnage sulfureux du journal télévisé, mince et grave derrière ses lunettes noires, tandis que son avocat la pressait de monter dans la voiture.

Mike les avait vus de temps à autre en photo, Victor et elle, dans le *Rhode Island Monthly*. Les Winslow étaient la famille la plus en vue de la région, et aucun aspect de leur vie n'échappait à la curiosité des médias. La rubrique mondaine montrait Sandra Winslow toujours souriante au côté de son mari. À la voir ainsi aujourd'hui, Mike en ressentait une indéfinissable tristesse.

— Que me proposez-vous alors, monsieur Malloy ? demanda-t-elle d'une voix dénuée de toute agressivité, cette fois.

La première impression avait été désastreuse, mais leur bref entretien avait convaincu Mike d'une chose : malgré sa réputation, elle était sa meilleure perspective professionnelle dans une saison bien morne.

S'il restaurait sa maison, les parents de Victor, qui l'avaient autrefois traité comme un fils, le considéreraient sans doute comme un traître. Ou peut-être pas. Les affaires étaient les affaires, et ils seraient contents d'être débarrassés de leur belle-fille. La rénovation de la maison serait pour eux l'assurance de la voir partir.

— Je vais établir deux devis, proposa-t-il. Un pour une restauration complète, et l'autre pour un simple ravalement.

— L'un comme l'autre vont me coûter cher, j'imagine.

— Les dépenses seront déduites du montant de la vente et, au bout du compte, vous déclarerez moins d'argent aux impôts.

— D'accord pour les devis, dit-elle en tiraillant sur le bandage autour de sa main.

— Je vous recontacte d'ici quelques jours, promit-il.

— Parfait.

Elle s'approcha d'un bureau équipé d'un ordinateur portable, d'une imprimante et d'une ramette de papier. Mike souleva négligemment un cadre contenant une photo d'elle, pieds nus, les jambes bronzées, assise sur une balançoire près de laquelle se tenaient un homme et une femme. Il reconnut la maison de Blue Moon

Beach, avec les dunes baignées de soleil en arrière-plan.

— Vos parents ?

— Oui, acquiesça-t-elle sans entrer dans les détails.

Des gens ordinaires, qui paraissaient gentils… On ne sait jamais comment vont tourner les enfants, songea-t-il.

— Vous pouvez m'appeler quand vous voulez, dit-elle. Je suis ici… la plupart du temps.

Elle se tenait assez près de lui pour qu'il respire à nouveau son parfum fleuri. Mike ressentit une troublante sensation de chaleur, qu'il s'empressa de chasser. Pas elle ! se gronda-t-il.

Dans son travail, les avances ne manquaient pas de la part de jeunes épouses désœuvrées, laissées seules dans leurs belles villas. Mais il avait toujours mis un point d'honneur à s'en tenir à une relation d'ordre strictement professionnel.

Pourtant, il ne put s'empêcher de penser un bref instant au lit défait en haut, dans la chambre. Sandra Winslow vivait ici, seule. Et elle était veuve, désormais.

3

Samedi 5 janvier

Dix choses à faire avant de vendre la maison

49. Apporter la malle de grand-père Babcock chez maman et papa.
50. Essayer de retrouver ma collection de pièces enterrée dans le jardin en 1972.
51. Vérifier les références de Malloy.

Malloy. Michael Patrick Malloy, selon la carte de visite. En parcourant sa liste qui avait démesurément grandi, Sandra réalisa que ce nom revenait au moins une dizaine de fois, alors qu'elle ne l'avait même pas encore engagé. Pourquoi occupait-il ainsi ses pensées ? Elle avait besoin de faire réparer la maison ; il était artisan, point final. Ce n'était pas la première fois qu'elle engageait quelqu'un, et jamais elle n'avait fantasmé sur le plombier ou le jardinier.

Sans doute sa visite lui avait-elle rappelé combien le simple contact humain lui manquait. Malloy était arrivé au plus mauvais moment, alors qu'elle se sentait vraiment à bout. Combien de temps encore se serait-elle acharnée sur ce bois, s'il n'était apparu tel un sauveur dans son pick-up rouillé, avec son mètre ruban à la ceinture ? Jusqu'à épuisement, sans doute.

Non pas que sa détresse ait paru affecter Malloy. Griffonnant des notes tandis qu'il passait de pièce en pièce, il avait affiché une froideur imperturbable d'homme d'affaires. Sauf qu'il ne ressemblait à aucun homme d'affaires de sa connaissance, avec sa casquette des Red Sox de Boston, ses chaussures de travail renforcées et son jean délavé. Il avait les cheveux un peu trop longs, et son attitude était trop…

Un coup frappé à la porte la fit bondir de son fauteuil. Son stylo et son carnet tombèrent sur le carrelage.

Sandra lança un regard anxieux vers le battant. Nous sommes en plein jour, tenta-t-elle de se rassurer. Pourtant, elle saisit le tisonnier près du poêle. Elle s'approcha de la porte, sur ses gardes. La planche qui remplaçait la vitre latérale, cassée par une pierre, l'empêchait de voir le perron.

Ses doigts se crispèrent sur la poignée du tisonnier. Un vertige fugace brouilla sa vision. Avec les menaces et le harcèlement dont elle était victime depuis le décès de Victor, elle avait appris à redouter le moindre bruit inhabituel. De nuit comme de jour.

C'est fini, vous n'avez pas compris ? voulut-elle crier. C'était un accident !

Mais son avocat l'avait prévenue que le non-lieu ne mettrait pas fin à ses ennuis. Et l'expérience avait montré qu'il savait de quoi il parlait…

Nouveau coup à la porte. Plus fort, cette fois, plus insistant. Sandra respira un grand coup et entrebâilla le battant. La chaîne de sécurité se tendit. Aussitôt, ses genoux menacèrent de flancher. De soulagement. Elle lâcha le tisonnier dans le porte-parapluies, referma la porte pour ôter la chaîne, puis l'ouvrit en grand.

Une bourrasque glaciale s'engouffra dans la vieille bâtisse livrée aux courants d'air. Étourdie de soulagement, Sandra s'effaça pour laisser entrer sa mère et se hâta de refermer la porte.

Elle ne s'attendait pas à ce qu'elle fasse le trajet de Providence jusqu'ici. Pourtant, sa visite n'était pas une totale surprise.

— Viens vite te réchauffer près du poêle.

— Tiens, ma chérie, un nouveau plaid afghan, dit sa mère en lui tendant un sac en plastique.

Sandra la serra dans ses bras.

— Encore un authentique Dorrie Babcock. Tu me gâtes.

— Mais non. Je tricote comme une flèche.

Les plaids afghans étaient sa spécialité. Elle avait découvert le tricot lors d'une de ses nombreuses tentatives pour arrêter le tabac. Elle était désormais capable de tricoter et de fumer simultanément !

— Où étais-tu donc hier ? Tu devrais t'acheter un répondeur, tu sais. Tout le monde en a un, de nos jours.

Bien évidemment, Sandra en possédait un. Elle l'avait débranché juste après le drame, dès que les appels anonymes avaient commencé.

— Désolée, maman. Tu as dû appeler pendant que j'étais dehors à couper du bois, répondit-elle en lui montrant ses mains bandées.

— Mon Dieu, compatit Dorrie avec un sourire fugitif.

Elle ôta son chapeau de pluie en plastique, puis les surchaussures assorties qu'elle possédait depuis au moins trente ans. Comme toujours, ses boucles brunes étaient pétrifiées de laque en une mise en plis impeccable. Et pas un seul cheveu blanc grâce à Miss Clairol. Seules les pattes-d'oie qui marquaient ses yeux trahissaient son âge.

— Alors ? demanda sa mère en suspendant son manteau au portemanteau de l'entrée. Tu te sens mieux, j'imagine ?

— Beaucoup, assura Sandra.

À part sa boîte aux lettres vandalisée et la maison qui tombait en ruine, tout allait pour le mieux dans le meilleur des mondes. Mais Sandra s'interdisait de se plaindre devant sa mère. Tout au long de cette épreuve, elle s'était efforcée d'épargner à ses parents les pires retombées : le harcèlement incessant, les appels téléphoniques, les ragots et les suspicions. Elle leur avait causé déjà suffisamment de soucis quand elle était enfant.

Une photo d'eux trois trônait dans un cadre au bout du bureau. Elle avait été prise lorsque Sandra avait environ onze ans. Sa mère était accrochée au bras de son père, qui lui souriait. Sandra donnait la main à son père, une ébauche de sourire aux lèvres. Elle ne souriait pas beaucoup à l'époque.

— Je vais préparer du thé, dit-elle.

Elle était une femme d'habitudes. Quand elle avait de la visite, qu'il s'agisse de sa mère ou d'une occasion plus officielle, elle offrait du thé par temps froid et de la limonade l'été. Tandis qu'elle versait une cuillerée de feuilles en vrac dans sa théière en grès ébréchée, elle songea combien il était étrange de vaquer à une tâche aussi normale que la préparation du thé, alors que la situation n'avait, elle, rien de normal. Mais la vie était ainsi faite. En dépit des tracas, elle poursuivait imperturbablement son petit bonhomme de chemin.

— Comment était la route ? demanda-t-elle de la cuisine.

— Il y avait du verglas, mais pas trop de circulation.

— Je suis toujours contente de te voir, tu sais bien. Mais tu n'aurais pas dû venir par ce temps, dit Sandra qui apporta la théière au salon, imaginant sa mère dans sa voiture sur la chaussée glissante. Tu n'es pas obligée de venir chaque fois que les médias me prennent à partie. Depuis la mort de Victor, j'ai appris à faire face.

— Bien sûr, ma chérie.

— Tu aurais au moins dû demander à papa de te conduire.

Sandra prit la grande bouilloire en cuivre posée sur la plaque du poêle et versa de l'eau bouillante dans la théière, avant de remettre le couvercle pour laisser le thé infuser.

— Conduire par ce temps ne me pose aucun problème, je t'assure.

La jeune femme sortit le sucrier et remplit le petit pichet de lait, puis disposa le tout sur un plateau et retourna au salon.

— C'est charmant, approuva sa mère qui tapota le canapé à côté d'elle avec un sourire chaleureux.

Sandra se laissa tomber auprès d'elle et appuya sa tête sur son épaule. Elle inspira les effluves si réconfortants d'Aqua Net et de cigarette.

— Désolée d'être aussi donneuse de leçons, maman. Merci beaucoup d'être venue, vraiment.

Dorrie lui tapota le genou et se pencha en avant pour filtrer le thé dans les tasses.

— Comment te sens-tu ? s'enquit-elle, puis comme à son habitude, elle répondit elle-même à sa question. Tu es trop mince.

— Je vais bien, maman, ne t'en fais pas.

Avec une précision rituelle, Sandra versa l'exacte proportion de sucre et de lait dans sa tasse. La corne de brume du phare fit entendre une longue plainte lugubre, qui ébranla les vitres.

Sandra frissonna. Elle replia ses jambes sous elle et but une gorgée de thé.

— Je suppose que tu as vu les infos.

Le regard de sa mère resta fixé sur la vitre du poêle. Les flammes dansantes se reflétaient sur les verres de ses lunettes.

— Alors, qu'as-tu pensé du reportage ? insista Sandra.

Dorrie tourna la tête vers sa fille, clignant des yeux comme si elle venait de se réveiller.

— Pardon, tu disais ?

La jeune femme hésita. Ces derniers temps, sa mère semblait un peu distraite. Était-ce à cause du drame ? Peut-être devenait-elle dure d'oreille, ou bien était-ce quelque chose de plus grave ? À cette pensée, le sang de Sandra se glaça, mais elle n'osa pas aborder le sujet. Dorrie avait tendance à être vite sur la défensive, quand on lui parlait de sa santé.

— Je me demandais ce que tu avais pensé du reportage à la télé. Tu as vu *Providence Matin,* n'est-ce pas ? Avec Courtney Procter. Elle jubilait, je te jure. On l'entendait dans sa voix, dit Sandra qui remonta les genoux contre sa poitrine et étira son pull-over par-dessus. Quel effet ça te fait d'être la mère de la Veuve noire de Blue Moon Beach ?

Dorrie noua ses doigts et les serra fort. Sans doute une envie de cigarette.

— Cette journaliste est un vrai vautour. Son émission n'est qu'un ramassis de nouvelles à sensation.

— Voilà justement pourquoi elle obtient de si bons taux d'audience. Ce qui me rend folle, c'est que les gens d'ici la croient.

La mine songeuse, Dorrie but une gorgée de thé et reposa sa tasse.

— Quand un drame aussi effroyable survient, il faut à tout prix un coupable. Ou bien accepter l'idée que Dieu peut faire preuve de cruauté. Et tu es bien placée pour savoir que jamais les Winslow ne pourraient accepter cette idée.

Sandra se remémora les parents de Victor, émouvants de dignité tandis que le médecin expert présentait ses conclusions. Leur fils était officiellement décédé, bien qu'il n'y ait pas de corps. Il était mort dans un accident – et c'était cela qu'ils n'acceptaient pas. Les accidents n'arrivaient pas à un être d'exception tel que Victor.

— Tu as toujours compris les Winslow mieux que moi, fit-elle remarquer.

— Peut-être, dit Dorrie en caressant la tête de sa fille en un geste de tendresse maternelle. Détends-toi, ma chérie. L'enquête est finie. C'était un terrible accident. Tu es enfin libre de faire le deuil de ton mari.

Sandra cala son menton sur ses genoux, les mâchoires serrées, bien décidée à taire le dernier acte de vandalisme en date. Quelqu'un avait bombé le mot *coupable* sur le pignon du garage. Elle ne se sentait pas en danger physique ; la colère était plus grande que la peur. Ce graffiti la révoltait, et c'est avec hargne qu'elle avait brossé le mur, écaillant une grande partie de la peinture. Si c'était cela, faire son deuil, elle commençait à devenir une pro !

Elle se reversa du thé, s'efforçant de calmer ses nerfs. Avant, elle avait coutume de penser qu'il n'existait aucun problème, si grave soit-il, qui ne puisse se résoudre autour d'une tasse de thé avec sa mère. Grossière erreur.

— Si je vendais la maison, tu en dirais quoi? demanda-t-elle à brûle-pourpoint.

Derrière ses lunettes, les sourcils de sa mère se froncèrent.

— Tu veux partir d'ici?

— Il faut regarder la réalité en face. Maintenant que Victor n'est plus là, je dois ramasser les morceaux et reconstruire ma vie. Loin d'ici.

Sa mère l'observa avec intensité. C'était peut-être un effet de la lumière, mais Sandra crut déceler plus que la sagesse et la compassion habituelles sur son visage. Elle y lut aussi de la peine.

— Cette maison est dans la famille depuis toujours, continua Sandra. Crois-tu que papa serait fâché?

— La seule chose qui fâche ton père, c'est de perdre au golf. Sincèrement, il n'a pas pensé à cette maison depuis des années. (Elle jeta un coup d'œil à la ronde.) Tu vas devoir engager des travaux, avant de la mettre en vente.

— J'ai déjà trouvé un entrepreneur, lui annonça Sandra, presque surprise de sa propre décision. Il... il est passé hier jeter un coup d'œil et doit me présenter un devis. Je n'ai pas eu le cœur de lui dire que je suis fauchée.

— C'est temporaire. L'assurance vie de Victor te revient, et il est grand temps que tu la perçoives, répondit sa mère en passant la main sur l'accoudoir élimé du vieux canapé.

— Mon avocat s'en occupe.

Elle n'ajouta pas qu'une fois déduits les honoraires de l'avocat et les dettes de la dernière campagne électorale de Victor, il lui resterait à peine de quoi couvrir les travaux de rénovation. Mais elle était déterminée. Il lui était impossible de vivre ici, coupée du monde, quel que soit son amour pour la côte sauvage de Blue Moon Beach. Les événements de cette nuit fatidique et sa conversation avec Victor dans la voiture avaient bouleversé sa vie. Mais elle refusait de se laisser abattre. L'enquête, qui avait traîné en longueur, l'avait forcée à rester dans la région. Désormais, elle était libre.

— Alors comme ça, tu veux quitter Paradise, dit sa mère en contemplant le ciel hivernal par la fenêtre. Tu as toujours semblé tellement à ta place, ici. Je croyais que tu y avais trouvé ce que tu cherchais.

— Oui, mais en définitive ma seule attache était Victor. Je l'ai compris depuis l'accident. À part ma coiffeuse, toutes mes connaissances étaient des amis de Victor, ses électeurs.

— Tu vas revenir à Providence, alors ?

À Providence, pas « à la maison ». La formulation fit tiquer Sandra. Elle secoua la tête.

— C'est trop près d'ici.

Plus jamais elle n'aurait la force de se promener dans les rues pavées de briques de Providence, sans penser au mensonge dans lequel ils avaient vécu.

— Pour être franche, je n'y ai pas vraiment réfléchi, ajouta-t-elle. Et puis, je n'ai encore jamais vécu seule. Quand j'ai épousé Victor, je terminais tout juste mes études. J'ai besoin d'apprendre à me connaître.

— Crois-moi, il n'est jamais trop tard pour apprendre à vivre sans un homme.

Il y avait dans les paroles de sa mère une mélancolie qui sidéra Sandra. Elle attendit la suite, mais Dorrie en resta là.

— Tu t'en sortiras très bien, Sandra, j'en ai la certitude. Tu as le plus important : la santé, la jeunesse, ta carrière d'écrivain.

— Papa et toi avez toujours tellement cru en moi, même quand j'étais handicapée, dit la jeune femme avec émotion.

— Handicapée ? Voyons, Sandra, tu n'as jamais été handicapée.

— Tu sais bien que si.

— C'était il y a si longtemps. Tu ne penses plus à tout ça, quand même ?

À chaque fois que j'ouvre la bouche pour parler, songea-t-elle. Mais pas question de l'avouer à sa mère.

Dieu sait que Dorrie avait bataillé autant qu'elle, à l'époque. Pendant des années, elle s'était réveillée toutes les nuits, écoutant sa fille pleurer derrière sa porte close.

Lou et Dorrie Babcock avaient élevé une fille bègue. Ce n'était pas un simple bafouillage occasionnel, non : c'était un réel trouble du langage, qui avait réduit Sandra au silence.

Avec un élan de gratitude, elle se souvint de toutes ces années de patience et de rééducation. Sa mère passait des heures avec elle, à répéter des exercices de prononciation, et son père veillait tard le soir pour l'aider. Ce ne fut pas avant le lycée que Sandra trouva en elle assez de confiance pour oser échanger plus que quelques mots avec des tiers, et seulement quand elle y était contrainte.

Elle s'était toujours considérée comme la seule et unique élève du lycée St. Cloud à ne s'être fait aucune amie durant sa scolarité. Elle était la fille invisible, aussi terne et banale qu'une enveloppe en papier kraft. En réalité, la solitude ne lui avait pas pesé tant que cela. Elle préférait les livres aux garçons et aux sorties. Les aventures qu'elle vivait en imagination étaient infiniment plus exaltantes que le bal de fin d'année ou la finale de base-ball de l'école.

C'était tout au moins ce dont elle avait fini par se convaincre.

— Je vais bien maintenant, assura-t-elle à sa mère en la serrant dans ses bras.

Dorrie tapota le genou de Sandra. Fine et presque translucide, la peau de sa main était parsemée de taches brunes. On aurait dit la main d'une étrangère. Sandra ne pouvait se résoudre à voir sa mère vieillir.

— Et si on allait tous les trois s'installer en Floride ? proposa-t-elle, levant la voix par-dessus la plainte sourde du vent. Les hivers en Nouvelle-Angleterre sont vraiment trop froids.

Dorrie se pencha et sortit son portefeuille de son sac à main.

— En fait, ma chérie, j'ai d'autres projets, dit-elle en lui tendant une enveloppe de couleur.

— « Une croisière pour un nouveau départ ». Qu'est-ce que c'est ? s'étonna Sandra en sortant un billet.

Elle n'avait pas vu depuis bien longtemps le visage de sa mère s'illuminer ainsi.

— Une croisière de trois mois dans les Caraïbes et en Amérique du Sud, à bord de l'*Artemisia*.

— Voilà qui paraît formidable.

Sandra passa l'itinéraire en revue : Nassau, Coco Cay, Montego Bay et une douzaine d'autres escales exotiques et luxuriantes, vantées à grand renfort d'épithètes dithyrambiques. Elle feuilleta une brochure en papier glacé, dans laquelle s'étalaient à chaque page de superbes plages de sable blanc sous les cocotiers et le soleil. Elle regarda la date du départ.

— Le bateau part de Fort Lauderdale demain soir ?

Dorrie hocha la tête.

— Je ne voulais pas partir avant… enfin, tu comprends.

— Avant de savoir si j'allais être inculpée ou non pour meurtre.

— Je ne doutais pas de l'issue de l'enquête, voyons. Quel genre de mère serais-je, si j'avais eu des doutes ? Mais je tenais à être ici avec toi. En fait, tu devrais m'accompagner. Qu'en dis-tu ?

Pourquoi pas ? songea Sandra, se ravisant aussitôt.

— Tu sais bien que je dois rester ici à cause de la maison, maman. Quelle aventure ! ajouta-t-elle avec un sourire forcé en lui rendant la brochure.

— Les bagages sont prêts. J'ai mon passeport, mon bikini et mes comprimés de Zyban.

— Zyban ?

— Un médicament pour arrêter de fumer. « Une croisière pour un nouveau départ », cita Dorrie en rangeant le billet dans son portefeuille. Arrêter la cigarette, voilà qui serait un nouveau départ.

— Douze semaines, c'est un long voyage. Et ça représente beaucoup d'argent, fit remarquer Sandra.

D'ordinaire si économe, sa mère haussa les épaules.

— Considérons cette croisière comme un investissement. Je vais prendre des cours d'espagnol, apprendre à jouer au black jack, à danser la macarena, me faire faire une nouvelle coupe... bref, une métamorphose complète. À l'aventure ! conclut-elle en faisant tinter sa tasse contre celle de sa fille.

— À l'aventure.

Dorrie se leva.

— On fait une petite balade ?

Sandra lui jeta un regard entendu.

— Apparemment, tu n'as pas encore commencé le Zyban.

Sa mère sourit. Tandis qu'elle sortait allumer sa cigarette, Sandra prit sa veste au portemanteau près de la porte, enfila un bonnet et des gants, et sortit à son tour. Dorrie marchait vers le nord sur la plage déserte, longeant l'épaisse bande de goémon et de débris rejetés par l'Atlantique. Sandra la rejoignit aussi vite qu'elle put. Ses pieds s'enfonçaient dans le sable ridé à l'infini par le vent.

Dorrie gardait le regard fixé sur la pointe escarpée où se dressait le phare. Le vent glacial faisait perler des larmes dans ses yeux.

— L'hiver ne me manquera pas, dit-elle en serrant son manteau contre elle.

— Mais toi, tu vas me manquer, répliqua Sandra. Cette croisière va être fabuleuse, s'empressa-t-elle d'ajouter. Papa et toi devez être impatients...

— Ton père ne vient pas.

La jeune femme fronça les sourcils. Elle avait sûrement mal entendu, à cause du vent...

— Comment ? Tu disais que papa...

— Il ne vient pas avec moi.

Sandra manqua trébucher sur un amoncellement de goémon.

— Je n'arrive pas à croire que tu entreprennes cette longue croisière toute seule.

Dorrie laissa échapper un petit rire sans joie.

— Moi non plus.

— Il n'a pas envie de venir ?

Sa mère hésita.

— Après trente-cinq ans de voyages d'affaires, il en a sa claque de bouger. Autant essayer d'arracher une moule à son rocher.

— Tu n'es encore jamais partie sans lui.

— Lui, si.

— Ce n'est pas pareil. C'était pour le travail… Parle-lui, maman. Tu finiras bien par le convaincre. Vous passeriez des vacances merveilleuses, tous les deux.

— Il ne vient pas, un point c'est tout.

La voix de Dorrie était ferme, sans expression.

— Comment peux-tu être aussi affirmative ? Il n'a jamais adoré voyager, mais je parie qu'il…

— Sandra, il faut que je te parle.

Dorrie s'arrêta et s'assit sur un rondin échoué sur le sable, blanchi par l'eau de mer. Les restes calcinés d'un feu noircissaient le sable à ses pieds, au milieu de canettes de bière vides.

— Assieds-toi, dit-elle à sa fille en tapotant le bois auprès d'elle. Ça fait un moment que j'essaie de t'annoncer la nouvelle, mais je ne suis pas très douée, je l'avoue.

Un étau glacé se resserra sur la poitrine de Sandra. Sa mère avait changé. C'était presque imperceptible, mais il y avait comme une fébrilité dans son regard, et elle ne cessait de serrer nerveusement les doigts. Cela ressemblait si peu à sa mère, si pratique et prévoyante, de s'inscrire à une longue croisière de rêve ou de prendre une décision sur un coup de tête. Dorrie ne dépensait jamais d'argent pour des frivolités. C'était bon pour ceux qui gagnaient au loto… ou apprenaient qu'ils n'avaient plus que six mois à vivre.

Sandra se laissa tomber à son côté.

— Maman, tu es… malade ? fit-elle, la voix brisée.

Dorrie secoua la tête avec un soupçon d'impatience. Elle laissa tomber son mégot dans le sable et l'enterra d'un coup de talon.

— Ne dis pas de bêtises. Je suis solide comme un roc. Si je n'ai pas l'air très en forme, c'est sans doute à cause de tout ce qui t'est arrivé.

L'année passée avait été rude pour ses parents, songea la jeune femme avec un pincement de culpabilité.

— Alors cette croisière paraît l'occasion rêvée de changer d'air. Papa en a sûrement autant besoin que toi, suggéra-t-elle avec un entrain forcé. Veux-tu que je lui parle ?

Les mains plaquées sur le rondin, Dorrie se redressa et contempla l'océan.

— Je pars seule. J'ai quitté ton père. Depuis quinze jours, j'habite chez tante Wanda à Woonsocket.

— Je ne comprends pas, balbutia Sandra, sonnée par le choc.

— Nous allons divorcer.

Divorcer. Dans la bouche de sa mère, le mot avait une consonance bizarre, étrangère, tel un plat exotique qu'on n'oserait jamais goûter. Non, c'était inconcevable. Un divorce ne pouvait arriver dans la famille. Et surtout pas à ses propres parents, mariés depuis trente-six ans !

Elle se leva d'un bond.

— Maman...

— Cette décision a été longue à venir, continua Dorrie d'une voix morne. Je ne prétendrai pas qu'elle a été facile à prendre, mais c'est à mes yeux la seule solution. Ton père et moi tenons à ce que tu saches que nous t'aimons tous les deux...

— Arrête, ça fait tellement... *répété* ! C'est le genre de trucs qu'on dit à une gamine de sept ans, la coupa Sandra qui ramassa un caillou et le lança dc toutes ses forces, sans regarder où il atterrissait. Mais tu sais quoi ? Même à sept ans, on sait que c'est dur. Toujours.

— La vie est dure, répondit Dorrie, et personne n'a encore trouvé de remède. Chacun fait de son mieux pour s'en sortir.

— Comme toi ? En laissant tomber papa ?

— Ce n'est pas parce que je pars que c'est moi qui laisse tomber ton père, objecta Dorrie qui se leva et reprit sa marche.

Le cœur palpitant de panique, Sandra lui emboîta le pas.

— Dis-moi ce qui s'est mal passé, maman.

Dorrie fourra les mains dans les poches de son vieux manteau court en poil de chameau. Ce manteau faisait son apparition avec la régularité des saisons, sorti de la housse antimites du pressing en novembre, puis relégué à la cave au mois de mars jusqu'à l'hiver suivant. Sa mère ne changeait jamais de manteau, et voilà qu'elle voulait bouleverser sa vie !

— Sandra, un mariage de trente-six ans ne sombre pas parce que quelque chose s'est mal passé. C'est plutôt que les choses ne tournent pas rond depuis trop longtemps. La différence, c'est qu'aujourd'hui, j'ai enfin décidé de réagir, expliqua Dorrie en esquivant une vague frangée d'écume qui venait mourir à leurs pieds. Tu vois, ton père et moi avons toujours eu une idée précise de ce que serait notre vie à sa retraite. Le problème, c'est que nous n'avons jamais comparé nos notes. Je m'imaginais que nous ferions plein de choses ensemble : apprendre une langue étrangère, parcourir le monde, prendre des cours de danse, suivre un stage de céramique… C'était si évident pour moi que j'ai toujours pensé qu'il était sur la même longueur d'ondes.

— Et il ne l'était pas ?

Dorrie laissa échapper une exclamation de dégoût.

— Golf et pêche avec ses copains, voilà son programme quotidien. Et moi, pendant ce temps-là, je continue de me taper le ménage, les courses, la cuisine, les factures, comme je l'ai toujours fait. Lui prend sa retraite et moi, je suis condamnée à perpétuité. Tu trouves ça normal ?

Sandra n'arrivait pas à y croire. C'était comme un coup de massue, un autre deuil.

— Vous allez sûrement réussir à vous entendre. Essaie de le convaincre de t'aider davantage dans la maison.

— J'ai essayé. Il est irrécupérable.

— Alors apprends à jouer au golf.

— J'ai essayé aussi. C'est moi qui suis nulle.

— Maman, le mariage n'est pas une science exacte. Deux personnes qui s'aiment devraient quand même...

— C'est peut-être là le nœud du problème, justement, l'interrompit Dorrie. Peut-être qu'au fil des ans, l'amour a fini par s'égarer.

Les paroles de sa mère emplirent Sandra d'une profonde et douloureuse tristesse. Non, l'amour ne pouvait pas échouer ainsi. Puis elle se souvint de Victor, et sa conviction vacilla. Peut-être de sombres secrets hantaient-ils aussi le mariage de ses parents. Qui pouvait le savoir ?

La jeune femme gardait les yeux rivés sur la mer grise, déchaînée. Son univers tout entier filait sous ses pieds, et elle n'avait aucun moyen de le retenir. Elle commençait à mettre en doute son propre jugement. Les fondations de sa famille s'écroulaient. Ce qu'elle avait cru être la vérité n'était qu'un tissu de mensonges.

— Tu ne peux pas faire ça, maman, dit-elle, forçant la voix à cause du vent. Papa et toi devez consulter, mettre vos différends à plat...

— Nous ne sommes pas des personnages d'un de tes livres, ma chérie, dit gentiment Dorrie en glissant un bras autour de ses épaules. Je suis navrée mais c'est ma vie, ou tout au moins ce qu'il en reste. Je dois sauter le pas. C'est la réalité, et rien de ce que tu pourras dire ou faire n'y changera quoi que ce soit.

— Depuis combien de temps y pensiez-vous ?

— Oh, depuis un moment. Mais nous voulions attendre le jugement du tribunal pour te l'annoncer.

Les bourrasques soulevaient des tourbillons de sable et couchaient l'herbe des dunes. Une autre tempête se préparait.

Dorrie rebroussa chemin.

— Il fait froid et j'ai encore des affaires à régler avant de prendre l'avion pour Fort Lauderdale, dit-elle en posant sa main gantée sur le bras de Sandra.

Celle-ci fit demi-tour et marcha en silence au côté de sa mère, en direction de la maison qu'elle était si pressée de vendre. La vieille bâtisse victorienne semblait voûtée au milieu des dunes, tel un oiseau de mer affrontant la tourmente. Le fouillis des rosiers et des lilas obscurcissait presque le bow-window, et le pignon gris écaillé par les intempéries était à l'unisson avec les nuages orageux qui déferlaient du nord, s'apprêtant à lancer un nouvel assaut sur la côte.

Cette maison tenait debout depuis plus de cent ans et aujourd'hui, elle menaçait de tomber en ruine. Mike Malloy prétendait pouvoir la restaurer. Soudain, cette promesse comptait plus que tout au monde à ses yeux.

4

La tempête éclata alors que Mike se trouvait à plus de quinze mètres de hauteur, agrippé à la passerelle du phare de Point Judith. La tourmente ébranlait de ses coups de boutoir la vieille tour de briques brunes. Les rafales et le grésil cinglaient les épaules de Mike, tandis qu'il se débattait avec une planche de contreplaqué qui prenait le vent tel un cerf-volant et le plaquait dangereusement contre la passerelle.

Archie Glover l'avait appelé de la station des garde-côtes, pour lui dire qu'une des vitres avait été soufflée, exposant aux intempéries l'imposante lanterne française d'époque. Il avait besoin d'aide, tout de suite.

Mike cala une jambe contre la balustrade pour ne pas basculer. De l'intérieur du phare, Archie lui cria quelque chose, mais il ne comprit pas un mot. Il regrettait de ne pas avoir pris le temps d'enfiler un harnais. Il boucha comme il put la fenêtre avec la planche. Des débris de verre crissaient sous ses chaussures de sécurité.

Les mains engourdies, il vissa une série de robustes attaches en acier, espérant que cette réparation de fortune résisterait jusqu'à l'accalmie.

Archie lui tint la porte ouverte, et Mike réintégra le calme relatif de la balise. Il passa une manche trempée sur son visage.

— Il fait meilleur ici. Bon sang, qu'est-ce que ça souffle !

— Bravo, bon boulot, Mikey. Un moment, j'ai eu peur que tu sois passé par-dessus bord, dit Archie en lui tapant sur l'épaule.

Ils descendirent l'escalier en colimaçon.

— Viens, il y a du café chaud en bas.

— Non, merci, répliqua Mike en claquant des dents. Je ferais mieux d'y aller.

Archie lui tendit un chèque.

— Essaie de ne pas le mouiller.

Mike reprit son pick-up et retourna à la marina, en se méfiant des branches arrachées et autres débris qui jonchaient la chaussée. La tempête s'éloignait vers le sud, laissant une mer déchaînée dans son sillage. Une seule lumière brillait dans la capitainerie, et plusieurs autres sur les grands bateaux de pêche, mais les quais étaient déserts.

Mike ne considérait pas le *Coup de Pot* comme une véritable maison, mais depuis qu'il était revenu à Paradise, il vivait à bord de ce vieux chalutier amarré à quai, au milieu de la flottille du petit port de pêche.

Massif, mais bien aménagé, le bateau était devenu la propriété de Mike quand son père avait pris sa retraite et était parti s'installer en Floride. Pendant des années, dans ce qui lui paraissait aujourd'hui une autre vie, il avait passé tous les week-ends d'été à bord avec Angela. Ils faisaient des sorties jusqu'à Block Island, jetaient l'ancre dans des criques tranquilles, préparaient une soupe de poisson avec des crackers, et faisaient l'amour au rythme langoureux des vagues. Angela n'avait plus mis le pied sur le pont depuis très, très longtemps.

Lorsque Mike monta à bord et descendit dans la cabine, Zeke lui fit la fête. Il prit le temps de caresser le chien derrière les oreilles, puis alla prendre une douche bien chaude dans une salle d'eau si étroite qu'il pouvait à peine y tenir droit ou se tourner.

Quand il ressortit après avoir passé des vêtements secs, Zeke l'accueillit avec des battements de queue frénétiques, pressé d'aller faire sa promenade du soir sur les quais.

— C'est bon, c'est bon, bougonna Mike qui enfila sa parka.

Son regard tomba sur la table des cartes, occupée par un ordinateur et une imprimante. Au sommet d'une pile de papiers se trouvait l'un des nombreux courriers de Loretta Schott, l'avocate qui s'occupait de son divorce. Selon elle, le juge du tribunal de grande instance avait des doutes sur le sérieux d'un père qui avait élu domicile sur un bateau.

Certains croyaient qu'en rénovant le chalutier de quinze mètres, il avait décidé de sauter le pas et de vivre un rêve de gosse. Mais le bateau avait beau être impeccablement aménagé avec un bureau, une cuisine équipée, deux grandes cabines et deux salles de bains, sans les enfants, ce n'était qu'un bateau fantôme. Désormais, son unique rêve était de garder le contact avec eux.

L'assistante sociale chargée de son dossier était loin de se montrer emballée. Même si les enfants adoraient le bateau, elle n'avait accordé qu'une autorisation provisoire. Mike avait jusqu'à la prochaine rentrée scolaire pour trouver un lieu de résidence stable. Selon Loretta, ses chances seraient meilleures s'il emménageait dans une maison digne de ce nom.

Frustré, il avait veillé tard la veille, essayant de mettre de l'ordre dans ses idées au sujet de la maison Babcock et de sa propriétaire. Ce matin, il avait remplacé la boîte aux lettres. Cela ne lui avait demandé que cinq minutes, et il n'avait pas même pris la peine de klaxonner pour signaler sa présence. Sandra Winslow devinerait que c'était lui.

Il aurait voulu pouvoir lui dire que ce chantier ne l'intéressait pas, mais comment refuser de relever le défi d'une restauration exceptionnelle ? Il étudia la carte marine étalée près de son ordinateur. Songeur, il suivit de l'index le contour tortueux du littoral, puis évalua la distance entre le port de Paradise et Blue Moon Beach : par la mer, six petits milles nautiques. Advienne que pourra, se dit-il. De toute façon, il n'avait pas beaucoup le choix.

— Bon, allez, Zeke, on y va.

Le chien piaffait devant la porte coulissante en verre dépoli. À peine Mike l'eut-il entrouverte qu'il bondit sur le pont. Du même élan, il sauta sur le quai et se mit à renifler dans tous les coins comme un fou.

Mike le suivit à pas lents et s'arrêta pour contempler le crépuscule qui scintillait sur les flots agités. Il se laissa bercer un moment par la rumeur de l'océan et les piaillements aigus des mouettes.

Et une fois de plus, il pensa à Sandra Winslow.

Cette femme l'intriguait. Il avait du mal à imaginer qu'elle avait été la femme de Victor ; ils n'allaient pas vraiment ensemble. Mais après tout, il ne la connaissait pas, et puis Vic avait toujours eu un jugement très sûr…

Le froid vif et piquant, si typique du littoral de la Nouvelle-Angleterre, le contraignit à relever le col de sa parka. Il enfonça les mains dans ses poches.

— Salut, Mike.

Il se retourna. Lenny Carmichael venait vers lui de la démarche chaloupée des gens de mer, sa casquette de pêcheur vissée sur la tête. Son père avant lui avait été pêcheur de homards. Lenny avait rejoint l'entreprise familiale dès qu'il avait été en âge de quitter l'école.

— Salut, répondit Mike avec un signe de tête.

— Alors, à ce qu'il paraît, tu as réparé une fenêtre du phare.

À Paradise, les nouvelles se répandaient toujours comme une traînée de poudre.

— Ouais. Drôle de façon de passer son après-midi.

— Dommage que t'étais pas chez Schiller, dit le pêcheur avec son accent monocorde et traînant de Rhode Island. Archie a payé une tournée à tout le monde en ton honneur. T'es bien parti, Mikey, pour sûr.

Mike s'étonnait que les gens d'ici le tiennent encore en haute estime, après toutes ces années.

— Gloria m'a dit de te donner ça, ajouta Lenny en lui tendant une boîte en carton fermée par un scotch. Elle en a fait trop, comme d'habitude.

Mike savait ce qu'il trouverait dans la boîte : un gros homard cuit – vendu au moins soixante-quinze dollars pièce dans les restaurants de Manhattan –, deux petits pains ronds et des pommes de terre au beurre. Au début, la générosité de Gloria l'avait embarrassé. Pour être franc, elle l'avait même fichu en rogne. Mais Gloria Carmichael ne se laissait pas intimider par un type en rogne. Après tout, elle était mariée avec Lenny.

— Tu la remercieras pour moi. Mais tu sais, elle n'est pas obligée…

— Je lui répéterai le début, mais pas la fin. Elle disait justement qu'elle en avait marre d'avoir sous le nez la balustrade rouillée de la terrasse. Je parie qu'elle va bientôt t'appeler.

— Alors dis-lui que je n'accepte ni liquide, ni chèque, ni carte de crédit. Juste un bon petit repas.

— Voilà un arrangement qui va lui plaire. Qu'est-ce que tu veux, ma bourgeoise préfère ses fourneaux aux galipettes…

— Voilà peut-être pourquoi son commerce marche si bien.

Deux ans auparavant, Gloria avait ouvert une petite échoppe à Point Judith, où elle vendait ses délicieuses spécialités au homard, l'été, aux touristes de Boston ou de New York.

— Moi, j'aimerais mieux les galipettes, grommela Lenny.

— Je te comprends.

— Ça marche, les affaires, alors ? continua le pêcheur.

Étant donné la vitesse fulgurante à laquelle les ragots se répandaient, Mike jugea préférable de mettre son ami au courant de ses projets.

— Je tiens peut-être un gros contrat sur Ocean Road, annonça-t-il d'un ton détaché. Je suis en train de préparer un devis pour restaurer la vieille baraque des Babcock.

— La maison de la femme à Winslow ? (Lenny laissa échapper un long sifflement.) Ben dis donc, on peut dire qu'elle perd pas de temps pour dépenser le fric de son mari !

— Ce n'est pas encore fait, précisa Mike.

— Gloria te dirait de lui pomper le maximum.

— Elle n'aime pas Sandra Winslow ?

— Une fille jeune et mignonne qui vient d'échapper par miracle à une mise en examen pour homicide ?

Comme dirait ma femme, ça fait beaucoup pour une seule personne. Qu'est-ce que tu veux, fit Lenny, les bras écartés avec impuissance, elle se passionne pour cette histoire, c'est dingue. Elle suit tout à la télé, c'est pire que *Les Feux de l'amour*... Dis donc, t'étais pas copain avec Victor Winslow, fut un temps ?

— Quand on était gamins. On s'est perdus de vue.

Mike se remémora sa fierté à son entrée à l'université : il était le premier de sa famille à y être admis. Pendant deux ans, il s'était montré à la hauteur : il avait réussi ses premiers examens, jouait quarterback dans l'équipe de football, sortait avec la capitaine des pom-pom girls. Bref, la vie lui souriait.

Jusqu'à ce tacle, qui lui avait brisé la rotule droite en plusieurs morceaux. Trois interventions chirurgicales, son départ de l'équipe... et puis Angela. Elle avait fait irruption dans sa chambre d'hôpital, brandissant un test de grossesse avec une ligne rose au bout. Enceinte. Il avait dû quitter la fac, entrer dans la vie active et l'épouser.

— Alors, à quoi elle ressemble de près, la Veuve noire de Blue Moon Beach ? demanda Lenny.

Mike observa les mâts des bateaux qui s'agitaient tels des bras squelettiques dans le crépuscule.

— Je n'en sais rien et ça ne m'intéresse pas. Elle a besoin d'un artisan et moi, de boulot. Je ne vais pas chercher plus loin.

Il ne dirait pas à Lenny qu'elle pleurait à son arrivée, qu'il l'avait trouvée adorable dans son jean et ses bottes en caoutchouc, que sa voix était douce et chaude, et que pas une fois elle n'avait souri.

— D'après Gloria, elle est coupable à fond, dit Lenny en cognant du bout du pied un taquet métallique. C'est vrai, quoi, la voiture fait le grand plongeon et elle s'en tire sans une égratignure. Elle prétend ne rien se rappeler du tout. Amnésie sélective, si tu veux mon avis.

— Tu ne crois pas à sa version des faits ?

— Personne ici ne la croit.

— Alors pourquoi le non-lieu ?

— J'imagine que son avocat véreux de Newport a réussi à embobiner le juge, répondit Lenny qui sortit une vieille pipe d'écume de sa poche et bourra le fourneau de tabac. Enfin bon, ce que j'en dis... J'ai juste de la peine pour ses parents. Des gens bien, les Winslow. Ils ne méritaient pas ça.

Ronald Winslow était revenu du Viêt-nam décoré pour blessure de guerre, la moelle épinière écrasée. Stimulé plutôt qu'abattu par son handicap, il était sorti avec les honneurs de l'université de théologie de Harvard, et était devenu pasteur de la plus grande église protestante du sud de Rhode Island.

Il avait épousé Winifred Van Deusen par amour, même si l'importante fortune dont elle avait hérité avait été la bienvenue. Tous deux adoraient Victor, leur fils unique, en qui ils avaient placé tous leurs espoirs.

À la seule idée de perdre un enfant, Mike sentait son sang se glacer d'effroi.

Avec un pincement de culpabilité, il songea qu'il ne leur avait pas encore présenté ses condoléances. Par la même occasion, il leur annoncerait qu'il avait l'intention de rénover la maison de leur belle-fille. Par respect pour eux.

Lenny alluma sa pipe derrière sa main. Zeke arriva en trottinant sur le quai, sa prise du jour entre les mâchoires. Il lâcha aux pieds de son maître un amas de moules emberlificotées dans un collier d'algues. Du bout du pied, Mike fit tomber le tout à l'eau.

Lenny tira sur sa pipe.

— Quand vas-tu te décider à prendre un chien digne de ce nom ?

— Comme si je l'avais choisi. Je suis juste le pigeon qui en a hérité. Et les enfants adorent Zeke.

Durant la procédure de divorce, il avait défendu ses droits bec et ongles, dépensant quasiment tout ce qu'il possédait pour obtenir du temps avec ses enfants. Mais au bout du compte, c'était Angela qui avait eu gain de cause. Remariée dans l'intervalle à un riche restaurateur de Newport, et représentée par le cabinet d'avocats le plus cher de la ville, elle avait tout raflé : les enfants, la maison et l'entreprise, dans laquelle son père avait une part majoritaire. Mike s'était retrouvé avec un droit de garde restreint, et le vieux chalutier de son père pour tout domicile. Angela avait beau avoir eu une liaison, l'argent avait tout arrangé. Et c'était à lui maintenant qu'on reprochait de ne pas offrir un environnement sûr et épanouissant à ses enfants, parce qu'ils dormaient chez lui sur deux couchettes ? C'était vraiment le monde à l'envers !

— Tu vas avoir de quoi faire avec la maison Babcock, alors ? demanda Lenny.

— Peut-être. Si elle accepte mon devis.

— Elle aurait intérêt à se montrer reconnaissante que tu consentes à bosser pour elle.

— Je ne peux pas me permettre de faire le difficile. Pas pour l'instant.

Lenny tapota le fourneau de sa pipe contre le talon de sa chaussure.

— Faut que j'y aille. Je me lève tôt demain matin. À la prochaine, Mikey.

— À la prochaine.

Mike siffla, et Zeke accourut ventre à terre.

Il faisait chaud dans le chalutier. Tout au moins, quand ses enfants étaient là. Le reste du temps, il essayait d'économiser du propane. Mais il aurait tout donné pour qu'ils soient bien.

5

Samedi 5 janvier, après-midi

Dix repas sans cuisson

1. *Bâtonnets de carottes et de céleris, sauce ranch 0 %.*
2. *Une pomme Granny Smith.*
3. *Une tranche de pain grillé.*
4. *Une coupelle de faisselle 0 %.*
5. *Une poignée de cacahuètes grillées à sec.*
6. *Pop-corn sans beurre ni sel.*
7. *Pop-corn avec une tonne de beurre et de sel.*
8. *Un sachet de chips goût bacon.*
9. *Un pot de glace à la cerise.*
10. *500 g de chocolat noir à 72 % de cacao.*

Au-dessus de l'évier, Sandra déroula les bandes de gaze et inspecta ses paumes. Les ampoules étaient en voie de guérison. Elle se lavait les mains, quand un bruit de moteur se fit entendre dans l'allée.

Un camion FedEx. Il passait drôlement tard...

Tout était possible. Le calvaire de l'année passée lui avait appris à s'attendre au pire.

Elle se dépêcha d'aller ouvrir et, en échange d'une signature, un coursier lui remit une enveloppe plate cartonnée. Aussitôt la porte refermée, elle déchira le rabat et découvrit un chèque de Clagget, Banks, Saunders & Lefkowitz, le cabinet d'avocats auquel elle s'était adressée après le décès de Victor. Le talon correspondance du chèque signifiait succinctement qu'il s'agissait du premier versement de la prime d'assurance, déduction faite des honoraires du cabinet. La compagnie d'assurances avait, bien entendu, contesté le paiement, puisque le corps de Victor n'avait pas été retrouvé. Mais le non-lieu, basé sur des preuves indirectes, avait mis un terme au contentieux.

Sandra ne pouvait en détacher les yeux. La vie de Victor, réduite à une somme sur un chèque...

Bouleversée, elle le posa sur la console de l'entrée et sortit sur la terrasse dans le froid du soir. Contemplant le jardin peuplé d'ombres indigo et balayé par de violentes rafales, dernière salve de la tempête de l'après-midi, elle passa le pouce sur la peinture écaillée de la balustrade.

Parviendrait-elle jamais à trouver un endroit aussi magique que celui-ci ?

— Victor, si seulement tu pouvais me conseiller, murmura-t-elle tristement.

Une des épreuves les plus difficiles de la solitude, c'est de n'avoir plus personne à consulter. Elle se retrouvait seule à la barre, naviguant dans des eaux inconnues, incapable de savoir si elle choisissait le bon cap.

Alors qu'elle allait chercher du bois dans l'appentis, elle jeta un coup d'œil en direction de la route et s'arrêta net. Puis elle s'approcha avec circonspection de l'entrée de la propriété.

Sur un nouveau poteau près du fossé se dressait une boîte aux lettres rutilante en acier galvanisé. Le numéro de la maison y était affiché en chiffres fluorescents.

Malloy, se dit-elle. Quand donc était-il venu ?

Sandra vida son contenu et se dépêcha de rentrer, frissonnante. Elle plaça une nouvelle bûche dans le poêle, puis s'assit sur le canapé et passa le courrier en revue. Il y avait l'habituel assortiment de pubs en tout genre et de factures. Encore le NRA. Pourquoi la harcelaient-ils ainsi sans cesse ? Sans doute, se dit-elle, parce que Victor avait été à fond contre la prolifération incontrôlée des armes à feu dans le pays.

Elle posa le courrier et décrocha le téléphone, pour prévenir son avocat de l'arrivée du chèque.

Lorsque la boîte vocale de l'avocat s'enclencha, Sandra commença à laisser un message, aussitôt interrompue par Milton Banks en personne.

— Alors, vous l'avez ! On a été rapides, hein ? s'exclama-t-il joyeusement avec un fort accent de Boston. Vous allez enfin pouvoir souffler.

Il pouvait être joyeux, vu le montant de ses honoraires.

— Je n'ai pas l'intention de souffler, dit-elle. J'ai des projets.

— De quel genre ? s'enquit-il après une hésitation.

— Je compte faire restaurer ma maison, la vendre et partir loin d'ici.

— Voyons, Sandra, vous devriez pourtant le savoir...

— Quoi donc ?

— Si vous partez maintenant, vous donnerez l'impression de prendre la fuite.

— C'est exactement ce que je fais, rétorqua-t-elle en enroulant le fil du téléphone autour de son index.

L'avocat garda le silence un instant.

— Écoutez, je vous l'avais dit, le non-lieu n'est que la première bataille. À quoi bon cette hâte ? Restez tranquillement dans le coin, de votre plein gré. Cela fera moins tache qu'une assignation du tribunal. Je ne vous dis pas que ça va arriver, mais il faut être réaliste.

— Je suis restée tranquillement ici pendant un an, Milton.

L'appréhension lui nouait l'estomac.

— Je vous ai mise en garde depuis longtemps déjà. Quelles que soient les conclusions du médecin expert, il y aura des poursuites au civil. Les avocats des Winslow peaufinent leur dossier depuis des mois.

C'était la vérité, Banks l'avait prévenue, mais elle avait préféré fermer les yeux. Elle ne serait pas surprise que ses beaux-parents la poursuivent. Plus rien ne la surprenait.

— D'où savez-vous qu'ils vont passer à l'acte ?

Il y eut une longue pause à l'autre bout du fil. Milton venait de s'allumer une cigarette. Il tira une première bouffée.

— Parce que j'ai de l'expérience, tout simplement. Ils furètent dans tous les coins à la recherche d'indices. Je parie qu'en ce moment même, ils s'apprêtent à déposer leur plainte. Croyez-moi, ils veulent que quelqu'un paie et ce quelqu'un, c'est vous, Sandra. Vous étiez au volant cette nuit-là. Désolé de vous le dire, mais ils n'ont que l'embarras du choix, de la simple négligence à l'homicide volontaire. Alors préparez-vous au pire.

La jeune femme serra les dents pour ne pas crier, à s'en faire mal aux mâchoires. Elle déroula le fil du téléphone et tapota nerveusement le combiné. Son ancienne détresse l'étranglait à nouveau, et il lui fallut plusieurs respirations profondes avant de pouvoir reprendre :

— Il y a beaucoup de travaux à prévoir, cela nous laisse du temps. Mais croyez-moi, à la minute où ils seront terminés, je partirai d'ici, poursuites ou pas poursuites.

— Détendez-vous. Aucun juge ne laisserait cette plainte aller jusqu'au procès sur la base de pièces à conviction aussi minces. Il leur faudra trouver bien plus persuasif que ce qu'ils ont trouvé jusqu'à présent.

Sandra serra si fort le combiné que ses ampoules lui firent mal. Des pièces à conviction, ce n'était pas ce qui manquait... Et si elles étaient découvertes, elle était fichue.

6

Dimanche 6 janvier

Dix choses à faire un dimanche matin

1. *Faire les mots croisés du* New York Times.
2. *Faire des pancakes en forme d'avocat.*
3. *Aller à l'église.*

Sandra regardait sa dernière phrase, le cœur battant. Oserait-elle ?

Jusqu'à ce qu'elle ait écrit les mots noir sur blanc, elle n'avait pas réalisé que ce projet insensé lui trottait dans la tête malgré elle.

Du vivant de Victor, le dimanche matin, c'était le rituel. Fils du pasteur et personnage public lui-même, son mari considérait l'office dominical comme bien davantage qu'un acte de ferveur spirituelle. Il se levait tôt et s'habillait avec un soin méticuleux, puis, beau comme un saint, il la menait à son bras jusqu'au banc de buis qui leur était réservé, orné d'une plaque en cuivre rutilante commémorant les premiers Winslow de Rhode Island.

Maintenant, elle était seule, encore ébranlée par le choc des révélations de sa mère et la mise en garde de son avocat.

Elle avait la sensation d'être en équilibre instable au bord d'un précipice. Elle vivait en recluse depuis trop longtemps et en avait plus qu'assez qu'on médise dans son dos. Elle n'avait jamais été une battante, mais une petite voix insistante lui répétait de foncer droit devant.

Qu'avait-elle à se reprocher ? Rien. Elle avait perdu son mari dans des circonstances tragiques, voilà tout.

Tandis qu'elle arpentait le salon, sa décision fut prise. Fini de se torturer avec les incertitudes et la culpabilité ! Le moment était venu d'agir.

Elle prit le chèque et le mit à l'ordre de l'église réformée d'Old Somerset. Tout à coup, elle se sentit légère, comme débarrassée d'un gros poids. Puis, avec une énergie retrouvée, elle essaya plusieurs tenues avant de fixer son choix sur un tailleur en lin bleu marine avec les escarpins assortis, discret, mais de bon ton. Winifred Winslow l'avait approuvé pour un déjeuner des Descendantes de la Révolution américaine, une des épreuves imposées à toute épouse d'un homme politique.

Sandra se maquilla et se coiffa avec un soin méticuleux, soucieuse de masquer la pâleur de ses joues creusées par une perte de poids trop brutale.

Autrefois, le trajet jusqu'en ville lui aurait calmé les nerfs, mais à chaque kilomètre qui passait, la tension lui nouait un peu plus l'estomac. Sur la route sinueuse qui longeait la côte de schiste et de granit, elle garda les mains crispées sur le volant. Pendant des semaines après l'accident, elle avait été incapable de conduire. La panique l'oppressait tellement qu'elle avait peine à respirer. Aujourd'hui encore, elle avait dû se forcer à monter au volant et se concentrait tant bien que mal sur la route. Quand ce cauchemar prendrait-il fin ?

Des bribes de souvenirs la hantaient : la plaque de verglas sur le bitume, des phares dans le rétroviseur, le crissement des pneus sur le tablier du pont, le choc de l'impact, suivi du sifflement assourdissant de l'airbag.

Avec un effort de volonté, elle chassa ces visions d'horreur. Elle dépassa l'entrée de la ville, indiquée par un panneau en bois délavé par les intempéries. Paradise était une petite ville agréable à vivre avec ses rues bordées d'arbres, ses maisons coquettes à terrasses et ses commerces regroupés autour de la mairie.

Sandra ralentit prudemment à cinquante en passant devant le parc municipal, un grand espace vert ovale, orné d'un bassin. Dans la rue suivante... Elle s'ordonna de ne pas regarder, mais ne put s'en empêcher. La propriété de la famille Winslow, une grande bâtisse du XVIIIe siècle, se dressait au milieu d'une immense pelouse impeccable. À quelques rues de là se trouvait la petite villa, beaucoup moins ostentatoire, que les parents de Victor leur avaient offerte en cadeau de mariage.

Toute sa vie, Sandra avait souhaité un endroit où elle se sentirait chez elle. À Paradise, aux côtés de Victor, elle l'avait enfin trouvé. Avec son décès, c'était bien plus qu'un mari qu'elle avait perdu. C'était son foyer, sa communauté, sa place dans le monde.

Désormais, la maison était louée. Il y avait de nouveaux rideaux aux fenêtres, des rideaux en dentelle qui, de l'avis de Sandra, juraient avec les lignes épurées des fenêtres en avancée de l'étage. La vue d'un petit tricycle rouge dans l'allée lui serra le cœur. Elle avait toujours désiré avoir des enfants, mais Victor n'avait cessé de tergiverser.

Repensant à leurs discussions tendues, elle réalisa combien il s'était montré habile. À chaque fois qu'elle abordait le sujet, il avait trouvé une esquive. Il devait d'abord boucler le budget de sa campagne. Prendre soin de sa mère, atteinte d'un cancer du sein – dont elle s'était remise. Gagner les élections et lever des fonds pour la campagne suivante. Se positionner favorablement sur l'échiquier politique au niveau national.

Bref, tout sauf la vérité.

Elle gara sa vieille Plymouth Arrow sur le parking devant l'église. Le clocher sonna la demie. Parfait. Elle tenait à arriver en avance, afin de pouvoir aborder les Winslow en privé. Bien qu'il fût tentant de faire son geste devant la paroisse réunie, elle ne pouvait se résoudre à un acte aussi manipulateur et fourbe.

Victor n'aurait pas eu les mêmes scrupules.

Elle glissa la bandoulière de son sac sur son épaule et claqua la portière. Intimidée après une si longue absence, elle se remémora sa première visite ici, lorsqu'elle n'était encore qu'une étrangère, un objet de curiosité. D'une certaine façon, cela n'avait jamais foncièrement changé, même si elle avait réussi à se faire une place parmi la bonne société de la petite ville. Elle avait fini par s'y sentir bien, tout comme elle était heureuse avec Victor.

Cependant, même dans les moments d'harmonie, elle avait toujours eu l'impression de jouer une sorte de comédie : elle n'avait jamais été fervente croyante, et certains aspects du rituel religieux sonnaient faux, selon elle. Ses devoirs d'épouse l'avaient amenée à diriger le chœur des enfants le dimanche et, en secret, elle avait toujours trouvé dans leurs voix juvéniles davantage de grâce céleste que dans les sermons de son beau-père.

Serrant son manteau contre elle, Sandra fit le tour de l'église, jusqu'à une large porte sur laquelle était inscrit : *Presbytère*. Elle n'eut pas longtemps à attendre. Quelques instants plus tard, le monospace des Winslow entra sur le parking et se gara à la place réservée au pasteur. Ils ne semblèrent tout d'abord pas remarquer sa présence, occupés qu'ils étaient à débarquer le fauteuil roulant de la voiture.

Paraplégique depuis trente ans, Ronald Winslow se déplaçait avec une grande dignité. Jamais sa femme ne s'apitoyait sur lui ou ne le maternait. Ils avaient toujours l'air très naturels ensemble, comme tout couple d'un certain âge de la haute société de Nouvelle-Angleterre. Le lien qui les unissait était à la fois subtil et tangible, tout comme cette facilité avec laquelle il adaptait la vitesse de son fauteuil électrique au pas de son épouse, tandis qu'ils traversaient le parking. Sandra ressentit un pincement au cœur, à la pensée que plus jamais elle ne verrait ses parents ainsi côte à côte.

Elle se força à avancer vers la rampe d'accès au presbytère.

— Que faites-vous ici ? s'exclama Ronald Winslow.

La dureté du ton cloua Sandra sur place. Elle lui fit face, le visage fouetté par le vent glacial. *Dix mauvaises idées pour un dimanche matin...* Cette visite qui, une heure auparavant, la remplissait d'espoir, lui semblait soudain le comble de la bêtise.

— Bonjour, dit-elle, alors que le regard de son beau-père la transperçait.

La mère de Victor ne daigna même pas la regarder. Le dessin de son profil était plus éloquent que n'importe quel discours. Ses narines délicates émettaient de petits nuages de vapeur dans l'air glacé. Winifred, qui lui avait appris à organiser des dîners de bienfaisance et autres obligations d'épouse d'homme politique, se comportait désormais en complète étrangère.

La sirène assourdie d'un bateau dans le port et le cri plaintif d'un goéland au-dessus de leurs têtes percèrent le silence. Sandra retrouva sa voix :

— Je voudrais que tout cela s'arrête. C'était un accident. Vous avez vous-mêmes entendu le juge...

Quelle torture elle avait endurée, d'être assise de l'autre côté de la travée à devoir affronter leur douleur et leur mépris !

Le pasteur vint se placer avec son fauteuil légèrement devant sa femme, comme pour la protéger.

— Nous avons entendu le juge, répondit-il, mais avons-nous pour autant entendu la vérité ? Vous étiez au volant. Vous avez survécu, et Victor est mort.

Le chagrin marquait le visage noble de cet homme, auquel son fils ressemblait tant. Les nuits d'insomnie avaient creusé des cernes sous ses yeux.

Victor était leur fils unique. Ardemment désiré, il était né alors que les médecins affirmaient toute conception impossible. Pour eux, il avait été l'enfant miracle, la petite merveille pour laquelle ils prévoyaient une destinée parfaite. Il les avait comblés en tout point, sauf un : le choix de son épouse.

Quand Victor l'avait présentée à ses parents, trois semaines à peine après leur premier rendez-vous, les Winslow s'étaient montrés d'une politesse irréprochable. Mais ils n'avaient pu tout à fait masquer leur déception. À aucun moment la question n'avait été posée, mais elle était demeurée comme suspendue dans l'air. Pourquoi *elle* ? Cette fille n'est pas des nôtres. Nous avions mis tant d'espoirs en toi...

Plus tard, Victor lui avait avoué que pendant des années, ils s'étaient efforcés de le pousser dans les bras de la fille de leurs meilleurs amis. Belle, ambitieuse, de bonne famille, celle-ci avait un faible pour Victor depuis leur première rencontre lors d'un pique-nique, lorsqu'ils étaient encore adolescents. Elle s'appelait Courtney Procter.

Ses reportages sur WRIQ étaient la preuve tangible que la journaliste ne lui avait pas pardonné.

— Jamais je n'aurais pu faire de mal à Victor, vous le savez, dit Sandra qui glissa une main dans sa poche et referma les doigts sur le chèque. Vous me connaissez, voyons, insista-t-elle en s'efforçant de garder un ton assuré, je n'ai rien fait de mal.

— Qui vous connaît vraiment, Sandra ? éclata soudain Winifred.

La jeune femme tendit le chèque.

— Voici le premier versement de l'assurance vie, j'en fais don à l'église.

Elle le lâcha sur les genoux de Ronald Winslow. Il le chassa d'un geste brusque, comme s'il s'était brûlé. Le chèque tomba en virevoltant sur le trottoir.

— Comment osez-vous essayer d'acheter l'absolution avec l'argent que vous rapporte la mort de Victor ?

— Je n'ai rien à me reprocher. À part, comme vous l'avez dit, d'avoir survécu, protesta Sandra en soutenant le regard de son beau-père. À moi aussi, il me manque. Il me manque énormément.

— Vous tentez de vous acheter une bonne conduite, mais nous ne sommes pas dupes. Nous...

— Laisse, coupa Winifred, une main sur le bras de son mari. Nous n'avons pas à l'écouter.

Sur ces mots, elle se détourna et s'engagea sur la rampe d'accès. Le visage fermé, le révérend Winslow fit pivoter son fauteuil et suivit sa femme.

Sandra agrippa la balustrade et voulut leur emboîter le pas, puis s'arrêta. Elle regarda le chèque qui tourbillonnait sur le dallage, telle une feuille morte.

La colère l'envahit. Elle le ramassa puis, redressant les épaules et le menton avec dignité, tourna les talons et regagna sa voiture d'un pas pressé. Ils refusaient l'argent. Soit. Cela facilitait sa décision au sujet de la maison.

Les portes de l'église de brique couleur sable étaient maintenant ouvertes. Elle distinguait la lueur des cierges à l'intérieur. Portés par le vent, des accords d'orgue parvenaient à ses oreilles.

Mais c'était là un accueil faussement chaleureux, elle le savait. Elle se maudit de sa stupidité. Elle aurait dû écouter Banks. Le non-lieu n'avait rien changé.

Ça suffit ! décida-t-elle en claquant sa portière, tandis que les cloches sonnaient à la volée. Combien de fois avait-elle été sur le point de révéler toute la vérité aux Winslow sur ce soir fatal ? Par respect pour leur chagrin – et aussi pour ne pas aggraver son cas –, elle s'en était toujours abstenue. Aujourd'hui, la tentation était grande.

S'ils savaient à quel point ils se trompaient sur leur fils…

7

Pour un catholique non pratiquant et un père divorcé, il n'y avait rien de plus ennuyeux que le dimanche. Mike roulait dans les rues où il avait passé son enfance, le cœur serré. Côté bonheur, la vie ne repasse pas les plats, songeait-il sombrement.

Assis au garde-à-vous sur le siège du passager, oreilles dressées et langue pendante, Zeke était à la fête. Toutes les cinq secondes, il aboyait gaiement.

Avant le divorce, Mike avait l'habitude d'emmener les enfants à la messe à St. John, et après le catéchisme, ils allaient à la plage, se baladaient à vélo ou restaient tranquillement à la maison. Comme il avait été facile de croire que ces jours heureux ne prendraient jamais fin ! Comme il avait été facile pour Angela et lui de se voiler la face !...

Il avait la tête et le cœur pleins de souvenirs, quoique fragmentés : les premiers pas de Mary Margaret, la communion de Kevin, les voyages en Floride chez ses parents... Quant à la vie de tous les jours, c'était plutôt flou. Il s'était jeté à corps perdu dans le travail, soucieux de conclure des contrats et de se faire une clientèle.

Et tout ça pour quoi ? Pour acheter une voiture neuve à Angela tous les ans, continuer de restaurer son bateau, payer son abonnement au country club, envoyer ses enfants dans une école privée.

Puis, un jour, il y avait eu une distorsion du temps. Un matin au réveil, il avait regardé sa femme et n'avait vu qu'une étrangère.

Une étrangère qui demandait le divorce.

Elle avait « rencontré » quelqu'un.

Mike chassa Angela de son esprit. Aujourd'hui, il avait un autre sujet de préoccupation : sa visite aux parents de Victor.

Il leva le pied de l'accélérateur, agacé par sa mauvaise volonté. Après tout, il avait été le meilleur ami de Victor. C'était la moindre des politesses d'aller exprimer ses condoléances à sa famille. Mais il avait aussi une confession à faire...

À son arrivée sur le parking de l'église d'Old Somerset, une jeune femme passa en courant, manteau sombre et cheveux au vent. *Sandra Winslow.* Que faisait-elle ici ?

Elle monta dans sa voiture et claqua la portière, puis resta un moment les bras sur le volant, tête baissée.

C'est l'instant que choisit Zeke pour aboyer. Elle releva la tête et son regard croisa celui de Mike.

Il jura entre ses dents. Impossible maintenant de passer son chemin. Il ne pouvait se permettre d'être grossier avec une cliente potentielle.

Il lui fit un vague signe de la main. Elle descendit sa vitre. Embarrassé, Mike se gara, ordonna à Zeke de se tenir tranquille et se dirigea vers elle.

— Vous êtes en panne ? demanda-t-il.

— Non.

Il jeta un coup d'œil en direction de l'église.

— On vous a libérée plus tôt pour bonne conduite ?

— Si on veut, répondit-elle avec une grimace.

Mal à l'aise, il réalisa qu'elle était au bord des larmes. Il n'aurait pas dû s'en préoccuper. Après tout, peu lui importaient les problèmes de Sandra Winslow.

— J'allais boire un café. Ça vous dit de vous joindre à moi ? s'entendit-il pourtant proposer.

Elle serra nerveusement le volant.

— D'accord, finit-elle par répondre. Où ça ?

— Suivez-moi.

Mike retourna à son pick-up en se maudissant intérieurement. Il lui montra le chemin jusqu'à un drive-in qui vendait des viennoiseries, et elle attendit dans la voiture tandis qu'il achetait deux cafés et deux donuts.

Bon, ce n'était quand même pas la mer à boire. Ils allaient prendre un café ensemble, puis il irait trouver les Winslow à la sortie de l'office.

Il roula jusqu'au bout de la rue et se gara sur le front de mer. Des barques de pêche dansaient sur l'eau en bordure du quai. La portière à peine ouverte, Zeke bondit comme une flèche, courut à fond de train jusqu'à la petite plage qui s'étalait contre la digue, puis disparut dans un jaillissement de sable derrière les rochers.

Portant le plateau en carton avec les cafés, Mike fit signe à Sandra Winslow de le rejoindre. Ils traversèrent la terrasse du glacier, déserte en cette saison, et allèrent s'asseoir à une table de pique-nique en béton.

— Il y a de la crème et du sucre dans le sachet des donuts, expliqua Mike.

Sandra lui jeta un drôle de regard.

— Merci, répondit-elle en soulevant le couvercle de son café.

Elle y versa un peu de crème, et au moins trois sachets de sucre. Elle semblait plus calme, maintenant, remarqua-t-il. Par politesse, il aurait dû sans doute lui demander ce qui n'allait pas, mais il ne tenait pas à le savoir. Il avait passé ses années de mariage à essayer de comprendre sa femme. En vain. Il n'avait nulle envie de recommencer.

Il ramassa un morceau de bois à ses pieds et le lança sur la plage à Zeke, qui s'élança pour le rattraper.

Sandra souffla doucement sur son café, puis but une gorgée.

— C'est un chien de race ?

— Simple caniche, mais ne le lui dites pas.

— Comment s'appelle-t-il ?

— Zeke.

— Original, fit-elle en levant les yeux vers lui.

C'était la première fois qu'il la voyait sourire. Un sourire sincère et chaleureux, encore plus charmant qu'il ne l'avait imaginé.

— Je parie que vos enfants l'adorent, ajouta-t-elle.

— Oui.

Il était content d'avoir Zeke, bien que ce chien ait un petit côté ridicule, même sans toilettage. Ses enfants lui manquaient tellement qu'il faillit en parler à Sandra Winslow.

— Je suis contente d'être tombée sur vous, poursuivit-elle comme il gardait le silence. J'ai quelque chose à vous dire.

Aïe, songea-t-il, elle a changé d'avis pour les travaux...

— Quoi donc ?

— Au sujet de mon mari, Victor Winslow. Vous avez entendu parler de lui, n'est-ce pas ?

— Bien sûr, comme tout le monde, répliqua Mike sans entrer dans les détails.

La jeune femme fixa la mer. Le vent lui plaquait de petites mèches sur le visage.

— En février dernier, Victor et moi avons eu un accident de voiture. (Sa main tremblait, et elle posa son gobelet.) Le médecin a conclu à un décès accidentel, et un non-lieu a été prononcé. Mais il y a encore des gens qui pensent le pire de moi. Enfin bref, soupira-t-elle en fourrant les mains dans ses poches, je tenais à ce que vous le sachiez avant que nous fassions affaire ensemble.

— Vous pensiez que je refuserais à cause de ce qui vous est arrivé ?

— Je n'en sais rien, Malloy. Je ne vous connais pas.

Il prit un donut et lui offrit l'autre.

— C'est votre maison qui m'intéresse, pas votre réputation.

Après une hésitation, elle accepta le donut.

— Merci, j'ai sauté le petit déjeuner ce matin.

Ils mangèrent en silence, regardant les vagues qui venaient se briser sur le sable.

— Comment vont vos mains ? s'enquit Mike au bout d'un moment.

— Les ampoules cicatrisent, répondit-elle en les lui montrant. Merci. Et merci aussi pour la boîte aux lettres. J'imagine que c'est vous qui l'avez remplacée.

— Tout le plaisir était pour moi. Je vous fais parvenir le devis d'ici peu.

— D'accord, très bien... Bon, je ferais mieux d'y aller, dit-elle en essuyant les miettes sur ses mains.

Ils regagnèrent leurs véhicules. Mike lui trouva le pas un peu plus léger. Il culpabilisa d'avoir fait l'innocent au sujet de Victor. Mais sans doute valait-il mieux qu'il ne s'implique pas trop.

Il la regarda s'éloigner. Puis il siffla Zeke, qui arriva comme un dératé quelques secondes plus tard et sauta d'un bond parfait dans la cabine du pick-up.

Mike retourna sur le parking de l'église et attendit la fin de l'office. Bientôt, les cloches sonnèrent et les premiers paroissiens sortirent.

Un homme en fauteuil électrique apparut à l'entrée de l'église. Le révérend Winslow serra les mains de ses ouailles, son épouse souriante à son côté.

Mike attendit qu'il n'y ait plus personne, puis descendit du pick-up.

— Je reviens. Tiens-toi tranquille, Zeke.

Les Winslow se dirigeaient vers leur monospace quand il les rejoignit.

— Monsieur et madame Winslow ?

Ils s'arrêtèrent et le regardèrent avec curiosité. De près, Mike remarqua à quel point le deuil de leur fils les avait marqués. Tous deux semblaient comme tassés sur eux-mêmes. L'épaisse chevelure de Ronald avait viré au blanc, et le manteau bleu marine de Winifred pendait sur sa silhouette amaigrie.

— Je suis Michael Malloy, se présenta-t-il. Mike, l'ami de votre fils quand nous étions enfants...

Ronald Winslow fronça les sourcils, mais le visage de sa femme s'adoucit.

— Michael... oui, bien sûr ! dit-elle en lui tendant ses mains gantées.

Un peu emprunté, Mike les serra entre les siennes.

— Je me souviens parfaitement de vous, Michael, continua Winifred. Vous vous étiez rencontrés à une compétition de natation, n'est-ce pas ? C'était en primaire, vous deviez avoir huit ans, si je ne me trompe.

— Vous avez une bonne mémoire.

Mike se souvenait de Victor et de lui, maigrichons et pâlots dans leurs maillots de bain, se lançant des regards, chacun dans sa file. Une improbable amitié était née entre eux : Victor, le fils de bonne famille, et lui-même, fils d'un pêcheur et d'une teinturière de l'usine textile Cranston Print. Pour deux copains d'école, les différences sociales n'avaient aucune importance. Plus tard, dans la vraie vie, elles en avaient eu. Énormément.

— Michael était quarterback dans l'équipe de football de l'université, expliqua Winifred à son mari en posant une main fine sur son épaule. Tu t'en souviens, j'en suis sûre...

Le vieil homme sourit.

— Oui, bien sûr. Ça remonte à quelques années.

— Effectivement.

Ne sachant comment aborder le sujet, Mike opta pour une approche directe.

— J'aurais dû appeler ou vous rendre visite plus tôt, mais je ne suis revenu en ville que depuis peu... Je ne sais comment vous dire... je suis vraiment navré pour Victor.

Le sourire de Ronald Winslow s'évanouit. Ses mains se mirent à trembler. Il les pressa l'une contre l'autre. Dans ses yeux se lisait une insondable détresse.

Winifred prit une paire de lunettes noires et les mit en hâte.

— Merci beaucoup. Il était ce que nous avions de plus cher. C'est une grande perte pour tout le monde.

— Quand j'ai appris qu'il avait été élu sénateur, cela ne m'a pas surpris du tout.

Un émouvant sourire de fierté illumina le visage de Winifred, qui tenait toujours l'épaule de son mari.

— Venez donc boire le café à la maison, Michael. Nous serions ravis de savoir ce que vous devenez.

Génial, se dit-il. D'abord Sandra, et maintenant les Winslow. Il avait prévu d'aller à la pêche, ce matin.

— Merci, c'est très gentil à vous.

Il remonta dans son pick-up et suivit leur monospace à une allure très digne qui fit tousser son moteur. Les

Winslow vivaient dans une immense bâtisse de style colonial, entourée d'un parc grand comme un terrain de golf. Une terrasse d'un blanc éblouissant longeait toute la façade. Mike reconnut le hickory où pendait une balançoire en corde, lorsqu'ils étaient enfants. Le portail en fer forgé, menant au marais salant derrière la propriété, avait pris une teinte vert-de-gris. Au-delà du marais s'étendait le front de mer. Avec Victor, ils prétendaient voir jusqu'à Block Island et s'étaient même juré de rallier un jour l'île à la nage.

Les Winslow s'arrêtèrent devant une petite avancée. Mike se gara derrière eux. La portière du monospace s'ouvrit, et la plate-forme supportant le fauteuil s'abaissa avec un ronronnement de moteur électrique.

— Vous reconnaissez la maison ? demanda Winifred.

— Et comment ! J'ai tellement de bons souvenirs, ici.

Devant son expression ravie, Mike fut content d'être venu, après tout. Bien sûr, il n'avait pas encore abordé le sujet de son contrat avec Sandra...

— Rentrons, nous aurons plus chaud.

Voyant son maître s'éloigner, Zeke poussa une longue plainte outragée, le museau collé contre la vitre.

— Désolé pour mon chien. S'il vous dérange, je...

— Il ne nous dérange pas du tout, intervint Ronald. Il va se calmer dès qu'il aura compris que vous êtes en terrain ami.

Quand Mike entra dans la grande cuisine lumineuse, d'autres souvenirs lui revinrent. Avec une acuité qui le surprit, il se revit en train de siroter un chocolat chaud avec Victor, après un après-midi de luge. L'été, ils laissaient des traînées de sable sur le carrelage impeccable, et faisaient un sort aux glaces dans le congélateur.

Avec des gestes sûrs et précis, Winifred versa le café. Tous trois prirent place dans le salon où trônaient de superbes meubles de famille. Malgré les antiquités de prix, dignes de figurer dans un musée, le cristal d'Irlande et les tableaux signés, le vide hantait cette pièce magnifique.

— Vous avez l'air en pleine forme, constata Winifred avec une lueur maternelle dans le regard. Vous paraissez si... adulte.

Ronald versa une goutte de crème dans son café.

— J'aurais aimé que Victor et vous restiez en contact. Vous formiez un duo de choc, si je me souviens bien.

— Moi aussi, assura Mike, les yeux rivés sur ses mains posées sur ses genoux. J'imaginais qu'on se retrouverait un jour. Je n'aurais pas dû m'en remettre au hasard...

Le regard de Winifred se posa sur une série de cadres en argent, sur le guéridon auprès d'elle. Des photos de son fils, au ski, sur un voilier, à la remise des diplômes à l'université... Elle ferma les yeux, luttant contre une peine que Mike ne pouvait qu'imaginer.

— J'aurais tant aimé que Victor soit là. Il disait toujours beaucoup de bien de vous, vous savez. Vous étiez comme des frères.

— Écoutez, madame Winslow, en venant ici, je ne voulais pas remuer le couteau dans la plaie. Je...

Ronald s'éclaircit la gorge.

— Votre visite est une bénédiction. Racontez-nous donc ce que vous êtes devenu. Nous en sommes restés à votre entrée à l'université de Rhode Island et dans l'équipe de football.

— Je me souviens de la fierté de vos parents. Vous aviez tous les deux organisé un grand barbecue sur la plage, pour fêter l'événement.

Mike se souvenait de ce soir d'été comme si c'était hier. Avec quelques copains, ils avaient pris une caisse de bières dans la cave de ses parents et fait un feu de joie sur la plage de Scarborough. Il revoyait encore les flammes, les visages joyeux de ses amis, les folles promesses de ne jamais se perdre de vue, cette sensation grisante que le monde entier leur tendait les bras. Victor allait entrer à Brown, le fleuron des universités de Rhode Island, puis il ferait un troisième cycle d'études politiques à la Kennedy School de Harvard. De grands rêves, de grands projets. Ni l'un ni l'autre n'aurait pu imaginer comment la vie tournerait.

— J'ai été blessé à ma deuxième saison, expliqua-t-il, anticipant les questions. J'ai dû quitter l'université.

Depuis le temps, Mike s'en était remis, mais il n'avait pas pour autant envie d'en parler.

— Qu'est-ce qui vous ramène par chez nous ? s'enquit Winifred.

— Je suis divorcé.

— Oh, Michael, je suis navrée... dit-elle en lui tapotant la main avec compassion.

Il sortit une carte de visite de sa poche et la fit glisser sur la table.

— Merci. Avant, j'avais une entreprise de bâtiment à Newport. Je recommence de zéro ici.

— Eh bien, nous sommes heureux de vous accueillir à nouveau parmi nous.

Assez tergiversé, se dit Mike. Lâche le morceau.

— Je vais peut-être décrocher mon premier gros contrat, annonça-t-il en regardant par la fenêtre. Des travaux de rénovation dans une propriété de la région.

Winifred claqua les mains.

— C'est merveilleux, Michael !

— Je tenais à vous en informer, parce que la maison en question est celle de la veuve de Victor.

Une ombre passa sur le beau visage délicat de Winifred.

— Cette vieille bicoque de Blue Moon Beach...

— Je me suis dit que vous étiez en droit de le savoir, continua Mike. C'est purement professionnel. J'ai besoin de ce travail.

Les yeux de Ronald lançaient des éclairs.

— Si vous décidez de faire affaire avec cette femme, libre à vous, mais regardez la réalité en face...

— Pardonnez-moi, révérend Winslow, mais la réalité, c'est qu'elle a besoin d'un artisan et moi, de travail. C'est tout ce qui compte pour moi.

Winifred posa une main sur celle de son mari.

— Il nous serait, j'imagine, moins pénible qu'elle dépense l'argent de Victor avec vous, plutôt qu'avec... Dieu seul sait ce que cette femme peut avoir en tête.

— Nous ne l'avons jamais comprise, enchaîna Ronald, le regard perdu dans le feu qui crépitait dans la cheminée.

— Elle est l'unique erreur de Victor durant toute sa vie, renchérit la vieille femme.

Mike se crispa, cherchant une excuse polie pour se dérober. Il exprima ses condoléances, insista sur sa situation. Mais avant qu'il ait pu prendre congé, Winifred lui reversa du café.

— Victor avait perdu sa toute première élection, expliqua le pasteur dont le visage s'adoucit. Il a donc décidé de travailler sur son image – en d'autres termes, de se marier. Winifred et moi étions ravis, bien sûr, mais nous avions toujours pensé qu'il choisirait une de ses anciennes petites amies, quelqu'un que nous connaissions.

— Lorsqu'il a amené cette femme à la maison, ils étaient déjà fiancés, révéla Winifred avec une moue réprobatrice. Nous n'avions jamais entendu parler d'elle, nous ne connaissions pas sa famille, rien. Mais Victor semblait heureux. Dieu sait qu'elle était belle à son bras, oui ! Et il a remporté l'élection suivante...

Mike hocha la tête.

— J'ai toujours pensé que Vic épouserait une femme séduisante, répondit-il sans trop savoir pourquoi, alors qu'il n'avait jamais réfléchi à la question.

— Elle avait de bonnes manières et, avec quelques conseils, elle a vite appris à s'habiller et à assumer ses fonctions officielles. Victor et elle paraissaient bien s'entendre... au début. Mais elle a toujours été excessivement secrète, dit Winifred qui effleura du pouce une photographie. Je connais mon fils. Il n'était pas heureux, et je soupçonne qu'il est resté avec elle par loyauté. Peu de temps avant l'accident, il m'a avoué qu'elle le tarabustait pour avoir des enfants. Croyez-moi, ajouta-t-elle, plongeant son regard dans celui de

Mike, je désirais des petits-enfants de tout mon cœur, mais pas aux dépens du bonheur de mon fils.

— Lui souhaitait attendre d'avoir assuré sa carrière politique.

Drôle d'idée, se dit Mike. En général, les hommes politiques étaient plutôt famille. Il n'y avait qu'à regarder les Kennedy.

— Ma femme et moi sommes persuadés que c'était l'objet de leur dispute, le soir de l'accident, poursuivit le pasteur, serrant les mains de son épouse entre les siennes.

— Écoutez, fit Mike, de plus en plus mal à l'aise, ne vous sentez pas obligés de…

— Nous avons été interrogés par une cohorte d'enquêteurs et par le médecin expert, le coupa Ronald. Nous pouvons quand même raconter notre histoire à l'un des amis de Victor.

— Ce soir-là, ils se parlaient à peine, expliqua Winifred. Nous assistions à un gala de charité, et la tension entre eux était palpable.

— D'abord, nous n'avons pas voulu croire que Sandra était coupable. Mais quand l'affaire a éclaté, il a bien fallu accepter l'inacceptable.

— Si affreux que cela puisse être, c'est malheureusement évident, acquiesça Winifred. J'ai toujours pensé qu'elle était jalouse du succès de Victor. Il était sociable et aimé de tous, alors que cette femme était une solitaire. Pas du tout faite pour être l'épouse d'un homme politique. Ils avaient des problèmes, c'était clair, mais nous respections leur intimité. À mon avis, elle voulait le divorce, mais n'avait pas l'intention de renoncer à l'argent de Victor. Alors elle a fait en sorte de pouvoir mettre la main sur l'assurance vie.

La théorie semblait quelque peu tirée par les cheveux, aux yeux de Mike. Sandra aurait été folle de prendre autant de risques en maquillant le crime en accident. Il n'en dit cependant mot.

— Vous pensez sans doute que nous devrions tourner la page, désormais, dit la vieille femme. C'est ce que tout le monde nous conseille. De tourner la page et d'aller de l'avant.

— Mais c'est impossible, intervint le pasteur. Nous adorions notre fils. Vous êtes bien placé pour le savoir, n'est-ce pas, Michael ?

— Je ne peux supporter l'idée qu'elle m'ait pris mon fils et s'en sorte à si bon compte, gronda Winifred. Méfiez-vous d'elle, je vous le dis.

— Ne vous inquiétez pas pour moi, assura Mike en posant sa tasse, avec à l'esprit l'image de Sandra épargnant le mulot dans son tas de bois.

Il se hâta de prendre congé, laissant derrière lui l'élégante bâtisse silencieuse. Il respectait les Winslow, mais, aveuglés par leur peine, ils paraissaient pris au piège.

Tout comme Sandra dans sa vieille maison.

8

Dimanche 6 janvier

Dix nouveaux mots utiles

5. Fongible : chose qui peut être remplacée par une autre analogue.

6. Élégiaque : qui a les accents douloureux et mélancoliques de l'élégie (poème lyrique).

7. Sémiotique : qui concerne les signes ou symboles, et leurs significations.

8. Caducée : baguette entourée de deux serpents entrelacés, attribut de Mercure.

9. Euphonie : harmonie de sons agréablement combinés.

10. Défenestration : action de précipiter quelqu'un ou quelque chose d'une fenêtre.

C'était dimanche après-midi, la mer moutonnait sous les rafales de vent. Sandra pianota sur son carnet, puis le posa avec exaspération. L'inspiration ne venait pas. D'ordinaire, sans qu'elle sût vraiment pourquoi, c'étaient les jours de tempête qu'elle travaillait le mieux. Sans doute le côté magique et mystérieux de la pluie fouettant les vitres, des coups de boutoir des bourrasques… À ces moments-là, les mots coulaient avec fluidité sous sa plume, comme dictés par une force supérieure.

Pas aujourd'hui.

Ébranlée par sa rencontre avec les Winslow, elle se souvenait à peine du trajet de retour. Comment avait-elle pu être assez stupide pour croire que sa démarche donnerait quelque chose ? Qu'avait-elle donc espéré ? Le pardon ? De la compréhension ? Elle aurait dû savoir que c'était vain.

Bouillonnante de rage, elle avait troqué son tailleur contre son vieux jean favori et le pull de Victor – consciente qu'il portait encore son odeur, ce qui la ferait immanquablement pleurer. Puis elle avait essayé de se montrer productive.

L'écran gris de son ordinateur ressemblait à un gros œil démoniaque, qui lui rappelait qu'elle n'avait pas lu ses e-mails de toute la semaine, qu'il y avait une conspiration sur Internet pour dénigrer ses livres, et que quelqu'un avait même créé un site dont l'objectif était de prouver sa culpabilité en dépit du non-lieu.

Avec, pour couronner le tout, la séparation de ses parents, il ne lui restait plus que l'écriture, l'unique pilier de sa vie encore intact. Enfin… peut-être pas. Après plusieurs heures passées en tête à tête avec son carnet, elle jeta un coup d'œil à ses griffonnages, se demandant si ces pages valaient la peine d'être retranscrites dans son manuscrit.

Quand il y avait une tempête, ce qui arrivait fréquemment en hiver, elle n'allumait jamais son ordinateur par crainte de la foudre. Comme tout le monde, elle avait entendu parler d'inconscients qui, ayant passé outre la mise en garde, l'avaient payé cher : électrocution, disque dur grillé, disparition de l'œuvre d'une vie et même, horreur des horreurs, dispersion de tous leurs e-mails dans l'éther numérique sans aucun espoir de les récupérer. Les pros de l'informatique avaient beau prétendre qu'il s'agissait là de légendes, elle n'était pas prête à courir le risque.

Le menton calé dans la main, elle regardait la mer par la fenêtre, tout en écoutant la bouilloire à thé siffler sur le poêle et les poutres centenaires gémir sous les assauts du vent. Un courant d'air glacial s'infiltrait par les interstices de la fenêtre. Les joints étaient tombés en poussière voilà déjà des années, et personne n'avait jamais pris la peine de les remplacer.

Ses pensées dérivèrent sur Mike Malloy. S'il n'avait pas eu la gentillesse de lui offrir un café, ce matin, qui sait si elle aurait réussi à rentrer ? Il ne pouvait savoir à quel point elle lui était reconnaissante de ce geste. Et aussi de son détachement au sujet de la mort de Victor.

Enfin, quelqu'un qui considérait ce drame exactement comme ce qu'il était : un terrible accident.

Sandra renonça à essayer de travailler et se dit qu'elle avait plutôt besoin d'une présence amicale, qui l'arracherait pour un temps à sa solitude. Quelle humiliation, après l'accident, de réaliser combien sa vie tournait autour de la famille de Victor, de ses amis, de son emploi du temps ! Aujourd'hui, fini les meetings, les soirées mondaines, les galas de charité. Il ne lui restait plus que deux amies.

Il y avait Joyce, sa coiffeuse, qui prêtait toujours une oreille compatissante à ses ennuis et rejetait gaiement les ragots au sujet de l'accident. Et puis Barbara Dawson qui vivait à Wakefield, la localité voisine, à l'intérieur des terres.

Dès que la tempête se fut un peu calmée, Sandra décida de s'y rendre. En se garant devant la maison de son amie, dans un quartier résidentiel récent, elle se demanda si elle n'aurait pas dû téléphoner avant. De toute façon, il était trop tard. Elle chargea sur son épaule son volumineux sac fourre-tout et descendit de voiture. La maison des Dawson tranchait avec l'uniformité architecturale de la rue. Immense et constamment en travaux, ce cube contemporain était selon elle un monument à la gloire du mauvais goût. Tout le contraire de la femme qui l'habitait.

Elle enjamba le bord du trottoir, envahi par les mauvaises herbes, et s'engagea dans l'allée bétonnée où traînaient deux ballons de foot et un pistolet laser. Sur le sol, il y avait une inscription à la craie délavée par la pluie : *Interdit o fille.* Un monospace, constellé de traces poussiéreuses de pattes de chat, était garé devant la porte du garage.

Quand Sandra sonna, il y eut un concert de « J'y vais ! » de l'autre côté du battant, suivi d'une cavalcade. La porte s'ouvrit en grand et heurta le mur du vestibule, déjà en piteux état. Quatre paires d'yeux identiques étaient fixées sur elle. Quatre bouches d'une propreté douteuse, révélant une denture plus ou moins clairsemée selon l'âge, lui sourirent avec un bel ensemble.

— Bonjour, Aaron, Bart, Caled et David, dit-elle en les nommant par ordre de taille. Je peux rentrer, même si je suis une fille ?

— Bien sûr.

Ils se poussèrent, et Sandra pénétra dans la maison des Dawson qui portait les stigmates – éraflures et taches – infligés par la turbulente tribu. Il flottait dans l'air un mélange d'odeur de cookies et de litière de hamster.

— Ma-man ! cria Aaron. C'est Sandy !

Barbara arriva dans le vestibule, son dernier-né calé sur la hanche.

— Eh, quelle surprise ! Entre !

— On peut sortir maintenant, maman ? demanda Bart. Il ne pleut plus et on doit finir de creuser le piège à renard.

Sa mère céda d'un geste las de la main.

— J'ai toujours rêvé d'avoir une guerre de tranchées dans mon jardin.

Dans un concert spontané de mitraillettes, la bande chargea vers l'arrière de la maison.

Barbara s'écarta pour les laisser passer.

— Ne claquez pas...

La porte claqua violemment.

— ... la porte.

Avec des piaillements de protestation, le petit Ethan se libéra des bras de sa mère en se contorsionnant et trottina derrière ses frères, puis se remit à crier en voyant qu'ils étaient déjà sortis. Barbara le prit sous le bras, l'installa devant la télévision et lui mit les « Teletubbies ».

— C'est moi la Maman de l'Année, dit-elle avec un petit sourire.

— Je ne viens peut-être pas au bon moment...

— Ralph est en forêt avec ses copains. Encore ses stupides manœuvres où ils se tirent dessus avec des balles de peinture. Ethan a une otite. Je viens de faire une entorse à mon régime en avalant la moitié d'un sachet de Doritos, et mes garçons saccagent le jardin en creusant des trous partout. Alors si, c'est un excellent moment ! répondit-elle joyeusement en la serrant dans ses bras. Je suis contente que tu sois là. J'avais appelé, après l'annonce du non-lieu, mais tu n'as pas décroché. Viens, je vais préparer du café.

Sandra s'assit à la longue table de la cuisine, tandis que Barbara s'affairait. Créatrice de *Jessica et Stéphanie*, une série très populaire pour filles en livre de poche, elle faisait partie des auteurs les plus vendus du pays. Avec son jean, ses Keds et son sweat-shirt maculé de confiture, elle était aussi simple et sans prétention que la tasse de déca instantané qu'elle préparait avec de l'eau du robinet. Imprimée pour la commémoration de son premier best-seller, celle-ci était maintenant tout ébréchée sur le bord et les lettres dorées étaient écaillées.

Les deux jeunes femmes s'étaient rencontrées à un colloque de la Société des écrivains et illustrateurs de livres pour la jeunesse, qui se réunissait quatre fois par an à la bibliothèque Redwood de Newport. Au premier abord, elles n'avaient pas grand-chose en commun, mais elles partageaient une grande passion : écrire pour les enfants. Depuis quelques années, elles avaient pris l'habitude de lire leurs manuscrits respectifs et d'en discuter. Professionnelle avertie, Barbara était un don du ciel dans l'univers confus et imprévisible de l'édition.

Sandra posa son fourre-tout sur la table, signe tacite qu'elles allaient parler boutique. Bien que Barbara lui ait offert compassion et soutien depuis le tout début de ses ennuis, Sandra ne lui parlait pas beaucoup de Victor. Ni à elle ni à personne.

— Je te rapporte ton manuscrit, dit-elle en le sortant de son sac. Une fois de plus, je suis impressionnée. À la fin, quand Jessica et Stéphanie paradent en ville sur leur char rose, j'ai eu envie de me lever et d'applaudir.

— Exactement comme dans la vraie vie, hein? fit Barbara en montrant autour d'elle le désordre de ses garçons. Est-ce qu'on peut me reprocher d'écrire des histoires de filles idéalisées? Moi aussi, j'ai fini de lire ton manuscrit. Attends une seconde, je vais le chercher.

Elle s'en alla d'un pas pressé, et Sandra écouta les «Teletubbies» en regardant Ethan avec affection. Le petit garçon s'était endormi sur le canapé, serrant contre lui un Uzi en plastique noir. La vie de Barbara, avec ses cinq garçons exubérants, son grand pompier de mari et une centaine de projets lancés et jamais terminés, ferait frémir n'importe quelle femme. Sandra, elle, enviait son amie de tout son cœur. Quelle chance d'avoir autour de soi autant d'êtres qui dépendaient de vous et vous aimaient! Une vraie famille, avec ses joies et ses peines.

Elle était contente d'être venue voir Barbara aujourd'hui. C'était une bouffée d'air frais d'avoir l'occasion de discuter du seul aspect de sa vie qui ne l'avait pas désertée : l'écriture.

Pour le monde de l'édition, elle était Sandy Babcock, auteur reconnu de romans pour enfants. Elle se sentait en sécurité dans cette seconde peau. Après son mariage avec Victor, elle avait tenu à séparer son activité d'écrivain de son rôle d'épouse. Pas question qu'on achète ses livres parce qu'elle était la femme d'un personnage public. À quoi cela rimerait-il? Et puis, les sujets qu'elle abordait n'étaient pas du genre à la faire apprécier des concitoyens de son mari. Le fait qu'elle publie sous son nom de jeune fille n'était pas un grand secret, juste quelque chose dont elle ne faisait pas étalage.

— Je l'ai, dit Barbara en revenant avec le manuscrit, les pages annotées à l'encre rouge comme toujours. Félicitations pour la critique dans le *New York*

Times. Je t'ai découpé l'article, ajouta-t-elle en perchant sur son nez des lunettes pourpres. Écoute un peu ça : « Une œuvre superbe dans sa noirceur, apport original et enrichissant à la littérature pour enfants. »

— En fait, c'est un code qui signifie « rasoir ». Les ventes de celui-ci n'ont pas été mirifiques.

— Écris quelque chose de léger, lui suggéra Barbara. Pense comique, commercial. Ajoute un chien. Ou un dragon apprivoisé. C'est ce que les enfants veulent aujourd'hui.

Sandra tourna son stylo à encre favori entre ses doigts. Comique. Commercial... Peut-être Charlotte, qui affrontait le lent dépérissement de sa grand-mère vers la sénilité, pourrait-elle vivre des aventures loufoques avec un basset ?

— Je n'ai pas ce genre d'histoires en moi, dit-elle. Mes livres impliquent toujours un combat.

Dans chacun de ses romans, elle entraînait ses lecteurs dans des affrontements sombres contre les peurs, les secrets, les préjugés, les injustices. Ses histoires mettaient en scène des enfants solitaires, en proie à d'énormes difficultés. À eux de les résoudre avec le peu d'options dont ils disposaient. Elle adorait explorer les voies étroites empruntées par ses héros vers la rédemption. Et une fois le livre refermé, adieu les problèmes ! C'était là toute la beauté de la fiction.

— Je sais, répondit Barbara. C'était juste une idée en l'air. Pour être franche, j'ai eu la larme à l'œil à la fin, quand Charlotte borde sa grand-mère et l'embrasse en lui souhaitant bonne nuit. Tu dois être drôlement fière de celui-là.

— Pour être franche, j'ai toujours l'impression d'avoir de la chance que mes romans soient publiés. Et ces derniers temps, je me demande si je ne devrais pas me lancer dans l'horreur. Ma réputation serait un atout.

— Pas drôle.

— Mais vrai. T'ai-je dit que les parents de Victor veulent engager des poursuites contre moi pour homicide ?

— Mon Dieu, ils ne te lâcheront jamais !

— D'après mon avocat, la plainte n'a aucune chance d'aboutir. Dès que ce sera fini, je vends la maison et je m'en vais.

Les yeux gris-bleu de Barbara s'écarquillèrent.

— Pas possible ! Tu adores Blue Moon Beach. Cette maison est la retraite idéale pour un écrivain. C'est mon rêve d'avoir une propriété telle que celle-là, un endroit rien que pour moi, où je pourrais m'entendre penser. J'ai des semaines de retard sur mon délai, ajouta-t-elle avec un regard frustré autour d'elle, et Franck et les garçons s'en fichent pas mal. Parfois, je te jure, je déteste ma vie. Franchement. Je tuerais quelqu'un pour être à ta place. Oh, pardon…

Sandra lui pardonna d'un geste de la main.

— Fais-moi confiance, ma vie n'a rien d'enviable. Je paierais cher pour profiter un peu de ton chaos.

Barbara repoussa sa tasse de café et posa une main chaleureuse sur la sienne.

— Je me fais du souci pour toi, Sandy. Tu es trop coupée du monde. Je te parle en amie, dit-elle en plongeant son regard dans le sien, je m'en faisais déjà avant tout ce drame avec Victor. À chaque fois que je t'ai vue à ses côtés aux meetings politiques ou lors d'événements mondains, tu avais toujours l'air seule au milieu de la foule, comme une étrangère de passage.

Piquée au vif, Sandra retira sa main.

— C'est facile pour toi de me critiquer. Tu as autour de toi une famille nombreuse qui t'adore, et tes livres se vendent par millions…

— C'est une vision des choses. En voici une autre : je vis dans une maison qui tombera en ruine avant d'être terminée, les garçons sont comme une meute de hyènes, et Franck pense davantage à sa prochaine virée avec ses copains plutôt qu'aux trois plaintes déposées par les voisins parce que notre jardin est une vraie jungle. Tu crois que toutes ces années ont été une partie de plaisir ?

Les soucis de Barbara lui paraissaient futiles et charmants, mais Sandra comprit qu'ils étaient réels pour son amie. Elle réalisa aussi que, quelle que soit la profondeur de leur amitié, il y avait des aspects de leurs vies respectives qu'elles ne pourraient jamais appréhender.

— Tu as de la tequila ? demanda-t-elle, ne plaisantant qu'à moitié.

— J'ai beaucoup mieux, répliqua Barbara qui se leva et alla farfouiller dans un placard encombré.

Elle poussa des boîtes de céréales et des sachets entamés, fermés par des pinces à linge. Puis elle se retourna, un sourire triomphant aux lèvres. Elle tenait une boîte dorée, avec un nœud de Noël écrasé.

— Du chocolat de chez Godiva !

9

— C'est ce qui m'est arrivé de mieux de toute la semaine, dit Mike en se calant contre le dossier de sa chaise, avec un sourire à Gloria Carmichael.

Tout en rondeurs, les dents de travers que révélait un sourire franc, la femme de Lenny entreprit de débarrasser la table, un grand tablier noué autour de la taille.

— C'est vrai ? Je me disais que ma sauce *puttanesca* manquait d'une petite pointe d'anchois.

— C'était parfait, assura Mike, sincère.

Lenny et Gloria l'invitaient à dîner un dimanche sur deux, quand il n'avait pas les enfants. Ce geste généreux touchait beaucoup Mike.

Elle s'arrêta derrière sa chaise et lui caressa le crâne.

— Ta maman t'a bien élevé…

— Lui dis pas des trucs pareils, prévint Lenny. Il va plus se sentir.

— Prends plutôt exemple sur lui, répliqua Gloria en nettoyant une assiette au-dessus de la poubelle. Tu devrais me faire un compliment de temps en temps, espèce d'ingrat.

— Ne l'écoute pas, intervint Mike, elle est folle de toi.

L'affection bourrue qui liait Lenny et Gloria lui faisait chaud au cœur. Voilà, selon lui, à quoi devait ressembler un mariage réussi.

— Bas les pattes, mon vieux, elle est déjà prise, plaisanta Lenny. T'en trouveras bien une autre, va.

— Je ne suis pas pressé.

Gloria lui tapota l'épaule.

— Angela t'en a vraiment fait baver, pas vrai ?

Le mot était faible. Elle lui avait tout pris : ses enfants, sa maison, son entreprise, ne lui laissant qu'une montagne de dettes et le chien. Au tout début de la procédure, son avocat lui avait suggéré de mettre en avant la liaison d'Angela, mais il s'y était refusé. Elle était la mère de ses enfants, et il ne voulait pas faire de Kevin et Mary Margaret les victimes d'une sordide bataille judiciaire.

— Encore un petit coup, Mike ? demanda Lenny en soulevant une bouteille de chianti.

— Non, merci. Je dois me lever tôt pour terminer mes devis.

Gloria s'arrêta, un plat à la main.

— Alors comme ça, tu vas travailler pour la Veuve noire ?

Mike se leva de table et rassembla les couverts.

— Je lui fais un devis pour des travaux de rénovation.

— Méfie-toi, Mikey. Si tu veux mon avis, cette femme est un vampire, dit Gloria qui rinça les assiettes avant de les ranger dans le lave-vaisselle.

— Tu la connais si bien que ça ?

— Suffisamment. Nous avons la même coiffeuse, mais elle est bien trop pimbêche pour s'abaisser à m'adresser la parole. N'empêche, ellc a montré son vrai visage en fichant son mari à l'eau.

— C'est justement ce qui m'échappe, dit Mike, tandis que Gloria essuyait le plan de travail. Puisqu'elle est si maligne, qu'est-ce qu'elle faisait dans cette voiture ?

— Elle a pu en descendre avant.

— Ne la lance pas sur le sujet, prévint Lenny. Elle va te casser les oreilles toute la soirée avec ses histoires.

— Arrête de délirer, bougonna Gloria qui ôta son tablier et le posa sur le dossier d'une chaise. Viens, Mike, je vais te montrer un truc.

— Aïe ! fit Lenny, les yeux au ciel. Je te l'avais pas dit, mais elle se prend pour la femme de Colombo...

Gloria lui donna une tape sur l'arrière du crâne et entraîna Mike au salon. Elle prit une cassette vidéo étiquetée à la main, dans une grande collection sur une étagère.

— C'est une émission spéciale de WRIQ News du printemps dernier. Assieds-toi. Tu veux du pop-corn ?

— Non, c'est bon. Merci.

Mike était curieux de voir cette cassette, mais manger du pop-corn en ces circonstances lui paraissait déplacé. L'accident avait fait la une, l'année dernière, et il avait subi un choc en apprenant la nouvelle. Mais il était alors en plein divorce, trop préoccupé par ses propres soucis pour y prêter beaucoup d'attention.

Sur l'écran, une journaliste blonde vaguement familière, l'œil rivé sur la caméra, récapitulait les circonstances du drame pour les téléspectateurs. Sa voix voilée, au rythme rapide et saccadé, tapa très vite sur les nerfs de Mike. Sur un ton confidentiel d'une gravité ridicule, elle évoqua avec force détails le mariage de conte de fées qui avait tourné au vinaigre.

Victor Winslow...

Quelle impression bizarre d'entendre le nom de son ami dans une émission de télévision, et encore plus de voir son visage souriant et racé sur la couverture du *Rhode Island Monthly* qui l'avait élu « le plus beau parti de l'année ».

Comment Victor avait-il rencontré sa femme ? Sandra Winslow paraissait au moins dix ans plus jeune que lui, dans les vingt-cinq ans. Le reportage la présentait comme une jeune femme tout à fait quelconque, menant une carrière mineure dans l'édition, sans autre mérite que celui d'avoir été choisie par Victor. Pour le bien que cela lui avait fait ! songea Mike.

Une photo de mariage apparut à l'écran. Victor et sa femme se tenaient sous le porche cintré de l'église d'Old Somerset. Lui en smoking noir et nœud papillon impeccable, elle en longue robe blanche qui lui donnait une allure de princesse, son bras ganté replié sur celui de son mari. Son sourire figé trahissait son angoisse de se retrouver sous les feux de la rampe. Elle était d'une beauté éblouissante, comme se devait de l'être l'épouse d'un Winslow.

Selon le reportage, Victor et Sandra représentaient le couple idéal, l'incarnation de la jeunesse et de la réussite. Leur mariage avait été un événement mondain et médiatique de premier plan. Le propre père de Victor avait officié, lors de la cérémonie.

Suivait un montage d'images du jeune couple, saluant dans la voiture au moment du départ pour leur lune de miel, dansant lors de la soirée d'investiture après la victoire électorale de Victor, coupant le ruban pour l'inauguration du nouveau pont du Sequonset, l'une des réalisations majeures de son mandat.

— Quelle ironie, hein ? fit Gloria, assise sur le canapé près de Mike. C'est lui-même qui a soutenu le projet de construction de ce maudit pont.

Mike se demanda ce qui avait pu mal tourner entre Victor et sa femme. Puis il se souvint d'Angela et de lui. Chaque couple était un mystère. Une façade impeccable pouvait dissimuler fissures, pourriture et défauts structurels irréparables. Leur rupture avait suscité beaucoup d'étonnement parmi leurs proches.

Puis vinrent des images du pont après l'accident : garde-fou défoncé, débris de béton, rails en acier arrachés et tordus. Il n'y avait pas de traces de dérapage sur la chaussée.

Mike frémit en songeant à la chute vertigineuse dans les flots sombres et glacés. Qu'avait pu ressentir Victor, tandis que l'eau s'engouffrait dans la voiture cette nuit-là ? Enfants, ils avaient été des nageurs téméraires, qui se mettaient au défi de sauter du plus haut ponton du port et faisaient la course de bouée en bouée. Mais c'était l'été, en plein jour.

À côté de lui sur le canapé, Gloria frissonna. Et pourtant, d'après Lenny, elle n'arrêtait pas de se repasser cette cassette.

— Ont-ils identifié la personne qui a prévenu les secours ? demanda Mike, les yeux rivés sur l'écran avec une curiosité un peu malsaine.

— Non. L'appel a été lancé d'une cabine téléphonique à l'extrémité est du pont, mais ils n'ont jamais su qui avait téléphoné. Tu sais comment c'est. Les gens ne veulent pas avoir d'ennuis en jouant au bon Samaritain.

— Pas si bon que ça, si tu veux mon avis, marmonna Lenny.

— On aurait pu croire qu'ils s'en seraient mieux sortis avec l'arme, dit Gloria, alors que l'émission montrait maintenant le chaos des recherches au petit matin : le pont bloqué aux deux extrémités par des voitures de patrouille, le ballet des hélicoptères tournoyant à basse altitude dans le ciel gris, les hommes-grenouilles en combinaison néoprène se relayant pour explorer les fonds.

— Ils n'ont pas retrouvé d'arme, fit remarquer Mike. Ils viennent juste de le dire.

— Il y a eu au moins deux coups de feu à l'intérieur de la voiture, expliqua Gloria. Le pare-brise était en miettes. Quelque part au fond de l'eau, il y a un revolver, et cette femme prétend n'être au courant de rien.

Les fonds avaient été dragués de long en large, mais l'épaisse couche boueuse et les courants puissants rendaient toute découverte improbable. Seuls avaient été remontés quelques lambeaux de tissu. Le laboratoire avait confirmé que les fibres provenaient d'un costume sombre, du même genre que le smoking porté par Victor Winslow ce soir-là. Sans l'arme, impossible de prouver que Sandra Winslow avait tué son mari et fait disparaître le corps dans les eaux tumultueuses de la baie.

Une grande partie de la population y croyait cependant dur comme fer. Mike eut une pensée pour Sandra Winslow, qui se terrait désormais chez elle, abandonnée de tous, à en croire le reportage.

La Veuve noire de Blue Moon Beach.

— ... avec sa conscience pour seule compagnie, conclut la journaliste, tandis que la caméra offrait une vue panoramique par-dessus la haie d'églantiers broussailleuse, puis zoomait sur un volet de guingois et le toit affaissé du garage.

Sandra Winslow avait peut-être espéré que le non-lieu changerait les choses. À voir l'expression scandalisée de Gloria, Mike comprit qu'il n'en était rien.

10

Lundi 7 janvier

Dix choses que j'aimais, enfant

1. L'odeur de la pizza dans le four.
2. Les pièces de monnaie étrangères, que je gardais dans une boîte de cigares Dutch Masters.
3. L'écriture de ma grand-mère.
4. Aller à la bibliothèque.
5. La voix de mon père quand il chantait sous la...

— Tu travailles sur ton livre ? demanda son père en entrant dans la cuisine du pavillon d'East Providence, où elle avait passé toute son enfance.

Il venait de prendre une douche et sentait bon le vétiver. Comme depuis toujours.

Sandra referma son carnet et reboucha son stylo.

— Je prenais juste quelques notes en t'attendant. Comment s'est passée ta partie de golf ?

Elle était arrivée alors qu'il revenait de son parcours de l'après-midi. Depuis son départ en retraite, il jouait tous les jours de la semaine, par tous les temps.

— Pas terrible. Il fait beaucoup trop froid. Alors, comment avance ton bouquin ?

Elle le regarda comme pour s'assurer qu'il s'agissait bien de son père, et non d'un clone introduit par des extraterrestres tandis que le vrai, qui n'aurait jamais laissé sa femme le quitter, errerait sans fin dans le cosmos. Qu'espérait-elle exactement ? Des excuses pour ne pas avoir répondu à ses coups de fil ? Une explication sur la rupture ? S'il dissimulait un secret, elle n'en saurait rien, parce que les hommes ne parlaient pas. C'était aussi simple – et frustrant – que cela.

— Pour être franche, j'ai du mal à me concentrer sur mon travail.

Il ouvrit le réfrigérateur. C'était le même depuis des années, sauf que maintenant l'intérieur était... méconnaissable. Les aliments y étaient entassés au petit bonheur. Le fromage avec le salami et les canettes de bière. Fini les petits plats mijotés recouverts de film alimentaire, les condiments alignés par ordre de grandeur, les produits laitiers rangés par dates de péremption.

— Tu as faim ? Soif ?

— Non, merci.

Il sortit une canette de bière et ouvrit l'opercule.

— Pourquoi me regardes-tu comme ça ?

— Comment ?

— Comme si j'avais une maladie grave.

— Excuse-moi, papa, mais la dernière fois que je t'ai vu, tu étais encore le mari de maman et vous aviez l'air heureux.

C'était stupide, elle en avait conscience, mais quelque part elle s'attendait à ce que la rupture se manifeste sur lui par un quelconque stigmate : une affreuse poussée de boutons, une mine de papier mâché. Dans les semaines qui avaient suivi la mort de Victor, elle avait maigri à vue d'œil, son teint était devenu cireux, ses ongles cassants. Son père, lui, avait la même tête que d'habitude. Un choc aussi monumental qu'une rupture, après trente-six années de mariage, aurait pourtant dû laisser des séquelles. Comment osait-il avoir l'air si... normal ?

Il but une gorgée de bière.

— À quoi t'attendais-tu ? À me voir dévasté, au bord du suicide ?

— Quelque chose comme ça, sans doute.

— Désolé de te décevoir.

Il s'assit à la table de la cuisine et poussa une pile de courrier encore fermé.

— C'est plutôt effrayant, cette façon que tu as de… je ne sais pas… de continuer comme si rien n'avait vraiment changé.

Son père jeta un regard à la ronde dans la cuisine. Près d'une pile de vieux journaux sur le plan de travail, il y avait sa casquette et son gant de golf. Avant, il devait les laisser au garage.

— Elle n'est pas partie, elle est partout dans cette maison, répondit-il. C'est elle qui a cousu les rideaux, mis tous ces petits bibelots sur les étagères, rangé les placards. Ne me reproche pas de faire comme si de rien n'était. Dans cette maison, je pense à elle tout le temps.

— Alors pourquoi ne trouvez-vous pas une solution ?

— Nous en avons trouvé une. La séparation puis, j'imagine, le divorce.

— C'est vraiment ce que tu souhaites ?

— Voyons, Sandra, tu sais très bien que le problème n'est pas là.

— Où est-il, alors ?

Son père marqua un temps d'arrêt et se pinça l'arête du nez, l'air torturé.

— Le problème, c'est ce qu'on ne veut pas. Ta mère, par exemple, ne s'intéresse ni au golf ni à la pêche. Et moi, je ne veux ni voyager, ni prendre des cours de danse de salon, ni apprendre l'italien ou me mettre à la cuisine chinoise.

— Vous pourriez faire chacun un effort, suggéra Sandra.

Son père eut un geste impatient de la main.

— C'est tout ce qu'ils savent dire, dans ces bouquins idiots qui prétendent vous aider à sauver votre mariage.

— Tu as lu des livres là-dessus ?

— Ce n'est qu'un ramassis d'âneries. Combien de temps ta mère tiendrait-elle à faire semblant d'aimer le golf ? À peu près autant que moi je supporterais de visiter le British Museum.

— Il doit bien exister un terrain d'entente entre vous.

— Ta mère et moi en avons parlé pendant des heures. J'ai passé toute ma carrière professionnelle en déplacement. Toujours de nouveaux hôtels, de nouvelles têtes. Mon rêve le plus cher, une fois en retraite, c'était de rester à la maison.

— Et le rêve de maman, c'était de découvrir de nouveaux horizons.

Incapable de tenir en place, Sandra se leva et s'approcha de la fenêtre qui donnait sur un jardin aussi petit qu'un timbre-poste, avec son unique pommier et des massifs de pivoines affaissés sous le gel. Autrefois, il y avait un bac à sable et une balançoire.

— J'aimerais tant que maman et toi fassiez preuve de bonne volonté pour régler cette situation, dit-elle, réprimant la colère qui couvait en elle. Tout ce que vous réussissez à faire, c'est à vous rendre malheureux.

— C'était plutôt avant son départ que nous étions malheureux.

— Pourquoi ? Vous aviez une vie agréable, ici.

— Une vie, oui. Mais tout ce qu'elle avait d'agréable a fini par s'envoler.

Sandra observa son père, essayant de discerner ce qui avait changé en lui. À la soixantaine, c'était un bel homme, le regard clair et le sourire avenant. Sa stature élancée permettait à une femme de porter des talons hauts en sa compagnie, qualité que les partenaires de bridge de la mère de Sandra admiraient. Il était solidement bâti; mais pas gros. Son meilleur atout était son épaisse chevelure qui, ces dernières années, avait viré à un blanc immaculé des plus spectaculaires.

Le visage de son père laissait transparaître de la force de caractère et de la gentillesse. Il avait aussi un certain détachement dans le regard et sa façon de sourire. Était-ce nouveau, ou bien ne l'avait-elle simplement pas remarqué avant ? Pour la première fois, elle se demanda si c'était de lui qu'elle tenait cette tendance à garder ses distances pour se protéger.

— Vous avez vu quelqu'un ? Je ne sais pas, moi, un conseiller matrimonial ?

Il soupira.

— Nous avons consulté un spécialiste, figure-toi.

Elle haussa les sourcils, surprise.

— Ah bon ? Et ?

— C'était n'importe quoi. Nous étions censés établir des listes de ce que nous aimions chez l'autre, trouver un compliment à faire par jour, et organiser des rendez-vous galants comme de jeunes amoureux. Oui, vraiment n'importe quoi !

En dépit de la situation, Sandra ne put s'empêcher de rire.

— Des compliments et des rendez-vous ? Il n'y a pas été avec le dos de la cuillère !

— Je m'y suis plié de bonne grâce, mais tout ça, c'est très superficiel. Dans la vie, les gens s'éloignent, c'est ainsi. Et puis, il y a des choses chez ta mère que je n'ai jamais comprises, ajouta-t-il après avoir bu sa dernière gorgée de bière. J'imagine qu'avec les années, les malentendus se sont accumulés, et aujourd'hui c'est trop tard.

La jeune femme songea aux livres de sa mère empilés avec soin sur la table basse du salon. Ces livres, elle les adorait. De grands albums remplis de photographies sur papier glacé d'endroits exotiques – Cadix, le Népal, la Toscane...

— C'est à cause de la retraite, reprit-elle. Les choses n'ont pas tourné comme maman et toi l'espériez.

— Sans doute.

— Maman m'a dit que tu ne te montrais pas très coopératif, dans la maison. Elle avait envie de prendre sa retraite, elle aussi.

— J'ai essayé de m'y mettre, mais quand je remplissais le lave-vaisselle, elle arrangeait tout derrière moi. Dès que je faisais la poussière, elle était sur mon dos. Quant à l'aspirateur, je préfère ne pas en parler.

Sandra ferma les yeux, prise d'une soudaine culpabilité.

— Mes soucis ont épuisé tout le monde. Pas étonnant que maman ait voulu changer d'air...

Son père se leva et enveloppa ses épaules de son bras.

— Je ne veux plus entendre ça, d'accord ? Ce qui vous est arrivé, à Victor et à toi, est déjà assez affreux comme ça, sans que tu ailles imaginer que c'est la cause de notre rupture.

Rupture. Comme ce mot faisait mal ! Dans ses romans, Sandra avait décrit des enfants dont les parents divorçaient. Elle s'était crue capable d'imaginer leur désarroi et leur peur. Maintenant, elle savait qu'elle en était très, très loin.

— Écoute, papa, je suis venue aussi te parler d'autre chose.

Son père l'observa, les sourcils froncés.

— De quoi donc ?

— De l'acte de propriété de Blue Moon Beach. Tu sais où il est ?

— À la cave, je crois, répondit-il en fouillant dans un tiroir. Pourquoi en as-tu besoin ?

Il en sortit une lampe torche et se rendit dans le couloir.

Sandra s'éclaircit la gorge.

— J'envisage de vendre la maison.

Il s'arrêta en haut des marches qui menaient à la cave.

— Ah bon ?

— Oui. Je n'aurais jamais cru en arriver là, mais...

— Tu as besoin d'argent ?

Ses parents n'étaient pas riches. Ils n'étaient pas non plus dans la misère, mais n'avaient sûrement pas prévu de renflouer les finances de leur fille.

— Non, non. Si je veux vendre, c'est pour partir et recommencer ma vie ailleurs.

— Je croyais que tu aimais cet endroit.

Elle n'avait jamais parlé à ses parents du harcèlement et du vandalisme dont elle était victime. L'histoire de la « Veuve noire » les préoccupait déjà bien assez.

— Là n'est pas la question, papa. De toute façon, rien ne presse, ajouta-t-elle, se rappelant le conseil de son avocat. La maison a besoin de travaux. Ça va prendre un moment. Après, j'aviserai.

— Tu es sûre que ce n'est pas une question d'argent ?

— Non, non. De ce côté-là, tout va bien. J'attends un chèque de droits d'auteur.

Elle avait appelé son agent, au sujet de celui qui avait été détruit dans l'explosion de sa boîte aux lettres.

— Ça pose problème, papa ? insista-t-elle devant le silence de son père.

— Tes grands-parents t'ont légué cette propriété. Libre à toi de la vendre, si ça te chante...

— Mais tu n'approuves pas.

— Tu sais, je n'ai jamais vraiment aimé cet endroit. Mes parents y traînaient toute la famille chaque été. Je m'y suis toujours ennuyé à mourir. On n'y captait même pas les retransmissions de base-ball à la radio.

Les marches craquèrent sous son poids, tandis qu'il disparaissait dans les entrailles de la cave. Elle l'entendit pousser un juron après s'être cogné la tête contre un chevron. Au bout de quelques minutes, il remonta avec une boîte métallique ignifugée.

— Je n'ai pas regardé là-dedans depuis des années, dit-il en posant la boîte sur la table basse.

Ils s'assirent sur le canapé. Il essuya les toiles d'araignée et souleva le couvercle, révélant une collection de dossiers jaunis et de petits objets soigneusement empaquetés.

Il sortit de vieilles photographies, des titres de Bourse, des diplômes, des documents qui avaient autrefois semblé importants et ne l'étaient plus – le mode d'emploi d'une radio à ondes courtes, le bon de garantie d'une machine à écrire, une coupure de presse sur le fils d'un voisin promu chef scout.

D'autres souvenirs étaient, eux, si importants qu'ils paraissaient démesurément fragiles : une mèche de cheveux de bébé ornée d'un petit ruban de satin blanc et glissée dans une enveloppe, le certificat de naissance de Sandra, un dessin d'enfant représentant un oiseau dans son nid avec *Sandra B.* écrit dans un coin, une photographie de ses arrière-grands-parents vers 1900, un certificat d'immigration d'Ellis Island au nom d'un certain Nathaniel Babcock...

Sandra prit un document jauni à en-tête en relief.

— Votre certificat de mariage.

— Oui.

— Que va-t-il en advenir, si vous divorcez ?

— Rien. J'imagine qu'un nouveau document viendra l'annuler.

Il déplia le document et trouva une petite photo à l'intérieur, attachée avec un trombone.

Sandra l'étudia de près. Mon Dieu, sur cette photo, ses parents étaient plus jeunes qu'elle aujourd'hui. La vingtaine, son père n'était pas encore son père. Il n'était que Louis Babcock, grand jeune homme séduisant aux allures de Gary Cooper.

Et sa mère, bien sûr, était ravissante, avec cet air radieux teinté d'incertitude qu'arborent toutes les jeunes mariées. Elle aussi avait eu cet air-là, le jour de son mariage. Leur photo avait été dans tous les journaux.

Elle essaya de déchiffrer les visages souriants de ses parents sur le portrait. Une ombre planait-elle déjà au-dessus d'eux, condamnant leur couple à l'échec ? En 1966, existait-il un quelconque indice de leur rupture, trente-six ans plus tard ? Le bonheur un peu naïf de cette journée valait-il le chagrin qu'ils vivaient aujourd'hui ? Certaines nuits blanches, il lui arrivait de se demander si elle n'aurait pas été plus heureuse, sans sa rencontre avec Victor.

Son père effleura du pouce la signature de sa femme, tracée d'une écriture appliquée, un peu enfantine : *Dorothy Heloise Slocum*. Les souvenirs adoucissaient ses traits, mais Sandra savait qu'il ne se confierait pas.

— Papa, dit-elle doucement, je suis tellement désolée. Je suis sûre que maman et toi allez trouver une solution. Regarde cette photo, c'est tellement évident que vous vous aimez. Vous n'allez quand même pas tout casser parce que vous avez du mal à vous habituer à la retraite !

— Le problème va plus loin que ça, ma chérie.

— Alors il faut aller plus loin pour le résoudre.

Son père sortit de la boîte un document en papier parchemin, plié et entouré d'une ficelle.

— Tiens, l'acte de propriété original de Blue Moon Beach, le testament et l'acte de cession.

— Merci beaucoup, répondit-elle en passant le doigt sur les scellés du notaire. Je pense mettre la maison en vente d'ici l'été.

— Et après ?

— Après...

Un frisson parcourut Sandra. Elle n'avait pas le moindre commencement de projet.

— Après... je verrai bien.

11

Mardi 8 janvier

Dix mensonges racontés à mon psy

8. Je n'ai jamais laissé mon bégaiement me définir.
9. Je suis comblée par mon rôle de fille, d'épouse, d'amie et d'écrivain.
10. J'aime faire l'amour, entre « la plupart du temps » et « toujours ».

Pas étonnant qu'elle n'ait réussi à faire que deux séances incroyablement improductives, six mois après son mariage avec Victor. À l'époque, déjà, elle pressentait un problème – son cœur savait ce que son jugement refusait d'admettre. Inconsciemment, elle n'avait sans doute pas voulu explorer ces forces ténébreuses qui les séparaient, Victor et elle. Voilà pourquoi elle n'avait jamais remis les pieds chez ce psy.

Son estomac se noua quand elle entendit le pick-up de Mike Malloy sur le gravier de l'allée. Cet homme la rendait nerveuse. Allié ou ennemi ? Elle ne parvenait pas à se faire une opinion.

En allant à la porte d'entrée, elle se passa distraitement une main dans les cheveux. Ce matin, elle avait fait un effort vestimentaire : elle avait troqué ses habituels jean et pull-over marin contre un pantalon de toile vert foncé et un gilet en angora, sur lequel elle avait fixé la petite broche en argent en forme de chat que lui avait offerte Victor pour la Saint-Valentin.

C'était Victor qui lui avait appris à soigner son apparence. Avant, elle ne s'en était guère préoccupée, parce qu'elle se croyait invisible. Après la solitude du lycée, elle aurait poursuivi sa petite vie tranquille dans l'anonymat, à l'issue de ses études à l'université de Rhode Island, si un soir d'automne elle n'avait pris part à un groupe de parole, sur les conseils de son orthophoniste. Elle pensait que personne ne remarquerait la fille au fond de la salle qui griffonnait sur un carnet jaune. Comment aurait-elle pu imaginer une seconde qu'elle retiendrait l'attention du héros local ?

Ce jour avait bouleversé sa vie.

Elle jeta un coup d'œil par une fenêtre. Malloy, lui, ne semblait nullement préoccupé par son apparence. D'ailleurs, il n'en avait pas besoin, songea-t-elle avec un frisson qui la prit au dépourvu.

Le bleu myosotis délicat de ses yeux contrastait avec les cheveux noirs un peu trop longs qui dépassaient de sa casquette de base-ball. Son anorak fourré accentuait sa large carrure, et ses mains paraissaient encore plus grandes dans ses gants épais. Du haut de son mètre quatre-vingt-dix, avec son Levi's délavé sur ses grosses chaussures de travail, il dégageait un charme viril indéniable qui ne la laissait pas indifférente. Comment était-ce possible ? Elle se souvint de son attirance pour la séduction sophistiquée et distinguée de Victor. Mike Malloy n'avait rien de sophistiqué ou de distingué.

À cet instant, elle fut surprise de voir deux enfants descendre du pick-up, côté passager. L'aînée, une fille de douze ou treize ans, portait une veste de ski rose avec le bonnet et les gants assortis. Le garçon, de quelques années plus jeune, en jean large et baskets aux lacets dénoués, avait sous le bras le chien hirsute de Malloy, qui gigota en tous sens jusqu'à ce que le gamin le lâche.

Mike se pencha vers les enfants, les mains calées sur les genoux, et leur parla en montrant la plage. Avec un cri d'Indien, le garçon se précipita à l'assaut des dunes, le chien sur les talons. La fille fourra les mains dans ses poches et les suivit calmement.

Lors de sa première rencontre avec Malloy, Sandra ne l'avait pas imaginé dans le rôle de père ou de mari. En voyant son expression alors qu'il regardait les enfants jouer dans les dunes, elle eut le sentiment de découvrir une nouvelle facette de sa personnalité.

Ces deux dernières années, la jeune femme avait éprouvé une envie de bébé de plus en plus impérieuse, si bien qu'à la seule vue d'une famille, son cœur se serrait.

Elle se souvenait encore de la première fois qu'elle avait abordé la question avec Victor. Ils étaient mariés depuis un an ; il se préparait pour sa première session parlementaire. Victor avait approuvé avec cet enthousiasme chaleureux qui le faisait tant apprécier de ses concitoyens.

— Sandra, c'est mon vœu le plus cher, à moi aussi, avait-il assuré, nichant son visage entre ses mains avec délicatesse, tel un oiseau fragile.

Et elle l'avait cru. Voilà pourquoi il excellait en politique. Sa propre femme, qui le connaissait mieux que quiconque, croyait tout ce qu'il disait…

Sandra s'efforça de prendre une contenance et ouvrit la porte. Mike Malloy sortit un porte-documents du pick-up. Tandis qu'il remontait l'allée, son jean délavé mettait en valeur les muscles puissants de ses cuisses.

— Merci d'avoir fait aussi vite pour les devis, dit-elle, espérant que son trouble passerait inaperçu.

— De rien, répondit-il, le visage fermé, le regard indéchiffrable.

Il ne parut même pas remarquer le soin avec lequel elle s'était habillée.

— Vous avez amené vos enfants ? poursuivit-elle sans se laisser rebuter par son indifférence.

— Ça pose un problème ? demanda-t-il, aussitôt sur la défensive.

— Non, non, pas du tout… J'adore les enfants.

— Excusez ma brusquerie. Je viens juste de passer les chercher à l'école.

— Laissez-moi prendre votre veste.

Il fit glisser son anorak de ses épaules et le lui tendit. Les doigts de Sandra s'enfoncèrent dans l'épais molleton encore chaud de la doublure. Troublée, elle le suspendit dans la penderie de l'entrée.

— Si vos enfants ont froid, ils sont les bienvenus à l'intérieur.

Il hésita. Sandra se demanda s'il avait entendu des ragots à son sujet, ou s'il avait fait sa petite enquête depuis qu'elle lui avait parlé de ses ennuis.

Il finit par hocher la tête.

— Merci.

Son regard se posa sur le pull-over en angora et la broche. Il enleva sa casquette des Red Sox, replia la visière et la glissa dans la poche arrière de son jean.

— Euh… nous pourrions peut-être nous asseoir.

Elle s'avança jusqu'à la table ancienne en marbre rose et déplaça les chaises, de façon à faire face au bow-window. Ainsi, ils pouvaient facilement garder les enfants à l'œil.

— Quel âge ont-ils ?

— Mary Margaret aura treize ans au printemps, et Kevin en a neuf.

Le menton dans la main, Sandra les regarda jouer au frisbee, tandis que le chien courait comme un fou entre eux.

— Ils ont l'air de bien s'amuser…

— On dirait, acquiesça Mike Malloy qui posa deux documents de plusieurs pages devant elle. Voici les devis que vous m'avez demandés. Jetez-y un coup d'œil et je répondrai ensuite à vos questions.

— Merci. Euh… voulez-vous une tasse de café, de thé ? Ou quelque chose à manger ?

Elle avait préparé une assiette de cookies à la mélasse et une coupelle de noix de cajou dans la cuisine. Le simple fait de s'apprêter à recevoir de la visite lui avait fait tout drôle. Comme il était loin, le temps où elle recevait les amis et collaborateurs de son mari dans leur maison de Newport ! Bien sûr, il ne s'agissait pas ici d'une visite mondaine, mais c'était agréable. Une douce impression de normalité.

— Non, merci, je n'ai besoin de rien, s'empressa-t-il de décliner, presque sèchement.

Agacée contre elle-même, Sandra se plongea dans la lecture des devis. Sortis sur imprimante laser, ils étaient clairs et bien présentés, avec une estimation de la durée et des coûts en main-d'œuvre et matériel pour chaque phase des travaux. Des images en 3 D de la maison et du jardin donnaient vie à l'ensemble.

Elle passa soigneusement en revue le premier devis, celui de la rénovation sommaire, s'armant mentalement pour le total au bas de la dernière page. Elle regarda le nombre un moment. Imperturbable, elle passa au second devis, plus long et plus détaillé. À sa lecture, elle visualisa parfaitement ce qu'il avait en tête. C'était un projet de grande envergure. La propriété tout entière, des haies de myrtille sauvage à la girouette du toit, serait métamorphosée en une splendeur qu'elle n'avait jamais connue, même à l'époque de sa construction.

Les bras repliés sur sa poitrine, Sandra scruta tour à tour les devis. Six semaines, ou six mois. Une coquette somme, ou un gouffre financier.

— Bon... eh bien, merci. Voilà qui me permet de me faire une idée plus claire.

Mike Malloy croisa les bras sur la table et se pencha vers elle.

— Vous avez des questions ? demanda-t-il avec un regard direct qui la désarçonna.

— Euh... je ne sais pas. Ces devis sont très clairs. Ils contiennent tous les renseignements que j'espérais avoir.

— Dans ce cas, je vous laisse réfléchir. Faites-moi connaître votre décision, dit-il en repoussant sa chaise et en se levant.

Le cœur de Sandra se serra de le voir déjà partir. Elle avait passé une heure à nettoyer la maison ce matin, en attendant son arrivée.

— Vous savez, reprit-elle, puisque je compte vendre, il m'importe peu que cette maison soit simplement remise en état ou restaurée de fond en comble.

— Mais ?

— J'avoue que la restauration est tentante.

— Cet endroit est exceptionnel. Il serait dommage que la maison soit abattue ou abîmée par un inconscient.

— Je suis d'accord, mais pourquoi m'en préoccuperais-je ?

— N'avez-vous pas dit que cette propriété est un bien de famille ?

— Si, mais ce ne sera plus le cas quand je l'aurai vendue.

Elle ne se considérait pas comme particulièrement sentimentale. Pourtant, à la pensée de quitter cette maison, elle eut un gros pincement au cœur. Ici, c'était son domaine, son sanctuaire.

Ridicule ! se dit-elle. Plus tôt elle partirait, mieux cela vaudrait.

— Avez-vous établi votre prix de vente ?

— Euh... non, je n'y ai pas vraiment réfléchi.

Elle n'avait pu s'y résoudre. Quelque part, se séparer de cette demeure tenait de la trahison.

— Je vous ai imprimé une liste de ventes récentes comparables dans le secteur, dit Mike en feuilletant dans ses papiers. Tenez. D'après ces chiffres, une propriété restaurée dans les règles de l'art se vend environ vingt-cinq pour cent plus cher qu'une maison proposée en l'état.

— Votre deuxième devis dépasse le premier de bien plus que vingt-cinq pour cent, fit-elle remarquer.

— Mais je prévois beaucoup plus de vingt-cinq pour cent de travaux supplémentaires. Si je décroche le contrat, cela va sans dire...

— Oh, vous l'avez, ne vous en faites pas, assura-t-elle.

Puis, réalisant qu'elle s'était peut-être montrée trop coulante, elle ajouta :

— Si vos références sont à la hauteur, bien entendu... Vous avez des références, n'est-ce pas ?

Elle s'attendait à ce qu'il soit sur la défensive. Au lieu de cela, il sortit une liasse de papiers et un épais album de son porte-documents.

— Tenez, regardez. Libre à vous de contacter n'importe lequel de mes anciens clients.

Sandra ouvrit l'album et manqua s'étrangler en découvrant une superbe demeure de Newport. Le descriptif illustré qui suivait était à l'avenant : boiseries et planchers rutilants, cages d'escaliers gracieuses, colonnes élancées. Chacune des maisons de l'album était un véritable petit bijou. Il regroupait aussi des lettres de recommandation de sociétés d'architecture historique, et même les distinctions qu'il avait obtenues.

Elle haussa un sourcil étonné. À l'évidence, elle s'était quelque peu fourvoyée sur ses capacités.

— C'est très impressionnant, dit-elle en prenant un magazine. *Architecture d'aujourd'hui* ?

— Ils ont écrit un ou deux articles sur mes chantiers.

Elle repéra un article intitulé « L'esprit du passé ». Les photographies étaient magnifiques : belles demeures de style colonial, jardins luxuriants, belvédères et vérandas de rêve. Elle lut à voix haute la légende sous la double page :

— « Malloy possède une vision de chaman, un don mystique pour évoquer le charme suranné d'un âge oublié… »

Il rougit et s'agita sur sa chaise.

— Ce n'est pas moi qui ai écrit ça.

Une ébauche de sourire naquit au coin des lèvres de Sandra.

— Une vision de chaman ?

— C'est n'importe quoi. En vérité, je suis très pointilleux au niveau des recherches. Et je choisis des sous-traitants d'un sérieux irréprochable.

La jeune femme soupira en étudiant la photo d'une maison à bardeaux de Sakonnet, qu'on aurait crue tout droit sortie d'un tableau d'Andrew Wyeth.

— Je dois être honnête avec vous. En fait, je n'ai pas vraiment les moyens de faire restaurer cette maison. Je ne devrais pas vous dire cela, j'imagine…

— N'avez-vous pas dit que vous en êtes propriétaire ?

— Si.

— Alors vous remplissez sûrement les conditions pour l'obtention d'un prêt. La maison vous servirait de garantie.

Elle s'imagina allant demander un prêt à l'une des banques du coin, auprès de gens qui connaissaient Victor depuis des années.

— Ce n'est pas tant de remplir les conditions qui me tracasse...

— Pourquoi dites-vous cela ?

— Vous savez bien, à cause de mon mari.

— L'objectif des banques, c'est de faire des affaires, pas d'écouter les ragots.

Elle observa son visage taillé à la serpe, ses mains puissantes. Il ne portait pas d'alliance, mais cela ne voulait rien dire. Avec son métier, il la laissait sans doute à la maison. Peut-être sur la table de nuit, auprès de sa femme endormie. S'était-il penché pour l'embrasser avant son départ, ce matin ? Avait-elle respiré son odeur sur son oreiller, senti sa chaleur sur le matelas déserté ?

Peinée par le tour que prenaient ses pensées, Sandra tenta d'avaler le nœud qui lui serrait la gorge.

— Mais mon mari est... Victor était très connu dans la région.

— Je ne connais pas la loi dans ses moindres détails, mais une banque n'a pas le droit de pratiquer une quelconque discrimination.

Sandra repensa à ce qui s'était passé dimanche, le refus des Winslow d'accepter son don. La piqûre encore vive se mua en certitude butée. Elle voulait rendre à Blue Moon Beach l'âme de ses débuts, car son arrière-grand-père l'avait construite pour sa famille. Il serait temps de penser à la vente après les travaux. C'était enfin un projet constructif, avec un début et une fin. Peut-être parviendrait-elle ainsi à remettre sa vie sur les rails, au moins pour un temps.

— D'accord, dit-elle. Parlons restauration.

Ils mirent sur pied un planning et décidèrent des conditions de paiement. Plus que raisonnable, Mike

Malloy accepta de patienter jusqu'à la vente de la maison pour se faire payer.

Les enfants revinrent en courant de la plage. En les voyant dans le jardin, Mike se leva, l'expression radoucie.

— Je vais leur dire d'attendre dans le camion.

— Oh non, pas par un froid pareil ! protesta Sandra. Et puis, ils meurent sans doute de faim.

Le doute transparut sur le visage de Malloy, et l'estomac de la jeune femme se noua. Il n'était sans doute pas si indifférent que cela aux ragots, après tout. Peut-être ne voulait-il pas que ses enfants mettent les pieds dans la maison d'une criminelle.

— Ils survivront, répondit-il. C'est juste que je n'aime pas les laisser chez moi, quand je travaille.

— Vous les élevez seul ?

Il hocha la tête.

— Quand je les ai, oui. Le reste du temps, ils vivent avec mon ex-femme à Newport.

Ainsi, il n'était pas marié... Soudain, le monde reprit des couleurs aux yeux de Sandra.

— Vous semblez aimer les avoir avec vous, fit-elle remarquer, les paumes moites.

— Ça se voit tant que ça ?

Elle sourit.

— Il faudrait être aveugle pour ne pas le voir. Sincèrement, je serais très heureuse qu'ils entrent se réchauffer.

— Comme vous voulez, fit-il en la sondant du regard.

Puis il alla ouvrir la porte de derrière.

— Venez par ici, les enfants ! Laissez vos chaussures sur le paillasson, et le chien par la même occasion !

Traînant leurs anoraks derrière eux, Kevin et Mary Margaret entrèrent dans la cuisine en chaussettes. Ils jetèrent un regard curieux à la ronde. Avec leurs joues rouges et leurs yeux pétillants, ils faisaient penser à Hansel et Gretel.

La jeune femme se félicita d'avoir confectionné des cookies.

— Bonjour, je m'appelle Sandra. Vous voulez un biscuit ?

— Oh oui, merci.

Kevin Malloy avait des joues rondes parsemées de taches de son, les yeux bleu myosotis de son père, et un sourire contagieux qui ne manqua pas de faire son effet sur Sandra.

— Et toi, Mary Margaret ?

— Euh... d'accord, fit-elle avec un haussement d'épaules, mal à l'aise. Merci.

La jeune fille n'offrait pas un abord très avenant. Devant la lassitude qui se lisait sur son visage desséché par le vent et son regard mélancolique, Sandra eut l'impression de se revoir adolescente : futée, mais gauche et émotive.

— Une tasse de cidre chaud, ça vous tente ? suggéra-t-elle. C'est de l'instantané, mais ça vous réchauffera.

— D'accord, fit Kevin.

— Merci, répondit Mary Margaret qui, sans qu'on le lui ait dit, alla se laver les mains au lavabo et incita son frère à l'imiter.

Sandra versa de l'eau bouillante dans d'épaisses tasses en porcelaine, puis le cidre aux épices déshydraté. Les enfants s'assirent à table et mangèrent leurs cookies, en attendant que le cidre refroidisse un peu. Mary Margaret but une petite gorgée délicatement. Kevin soufflait sur sa tasse avec tant d'application qu'il en louchait presque.

La jeune fille lissa ses fins cheveux châtain clair, rendus électriques par la capuche de l'anorak. Son regard se porta sur la profusion de notes qui ornaient le réfrigérateur, fixées par des *magnets* de dessins animés. L'habitude des listes avait depuis longtemps dépassé le simple stade du carnet. Sandra les passa rapidement en revue, au cas où il y en aurait certaines embarrassantes. *Dix suggestions pour le petit déjeuner. Dix souvenirs sur grand-papa Babcock. Dix réponses en cas de démarchage téléphonique...*

— J'ai la manie de rédiger des listes, expliqua-t-elle, bien qu'on ne lui ait rien demandé.

Bizarrement, elle ne se sentait pas du tout stupide, sans doute parce qu'il s'agissait d'enfants. Ils la mettaient toujours à l'aise.

— Elles commencent toutes par « Dix choses... », remarqua Mary Margaret. Pourquoi dix ?

— Je n'en sais rien. J'ai choisi ce nombre au hasard il y a longtemps, et depuis je m'y tiens. J'imagine que si on n'arrive pas à trouver dix choses pour une liste, soit on n'a pas choisi le bon sujet, soit on ne réfléchit pas assez.

Kevin aspira bruyamment le fond de sa tasse.

— Mon père a trente-huit ans, annonça-t-il à brûle-pourpoint.

— Idiot, marmonna Mary Margaret entre ses dents.

Kevin l'ignora.

— Saviez-vous que le cœur d'un cheval pèse presque cinq kilos ?

— Non, je l'ignorais, répondit Sandra. Et savais-tu qu'un castor peut retenir sa respiration quarante-cinq minutes ?

Les yeux du garçon s'écarquillèrent, et elle le vit mentalement emmagasiner l'information, tout comme elle de son côté : Mike avait le même âge que Victor, si celui-ci vivait encore.

Kevin exhiba son poignet, auquel il arborait unc énorme montre.

— En ce moment, il est exactement une heure du matin en Italie. J'ai trois fuseaux horaires, là-dessus.

Mary Margaret laissa échapper un soupir excédé, les yeux au plafond. Mike, qui grattait le placard avec son canif pour voir ce que cachait la peinture verte, s'interrompit et se tourna vers son fils.

— Où as-tu eu cette montre ?

— Un cadeau de Carmine. Mon beau-père, précisa l'enfant à l'adresse de Sandra.

Elle sentit un froid soudain s'abattre sur la pièce.

— Mon père passait tous ses étés ici autrefois, dit-elle, jugeant préférable de changer de sujet. Il prétend qu'il y a un trésor enterré dans le jardin, mais il ne se souvient pas où.

— C'est une maison hantée ? demanda Kevin.

— J'étudie encore la question. Quand j'étais petite, j'avais l'habitude de venir rendre visite à mes grands-parents et je me disais, moi aussi, qu'elle était peut-être hantée.

— C'est vrai ? s'exclama-t-il, les yeux ronds.

— Oui, mais je préfère ne pas te raconter, ou tu ne vas pas en dormir de la nuit.

— J'ai pas peur des fantômes.

— Tu vois ça ? demanda-t-elle en s'approchant d'une petite porte carrée à hauteur d'épaule dans le mur. C'est un monte-charge. Maintenant il est cassé, mais autrefois il fonctionnait entre la cuisine et le cellier. Un jour, j'avais à peu près ton âge, j'ai eu l'impression que le monte-charge montait et descendait tout seul.

Kevin siffla entre ses dents.

— Cool ! Il le fait encore ?

— Je n'en sais rien.

— Mais c'est possible ? insista-t-il.

— Peut-être. Cette maison a plus de cent ans, tu sais. Elle a eu tout le temps d'être hantée.

Presque avec défi, elle glissa un regard furtif en direction de Mike, histoire de voir s'il désapprouvait la conversation. Mais il avait l'air de se préoccuper uniquement de mesurer la hauteur des boiseries au-dessus des placards, à l'aide d'un mètre ruban métallique.

— Comment ça, peut-être ? intervint Mary Margaret. Avez-vous vu des phénomènes paranormaux ?

— Je n'ai rien vu, à proprement parler. C'est juste une impression que j'ai, parfois. Par exemple, je regarde le feu dans le poêle et je vois des formes étranges dans les flammes.

— Ça vous fait peur ? questionna Kevin.

— Non. Ça me rend juste un peu triste, car en général on explique la présence d'un spectre par un événement douloureux dans la maison. Mes grands-parents étaient des personnes gentilles, alors ils se sont sûrement transformés en gentils fantômes.

— Je ne crois pas aux fantômes, décréta Mary Margaret.

— Tu vas réparer cette maison, papa ? s'enquit Kevin.
— Exact, mon garçon.
— Tant mieux, elle en a bien besoin.
— Kevin...
— Pardon. Tu me diras si tu vois un fantôme, hein ?

Mike rembobina son mètre ruban dans un sifflement métallique.

— Promis.

12

— Les gars étaient sacrément contents de te revoir, dit Phil Downing en montant côté passager, tandis que Mike signait les factures du magasin de matériaux de construction.

— Ça faisait un bail.

Il mit le moteur en marche et régla le rétroviseur pour jeter un coup d'œil au chargement de bois d'œuvre, plâtre, ciment, clous et outils à l'arrière du pick-up.

— Ça fait du bien de bosser sur autre chose qu'une fuite dans une cave, dit Phil.

Phil était le plombier et électricien auquel il avait eu l'habitude de faire appel, par le passé. Mike prévoyait de sous-traiter les peintures, plâtres et finitions, mais le chantier devait d'abord avancer.

— Fais-moi confiance, tu vas avoir de quoi faire, assura-t-il en rangeant les factures dans un dossier. Même si ce chantier n'a pas grand-chose à voir avec le volume qu'on atteignait avant.

Frisant la cinquantaine, une casquette de marin vissée sur la tête et toujours la cigarette au bec, Phil était un homme calme et avisé, sérieux et fiable dans son travail. Il possédait un autre talent qui sidérait Mike : expert en informatique, il n'avait pas son pareil pour repêcher des fichiers égarés et configurer des systèmes. Plus d'une fois, il lui avait ôté une grosse épine du pied. Mike ne le connaissait pas très bien, mais Phil lui avait avoué qu'il n'avait pas toujours été aussi sérieux. La vie n'avait pas été tendre avec lui : des années plus tôt, il avait été reconnu à tort responsable d'un accident de voiture. Il s'était mis à boire et sa femme l'avait quitté, emmenant leurs deux garçons. Il avait touché le fond, puis suivi une cure de désintoxication ordonnée par le tribunal. Depuis une bonne dizaine d'années, il était sobre. Mais il ne s'en était jamais vraiment remis. Sans nouvelles de son ex-femme et de ses enfants, il tenait le coup avec du café, des cigarettes, et des souvenirs qui s'amenuisaient au fil des ans.

L'autoroute suivait les méandres de la rivière Pettaquamscutt, visible à travers les arbres dénudés. Le ciel hivernal était d'un bleu si clair et vif que Mike en avait les yeux irrités. Si le temps se maintenait, il travaillerait sur le toit – une occasion plutôt rare, en cette saison.

Durant le trajet, il passa en revue les phases du travail avec Phil, qui feuilleta les diagrammes et schémas créés par Mike sur l'ordinateur. Le plombier laissa échapper un sifflement.

— Dis donc, tu as prévu un planning serré…

— Je finirai à temps sans dépasser le budget, je m'y suis engagé.

— Tu vas devoir quasiment habiter sur place.

— Le temps, ce n'est pas ça qui me manque. Je n'ai mes enfants qu'un jour par semaine et un week-end sur deux.

— Désolé de l'entendre.

— Un réexamen des conditions de garde est prévu pour cet été. J'ai l'intention de demander une rallonge, expliqua Mike en pianotant sur le volant. Après avoir élevé mes enfants pendant des années, ça me fout en l'air de devoir prouver à une assistante sociale que je peux leur apporter « un foyer adapté et stable, et un environnement enrichissant ». Mon avocat me conseille de chercher une maison, mais les enfants adorent Paradise. Ils y ont passé presque tous les étés. Et ils sont en parfaite sécurité sur le bateau.

— C'est vraiment bizarre. Si les parents restent ensemble, ils peuvent faire ce qu'ils veulent de leurs enfants. Les embrigader dans une secte, leur tatouer les fesses ou n'importe quoi. Mais dès qu'un juge met son grain de sel, il faut obéir aux ordres. Un copain à moi, un méthodiste, se retrouve forcé d'envoyer ses gamins à la messe catholique un dimanche sur deux. Par décision du juge, bien sûr!

— Tout ce qu'on a exigé de moi est resté raisonnable, dit Mike. Jusqu'à présent. C'est juste que je n'aime pas qu'on me donne des ordres, comme si j'étais un débile ou un assisté.

— Tiens bon. Les choses vont s'arranger, tu verras.

Mike garda les yeux rivés sur la route. Il commençait à en avoir plus qu'assez de cette situation. Et il n'avait nullement l'intention de s'habituer à vivre seul et à voir ses enfants sur commande.

Carmine Falco, le nouveau mari d'Angela, aimait davantage l'idée d'avoir des gosses que s'occuper réellement d'eux. Mike s'efforçait de se convaincre qu'ils auraient pu tomber plus mal. Chef d'entreprise, pompier volontaire, Carmine semblait fier d'eux. Mike n'était pas enchanté qu'il les couvre de cadeaux de valeur, mais s'abstenait de toute remarque.

Parfois, il redoutait les effets de cette séparation sur les enfants. Il avait vu Mary Margaret et Kevin passer par toute la gamme des émotions, du chagrin au remords, de l'insécurité à la rage. La psychologue les avait prévenus, Angela et lui, de s'attendre à des perturbations dans leur comportement : conflits de loyauté, actes de désobéissance, baisse des résultats à l'école...

— Eh, ralentis, vieux, le prévint Phil. J'ai pas envie qu'on perde le chargement avant d'arriver.

Mike jeta un coup d'œil au tableau de bord. Cent vingt. Seigneur!

— Désolé, s'excusa-t-il en levant le pied.

Le paysage était devenu plus sauvage, plus spectaculaire. D'un côté de la route s'étendaient les bois denses et sombres. De l'autre, les vagues venaient se briser dans un fracas d'écume sur la côte déchiquetée. Mike aperçut la girouette tordue de la propriété, par-dessus un bosquet d'arbres décharnés.

— Il y a une chose que tu dois savoir avant de commencer, dit-il. Notre cliente est Sandra Winslow.

Phil jouait avec une cigarette entre ses doigts.

— La veuve de Victor Winslow ? C'est pas vrai !

— Elle veut vendre.

— Ça ne m'étonne pas. On ne peut pas s'en tirer à si bon compte sans réellement... se tirer.

— Tu la crois coupable ?

— J'en sais rien. À quoi elle ressemble ?

Une femme triste et taciturne. Nerveuse. Fragile. Mike ne savait comment la décrire.

— Elle ne me paraît pas du genre à liquider son mari pour l'assurance.

— On ne sait jamais vraiment avec les gens, non ? Mais comme cliente, elle est OK ?

— Je ne peux pas me permettre de faire le difficile.

Mike s'engagea dans l'allée et se gara derrière la Plymouth bleue de Sandra Winslow. Phil descendit et alluma sa cigarette. Il repoussa sa casquette en arrière pour regarder la maison.

Sous un sycomore gracieux pendait une petite mangeoire à oiseaux, et il fut surpris de voir qu'elle était bien garnie de graines.

— Sacrée baraque, dit Phil. Je comprends que tu aies envie de la retaper.

Comme chaque fois qu'il voyait la maison, un sentiment étrange envahit Mike, une impression de perfection. La maison était idéalement orientée afin de tirer le meilleur parti de la vue. L'excentricité de ses lignes cachait un indéniable équilibre.

La porte d'entrée s'ouvrit. Phil écrasa sa cigarette dans l'allée. Sandra Winslow paraissait un peu distraite, son stylo coincé sur l'oreille, un sourire timide aux lèvres. Aujourd'hui, elle était en pantalon et pull noir, les cheveux ramassés en queue-de-cheval. Pas de maquillage.

Mike fit les présentations et expliqua que Phil se chargerait de l'électricité et de la plomberie.

Elle les fit entrer dans le vestibule.

— Il y a du café à la cuisine. N'hésitez pas à vous servir.

— Merci, répondit Phil qui entreprit d'inspecter les lieux d'un œil professionnel.

Salle à manger adjacente à un grand salon qui donnait sur le devant, coin bibliothèque et cuisine à l'ancienne au bout du couloir... Attiré par l'arôme du café, il se dirigea vers la cuisine.

— Votre exemplaire du contrat, dit Mike en tendant à Sandra plusieurs feuillets agrafés. Prenez le temps de le parcourir.

— Merci, répliqua-t-elle avec une ébauche de sourire. Moi aussi, j'ai quelque chose pour vous...

La bouche de Mike se dessécha. Qu'avait donc cette femme de si extraordinaire ? Il suffisait d'un regard, de quelques paroles échangées pour qu'il en soit tout ému. Elle n'avait pas la beauté renversante d'Angela, le genre qui attire les regards et suscite des sifflets admiratifs. Non, le charme de Sandra était beaucoup plus subtil. Une sorte de magnétisme envoûtant qui émanait de ses yeux noirs, une fraîcheur innocente dans son expression. Selon Ronald Winslow, c'était ainsi qu'elle avait réussi à mettre le juge dans sa poche.

— Je dois deviner ?

— Vous n'y arriverez pas.

Elle le conduisit dans le salon, le lieu le plus spectaculaire de la maison avec son bow-window à petits carreaux qui aujourd'hui baignait la pièce de soleil. Le ciel sans nuages avait cette clarté que l'on ne voit qu'en hiver, conférant à l'Atlantique un bleu saphir profond. Un couple d'oiseaux de verre coloré, suspendu au châssis de la guillotine, capturait les rayons du soleil. Il toucha l'un d'eux du bout de l'index. Un arc-en-ciel balaya la pièce.

— C'est Victor qui les a fabriqués, expliqua Sandra. C'était son hobby.

Mike se détourna sans faire de commentaire. C'était pénible de voir ces bibelots de verre danser dans le soleil, en sachant qu'ils étaient l'œuvre de Victor. Cela devait être encore plus pénible pour Sandra. Comment pouvait-elle même le supporter ?

Elle alla dans le coin bibliothèque, où se trouvait son bureau encombré de piles de courrier et de liasses de feuillets imprimés.

— Tenez, dit-elle en lui tendant un rouleau de papier jauni par le temps et effrité sur les bords.

L'espace d'un instant, son regard pétilla d'un plaisir ingénu. Il se demanda si elle avait été ainsi avec Victor, inconsciemment sexy, avec une once de gaucherie, un charme presque enfantin...

Il déroula le document sur la table ronde, devant la fenêtre. Sandra maintint les angles avec un coquillage, un cendrier rempli de boutons, une bouteille de soda vide et un dessous de verre. Mike découvrit avec ébahissement les plans de la maison en parfait état, avec des coupes très détaillées.

— Génial, hein ? dit-elle, si proche que leurs bras se frôlaient. Je l'ai trouvé chez mon père, avec l'acte de propriété.

— Ce document est très précieux, c'est incroyable... Je vais en faire des copies de travail, et nous enregistrerons l'original à la Société des bâtiments historiques.

L'espace d'un instant, la lueur qu'il discerna au fond des yeux de Sandra lui révéla une autre femme, derrière la façade sombre et grave. Une femme sensible, vulnérable.

Elle dut percevoir son trouble, car elle recula d'un pas.

— D'accord.

— Vous avez de la chance, vous savez. C'est une sacrée trouvaille.

Mike sentait qu'il la rendait nerveuse, sans trop en comprendre la raison. Avec ses enfants, elle s'était montrée beaucoup plus détendue et naturelle. Kevin et Mary Margaret ignoraient tout de ses ennuis et l'acceptaient sans arrière-pensées. Dans le pick-up, Kevin avait même déclaré qu'il l'aimait bien. Mary Margaret, quant à elle, n'avait pas dit grand-chose – il avait du mal à comprendre ce qui se passait dans la tête de sa fille, ces derniers temps.

— Je vais commencer par passer le toit au nettoyeur haute pression, tant que le temps se maintient, annonça-t-il. Je ne crois pas qu'il faudra le remplacer, mais je n'en aurai la certitude qu'après un bon nettoyage.

— Il fait un peu froid pour travailler dehors, fit-elle remarquer.

— Je survivrai. Vous avez une arrivée d'eau à l'extérieur ?

— Oui, près du garage.

— Parfait. Je m'y mets tout de suite.

— N'hésitez pas à m'appeler, si vous avez besoin d'aide.

— D'accord.

Il observa un instant ses grands yeux noirs, sa bouche douce, ses mains nerveuses... Un désir depuis longtemps oublié le prit au dépourvu. Quelle impression étrange de penser à nouveau à une femme, d'autant plus à celle-ci...

— Il faut que je m'occupe du branchement, bougonna-t-il.

Sans doute l'eau froide lui éclaircirait-elle les idées ! Sur ces mots, il pivota sur ses talons et sortit.

Une demi-heure plus tard, il était perché au faîte du toit, sanglé dans un harnais de sécurité, tenant à la main une lance raccordée à un compresseur en bas.

Des gaines calées sur l'épaule, Phil faisait l'aller-retour entre la maison et la ligne électrique. Plongé dans l'étude de l'antique câblage en cuivre, il griffonnait des notes dans un petit carnet.

Mike tirait une satisfaction quasi primitive de ce jet d'eau puissant qui martelait les vieilles ardoises, décollant mousses, lichens et mauvaises herbes qui avaient poussé dans les interstices. D'ici, il apercevait les lacets de la route côtière. L'été, il y avait une circulation presque ininterrompue de camping-cars, breaks et jeeps avec l'autoradio à fond. Au beau milieu de l'hiver, c'était le calme plat.

De loin, il repéra une berline noire sur la route. Elle précédait une camionnette équipée d'une parabole sur le toit. Il fronça les sourcils quand le convoi s'engagea dans l'allée et s'arrêta devant la maison dans un crissement de pneus. Deux hommes jaillirent de la camionnette, sur laquelle était inscrit : *WRIQ News*. Ils ouvrirent le hayon arrière et en extirpèrent de lourds rouleaux de câble.

Mike descendit de l'échelle et éteignit le nettoyeur, tandis qu'un technicien traversait le jardin, une imposante caméra calée sur l'épaule. Deux hommes en costume sombre sortirent de la berline.

— Nous sommes bien au domicile de Sandra Winslow, n'est-ce pas ? demanda l'un d'eux.

— Moi, je m'occupe juste du toit, répondit Mike.

Quelle que soit l'affaire dont il était question, il ne voulait pas y prendre part. Il se pencha pour vérifier un niveau sur le compresseur.

— Et que faites-vous à ce toit ? s'enquit une voix féminine.

Il se redressa et se retrouva face à une jeune femme blonde, au rouge à lèvres cerise et vernis à ongles assorti. Elle avait un regard curieux, inquisiteur. Cette femme lui disait quelque chose... Au bout de quelques secondes, le déclic se fit : Courtney Procter.

La présentatrice du journal télévisé était plus petite qu'il ne l'imaginait. Sa taille était plus fine et ses dents plus blanches que dans son idée, mais elle avait les mêmes seins en obus qu'à la télé. Elle portait un tailleur cintré avec des épaules en pointe qui lui donnait le look d'une cadre sup' dominatrice. Ses talons aiguilles s'enfonçaient dans le gravier de l'allée. Son foulard Hermès flottait au vent, mais pas un cheveu de son volumineux brushing ne bougeait.

Mike sortit un bandana rouge de la poche arrière de son jean et s'essuya les mains.

— C'est pour votre journal, ou ça restera entre nous ?

La chaleur et l'humour sincères de son sourire le surprirent.

— Ça dépend de votre réponse.

— Je passe le toit au nettoyeur haute pression, dit-il en montrant son équipement. Mike Malloy, de Paradise Constructions.

— Courtney Procter, WRIQ News.

— Je vous avais reconnue.

— Évidemment, minauda-t-elle en riant. Mon ego vous remercie.

Elle l'étudia quelques instants.

— Alors comme ça, vous êtes dans le bâtiment ?

— Oui, entrepreneur. Je suis spécialisé dans la restauration historique.

— Quelle est la nature de vos relations avec Mme Winslow ?

— Je vois où vous voulez en venir, mais ma réponse va vous décevoir. Je ne l'avais jamais rencontrée avant qu'elle ne m'engage pour rénover sa maison. (Il jeta un coup d'œil à l'équipe de techniciens qui s'activaient derrière elle.) Je peux vous demander ce qui se prépare ?

— Il y a du nouveau dans une affaire locale en cours. Nous assurons la couverture.

Mike sentit chacun de ses nerfs se tendre, mais feignit la nonchalance en se penchant pour ajuster un collier de serrage sur le compresseur.

— Ah bon ?

— Les huissiers viennent notifier à Mme Winslow le dépôt d'une plainte concernant le décès de son mari, Victor Winslow.

Mike n'eut pas à demander de qui provenait cette plainte.

— Mademoiselle Procter, nous sommes prêts !

Des faisceaux de lumière aveuglante inondèrent l'espace situé devant un lilas dégarni. L'éclairage cru accentuait l'aspect vieillot et décrépi de la maison, mettant en relief la peinture écaillée de la balustrade de la terrasse, le fouillis des massifs de forsythias fanés. Sur le petit écran, l'impression produite serait désastreuse, Mike en avait conscience.

Il se demanda à quoi Sandra était en train de penser en cet instant, ce qu'elle ressentait. Elle devait se savoir prise au piège. Les huissiers venus lui notifier la plainte n'allaient pas la laisser s'esquiver. Son humiliation s'étalerait aux infos du soir en couleurs haute définition.

Mike tourna la valve du nettoyeur. Un jet de vapeur sous pression s'échappa avec un sifflement humide. L'interrupteur n'était qu'à quelques centimètres de son pied.

La camionnette émit une série de sons électroniques. La parabole pivota sur le toit. Courtney Procter se planta devant la maison, telle une précieuse orchidée. Une femme, vêtue d'un coupe-vent au logo de la chaîne, se précipita vers la journaliste, rajusta son foulard et appliqua un nuage de poudre sur l'arête de son petit nez aquilin.

Le moteur du compresseur hoqueta. Un technicien fusilla Mike du regard.

Les huissiers feuilletaient une pile de documents. L'un d'eux en sortit une liasse retenue par un élastique. Il avait un regard d'acier et les joues rougies par le froid. Son long manteau noir flottait au vent. Il en referma les boutons, bien décidé à faire preuve de zèle devant la caméra. L'officier ministériel dans l'exercice de ses dignes fonctions.

— Trois... deux... un, fit Courtney Procter avec une aisance toute professionnelle. Je me trouve devant la vieille maison où Sandra Winslow se terre depuis la disparition et le décès présumé de son mari, le sénateur Victor Winslow. Le non-lieu rendu mardi n'a pas permis de mettre fin aux interrogations sur les circonstances mystérieuses de la tragédie du 9 février.

« D'après les derniers témoins à avoir vu Victor Winslow vivant, le jeune couple aurait quitté une réception du Parti démocrate. C'était Mme Winslow qui était au volant de leur Cadillac dernier modèle. Bien que l'alcootest n'ait rien donné, il a été rapporté qu'elle conduisait de façon déconcertante, à une vitesse excessive...

Courtney Procter résuma les détails connus de l'accident, tandis que les huissiers se concertaient, penchés sur le capot de la berline. Le réalisateur s'affairait pour déterminer le meilleur angle de vue sur la porte d'entrée.

— ... parents éplorés ont déposé une plainte au civil contre Sandra Winslow, annonça la journaliste. Sa mise en examen pour homicide involontaire va lui être notifiée...

La caméra fit un panoramique sur la propriété, puis l'objectif cadra en gros plan les deux huissiers qui traversaient le jardin en direction de la porte d'entrée.

Mike revit comme dans un flash ses enfants buvant du cidre chaud, assis à table dans la cuisine de Sandra Winslow. Puis il se souvint du jour où il avait reçu la demande de divorce et la plainte. Il venait de sortir de la douche et s'était retrouvé sur le seuil avec pour tout vêtement une serviette de bain autour des hanches. Tandis que l'eau dégoulinait sur l'enveloppe, il l'avait regardée fixement, croyant à une erreur. L'humiliation de cet instant était encore cuisante, mais au moins il n'y avait pas eu de témoins...

Une lueur de prédateur s'alluma dans le regard de Courtney Procter. L'un des huissiers frappa à la porte.

Tout se passa en quelques secondes. Tenant d'une main le tuyau, Mike alluma le nettoyeur du bout du pied. L'engin démarra dans un vrombissement, et le tuyau se raidit. Le jet erratique s'abattit en plein sur la parabole dans un jaillissement d'étincelles. Surpris, les huissiers se baissèrent en criant. Mike éteignit le compresseur au moment où la porte s'entrebâillait. Le jet s'amenuisa en arc de cercle, non sans éclabousser un cameraman au passage. Et Courtney Procter.

— Bordel ! jura-t-elle en lâchant le micro.

Mike se précipita à la rescousse.

— Je suis horriblement désolé, clama-t-il. Je ne comprends pas comment une chose pareille a pu se produire...

Avec son bandana, il tapota l'épaule de la journaliste et son foulard en soie. Tout un côté de son brushing semblait avoir fondu et pendait en mèches dégoulinantes.

— J'espère pour vous que vous êtes bien assuré, bafouilla-t-elle, folle de rage, en lui arrachant le bandana des mains pour continuer elle-même. Parce que je vais vous coller sur le dos un procès dont vous vous souviendrez !

Du coin de l'œil, il vit la porte d'entrée s'ouvrir. Il entendit la voix impérieuse de l'huissier, la réponse hésitante de Sandra. L'enveloppe changea de main et la porte se referma. Adieu, le scoop de Courtney Procter...

— Désolé, c'était un regrettable accident, je vous assure.

13

Jeudi 10 janvier

Dix synonymes de désespoir

7. *Découragement.*
8. *Détresse.*
9. *Désolation.*

Pendant les heures qui avaient suivi la visite des huissiers, Sandra avait repensé à son réveil à l'hôpital après l'accident. Elle se savait blessée, mais un doux nuage cotonneux anesthésiait le mal. Peu à peu, cependant, le nuage s'était dissipé et il n'y avait plus eu qu'une douleur dévorante. Banks l'avait prévenue de ce qui l'attendait, mais en dépit de tous ses efforts pour s'y préparer, rien ne pouvait apaiser la morsure de la trahison et de l'incrédulité.

Aurait-elle dû – ou pu – gérer l'incident différemment ? Tout s'était passé si vite. Elle ne se souvenait pas des paroles de l'huissier, pas plus que de sa réponse godiche, mais quelques instants plus tard, le front appuyé contre le battant de la porte, elle avait entendu Courtney Procter passer un savon à Mike Malloy.

L'enveloppe était sur la console du vestibule, encore fermée. À chaque fois qu'elle passait devant, Sandra faisait un grand détour, comme s'il s'agissait d'un animal empaillé répugnant.

Homicide involontaire. Les parents de Victor l'accusaient d'avoir tué leur fils.

Faisant appel à son art bien développé de l'esquive, elle se réfugia dans son bureau, ferma son journal et relut le dernier chapitre de son livre. L'univers de la fiction était plus hospitalier que celui du réel. Il était son sanctuaire, un lieu où elle pouvait décider que tout finirait bien. *Présents simples*, un roman sur la perte et la rédemption, était enfin terminé. Charlotte, l'héroïne, avait fini par accepter la sénilité irréversible de sa grand-mère ; c'était la petite-fille qui prenait désormais soin de la vieille dame, dans une inversion des rôles qui avait ému Sandra aux larmes lors de l'écriture. Avec l'acceptation venait la guérison, tel un maigre rayon de soleil dans un ciel hivernal. Sur le conseil de son amie Barbara, elle avait envisagé l'idée de laisser la pauvre Charlotte avoir un chiot à la fin, peut-être même un basset, mais elle n'avait pu s'y résoudre. Les présents simples du titre étaient beaucoup plus subtils que cela.

Avant, Sandra avait un rituel pour fêter le moment où la version définitive d'un roman sortait de son imprimante. Victor et elle partageaient une bouteille de champagne, petit cadeau qu'ils s'octroyaient seulement dans les grandes occasions. Que faire aujourd'hui ? Comment mettre un point final à un roman sans Victor ?

— Vous avez de l'antirouille pour bateaux ? demanda soudain Phil Downing, l'ouvrier qui avait passé la majeure partie de la journée à la cave.

— Pardon ? fit-elle en se dirigeant vers l'escalier.

— De l'antirouille spécial bateaux. Un produit rose dans un pot blanc.

— Oh, c'est possible. Jetez donc un coup d'œil au garage. Si un produit vous intéresse, n'hésitez pas à vous servir, ajouta-t-elle lorsqu'il passa dans la cuisine, avec dans les poches de sa veste une série de clés et de voltmètres qui s'entrechoquaient. Mais je ne garantis pas leur état. Certains pots sont là depuis au moins cinquante ans.

— Merci. Je vais regarder.

Phil Downing avait un petit côté fuyant qui suscitait la méfiance de Sandra. Mais il travaillait avec calme et sérieux et, à la différence de Mike Malloy, ne la distrayait pas.

Mike Malloy... En ce moment, perché sur une échelle dans le vestibule, il inspectait l'imposte au-dessus de la porte d'entrée. Le soleil de cette fin d'après-midi tombait sur ses cheveux noirs, ses avant-bras musclés, ses longues jambes. Il avait le ventre plat et les hanches étroites d'un athlète, sans pour autant donner l'impression de passer des heures dans un club de gym.

Mais le charme qu'il exerçait sur elle dépassait la simple attirance physique. Derrière son abord un peu rude, elle avait entraperçu une surprenante humanité. Celle-ci avait été évidente quand il était avec ses enfants, ou quand elle lui avait montré les plans originaux de la maison. Et aussi le jour de leur première rencontre, lorsqu'il avait soigné ses mains couvertes d'ampoules avec une gentillesse qui avait failli la faire pleurer, parce que c'était la première fois qu'un homme la touchait depuis longtemps...

Arrête, tu te fais des idées ! se rabroua-t-elle. Pourquoi aller chercher midi à quatorze heures, avec un type qui n'a pour seule intention que de rénover ta maison ?

Elle prit son manuscrit et inséra les pages dans un élastique. Avec un marqueur, elle indiqua l'adresse de son éditeur sur une grande enveloppe à bulles. Bien qu'elle ne fût pas du genre superstitieux, elle ne se sentait pas tout à fait rassurée de glisser les deux cent quatre-vingts feuillets dans l'enveloppe et de la poster. Après tout, il s'agissait de Charlotte, qui avait vécu dans son imagination pendant plus d'un an et était en elle depuis bien plus longtemps. Avec ses longues mèches et ses grands yeux qui trahissaient son incompréhension, elle avait été présente durant toute la tragédie avec Victor. Elle avait contribué à tenir le désespoir à distance, lors des plus sombres moments. C'était un personnage de fiction dont la vie avait davantage de noblesse que tout autre destin dans le monde réel.

Et pour cette raison, Sandra éprouvait pour elle une profonde, bien qu'abstraite, affection. Instinctivement, elle porta la liasse de feuilles à ses lèvres.

Au même instant, Mike Malloy franchit le seuil, un escabeau à la main. Il le posa en la regardant d'un air intrigué.

— Vous me trouvez sûrement bizarre, dit Sandra, pétrifiée.

— J'ai vu pire.

— Je dois aller poster ce manuscrit, expliqua-t-elle en maniant maladroitement l'enveloppe.

Il la lui prit des mains et maintint les coins ouverts, afin qu'elle puisse y glisser les feuillets.

— Vous écrivez des livres ?

— Oui, des romans pour enfants.

— Ah bon ?

Sa proximité physique la troublait, et pourtant elle n'aurait pas voulu qu'il s'éloigne pour rien au monde. Elle avait une conscience aiguë de sa chaleur, des effluves discrets de son after-shave, de la façon dont sa chemise de travail en jean usé épousait les muscles de ses épaules. Elle l'entendait même respirer, ce qui en soi n'avait rien de remarquable, mais à quand remontait la dernière fois où elle avait été assez près de quelqu'un pour entendre sa respiration ? Et puis, il y avait autre chose. Ce petit choc qu'une femme éprouve en réalisant qu'un homme la désire. En dépit de son manque d'expérience, c'était ce que Sandra ressentait en cet instant.

Troublée, elle farfouilla dans un tiroir de la cuisine, à la recherche de l'agrafeuse.

— J'ai fait des études de lettres à l'université et publié mon premier livre sous mon nom de jeune fille, il y a quelques années.

— Eh, je suis impressionné... Sincèrement. Je me demande si mes enfants en ont déjà lu un.

— Mary Margaret, peut-être. J'écris pour sa tranche d'âge.

— C'est une grande lectrice. Elle rapporte toujours des piles de bouquins de la bibliothèque.

Il lui tendit l'enveloppe, et sa main frôla l'avant-bras de Sandra. Le geste n'était pas intentionnel, mais une onde de chaleur se propagea en elle.

Elle lui lança un sourire nerveux et s'éloigna d'un pas. Elle agrafa l'enveloppe à trois reprises, tout en observant Mike furtivement du coin de l'œil. Il y avait si longtemps qu'elle n'avait pas eu une conversation normale avec quelqu'un.

— Alors comme ça, vous avez toujours été écrivain ? s'enquit-il.

— Depuis que je sais tenir un stylo. Jamais je n'ai imaginé faire un autre métier. (Elle eut une hésitation, feignant de vérifier l'adresse sur l'enveloppe.) En tout cas, je tenais à vous remercier pour ce que vous avez fait, ce matin.

Il positionna l'escabeau sous la trappe qui s'ouvrait sur le faux plafond, au-dessus de la cuisine, et pencha la tête pour regarder à l'intérieur.

— C'était un simple accident.

Elle imagina le jet d'eau s'abattant sur la parabole, puis regarda les mains de Malloy. C'étaient des mains larges et puissantes, pas celles d'un homme qui provoque un accident avec un nettoyeur haute pression.

— Quoi qu'il en soit, vous m'avez épargné le journal télévisé.

Il descendit à moitié de l'escabeau.

— Ils en parleront quand même.

— Oui, mais ils n'auront pas d'images sur lesquelles les gens pourront baver.

— Baver ? répéta-t-il, les bras levés pour déplacer la trappe. C'est ce que les gens font ?

— C'est l'impression qu'ils donnent, répondit Sandra avec un frisson.

Au souvenir de la grande enveloppe dans la main gantée de l'huissier, la nausée lui noua l'estomac, comme si son corps refusait ce que son esprit savait déjà.

— Ça va ? s'inquiéta Malloy avec un froncement de sourcils.

— Je n'arrive pas à croire qu'ils me traînent en justice. Mes propres beaux-parents…

Il raffermit son appui sur l'escabeau.

— Sacré coup dur.

Qu'attendait-elle donc de lui ? De la compassion ? Il était entrepreneur, pas assistante sociale.

— Je dois apporter ceci à la poste, dit-elle. À tout à l'heure.

— À tout à l'heure.

Il gravit encore quelques échelons. Seules ses jambes dépassaient maintenant de la trappe.

Sandra regarda son jean délavé, ses chaussures de travail à grosses semelles. Elle pensa à ses mains de lutteur, et à ses cheveux trop longs qui ne verraient sans doute pas les ciseaux d'un coiffeur avant longtemps. Et elle rougit du trouble inavouable que ces pensées faisaient naître en elle.

Elle prit au passage le dossier du tribunal dans le vestibule et sortit en hâte. Elle décida d'aller jusqu'à Newport poster sa lettre. Elle tenta de se convaincre que c'était à cause du rendez-vous avec son avocat, mais en réalité, le bureau de poste local était tenu par l'un des paroissiens de Ronald Winslow, qui connaissait Victor depuis l'enfance.

À Paradise, ils étaient légion, les gens qui connaissaient Victor. Tous, même ceux qui ne l'avaient pas fréquenté, se sentaient affectés par son décès et outragés qu'elle-même soit encore en vie.

Alors qu'elle s'engageait sur le grand pont suspendu qui reliait Conanicut Island au continent, son cœur s'emballa et ses mains devinrent moites. Le pont lui paraissait interminable. Une vraie torture. En son milieu, il atteignait une hauteur à donner le vertige, au-dessus des eaux grises de Narragansett Bay. La nausée revint de plus belle. Les yeux fixés droit devant elle, elle serra les dents et compta lentement, en se répétant qu'elle finirait bien par en voir le bout, hantée par ses souvenirs cauchemardesques. Les phares aveuglants qui se réfléchissaient dans le rétroviseur – ils étaient suivis. *Un véhicule peut être plus près qu'il ne le paraît dans le rétroviseur...*

Les cris de Victor, puis les siens résonnaient encore à ses oreilles. Elle se rappelait avec une effarante acuité l'odeur d'asphalte mouillé, le grésil qui fouettait le pare-brise. Le hurlement des pneus quand elle avait écrasé la pédale de freins. Le reflet métallique dans la main de Victor. Elle se souvenait d'avoir pensé qu'il ne pouvait s'agir d'un revolver. Victor avait rédigé lui-même les derniers textes législatifs concernant le contrôle des armes à feu. Jamais il n'aurait détenu un revolver.

Elle ressentait dans sa chair le fracas de la voiture qui percute le garde-fou et le défonce. Puis il y avait eu l'explosion assourdissante de l'airbag, qui l'avait plaquée violemment contre son siège.

Respire, s'adjura-t-elle, tandis qu'elle approchait de l'extrémité du pont. Respire.

Mais de l'autre côté de Conanicut, il y avait un deuxième pont, celui qui menait à Newport par Aquidneck Island, quelques kilomètres plus loin.

Elle s'infligea ce nouveau calvaire, s'efforçant de faire le vide dans son esprit et de compter à voix haute, les nerfs au bord de la rupture, jusqu'à ce qu'elle arrive en vue des chantiers navals gris acier, à l'ouest de l'île. Elle tourna précautionneusement à droite en direction de la ville, belle comme un panorama de carte postale même au milieu de l'hiver, avec ses rues pavées et ses immeubles anciens en brique autour du port pittoresque, très calme en cette saison.

Après un saut à la poste, Sandra se gara devant l'immeuble où se trouvait le cabinet de son avocat, dans Thames Street. Victor et elle adoraient venir à Newport, avec ses restaurants chaleureux, sa myriade de boutiques et la richesse de sa vie culturelle. La petite galerie d'objets artisanaux, près de Bannister Wharf, commercialisait ses oiseaux en verre coloré – au profit d'œuvres caritatives, bien entendu. Selon la propriétaire de la galerie, ils se vendaient comme des petits pains. Tout le monde, semblait-il, voulait posséder une relique de Victor Winslow, même de simples morceaux de verre.

Rassemblant son dossier et l'enveloppe renfermant l'assignation, elle entra dans l'immeuble d'un pas pressé. Construit en 1741, c'était un bâtiment étroit d'architecture coloniale en brique rouge, avec des cadres de fenêtres blancs, cerné d'une grille en fer forgé derrière laquelle se trouvait une collection remarquable d'art topiaire.

Elle respira un grand coup et entra dans le hall de réception du cabinet. Depuis le temps, le personnel la connaissait.

— Bonjour, madame Winslow, lui dit la réceptionniste. Vous pouvez monter. Je préviens maître Banks de votre arrivée.

— Merci.

Elle grimpa une volée de marches, passant devant des portraits de médiocre facture représentant les fondateurs du cabinet : Clagget, Banks, Saunders et Lefkowitz. Elle les avait connus par Victor, évidemment.

Juste après l'accident, un enquêteur du bureau du médecin expert lui avait conseillé d'engager un avocat. Naïve et ignorante, elle s'y était d'abord refusée, considérant cela comme un aveu de culpabilité. Elle se revoyait encore, assise sur son lit d'hôpital, à peine consciente dans son état des images à la télévision – le ballet des hélicoptères et des vedettes de sauvetage dans la baie, les plongeurs en combinaison de survie explorant les profondeurs. Arrachée aux fonds boueux, la voiture lui avait paru obscène, méconnaissable. Un piège mortel. Devant ces images atroces, elle avait eu du mal à respirer et même à parler, non pas à cause de ses blessures, mais parce qu'à la fois l'espoir et la crainte l'étouffaient.

Après une journée de recherches vaines, tout espoir de retrouver Victor vivant avait été abandonné. La température de l'eau, d'à peine dix degrés, permettait d'y survivre treize minutes au grand maximum.

Puis il y avait eu ce reportage, annonçant une découverte inattendue : une balle logée dans la base métallique d'un pilier du pont. Pas si inhabituel que cela, étant donné les mœurs actuelles. Ce qui était inhabituel, par contre, c'était le trou laissé par la balle dans le véhicule d'un élu de premier plan, qui avait fait du contrôle des armes un cheval de bataille.

Dès qu'elle avait été au courant, Sandra était allée droit au placard de sa chambre individuelle, avait enfilé les vêtements que sa mère lui avait apportés et avait quitté l'hôpital, sourde aux objections des infirmières. Un taxi l'avait déposée devant le cabinet. Elle avait insisté pour être reçue par Banks car, d'après ce que Victor lui avait dit une fois, il était doué pour tirer d'affaire le pire criminel, sans la moindre considération pour sa culpabilité ou son innocence. Pour Milton Banks, ce n'était pas même une question d'argent, bien que ses honoraires soient conséquents. Non, c'était uniquement par jeu. L'amour de la manipulation verbale et des logiques tordues qui faisaient mordre la poussière au parquet, voilà ce qui le motivait.

— Ne me racontez pas ce que je ne vous demande pas, avait-il dit. Ne me jurez pas que vous êtes innocente – tout le monde l'est. Répondez simplement à mes questions, sans détails et fioritures inutiles. Je m'occupe du reste.

Et il avait tenu parole. Sandra lui en était reconnaissante. Pour rien au monde elle n'aurait voulu qu'on lui fasse avouer des choses que jamais elle n'aurait dû connaître, des choses qu'elle ne demandait qu'à oublier. Elle avait été interrogée à plusieurs reprises et, après le dernier test au détecteur de mensonges, le médecin expert avait conclu à la mort accidentelle de son mari. À aucun moment elle n'avait eu besoin de se défendre. Maintenant, si.

Elle frappa un coup à la porte du bureau et entra. Milton Banks l'attendait, assis à son bureau impeccablement rangé. Jamais l'avocat ne semblait occupé ou bousculé. Il lui faisait penser à un lézard se prélassant au soleil sur un rocher. Puis, d'un geste d'une promptitude fatale, il passait à l'attaque – telle la langue du lézard capturant en un éclair une mouche infortunée.

Tel était Milton Banks. Un gros lézard d'âge mûr et chauve.

La coiffeuse de Sandra, Joyce, l'avait rencontré une fois et trouvé terriblement sexy. Sandra avait d'abord cru qu'elle plaisantait. Mais non. Puis, en apprenant à mieux connaître l'avocat, elle avait réalisé que sa froideur, son assurance sans faille et l'aura de pouvoir qui émanait de lui avaient un effet magique sur certaines femmes.

Pas sur elle. Au mieux, elle le trouvait rebutant, à l'image d'une œuvre d'art pour laquelle on n'arrive pas à s'intéresser. Au pire, il l'effrayait.

Il se leva et lui serra la main. Elle lâcha l'épaisse enveloppe sur le bureau.

— C'est arrivé ce matin, livré par coursier.

Il eut un sourire railleur.

— Voilà qui ne nous surprend pas, n'est-ce pas ?

Elle lui raconta brièvement l'arrivée des journalistes et l'incident avec la parabole.

Il eut un gloussement appréciateur. Si, de manière générale, Banks appréciait la subtilité, il exprimait parfois une sincère admiration pour l'approche directe. Puis il se plongea dans la lecture des documents, suivant les lignes du bout de ses doigts manucurés, comme pour mieux s'en imprégner.

— Rien de particulier, conclut-il après examen. Une plainte au civil. Les Winslow prétendent que, par votre conduite imprudente, vous êtes responsable du décès de leur fils.

— C'est aberrant.

— C'est justement ce qui est formidable. Une plainte au civil n'a pas à tenir debout. La charge de la preuve n'est même pas aussi prépondérante que dans une procédure pénale.

— C'était un accident. Ne sont-ils donc pas capables d'entendre raison ? Pourquoi me harcèlent-ils ainsi ? Je ne suis pas plus responsable de la mort de leur fils que du temps qu'il fait !

Banks garda le silence.

— Comment les choses vont-elles se passer ? demanda-t-elle.

— Ils réclament réparation.

— De l'argent ?

— Oui, selon le vieil adage : « Rien ne remplacera jamais notre précieux fils disparu, alors un bon gros sac de billets fera l'affaire. »

— Mon Dieu, je devrais être habituée à vous, depuis le temps, mais j'ai du mal à m'y faire…

L'avocat ne se sentit pas même insulté.

— Bon, écoutez. Voilà ce que vous devez savoir, pour l'instant. Il s'agit d'une affaire civile. Vous n'avez donc pas à redouter une peine de prison, quel que soit le verdict – même si je ne laisserai pas l'affaire aller jusque-là. Mais si c'est le cas, la valeur de la vie de Victor sera déterminée par arbitrage ou par la conscience éclairée d'un jury impartial.

Sandra ferma les yeux. Elle sentit la brûlure des larmes. Combien valait une vie ? Une vie comme celle de Victor Winslow ? Quelle était la valeur de son chaleureux sourire ? Le coût de sa douleur cachée ? Le prix de son cœur complexe ?

— Ça va ?

Elle rouvrit les yeux et se força à se concentrer.

— Les plaignants réclament la globalité de l'argent et des biens fonciers que leur fils possédait au moment de sa mort…

— Est-ce que cela inclut ses dettes de campagne ? Je serais ravie de les leur céder.

— … ainsi que des dommages et intérêts pour le pretium doloris subi et des facteurs intangibles tels que la perte pour la société, toutes ces conneries. Vous seriez aussi contrainte de renoncer à l'assurance vie. Mais tout cela restera un simple cas d'école, c'est moi qui vous le dis. Même si la charge de la preuve n'est pas aussi contraignante pour eux qu'au pénal, ils ne prouveront rien du tout. Des clopinettes.

Elle détestait ses sempiternels « C'est moi qui vous le dis ».

— Combien de temps ai-je ?

Il haussa les épaules et feuilleta le dossier du pouce.

— Nous avons vingt jours pour répondre à cette assignation. Les plaignants vont avoir besoin de temps pour monter un dossier à charge solide, mais ils ne découvriront rien, n'est-ce pas ? Cette action n'aboutira pas, je ne le permettrai pas, poursuivit-il sans la laisser répondre. (Il ne voulait pas savoir.) Mais les Winslow sont des gens influents, et ils pourraient décrocher une audience assez vite... Mon conseil ? Restez dans les parages, continuez votre train-train sans vous prendre la tête. Je m'occupe de tout et je vous tiens au courant.

14

Mary Margaret attendait sur le trottoir que son père passe la chercher. Bien que ce fût devenu la routine, cela lui faisait bizarre de sortir sur le perron avec son sac à dos, sous le regard vigilant de sa mère qui lui transperçait les omoplates.

Lorsqu'il avait commencé à être question de divorce, elle ne s'était pas trop inquiétée. Ce serait vite oublié, s'était-elle naïvement imaginé, comme un gros rhume ou une mauvaise note en dictée. Il en allait toujours ainsi quand elle était plus petite, à l'âge de Kevin à peu près. Ses parents avaient l'habitude de se disputer. Sans crier ni taper du pied, non. Leurs disputes lui donnaient l'impression d'entrer dans la chambre froide du restaurant de Carmine : c'était comme si un manteau glacial s'abattait sur vous et vous faisait trembler des pieds à la tête. Après le froid glacial venait la discussion, et la vie reprenait son cours normal. Jusqu'à la fois suivante.

Puis, un jour, ses parents avaient prononcé le mot que tous les enfants redoutent plus que les fantômes ou les rappels de vaccin, encore pire que le mot cancer pour les adultes.

Divorce.

La sonorité du mot faisait l'effet d'un coup de poing à l'estomac. Au début, le choc avait été si rude qu'elle avait été incapable de bouger ou de respirer. Ensuite, il lui était resté une douleur lancinante qui ne la quittait pas du jour et de la nuit – et ne la quitterait plus de toute sa vie, elle le savait.

Son père descendit du pick-up et l'embrassa. Il sentait le bois et l'after-shave – la meilleure odeur au monde.

— Bonjour, princesse, dit-il en prenant son sac à dos.

— Bonjour, papa.

Tandis qu'il déposait son sac dans la cabine et lui tenait la porte, Mary Margaret le vit jeter un regard en coin vers la maison. C'était l'une des plus jolies du quartier – bien plus belle que celle de Kandy Procter, qui n'arrêtait pas de la ramener parce que sa tante était journaliste à la télé.

C'était son père qui l'avait restaurée ; il avait même gagné un prix de la Société des bâtiments historiques. Et maintenant, il avait à peine le droit d'y mettre le pied sans la permission de sa mère et une ordonnance du juge. Depuis que maman avait épousé Carmine, ils avaient fait construire une grande véranda et changé tout le mobilier, comme ça, du jour au lendemain.

Mary Margaret poussa un soupir quand son père claqua la portière. Elle boucla sa ceinture. Le plus bizarre, c'était qu'avec le temps, elle avait l'air de s'habituer à la situation. Son beau-père était OK, même s'il avait le cheveu gras et le sourire forcé. Mais bon, il gagnait de l'argent à la pelle et lui achetait à peu près tout ce qu'elle voulait.

N'empêche, c'était effrayant de s'habituer à un divorce. Quel genre de fille était-elle donc, pour se faire à un truc aussi horrible ? Parfois, elle aurait voulu être comme Kevin, qui trouvait toujours un bon côté à toutes les situations.

— Comment ça s'est passé à l'école, aujourd'hui ? demanda son père en s'engageant dans Walnut Street, le poignet négligemment posé sur le volant, décontracté – tout le contraire de Carmine, qui roulait comme un fou et n'arrêtait pas d'incendier les autres conducteurs.

— Bien. Mme Geiger était de mauvaise humeur, mais j'ai eu un A au contrôle de maths.

Pendant l'heure de sport, Mary Margaret avait trouvé refuge à l'infirmerie, un subterfuge auquel elle recourait le plus souvent possible, mais elle décida de ne pas en parler. Ses parents se faisaient du souci quand elle disait qu'elle détestait le sport à l'école.

En fait, ce n'était ni le sport ni la prof qu'elle n'aimait pas. C'étaient ces affreux vestiaires. Elle était pratiquement la seule de sa classe à ne pas avoir encore ses règles, la seule dont la poitrine demeurait aussi plate qu'une planche de surf. Kandy Procter adorait se pavaner dans ses sous-vêtements de dentelle, achetés avec sa célèbre tante Courtney. Dans son for intérieur, elle trouvait que les appas de Kandy consistaient essentiellement en graisse – cette fille mangeait comme un ogre – mais bizarrement, les formes semblaient lui venir aux bons endroits. Des garçons de troisième l'invitaient déjà à sortir et, une fois, elle s'était infiltrée ni vu ni connu à un bal du lycée.

— Bravo pour la bonne note, la félicita son père. Tu es impressionnante.

— Les maths, c'est fastoche. Tu as toutes les informations, il ne reste plus qu'à les organiser pour que ça colle.

Son père jeta un coup d'œil à sa montre.

— À quelle heure doit-on être à la maison des jeunes ?

— Seize heures trente. Et Kevin termine son entraînement de basket à dix-sept heures trente.

— Il nous restera donc encore une heure après. Je vous emmènerais bien manger une glace à Dairy Queen, mais je ne voudrais pas vous couper l'appétit pour le dîner.

— Moi non plus, papa. Ça serait vraiment trop *horrible.*

— C'est ça, moque-toi, lui dit son père en souriant. (Puis il fronça les sourcils.) Eh, depuis quand t'es-tu percé les oreilles ?

Mary Margaret porta la main aux petits bijoux en or sur ses lobes.

— Lundi.

Il fixa la route droit devant lui, les mâchoires crispées.

— Ça va s'infecter.

Elle leva les yeux au ciel.

— Mais non ! Je suis allée le faire chez le docteur avec maman. Ce sont des boucles d'oreilles médicales en or pur.

— Il ne te manquait plus que ça… deux trous supplémentaires dans le crâne.

— Papa…

La jeune fille se tut. Elle savait qu'elle n'aurait pas dû se sentir coupable. C'était pourtant le cas.

Mike tourna dans Bellevue Avenue et se gara devant l'imposant bâtiment, le plus ancien de Newport, qui abritait la Redwood Library & Atheneum, la bibliothèque municipale.

— Tu as ta carte ? demanda-t-il à sa fille.

— Bien sûr.

Elle avait conscience que c'était un peu bébête, mais elle ne se séparait jamais de sa carte de bibliothèque, qu'elle transportait dans sa poche avec l'argent de la cantine et sa carte du collège. C'était presque l'endroit qu'elle préférait au monde.

Ils entrèrent ensemble dans le bâtiment. Son père ôta sa casquette et la glissa, visière repliée, dans sa poche arrière. Derrière le comptoir principal, Mlle Cavanaugh leva le nez à leur arrivée. Son visage sans grande beauté s'illumina d'un sourire. Encore une qui en pince pour papa, songea Mary Margaret avec une pointe d'agacement. En fait, presque toutes les femmes semblaient avoir un faible pour son père qui, autant qu'elle pouvait le constater, ne faisait pourtant rien pour les encourager…

Mike salua la bibliothécaire d'un signe de tête, puis se pencha vers sa fille.

— J'ai un truc à vérifier à l'ordinateur, murmura-t-il.

Elle le suivit jusqu'à l'un des terminaux, et le regarda distraitement faire une recherche sur le site du journal local, au nom d'un certain Victor quelque chose. Puis elle se désintéressa de l'écran. Son père se renseignait toujours sur des architectes disparus ou des monuments célèbres.

Elle alla jusqu'au rayon Jeunesse et feuilleta quelques ouvrages, attendant qu'une histoire retienne son attention. Ses livres favoris avaient pour héroïnes des filles de son âge, ou un peu plus âgées, qui avaient les mêmes préoccupations qu'elle et qui, à la fin, parvenaient à surmonter les problèmes auxquels la vie les confrontait.

Quelques minutes plus tard, son père la rejoignit dans le rayon. Il examina le dos des livres, la tête penchée, les pouces coincés dans ses poches arrière. Elle fronça les sourcils. Que fabriquait-il donc ? Encore une invention stupide de la juge des affaires familiales? Devait-il se mettre à lire des bouquins pour enfants, histoire de prouver qu'il était apte à être père ?

— Tu cherches un auteur en particulier? s'enquit-elle.

— Ça se peut, répondit-il, passant les B en revue. Attends, j'ai un renseignement à demander.

Folle de curiosité, Mary Margaret le suivit. Quand elle leva les yeux, les joues de Mlle Cavanaugh rosirent.

— Que puis-je pour vous ?

— Je cherche un auteur, Sandy Babcock.

Sandy Babcock? Mary Margaret n'en avait jamais entendu parler.

Avec une grande efficacité, la bibliothécaire pianota à toute allure sur son clavier.

— Hmm, fit-elle, nous avons plusieurs ouvrages à ce nom dans notre fonds. Des romans pour enfants. C'est cela que vous cherchez ?

— Oui, je crois. Mais je ne les ai pas vus sur les rayons.

— Ils sont disponibles uniquement sur demande.

— C'est-à-dire ?

Elle s'empourpra de plus belle.

— Eh bien, il semblerait qu'il s'agisse de titres controversés. Cela signifie qu'un lecteur a émis des réserves quant aux thèmes abordés, et ils ont été retirés du fonds en libre consultation.

— Je croyais que la censure n'existait plus en Amérique depuis l'ère McCarthy.

— Ce n'est pas moi qui établis le règlement, monsieur Malloy. Pour être franche, je trouve ce genre de procédé révoltant. Mais nous sommes une institution publique, financée par l'argent des contribuables, et notre direction s'efforce de donner suite à leurs desiderata.

Mike s'accouda sur le comptoir.

— Recherchez-moi donc ces livres, et nous verrons bien les obscénités qu'ils contiennent.

Mary Margaret commençait à être gênée pour la pauvre Mlle Cavanaugh qui disparut entre les rayonnages derrière son bureau, faisant couiner ses semelles en caoutchouc sur le vieux plancher.

— Qu'est-ce qui se passe, papa ?

— Rien. Ces livres m'intéressent, voilà tout.

— Comment en as-tu entendu parler ?

Avant qu'il ait pu répondre, la bibliothécaire revint avec deux épais volumes. Mike prit celui intitulé *Sous la surface* et lut le résumé sur la jaquette.

— Y a-t-il un moyen de savoir pourquoi ce livre a été contesté ?

Mlle Cavanaugh scanna le code-barres et étudia son écran.

— « Pratique d'une religion alternative, encourage l'éclatement du noyau familial conventionnel... Contient une scène discutable avec une mangouste. »

Mike et la bibliothécaire se regardèrent, puis éclatèrent de rire avec un bel ensemble.

— Et l'autre ? s'enquit-il.

— *Un jour sur deux*. C'est l'histoire d'une jeune fille qui vit dans une situation familiale non conventionnelle.

— Et les éléments contestés ?

Cette fois, les joues de Mlle Cavanaugh virèrent au rouge brique.

— Le personnage principal vit... euh... avec deux femmes.

— Vous voulez dire que sa mère est lesbienne ? s'étonna Mary Margaret.

La bibliothécaire hocha faiblement la tête.

— Apparemment.

— Cool, fit la jeune fille avec un petit air supérieur. Oh, je ne crois pas que ces livres me feraient du mal, ajouta-t-elle devant la tête de son père.

Il sourit à la bibliothécaire.

— La vérité sort de la bouche des enfants... Alors, qu'en penses-tu, princesse ? demanda-t-il à sa fille. Tu as envie de lire ces bouquins, ou ils te paraissent trop osés ?

Quelle plaisanterie ! Le simple fait qu'ils soient interdits et qu'il faille l'autorisation d'un adulte pour les lire les rendait mille fois plus intéressants que la dernière aventure de Harry Potter.

— Et comment, j'ai envie de les lire, assura-t-elle en sortant sa carte.

Mlle Cavanaugh enregistra les ouvrages, tandis que Mike signait une fiche rose.

Ils retournèrent au pick-up et prirent la direction de la maison des jeunes dans Bushnell Street. Durant le trajet, Mary Margaret prit *Sous la surface* et inspecta la couverture. Elle fut surprise de n'y trouver aucune photo de Sandy Babcock. Une biographie très succincte indiquait seulement : *Acclamée par la critique, Sandy Babcock vit en Nouvelle-Angleterre avec son mari.* Avec ça, on était bien avancé ! Soit l'auteur avait quelque chose à cacher, soit elle avait une tête de cheval.

— Pourquoi as-tu demandé ces livres, papa ?

— Simple curiosité.

Elle plissa le front.

— Comment en as-tu entendu parler ?

— En fait, j'ai rencontré l'auteur. Toi aussi, d'ailleurs.

— Je ne me souviens pas d'avoir rencontré – oh, *elle*...

La femme brune qui vivait dans cette vieille maison décrépie au bord de la mer lui revint en mémoire. Un écrivain, elle ? Elle s'était toujours imaginé des créatures magiques, vivant de l'air du temps et de rêves dans des lieux mystérieux et lointains. Cette femme paraissait si... ordinaire. C'était drôle, et quand même un peu triste. Jolie comme elle l'était, avec ses grands yeux et ses cheveux soyeux, elle aurait pu jouer dans une pub pour un savon. Alors pourquoi n'y avait-il pas sa photo sur la jaquette de ses livres ?

— Alors comme ça, elle est écrivain...

— Eh oui.

Mary Margaret contempla les deux épais volumes. À ses yeux, ils avaient désormais encore plus de valeur. Elle les rangea dans son sac à dos, au moment où ils arrivaient devant la maison des jeunes, juste à temps pour la réunion.

Depuis la primaire, tous deux étaient membres du club Pères et Filles. C'était un peu débile, mais son père avait l'air d'apprécier. Week-ends verts, repas de groupe, travaux d'intérêt général, sport... les activités ne manquaient pas. En fait, c'était assez rigolo d'être avec d'autres filles et leurs pères, à apprendre à shooter dans un ballon ou à faire des feux. Son activité favorite, c'étaient les week-ends verts : elle adorait la tranquillité des bois et les joues de son père qui devenaient râpeuses, parce qu'il affirmait que seules les femmelettes apportaient leur nécessaire de rasage pour camper en forêt.

Sur le chemin, ils jetèrent un coup d'œil à la salle de sport où avait lieu l'entraînement de basket. Comme à son habitude, Kevin se donnait à fond. Il courait en tous sens sur le terrain, ses lacets dénoués claquant au vent.

Mary Margaret tira son père par la manche.

— Viens, on va être en retard.

Il s'arracha à sa contemplation et hocha la tête.

— Le sujet du jour, c'est cette danse, n'est-ce pas ?

— Oui, le bal de la Saint-Valentin.

Ça aussi, c'était plutôt débile. Pourtant, l'idée de se déguiser l'amusait. Maman lui avait promis qu'elle pourrait s'acheter une nouvelle robe pour l'occasion.

— Je ne sais pas si je ferai un bon cavalier, grommela Mike.

— C'est pas grave. Écoute, si tu ne veux pas...

— Tu plaisantes ? Bien sûr qu'on va danser tous les deux, princesse !

15

Vendredi 1er février

Dix endroits où je préférerais être

1. *Au musée Rodin, devant* Le Baiser.
2. *Sur un navire de croisière, avec ma mère.*
3. *Dans les bras de Mike Malloy…*

Sandra s'empressa de rayer le numéro 3. Elle gratta et gratta encore, jusqu'à ce que l'encre traverse le papier. Qu'est-ce qui lui prenait ? Elle devrait plutôt travailler à la relecture de son roman. Les travaux n'étaient pas une excuse pour fainéanter. À sa décharge, le calme et l'isolement dont elle jouissait d'ordinaire étaient devenus une denrée rare, ces derniers temps. C'était plutôt le chaos qui régnait dans la maison. Outre Phil Downing, Mike Malloy avait fait appel à deux autres ouvriers, grands et costauds. Ils se ressemblaient tant qu'elle n'arrivait pas à les distinguer et les surnommait secrètement Dupont et Dupond. Downing avait réparé son vieil ordinateur portable, qu'elle désespérait de revoir marcher un jour. Elle le lui avait offert pour le remercier de tous les petits services qu'il lui rendait, mais elle commençait à regretter son geste. Elle aurait mieux fait de le garder et d'aller travailler au calme, dans un endroit où elle s'entendrait penser.

La vieille bâtisse résonnait continuellement du vacarme des scies sauteuses et des marteaux pneumatiques. L'odeur de bois fraîchement coupé se mêlait à celles de peinture et de plâtre frais. Le chien de Malloy, hirsute mais très sociable, avait pris l'habitude de dormir sur une vieille carpette devant le poêle et, en dépit de sa petite taille, il avait le chic pour envahir une pièce.

Déconcentrée par le bruit et l'agitation, Sandra avait tendance à angoisser sur l'action en justice qui s'annonçait, son départ de Blue Moon Beach, la séparation de ses parents. Elle se surprit même à ressasser son passé avec Victor. Puis, la colère prenant le dessus – pourquoi avait-elle été aussi stupide ? –, ses pensées revenaient à la plainte et une nouvelle vague d'angoisse la submergeait.

Elle commençait à en vouloir à Malloy de cette intrusion. Ce n'était pas seulement son habitude d'aller faire courir Zeke sur la plage le matin, en lui lançant patiemment un bâton. Ce n'était pas seulement ses yeux bleu saphir, ou sa façon de se pencher au-dessus d'une table pour étudier les plans de la maison, son corps si proche du sien qu'on aurait dit une douce caresse...

Au beau milieu du capharnaüm, elle s'efforça de faire sienne l'étrange musique des travaux et de se plonger dans son livre. Elle étudia un moment la page de présentation, mais dès le premier paragraphe, une série de coups de marteau à l'étage la fit sursauter. Exaspérée, elle repoussa son fauteuil et monta au pas de charge.

Malloy était dans sa chambre. Sa présence imposante semblait presque incongrue, parmi ses meubles de maison de poupée et son linge de lit orné de dentelle. Perché sur une échelle, un marteau dans une main et un long burin en acier dans l'autre, il cassait le plâtre moisi afin de mettre au jour une fuite dans la plomberie. En l'apercevant, il glissa son marteau dans une poche et releva ses lunettes de protection.

— Vous avez besoin de quelque chose ?

Sandra se sentait stupide, plantée à l'entrée de sa chambre, et cela la rendit furieuse.

— Un peu de calme et de tranquillité ne serait pas de trop.

Il se mit à rire, sans compassion aucune.

— Des travaux de rénovation silencieux ? Eh, je suis doué, mais pas à ce point !

— J'essaie de travailler. Je ne m'entends même plus penser.

Il haussa les épaules.

— On aura fini à dix-huit heures.

— Ça fait encore six heures.

Quelle brillante repartie ! songea-t-elle, atterrée. Que lui arrivait-il donc ? Admirer des pectoraux parfaits provoquait-il des dommages irréversibles au cerveau ?

Il descendit de l'échelle.

— Détendez-vous, vous finirez par vous habituer au bruit... Tant que vous êtes là, donnez-moi donc votre avis pour les couleurs de l'étage.

Feuilletant un épais classeur qui regroupait factures, commandes et descriptifs de produits, il s'arrêta à un nuancier de peintures anciennes au lait de chaux.

— J'avais pensé à ce vert pour le couloir et...

Vert taverne, indiquait l'échantillon.

— Je déteste le vert.

— C'était la couleur à la mode dans les années 1880, à l'époque de la construction de cette maison.

— Ce n'est pas ma couleur préférée. Pourquoi pas crème ?

— Trop terne. J'aime bien le vert. Et puis, qu'est-ce que ça peut vous faire, puisque vous mettez la maison en vente ?

— Et vous, qu'est-ce que ça peut vous faire ?

— Vous m'avez engagé pour restaurer votre maison dans les règles de l'art.

— Cette maison reste ma propriété jusqu'à ce que je décide de la vendre.

— Depuis le début, vous n'arrêtez pas de pinailler sur des détails. Je me demande pourquoi vous prenez tant les choses à cœur, c'est tout. Vous investissez beaucoup d'énergie dans une maison dont vous comptez vous séparer.

Sandra lui lança un regard furibond.

— Vous n'en êtes pas le propriétaire, fit-elle remarquer avec une pointe d'acidité.

Et pourtant, elle l'imaginait très bien vivant dans une maison telle que celle-ci. Lui, ses enfants, son chien, sa nouvelle femme...

Les mains enfoncées dans les poches arrière de son jean, elle se mit à arpenter la pièce. Elle sentait le regard de Malloy rivé sur elle. C'était lui, la source de son agacement. Lui, son chien et ses ouvriers venus déranger sa mélancolie tranquille ! Ils l'arrachaient à cette torpeur qui l'avait empêchée de s'effondrer depuis la mort de Victor, et cela l'effrayait. Cette torpeur, c'était son refuge, son sanctuaire, et Malloy la brisait en mille morceaux, au marteau et au burin !

— Comme vous voulez, finit-elle par dire. Va pour le vert.

Elle se dirigea vers la porte. Il lui bloqua le chemin en calant son bras en travers de l'encadrement.

— Vous êtes sûre ?

Elle était si près de lui qu'elle sentait les effluves de son after-shave, auxquels se mêlait une odeur virile de transpiration et de plâtre.

— C'est vous l'expert.

— Exact, fit-il avec un sourire plein d'assurance, comme s'il se rendait compte de l'effet qu'il lui faisait.

Sandra se pencha sous son bras et retourna travailler. Contre toute attente, elle parvint à avancer quelque peu.

À une heure, les scies, perceuses et marteaux cessèrent leur tapage. Quelle délivrance ! Seule la petite radio tachée de peinture de Malloy troublait le silence, dehors dans le jardin. Songeant avec mauvaise conscience à leur accrochage dans la chambre, elle décida d'aller enterrer la hache de guerre.

Zeke se leva de sa carpette et s'étira, puis trottina jusqu'à la porte de derrière. Sandra sauvegarda ses corrections, puis alla lui ouvrir. C'était l'heure de la pause déjeuner, à en juger par la glacière ouverte et les sachets de papier kraft à l'arrière de la camionnette des peintres. Malloy, lui, ne mangeait pas. Dans le jardin balayé par le vent, il tenait une pelle à deux mains, avec laquelle il avait entamé une improbable danse sur une chanson country aux accents plaintifs.

Avec sa casquette de base-ball, sa chemise à carreaux et sa ceinture à outils, maladroit et grave à la fois dans ses mouvements, il avait l'air ridicule… et étonnamment attendrissant. Elle éclata de rire et prit sa veste pour sortir. Tout d'abord, il ne remarqua pas sa présence et elle le regarda, fascinée. Comme c'était bon de sourire à nouveau !

Profitant d'une pause dans la mélodie, elle s'éclaircit la gorge pour révéler sa présence.

Il fit volte-face vers elle, les joues rouge pivoine.

Sandra croisa les bras.

— Jamais je n'aurais cru que vous aviez à ce point du mal à trouver une partenaire, Malloy.

— Celle-ci au moins ne se plaint pas, répliqua-t-il avec un sourire penaud.

— Est-ce ainsi que vous passez toutes vos pauses déjeuner ?

— Je m'y prendrais mieux si c'était le cas, répondit-il en calant la pelle contre son camion. J'ai promis à une jeune personne qui m'est très chère de l'inviter à danser pour la Saint-Valentin.

— Oh, c'est m… ma…

Le mot « magnifique » refusa de sortir. Le bégaiement avait pris possession d'elle avec une force qui annihilait sa volonté. Des années de thérapie réduites à néant en un instant ! Plus le stress augmentait, plus elle sentait ses cordes vocales se pétrifier. Et tout ça parce qu'il venait de lui révéler qu'il avait une femme dans sa vie. Comme si cela la touchait…

Avec un geste d'impuissance, elle tourna les talons et repartit vers la maison.

— Sandra…

Elle se figea. C'était la première fois qu'il l'appelait par son prénom.

— Je parlais de Mary Margaret.

Comme par miracle, Sandra sentit sa gorge et son diaphragme se détendre. Elle se tourna vers lui.

— Pardon ?

— Je lui ai promis d'être son cavalier pour une fête du club Pères et Filles, à la maison des jeunes de Newport. Alors j'essayais quelques pas... enfin, bon... vous avez vu, je ne suis pas très doué, expliqua-t-il avec une surprenante vulnérabilité.

— Votre fille doit être très impatiente, dit-elle, priant très fort pour que son soulagement ne se voie pas.

— Hmm, elle ne m'a pas encore vu à l'œuvre.

Sandra hésita. À la radio, la chanson monta crescendo, puis s'acheva.

— Vous auriez peut-être besoin de quelques conseils...

— Vous pourriez m'aider ?

Nouvelle hésitation. Après tout, où était le mal ?

— Je crois.

— Alors comme ça, vous savez danser ?

— J'ai beaucoup d'expérience. J'ai été la femme d'un homme politique.

Elle s'approcha de Malloy, l'estomac noué. Elle lui sourit.

— Prêt pour une leçon ?

Sans la quitter des yeux, il ôta sa ceinture à outils et la déposa sur la plate-forme arrière du pick-up.

— Prêt.

À la radio, un journaliste présentait la météo.

— Pas besoin de musique pour le moment, dit Sandra. Je vais vous montrer les pas. C'est très simple. Il suffit de dessiner un carré, en commençant par le pied droit.

Elle se plaça à son côté et lui fit la démonstration. Il avança d'un pas.

— Bien. Maintenant, avancez le gauche, puis les deux pieds ensemble, continua-t-elle en joignant le geste à la parole. De l'autre côté, un pas... et on rejoint. Puis en arrière. Vous voyez ? Ce n'est pas bien compliqué. Il y a huit temps, en tout.

Ils s'entraînèrent côte à côte sur une chanson bien rythmée qui venait de commencer.

— Voilà, vous y êtes presque, l'encouragea-t-elle en suivant des yeux les mouvements de ses grosses chaussures élimées. Restez bien en mesure. Ne pensez pas à vos pieds.

— On dirait mon entraîneur de foot, à la fac.

— J'aurais dû me douter que vous aviez été footballeur. Vous jouiez à quel poste ?

— C'était il y a très longtemps. Je m'en souviens à peine.

— Quarterback, je parie.

Devant son mutisme, la jeune femme sut qu'elle avait visé juste. Il y avait en lui une modestie et une retenue qui attisaient sa curiosité.

— À quelle université étiez-vous ?

— Rhode Island, mais je n'ai pas terminé mon cursus.

Elle perçut une note de regret dans sa voix.

— Pourquoi donc ?

— Je ne peux pas apprendre à danser et vous raconter ma vie en même temps, se déroba-t-il.

Il rit, mais le message était clair. Sandra n'insista pas.

— Bon, si la prochaine chanson s'y prête, on essaie en couple. Vous faites toujours les mêmes mouvements avec les pieds, d'accord ?

Elle se positionna devant lui.

— Où dois-je poser les mains ?

Elle prit sa main gauche et la plaça dans le creux de sa hanche.

— Ici.

La sensation de son bras autour de sa taille la rendit toute chose. Troublée, elle prit son autre main dans la sienne. Les doigts froids de Mike se refermèrent sur les siens.

— Voilà, c'est à peu près l'idée, dit-elle. Détendez-vous. Il faut avoir l'air naturel.

— Ai-je l'air naturel comme ça ? s'enquit-il en l'attirant vers lui.

— Euh... pas si près. On va avoir besoin d'un peu de place pour évoluer.

Sa cuisse frôla celle de Sandra.

— Comme ça, c'est mieux? demanda-t-il avec un sourire malicieux. Hmm, j'ai l'impression que je suis doué...

Une nouvelle chanson commença, un vieux blues. La main de Mike était étonnamment rugueuse autour de celle de Sandra.

— Bon, on se lance. Attendez la mesure et avancez le pied gauche.

Il baissa les yeux.

— Ne regardez pas par terre!

— Mais...

— Vous savez où sont vos pieds, Malloy, non?

— Qu'est-ce que je regarde, alors?

Elle hésita.

— Votre partenaire.

Il plongea son regard dans le sien. Une foule de questions muettes semblaient miroiter dans ses pupilles bleu océan. Entre eux, l'air était soudain comme réchauffé par une brise tropicale.

— Comme ça? s'enquit-il à nouveau.

Confuse, elle recula d'un demi-pas.

— L'idée est de tenir votre partenaire de façon à pouvoir vous entretenir avec elle.

— Désolé. On ne nous a pas appris les mondanités, sur les chantiers.

Elle se mordit la lèvre.

— Excusez-moi, je ne voulais pas paraître condescendante.

— Vous y réussissez pourtant très bien.

— Bon, vous voulez apprendre à danser ou non, Malloy?

— Oui, répondit-il avec un sérieux qui la fit sourire.

— Alors, allons-y. Un pas en avant.

Sa longue enjambée manqua de la renverser en arrière.

— Un demi-pas, alors, corrigea-t-elle en s'arrimant à son bras.

Cette fois, il lui écrasa le pied droit.

— Aïe ! cria Sandra qui recula d'un bond. Faites attention, Malloy. Vous ne voulez quand même pas handicaper votre partenaire à vie !

— On ferait peut-être mieux d'arrêter les frais, tant que vous êtes encore indemne.

Elle secoua le pied avec une grimace.

— Je ne vous croyais pas homme à renoncer si vite. Et puis, il vaut mieux que j'essuie vos bévues, plutôt que Mary Margaret. Attention, attendez la mesure...

Cette nouvelle tentative fut la bonne. Au rythme de *Night and Day,* ils dansèrent dans le jardin en friche, balayé par le vent. Et durant ces quelques instants, le monde sembla métamorphosé. La chape de plomb qui pesait sur les pensées de Sandra s'évanouit comme par enchantement. Le contact humain lui avait tellement manqué... Le simple fait de danser dans les bras d'un homme était à la fois un bonheur merveilleux et une douleur, tels les fourmillements cuisants que l'on ressent dans des doigts engourdis. Cela faisait une éternité qu'elle ne s'était pas sentie aussi proche de quelqu'un.

Elle fixait un point par-dessus son épaule, espérant que ses émotions ne se liraient pas sur son visage.

— Je croyais qu'on était censés regarder son partenaire, fit remarquer Mike d'une voix tendre, caressante à son oreille.

La chanson se termina. Elle lui lâcha la main et s'écarta, sans doute un peu trop brusquement.

— Vous voyez, il n'y a rien de bien compliqué là-dedans, bafouilla-t-elle, troublée. Huit temps, et vous voilà Fred Astaire.

— Le rêve d'une vie enfin exaucé.

— Il ne vous manque plus que de l'entraînement. *Beaucoup* d'entraînement.

— Merci. Je ne voudrais surtout pas faire honte à Mary Margaret.

— Ça viendra bien assez tôt avec l'adolescence, répondit Sandra. Pour l'instant, elle vous vénère encore.

Il remit sa ceinture à outils autour de ses hanches, puis ouvrit un grand coffret métallique à l'arrière de son pick-up. Il contenait un assortiment de lames dentées pour scie circulaire.

— Ah oui ?

— C'est le cas de la plupart des filles de douze ans.

— Elle en aura bientôt treize. Je ferais mieux de me préparer au pire, plaisanta-t-il en choisissant une lame, qu'il fixa dans l'imposante scie circulaire installée derrière la maison.

À le voir ainsi reprendre son travail, la jeune femme éprouvait un soulagement mêlé cependant d'une pointe de regret.

— Au fait, poursuivit-il par-dessus son épaule, je lui ai donné deux de vos bouquins à lire.

Elle ressentit un drôle de pincement au niveau de l'estomac.

— C'est vrai ?

— On les a empruntés à la bibliothèque. *Sous la surface* et *Un jour sur deux*. J'ai dû les demander. Ils n'étaient pas en libre consultation.

Sandra s'empourpra.

— Beaucoup de livres pour enfants sont contestés dans les bibliothèques publiques. Ici même en Nouvelle-Angleterre, ajouta-t-elle en dodelinant de la tête, le berceau de la liberté…

En dépit des efforts de son éditeur pour la consoler, en affirmant qu'elle se trouvait en bonne compagnie avec Mark Twain, Maya Angelou et Judy Blume, elle détestait l'idée que ses livres ne soient pas immédiatement accessibles aux lecteurs pour qui elle les avait écrits.

— J'imagine que vous avez fait un scandale quand vous avez appris qu'ils vous censuraient, dit Mike en vissant l'écrou de serrage de la lame.

Elle regardait ses mains, si grandes et si puissantes, et pourtant capables de délicatesse quand il la tenait dans ses bras.

— Je suis… j'étais l'épouse d'un homme politique. Mon rôle était d'apaiser, pas de faire des vagues.

— Attendez une minute. Votre mari était démocrate, et vous me dites qu'il tolérait la censure des livres de sa femme dans sa propre circonscription ?

Sandra laissa échapper un soupir, les yeux baissés.

— Victor avait appris tôt à choisir ses chevaux de bataille. Il a dû accepter beaucoup de compromissions, pour être élu.

— Comme laisser bafouer le Premier Amendement ?

— Ne soyez donc pas si sarcastique, protesta-t-elle, sur la défensive.

— Je ne suis pas un homme politique, continua-t-il, mais je n'arrive pas à croire que vous ayez laissé des fascistes s'en sortir à si bon compte. Ça ne vous rend pas folle qu'on censure vos bouquins ?

Sandra fourra les mains dans les poches de sa veste.

— Malloy, en ce moment, quasiment tout me rend folle, dans ma vie. J'ai appris à choisir mes chevaux de bataille, moi aussi. En ce moment, la censure de mes livres n'en fait pas partie. Et au fait, ils ont été contestés par des citoyens respectueux de la loi, pas par des fascistes.

Pendant qu'elle parlait, il mesurait et marquait des planches, s'interrompant toutes les trois secondes pour consulter un plan.

— Je m'imaginais qu'un écrivain placerait la liberté d'expression au sommet de ses priorités...

— Ne vous méprenez pas, Malloy. J'adore mon travail. Cela implique que je dois me protéger. Je ne veux pas que mes problèmes personnels rejaillissent sur ma carrière d'écrivain. Au cas où vous l'auriez oublié, j'ai pas mal d'ennuis en ce moment. Il ne manquerait plus que WRIQ News ponde un reportage sur mes livres controversés. N'avez-vous pas déjà été obligé d'aller à l'encontre de vos principes, par pragmatisme ?

— Oui, sans doute, concéda-t-il en prenant une paire de lunettes de protection.

— Du vivant de Victor, je restais très discrète sur mon travail pour une tout autre raison. L'écriture était mon refuge, mon jardin secret dans une vie très publique, comme un contrepoids à la carrière trépidante de mon mari, expliqua-t-elle en ramassant un clou dans l'allée. Au début, je craignais que ses parents ne voient mes livres d'un mauvais œil. Ronald et Winifred Winslow sont très conservateurs.

— Ça leur a posé problème ?

Elle rentra les épaules et referma les bras sur sa veste.

— Non, pour la simple raison qu'ils ne les ont jamais lus. À leurs yeux, écrire n'était qu'un passe-temps, comme le point de croix ou une collection d'assiettes à dessert. Je crois qu'ils auraient montré davantage d'intérêt si... (Elle s'interrompit juste à temps.) Enfin bref, ils étaient très fiers de leur fils et me considéraient comme un simple accessoire. Une épouse, pas un écrivain.

Elle jeta le clou dans la poubelle.

— Et puis, je voulais que le succès de mes livres ne soit dû qu'à leurs propres mérites, et non au fait que j'étais la femme de Victor, continua-t-elle, le regard fixé sur un point au-delà des dunes, surprise de sa propre franchise. À mes yeux, j'étais écrivain avant d'être épouse. Aujourd'hui, je ne suis plus sa femme, mais je suis toujours écrivain. Pour être honnête, c'est le seul pilier de ma vie qui tient encore debout.

— Je comprends.

— Alors, Mary Margaret a aimé les livres ?

— Beaucoup, je crois. Je lui demanderai ce soir au téléphone. Elle était très impressionnée, quand elle a réalisé qu'elle vous avait rencontrée.

— Elle m'a impressionnée, moi aussi, répliqua Sandra qui avait reconnu en elle une âme sœur. Si elle a la moindre question ou si elle veut juste me donner son opinion, elle est la bienvenue ici. Ou elle peut m'écrire un mot.

— L'idée lui plaira sûrement, assura Mike qui empila les planches à découper le long de la scie.

Dans le jardin devant la maison, les ouvriers avaient terminé leur déjeuner et reprenaient le travail. Les premiers accords de *Stairway to Heaven* retentirent à la radio.

— Bon, je crois que je ferais mieux de m'y remettre, dit-elle. Appelez-moi si vous avez besoin de quoi que ce soit.

Mike Malloy abaissa ses lunettes de protection et positionna une planche devant la lame de la scie.

— Ça va aller. Et merci pour la leçon.

— N'oubliez pas de vous entraîner ce soir, précisa-t-elle en reculant, pas vraiment pressée de s'en aller. Tous les soirs.

— Promis.

Avec un sourire insouciant, il actionna le commutateur de la scie et coupa sa planche dans un vrombissement assourdissant et une odeur de bois brûlé.

16

— À ce que j'ai vu, tu es plutôt à l'aise avec la cliente, fit remarquer Phil.

La tête rentrée dans les épaules sous la pente du grenier, il comparait le parcours d'un câble à ses schémas.

— Elle m'apprenait à danser, expliqua Mike.

Si seulement il n'y avait rien de plus entre eux... Il s'efforça de penser à Sandra Winslow comme à une cliente ordinaire ; restaurer une maison impliquait une certaine intimité dont il fallait s'accommoder. Mais avec Sandra, c'était différent. Pourquoi était-il si touché de voir comment elle vivait, ce qu'elle mangeait, de respirer son parfum dans sa chambre ? Chaque jour, il devait se rappeler à l'ordre : ce qui comptait, c'était la maison et non la propriétaire.

— À danser, hein ? ironisa Phil en contournant à tâtons un carton de vieux livres.

Mike finissait de décoller le vieux mastic d'une vitre des lucarnes donnant sur l'océan.

— Je vais danser avec Mary Margaret, bientôt, et je ne veux pas lui faire honte.

Phil jeta un coup d'œil par-dessus son épaule.

— Alors tu vas devoir faire des progrès, c'est clair.

— Merci du compliment, vieux.

Mike reprit son travail, mais il ne pouvait chasser Sandra de ses pensées. Quel bonheur il avait éprouvé de la tenir dans ses bras !... Il sentait encore son corps souple se mouvoir contre le sien, sa main douce et tiède comme un oiseau entre ses doigts, les effluves fruités de ses cheveux qui voletaient dans son visage, alors qu'il s'était furtivement penché vers elle.

Depuis, il était irritable et déboussolé. Le travail ne l'aidait pas beaucoup. Inconsciemment, elle lui avait rappelé avec une douloureuse justesse que travailler ou être un bon père pour ses enfants ne pouvait pas tout compenser. Qu'il existait des limites à la solitude qu'un être humain était capable d'endurer.

Il déposa un filet de mastic frais contre le bord de la vitre et le lissa avec son couteau. Pourquoi elle ? se demanda-t-il. Pourquoi la veuve de Victor ? Elle était jusqu'au cou dans des ennuis auxquels il ne voulait pas être mêlé. C'était la dernière femme au monde qui aurait dû toucher son cœur.

Il lissa le mastic, nettoya son couteau et décida d'inspecter la longue poutre à chevrons équarrie à la main, afin de s'assurer qu'elle était saine. Il prit une torche et navigua entre les reliques de plusieurs générations : caisses et cartons aux étiquettes jaunies, meubles cassés, jouets abandonnés, parasol à la toile piquée de moisissure, vieilles lampes et bibelots en tout genre. Dans un coin, il y avait les brindilles, bouts de tissus et coques de graines vides d'un nid d'écureuil abandonné.

Au bout du grenier, près de l'étroit escalier, se trouvaient les arrivages les plus récents. Plusieurs cartons mystérieux, et d'autres identifiés par quelques mots griffonnés à la hâte : *Manuscrits, Campagne 1998, Cadeaux de mariage, Divers.*

Les cartons et bagages dissimulaient une rangée de poutres, et peut-être encore des nids de bestioles. Il déplaça les affaires une à une, réalisant avec un nœud dans l'estomac que c'étaient là les souvenirs de la vie de Sandra. Sa vie avec Victor.

La plupart des cartons étaient fermés avec du gros scotch marron, sauf celui des cadeaux de mariage, d'où dépassait une sorte de chapiteau de cirque, et celui intitulé « Divers ». Sa torche éclaira une collection de plaques et certificats encadrés : *À Sandra Winslow, en remerciement des services...* Intéressant. Il y avait là des distinctions de la Fondation internationale contre l'illettrisme, la Fondation nationale contre le sida, la Fondation américaine contre le bégaiement, celle des grands frères et sœurs, et une demi-douzaine d'autres encore. Presque malgré lui, il se souvint de ce que Ronald Winslow lui avait dit sur Sandra :

— Elle cache quelque chose. Elle a toujours été très secrète...

Mike remit les caisses à leur place. Il secoua la tête.

— Vous faites fausse route, révérend, murmura-t-il.

— Quoi ? demanda Phil à l'autre bout du grenier.

— Rien... oh, merde !

Alors qu'il soulevait un grand carton marqué *Vieux draps, etc.*, le fond lâcha. Une collection d'objets hétéroclites tomba sur le plancher : une boîte de cigares fermée par un élastique, un coffret métallique taché de peinture, quelques taies d'oreiller et napperons, une petite valise à roulettes, type bagage à main. Quand il la saisit, le couvercle s'ouvrit. La mallette était vide. Pourtant, il entendait quelque chose bouger à l'intérieur. Pourvu qu'il n'ait rien cassé...

Mike la secoua doucement. Une liasse de papiers et d'enveloppes s'échappa de la doublure et s'éparpilla par terre. Étouffant un juron, il se baissa pour les ramasser. C'est alors qu'il remarqua que la valise comportait un double fond improvisé : quelqu'un avait déchiré la doublure, puis l'avait refermée avec quelques agrafes.

— Tu as besoin d'aide ? lança Phil.

— Non, ça va aller...

Un frisson chatouilla la nuque de Mike. Il détourna le faisceau de sa lampe, bien décidé à ne pas mettre son nez dans ces papiers. Mais la lumière hivernale à travers la lucarne tombait droit dessus, tel un faible projecteur. Il s'agissait surtout de lettres. L'écriture lui était inconnue – aujourd'hui encore, après toutes ces années, il aurait reconnu celle de Victor, fine et précise.

Plongé dans l'étude de ses câbles, Phil sifflotait gaiement, sans prêter attention à lui.

Mike regarda les lettres de plus près. Certaines étaient adressées à Victor, poste restante à Hillsgrove, près de l'aéroport. Elles provenaient de Floride, mais le cachet était trop pâle pour qu'on puisse distinguer la ville ou la date. D'autres, tapées à la machine, étaient adressées à « Monsieur le sénateur Victor Winslow » à son bureau.

Il n'avait aucune idée de ce qu'il avait entre les mains, juste qu'il ne voulait pas regarder ces papiers une seconde de plus. Il les rassembla et les remit dans la doublure. Il y avait aussi quelques reçus et une disquette, dont l'étiquette ne portait qu'une seule lettre : M.

Était-ce Victor qui avait caché tout ça ? Ou bien Sandra ?

Mike rangea la mallette dans le carton défoncé. Tout le monde a ses secrets, se dit-il.

Mais tout le monde n'était pas suspecté de meurtre...

Il songea aux parents de Victor, rongés par le chagrin et la colère. Le contenu de cette valise serait peut-être d'un grand intérêt pour eux.

Après réflexion, il repoussa le carton dans un coin et se remit au travail.

17

Vendredi 8 février

Dix façons d'attirer Malloy dans mon lit

1. Lui dire que le toit fuit sur mon lit.
2. Faire semblant d'avoir une panne d'oreiller. [Note : me coiffer avant !]

Sandra rêvait qu'elle était l'invitée du Président à un dîner officiel. Mais lorsqu'elle entrait dans la salle de réception de l'aile est de la Maison-Blanche, elle apercevait avec horreur ses pieds nus – sans vernis – qui dépassaient de l'ourlet de sa robe de soirée. Mortifiée, elle s'enfuyait en courant et se retrouvait dans l'endroit où la menaient tous ses cauchemars – une voiture roulant à tombeau ouvert sur le Sequonset Bridge…

Elle se réveilla en sursaut avec des geignements de terreur. Elle repoussa les plaids afghans et jeta un coup d'œil à ses pieds. Pas de vernis.

Puis elle aperçut son journal à côté d'elle et s'enroula dans l'une des couvertures tricotées par sa mère. La légère odeur d'Aqua Net et de Kent Golden Lights qui imprégnait la laine la réconforta.

— Tu me manques, maman, dit-elle à voix haute dans la maison déserte.

Que faisait-elle donc en cet instant ? À quoi pensait-elle ? Sa croisière tenait-elle toutes ses promesses ? Découvrait-elle une langue étrangère, un nouveau sport ? Prenait-elle un « nouveau départ » ?

Sandra passa une main dans ses cheveux et bâilla en clignant des yeux. Mon Dieu, déjà le matin. On était samedi. Elle tendit le bras et éteignit la petite lampe de lecture en laiton. Le livre qu'elle lisait – *Maîtrisez votre vie en dix jours* – disparaissait à moitié sous les couvertures. Elle ne se souvenait pas d'avoir dépassé le premier paragraphe, avant de délaisser l'ouvrage pour écrire d'ineptes futilités sur Malloy dans son journal.

Il y avait un côté suprêmement pathétique à s'endormir sur ce canapé devant le poêle : si elle n'était pas allée se coucher dans son lit, c'était parce que personne ne l'y attendait. Personne pour lui prendre délicatement le livre des mains et éteindre la lumière.

Elle se rendit à la salle de bains et se brossa les dents sans se regarder dans le miroir au-dessus du lavabo. Elle ne voulait pas voir les cernes sous ses yeux, preuve de ses cauchemars que tout le sommeil du monde ne saurait effacer. Elle souffrait trop souvent de ces flashs qui la hantaient : Victor qui se mue en inconnu, la voiture qui part en tête-à-queue sur le pont, le fracas terrible qui lui déchire les tympans, l'eau qui se referme sur elle. Et cette sensation angoissante, en revenant à elle sur la plage après l'accident, de n'être pas seule...

Comme par un aimant, son regard était attiré par le petit calendrier de la banque, coincé dans l'encadrement du miroir. Elle se refusait à connaître la date, mais nul besoin de calendrier pour savoir quel jour on était – il était marqué au fer rouge dans son cœur.

Aujourd'hui, c'était le 9 février, le premier anniversaire de la mort de Victor.

Elle se tourna vers la fenêtre et ouvrit la guillotine. L'air frais envahit la salle de bains. Elle se lava le visage, puis se brossa les cheveux, électriques et encore plus emmêlés que d'ordinaire. Ses coups de brosse se ralentirent. On était samedi, et la journée était à elle. Il y avait une seule personne à Paradise qui l'accueillerait à bras ouverts. Elle décida de lui rendre visite.

Vêtue d'un pantalon noir et d'un shetland bourgogne, elle se rendit au centre-ville et se gara devant les Ciseaux d'argent, le salon de coiffure qui faisait aussi institut de beauté. À côté d'une paire de ciseaux animés gigantesques, un panneau annonçait : *Ouvert – avec ou sans rendez-vous*. Le cœur de Sandra fut soudain plus léger. Rien ne pouvait aller de travers, quand on allait se faire coiffer.

— Bonjour, belle brune, l'accueillit Joyce Carter avec un sourire chaleureux et un petit signe de la main. Il était temps que tu viennes, on dirait.

Grande et séduisante, Joyce avait les cheveux teints en roux, des jambes interminables et une jupe moulante.

— Je n'ai pas de rendez-vous. Ça va aller ? s'enquit Sandra.

— Évidemment. Assieds-toi.

Joyce lui fit enfiler un peignoir.

Robin, la manucure, entra, tout sourire jusqu'à ce qu'elle remarque Sandra. Robin était une grande amie de Gloria Carmichael.

— Il y a beaucoup de rendez-vous aujourd'hui ? demanda-t-elle à Joyce, sans un regard pour Sandra.

— Tu n'as personne jusqu'à onze heures. Mme Lipschitz. Ça te laisse un peu de temps pour mettre les comptes à jour.

— Bonne idée, approuva Robin qui s'empressa de battre en retraite dans le bureau.

— Excuse-la, dit Joyce à Sandra.

Elle lui pencha la tête en arrière et lui mouilla les cheveux.

— Ne t'inquiète pas pour si peu, répondit Sandra, les yeux rivés sur les dalles du plafond. Moi, j'ai décidé de ne plus m'en faire, ajouta-t-elle tandis que Joyce lui massait le cuir chevelu d'une main experte.

— Heureuse de te l'entendre dire.

— À quoi bon s'en faire, de toute façon ? Je vais vendre la maison et partir d'ici.

Joyce travailla quelques minutes en silence.

— Tu en es sûre ?

— Je ne suis sûre de rien, répliqua Sandra en fermant les yeux. Sauf que je n'ai pas ma place ici.

— Évidemment que si, tu as ta place, voyons ! Ce ne sont pas les Winslow qui font la loi à Paradise, que je sache.

— Tu serais surprise.

Joyce ferma le robinet et enveloppa les cheveux de Sandra dans une serviette. Puis elle la fit asseoir dans un fauteuil pivotant, devant un miroir.

— Bon, voyons un peu... Mon Dieu, quelle jungle ! Il faudrait venir plus souvent.

— J'avais pensé raccourcir les pointes moi-même. J'ai le coup de main, comme coiffeuse amateur.

— N'essaie surtout pas ! s'indigna Joyce en fouettant l'air de ses ciseaux suisses. Alors, comment avancent les travaux ?

— Bien. Malloy, l'entrepreneur, est... très efficace.

Joyce observa son visage dans le miroir.

— Eh, regarde, tu rougis... Il est célibataire, j'imagine.

Sandra hocha la tête et s'empourpra de plus belle.

— Voyez-vous ça ! jubila Joyce en souriant jusqu'aux oreilles. Cet homme te plaît.

— Peut-être, mais de toute façon, là n'est pas la question.

— Pourquoi ? Tu es jeune, il est célibataire et tu es seule, toi aussi, argumenta la coiffeuse, tandis que ses ciseaux s'activaient avec une efficacité redoutable. Rien ne t'interdit de trouver quelqu'un d'autre, Sandra. Je parie qu'après Victor, tu te disais que plus jamais tu n'éprouverais ça, mais...

— Tu ne comprends pas, la coupa Sandra. Jamais je n'ai rien éprouvé de pareil. Jamais.

— Ben dis donc ! s'exclama Joyce, les ciseaux en l'air. (Elle croisa les bras.) Tu ferais peut-être mieux de ne pas laisser passer l'occasion, alors... Comment s'appelle-t-il déjà ?

— Mike Malloy. Mais je compte partir dès que la maison sera vendue, alors à quoi bon ?

Joyce se remit au travail.

— Ma pauvre, s'il faut que je t'explique, c'est vraiment que tu as un problème...

Mike passa le samedi avec ses enfants. Il les emmena au bowling et manger une pizza à midi, puis au cinéma. Kevin eut l'air d'apprécier le film, un film d'action un peu bébête, mais Mary Margaret, qui semblait avoir des fourmis dans les jambes, préféra s'attarder aux toilettes et devant le distributeur de friandises.

Mike était nerveux. Il avait toujours été fou de ses enfants, mais depuis le divorce, son amour pour eux tournait à l'adoration. Il ne passait jamais assez de temps avec eux. Peu à peu, ils devenaient des étrangers, avec des habitudes qu'il ignorait. Et peu à peu, lui se transformait en cliché ambulant : celui du père célibataire qui s'échine à gâter ses gosses, durant les quelques heures où il a leur garde. En principe, ils auraient dû rester dormir chez lui, mais Angela tenait à ce qu'ils rentrent à Newport, à cause de la confirmation de Mary Margaret le lendemain.

Mike n'avait pas été invité. Oh, il aurait pu s'y montrer, et ne s'en serait pas privé si sa fille l'avait souhaité. Mais la famille d'Angela était coutumière des célébrations démesurées à l'italienne. Les Meola étaient connus pour faire la fête durant deux jours pour une première communion. Et puis, il ne voulait pas embarrasser Mary Margaret : après tout, les catholiques n'étaient pas censés divorcer, et sa présence l'aurait rappelé à tout le monde. Il tira donc sa révérence, feignant de ne pas remarquer le soulagement de sa fille quand il les déposa chez leur mère.

Après un retour à Paradise en solitaire, il se gara sur le parking des quais et libéra Zeke de l'arrière du pick-up. Sur ses talons, le chien sautait pour renifler le sachet en papier kraft que son maître tenait sous le bras. Le caniche était fou depuis qu'il avait fait un saut chez Gloria pour acheter un demi-poulet.

Mike s'arrêta devant une rangée de boîtes aux lettres délabrées et sortit plusieurs enveloppes de la sienne. Des factures, pour la plupart.

— Monsieur Malloy ? fit une voix derrière lui.

Il se retourna. C'était un homme de taille moyenne, plutôt corpulent, en jean et blouson assortis. Mike passa en revue les différentes possibilités : agent du fisc, des services sociaux, assistant de son avocate. Il y a un an encore, ces professions lui étaient inconnues. Aujourd'hui, il s'attendait à tout.

— Que puis-je pour vous ?

L'homme sortit une carte de visite.

— Lance Hedges, assistant de production à WRIQ-TV.

Un mauvais pressentiment envahit Mike, tandis qu'il prenait la carte.

— Écoutez, si c'est au sujet du problème avec la parabole l'autre jour, je...

— Il ne s'agit pas de cela. Pas nécessairement, précisa-t-il d'un ton lourd de sous-entendus, qui mit Mike mal à l'aise.

— De quoi s'agit-il alors ?

— Vous êtes l'entrepreneur qui rénove la maison de Sandra Winslow, n'est-ce pas ?

— Exact.

— Je vais être franc avec vous. Le meurtre de Victor Winslow...

— L'accident, vous voulez dire.

— Le décès du sénateur Winslow est un sujet de premier plan pour notre rédaction. Nos journalistes travaillent sur la nouvelle enquête, et il nous est apparu que vous pouviez détenir des informations sur cette affaire.

Mike garda le silence et écouta l'eau clapoter contre les coques des bateaux à quai.

— Je ferais mieux d'y aller, finit-il par dire avec une décontraction forcée en montrant le sachet du poulet. Mon dîner va refroidir.

— Nous avons un budget généreux pour ce genre de participation, insista Hedges.

Mike songea aux factures qu'il serrait entre ses doigts.

— Vous voulez me payer pour fureter dans sa maison ?

— Il s'agit d'une affaire retentissante, concernant une figure locale. Toute information pouvant apporter des éclaircissements sert le droit à l'information des téléspectateurs. Votre collaborateur... M. Downing, c'est ça ? Peut-être sait-il quelque chose ?

Bon sang, ce fouineur avait-il déjà approché Phil ?

— Il ne sait rien de plus que moi.

— Prenez le temps de réfléchir et...

— C'est tout réfléchi, le coupa Mike qui aurait préféré ne jamais tomber sur ces papiers, dans le grenier. Je suis entrepreneur, je rénove des maisons, je ne sais rien et si je savais quelque chose, ce n'est certainement pas à vous que j'irais faire des confidences.

— Monsieur Malloy, vous avez causé des dégâts considérables à l'équipement, répliqua sèchement Hedges. Nous sommes prêts à assumer les frais, mais en échange votre coopération serait la bienvenue...

— Je ne sais rien, je vous dis, et vos menaces ne me plaisent pas du tout ! protesta Mike qui se retint de lui dire plus vertement sa façon de penser.

— Est-ce votre... ?

— ... dernier mot ? Oui, c'est mon dernier mot. Et maintenant, fichez-moi la paix.

18

Quelque chose clochait. La suspicion tarauda Mike toute la soirée. Ce n'était pas seulement l'attitude du producteur de WRIQ ou les papiers qu'il avait découverts chez Sandra. Non, décidément, cette histoire ne tenait pas debout. Tout était si nébuleux... Devait-il creuser un peu plus ou laisser tomber ? Devait-il en parler à Sandra ? Pour lui dire quoi ? Qu'il avait vu quelque chose qu'il n'était pas censé voir ? La prévenir que les médias furetaient dans ses affaires ? Ça lui ferait une belle jambe !

Il jeta un coup d'œil au petit téléviseur noir et blanc, fixé sous une étagère. C'était la fin du journal.

— Et pour conclure, disait Courtney Procter, le regard grave fixé sur la caméra, c'est aujourd'hui le premier anniversaire d'une tragédie locale, le décès mystérieux du sénateur Victor Winslow...

Étouffant un juron, Mike prit son portable et composa le numéro de Sandra. Occupé. Peut-être était-elle en ligne ? Ou sans doute avait-elle plutôt décroché. Il connaissait l'effet des dates anniversaires. Elles avaient le don de transformer une journée ordinaire en monument du souvenir.

Pourquoi te préoccupes-tu autant d'elle ? se sermonna-t-il. Après tout, il n'était pas son ange gardien. Il ne lui avait jamais parlé de son amitié avec son mari. S'il lui faisait des confidences maintenant, ce serait extrêmement gênant. Elle n'a pas besoin d'être au courant, décréta-t-il. C'était sans importance. Il ne lui devait rien, à part remettre sa maison en état.

Mike feuilleta les papiers sur son bureau et trouva l'excuse idéale pour lui rendre visite. La Société des bâtiments historiques avait vérifié et catalogué les plans originaux de la maison, qui pouvait désormais prétendre à une inscription officielle et à une plaque. Sans vraiment réfléchir à la suite des événements, il monta dans son camion et se rendit à Blue Moon Beach. La nuit était noire et glaciale. Il ne croisa personne sur la route.

Je fais un saut et je rentre, se dit-il, juste pour m'assurer que ça va.

Il laissa le moteur tourner et frappa à la porte d'entrée. À l'intérieur, il entendait le martèlement sourd d'une basse.

Il frappa à nouveau. En vain. Il alla arrêter le moteur de son camion en grommelant et cogna une troisième fois à la porte. Une chanson d'Eric Clapton passait sur la chaîne, si fort que les vieilles fenêtres vibraient. Il reconnut *Forever Man*, l'une des chansons favorites de Victor autrefois.

Il finit par utiliser la clé qu'elle lui avait prêtée.

— Sandra ? C'est moi, Mike Malloy ! appela-t-il en traversant le vestibule qui avait déjà meilleure allure qu'à sa première visite.

Le noyau de l'escalier était à nouveau droit, et il avait recollé la balustrade.

— Sandra ? répéta-t-il, mais la musique jouait trop fort.

Elle se tenait debout au milieu du salon. Un verre de vin à la main, elle se balançait au rythme de la musique. Bien qu'elle lui fît face, elle ne le vit pas : ses yeux étaient fermés, avec une expression d'une tristesse si profonde qu'il ne put détourner les yeux.

Sans doute pensait-elle à l'accident. Sans doute Victor lui manquait-il terriblement...

Fiche le camp. Cette pensée l'envahit tel un flot d'adrénaline. Il ne devrait pas être là. Il ne devrait pas interrompre un moment aussi intime. Il n'avait pas besoin des ennuis de cette femme ; il avait déjà son lot. Et pourtant, elle exerçait une attraction mystérieuse sur lui. Dès le premier jour, il en avait été conscient. Elle l'appelait à lui du fond de sa solitude, et son cerveau avait beau le mettre en garde, son cœur se laissait entraîner.

Il y eut une pause dans la musique.

— Sandra...

Ses paupières s'ouvrirent brusquement, et le vin dans son verre manqua déborder. Elle pâlit encore un peu plus.

— Je ne vous ai pas entendu entrer.

Elle passa furtivement l'arrière de son poignet sur son visage, puis se hâta de baisser le volume de la stéréo.

— Que faites-vous ici ? s'étonna-t-elle.

Mike savait qu'il aurait dû se contenter de lui donner les papiers et de prendre congé. Son regard se posa sur la bouteille à moitié vide, sur la table basse.

— Vous buvez seule ? J'ai entendu dire que ce n'est pas conseillé.

— Dans ce cas, joignez-vous à moi, répliqua-t-elle du tac au tac.

— Merci. Je ne suis pas contre un petit verre.

Elle eut l'air si stupéfaite de sa réponse qu'il se retint de rire.

— Vraiment ?

— Vous paraissez surprise.

— Cela fait si longtemps que quelqu'un n'a pas accepté de boire un verre avec moi.

— Cela fait si longtemps qu'on ne me l'a pas proposé, reconnut-il, plus détendu. J'ai reçu l'homologation de la Société des bâtiments historiques. Votre maison a été classée.

— C'est vrai ? Voilà une bonne raison de trinquer.

Sandra alla chercher un autre verre dans le vieux buffet de la salle à manger. Elle le remplit à moitié et le lui tendit. Dans la main de Mike, le verre parut fragile et minuscule.

— Asseyez-vous, dit-elle en désignant le vieux canapé en face du poêle.

Elle s'installa à son côté et fit tinter le bord de son verre contre le sien.

— À quoi pourrions-nous boire encore ?

— C'est vous qui avez de l'imagination. À vous de décider.

— Aux nettoyeurs haute pression, dit-elle.

— Vous pouvez sûrement trouver mieux.

— Ces derniers temps, j'ai du mal... À vous d'essayer, Malloy.

Sans le quitter des yeux, elle but une gorgée.

— Aux leçons de danse, dit-il avant de goûter le vin qui lui plut, tout comme d'être assis auprès d'elle.

Une nouvelle chanson commença, sur la disparition d'un meilleur ami.

Mike feignit de ne pas remarquer les paroles, mais c'était difficile dans le silence. Il but une nouvelle gorgée. Sandra avait un peu d'avance sur lui.

— Mes parents vont divorcer, annonça-t-elle à brûle-pourpoint.

Il se crispa. Pourquoi lui faire des confidences si personnelles ?

— Désolé de l'apprendre, marmonna-t-il, mal à l'aise.

Les émotions semblaient jaillir d'elle en un flot invisible, et ce n'était pas lui qui pourrait l'endiguer, il le savait.

— Je ne sais quoi vous dire, ajouta-t-il avec franchise.

— Excusez-moi, je ne voulais pas vous embarrasser, murmura-t-elle en se tournant vers lui sur le canapé, une jambe repliée sous elle.

— Depuis combien de temps étaient-ils mariés ? s'enquit Mike par politesse.

— Trente-six ans, répondit-elle en regardant le vin qu'elle faisait tourner dans son verre. Autant dire une éternité. (Elle soupira.) Je n'arrête pas de me demander depuis quand ils étaient malheureux, pendant combien de temps ils ont sauvegardé les apparences. Et aussi comment se fait-il que je n'aie jamais rien remarqué.

— Il y a beaucoup de façons de dissimuler son malheur, dit-il.

Elle le regarda avec un intérêt soudain.

— Je sais.

Mike n'était pas vraiment une autorité en matière de mariage, mais l'expérience lui avait appris davantage qu'il ne l'aurait souhaité. À aucun moment il n'avait été capable de définir avec exactitude quand cela avait été fini, entre Angela et lui. Le processus avait été graduel et subtil. Pas de choc horrifié, pas de trahison mélodramatique. Non, simplement un vague sentiment d'échec, exacerbé par la certitude qu'un seul des deux garderait les enfants.

— Avec mon ex-femme, dit-il, j'imagine que je l'ai vu venir de loin. Mais tant que ni l'un ni l'autre n'abordait la question, on pouvait se conforter dans l'illusion que tout allait bien.

Il avala une gorgée de vin et continua :

— Un divorce à l'irlandaise, aurait dit ma grand-mère. Deux étrangers sous le même toit, sauvant les apparences pour les voisins et les enfants. J'étais prêt à le supporter pour les enfants, parce que je savais qu'Angela réclamerait la garde.

— Vous seriez resté pour les enfants ?

— Kevin et Mary Margaret auraient préféré cette solution, vous savez, se défendit-il sèchement.

Elle le dévisagea.

— Je ne connais pas votre situation, mais ce que je sais, c'est que la vie est courte, Malloy. Côté bonheur, elle ne repasse pas les plats. Quand vous en arrivez au point de mes parents, vous n'avez pas envie, en regardant en arrière, de regretter les dix, vingt ou quarante dernières années. Vos enfants ont sans doute du mal à l'admettre aujourd'hui, mais faites-moi confiance, ils finiront par comprendre.

Les paroles de Sandra apportèrent à Mike un réconfort qu'il n'avait pas ressenti depuis bien longtemps.

— Vous êtes philosophe, dit-il avec un sourire. Ou bien ivre.

Elle fixa le fond de son verre.

— Peut-être un peu les deux, admit-elle, avant de reverser du vin à Mike.

— Et vous, vous voyez les choses comment, côté bonheur ?

Elle reposa la bouteille avec un soin exagéré.

— J'imagine qu'il me faudrait d'abord déterminer ce qui me rendrait heureuse, répondit-elle en le regardant un long moment.

Les flammes du poêle dansaient au fond de ses yeux. Fasciné, Mike ne pouvait s'arracher à leur contemplation. Il y devinait un monde. Un monde secret.

— J'ai une confession à vous faire, dit-il lorsqu'il réalisa qu'elle laisserait sa question sans réponse. J'ai entendu aux infos que l'accident s'était produit il y a un an, jour pour jour.

— Et vous êtes venu vous assurer que je n'étais pas en train de m'ouvrir les veines.

— Quelque chose comme ça, reconnut-il en faisant tourner le fond de son verre. Vous n'alliez pas… ?

— Me suicider ? Non, Malloy. Le suicide ne me tente nullement.

Il s'éclaircit la gorge.

— Je pensais que peut-être… il vous manquerait.

— Vous pensez bien.

Mike songea à sa découverte dans le grenier – les lettres cachées et la disquette. D'expérience, il savait ce que c'était pour un couple, de vivre dans le secret.

— Alors, votre mari et vous étiez heureux ensemble.

Sandra posa son verre et allongea les jambes sur la table basse, chevilles croisées. Mains calées sur la nuque, elle fixait le trou béant dans le plafond, où Phil avait commencé une réparation du circuit électrique.

— Si je pensais être heureuse ? Absolument. Si je trouvais notre vie de couple agréable ? Oh, oui. Si j'aimais Victor ?

Mike commençait à regretter d'avoir abordé le sujet. Et pourtant, il savait qu'il resterait pétrifié tant qu'elle n'aurait pas répondu à cette dernière question.

Sandra posa les mains sur ses genoux en se tordant les doigts.

— De tout mon cœur, dit-elle avec un trémolo déconcertant dans la voix. Et Victor, m'aimait-il ? continua-t-elle après s'être raclé la gorge. Peut-on savoir ce qu'il y a dans le cœur d'autrui ? Avant, je le croyais…

— Et maintenant ?

— Je sais que c'est impossible. Mais est-il raisonnable d'avoir une conversation sérieuse avec un auteur de fiction un peu éméché ?

Mike posa leurs deux verres et la bouteille vide au bout de la table basse. Puis il étudia son profil délicat, les reflets ambrés que jetaient les flammes sur sa peau.

— Il ne s'agit pas de fiction.

— Peu importe, fit-elle avec un haussement d'épaules, les yeux rivés droit devant elle sur la porte vitrée du poêle.

Sans réfléchir, il repoussa une mèche égarée sur sa joue. Juste pour voir si elle était aussi soyeuse qu'elle le paraissait. Elle l'était.

— Vous vous êtes coupé les cheveux ?

Elle l'observa d'un air étonné. La chaleur du feu et le vin avaient fait monter le rouge à ses joues.

Sans un mot, il se pencha vers elle et, lui soulevant le menton du bout des doigts, effleura ses lèvres à peine écartées. Après un petit sursaut de surprise, Sandra s'abandonna à ce baiser avec un frémissement d'émerveillement. De son pouce, Mike lui caressa doucement la joue, et leurs langues se mêlèrent avec une fougue qui les prit l'un comme l'autre au dépourvu.

La fièvre qui s'était emparée de Mike était plus enivrante que le plus merveilleux des vins. Il sentit Sandra tout d'abord un peu crispée entre ses bras, mais au bout de quelques secondes, elle se pressa contre son torse et serra les poings sur sa chemise pour l'attirer à elle. Le gémissement qu'elle laissa échapper trahissait un désir aussi ardent que le sien. Presque malgré lui, ses mains glissèrent sur les épaules de la jeune femme et descendirent jusqu'au creux de ses hanches, provoquant chez elle un frisson d'anticipation. D'un geste un peu plus affirmé, il aurait pu l'amener à s'allonger sur le canapé. Du bout des doigts, il aurait glissé la main sous son pull-over. Il avait l'intime conviction qu'elle n'aurait pas résisté.

Pourtant, en dépit du désir qui le consumait, Mike n'en fit rien. Sans être un prince, jamais il n'aurait eu la cruauté de profiter d'un être aussi vulnérable, le jour anniversaire du pire moment de sa vie. Il dut faire appel à toute la volonté dont il était capable, pour arracher ses lèvres aux siennes.

Sandra ne bougea pas, comme pétrifiée sur le canapé, les yeux fermés, le visage levé vers lui avec un mélange de regret et de sensualité. Ne sachant comment réagir, il s'éclaircit la gorge.

Elle ouvrit brusquement les paupières, et ses joues s'empourprèrent. Devant son embarras, Mike ne put réprimer un sourire.

— J'imagine que nous nous sommes laissé un peu emporter...

— On pourrait dire les choses comme ça.

— Dois-je vous présenter des excuses ?

— Pourquoi donc ?

— Pour vous avoir fait des avances.

— Des avances ? répéta-t-elle en riant. Le mot est faible. Voilà qui ressemblait davantage à un assaut frontal.

Si elle savait... Il avait fait preuve d'une retenue méritoire.

— Ce n'était qu'un baiser...

— Vous regrettez ? demanda-t-elle.

— Bien sûr que non.

Oh si, il regrettait. Maintenant, il n'allait pas fermer l'œil de la nuit !

— Alors pas besoin d'excuses, décréta Sandra qui s'éloigna de lui et se cala contre l'accoudoir du canapé, les jambes repliées contre la poitrine.

— Le pire, c'est que j'ai envie de recommencer, avoua Mike.

— Je ne crois pas que ce soit une bonne idée.

— Il n'y a qu'un seul moyen de le savoir, dit-il en se penchant vers elle.

Sandra eut un petit mouvement de recul. Les flammes du poêle pétillaient dans ses grands yeux bruns.

— J'ai toujours entendu dire qu'il n'est pas conseillé de mélanger les sentiments et les affaires.

— Ah bon ?

Elle rit, le feu aux joues.

— Imaginez que ça devienne vraiment sérieux entre nous, et que nous rompions avant que vous ayez fini les travaux ? Je me retrouverais avec une maison en chantier et un cœur brisé.

Mike partit d'un rire sonore.

— Pas étonnant que vous soyez écrivain ! s'esclaffa-t-il. Vous pensez trop !

— J'explore juste les hypothèses, répliqua-t-elle en posant le menton sur ses genoux repliés. (Elle jeta un coup d'œil à son verre vide.) Je ne serais pas contre une petite goutte de vin...

— Vous voulez que j'aille vous en chercher ?

— Il y a une autre bouteille à la cuisine.

Histoire de refroidir un peu ses sens, Mike prit son temps pour ouvrir la bouteille avec le tire-bouchon de son couteau suisse. Puis il revint au salon et lui versa un demi-verre.

— J'ai signé un contrat, déclara-t-il. Quoi qu'il advienne entre nous, les travaux seront terminés.

Elle sirota une gorgée.

— Voilà qui me rassure beaucoup.

Pas Mike. Elle avait allumé en lui un brasier qui n'était pas près de s'éteindre.

— Vous savez, je ne vais pas vous cacher que je vous trouve très attirante. Vous me plaisez beaucoup.

Sandra en eut le souffle coupé. Elle le dévisagea d'un air ébahi.

— Ça vous semble si bizarre que vous me plaisiez ? demanda-t-il comme elle gardait le silence.

— Je n'en ai aucune idée... Que proposez-vous ? Une liaison ?

La question pour le moins abrupte le désarçonna.

— Ça vous tente ?

— Je ne sais pas. Ça ne m'est encore jamais arrivé. Je n'ai jamais été... tentée.

Sans trop savoir pourquoi, Mike la crut. Avec Victor, elle avait eu l'habitude de fréquenter un milieu huppé, où le pouvoir et la séduction régnaient en maîtres. Il n'était sûrement pas le premier à la trouver attirante ou à lui faire des avances.

— Et maintenant, ça vous tente ?

Elle posa sur lui un regard d'une désarmante sincérité.

— Peut-être.

Il s'efforça de réprimer le désir ardent qui le consumait et de retrouver un semblant de bon sens. Une aventure avec Sandra serait de la folie pure, déjà parce que son avocate lui avait maintes fois recommandé la discrétion en la matière.

Mais la plus grande objection, c'était en lui-même qu'elle résidait. Depuis le divorce, il avait eu quelques aventures sans lendemain, mais Sandra était la première à lui rappeler les choses qui comptent vraiment dans la vie. Il y avait un vide énorme dans la sienne, et il n'était pas encore prêt à affronter cette réalité. D'ailleurs, pourrait-il jamais le combler ?

— Vous avez davantage besoin d'un ami que d'une liaison, se força-t-il à dire. Vous êtes trop souvent seule, ça ne peut pas être bon pour vous.

Elle vida son verre et le posa sur la table basse.

— Pourquoi croyez-vous donc que j'aie envie de vendre cette maison ? Ce dont j'ai besoin, c'est d'un endroit où les gens ne suspendent pas des gousses d'ail à leur porte en me voyant arriver. Où je peux sortir sans risquer de me faire traiter de Veuve noire.

Elle écouta un moment la musique, puis frissonna délicatement.

— En fait, je n'ai jamais eu de vie sociale à proprement parler. Victor était mon premier véritable ami.

Mike essaya d'imaginer une vie sans amis. Quel genre d'existence était-ce ? Il avait grandi entouré de copains, sans jamais se poser de questions. Il lui suffisait de décrocher son téléphone pour trouver quelqu'un qui voulait boire une bière et faire un billard.

— Vous savez ce qu'on faisait parfois, Victor et moi, les nuits de tempête ?

Mike préférait ne pas le savoir.

— Nous comptions nos petits bonheurs et pour chacun d'eux, nous mangions un M&M's. C'est vrai, nous passions toute une liste en revue, de mes bulbes de tulipe qui étaient sortis à son dernier accord avec les syndicats. Ça doit vous paraître bête...

— Un peu fou, je dirais plutôt. Si je me retrouvais seul avec une aussi jolie femme par une nuit de tempête, faire un inventaire à la Prévert serait vraiment la dernière envie que j'aurais.

Elle laissa échapper un petit rire sans joie, comme si elle ne le croyait pas.

— Je ne me souviens même plus du goût qu'a un M&M's.

— Je vais noter quelque part de vous en acheter un paquet. Ça ne doit pas être bien difficile à trouver.

— Là n'est pas la question, Malloy.

— Je sais.

— Ça vous dérange que je vous parle de mon mari ?

— Non, mentit-il.

— Nous avions tellement en commun. De nos opinions politiques, jusqu'à notre habitude de faire les mots croisés du *New York Times* le dimanche. Nous avions fini par en acheter deux exemplaires, pour avoir chacun notre grille.

Il l'imagina dans le petit matin, réfléchissant à ses mots croisés. Avec lui, elle n'aurait pas dépassé la première ligne.

— Nous adorions essayer de nouvelles recettes, de nouveaux restaurants. Nous aimions les musées, les concerts, jouer au tennis... Et maintenant qu'il n'est plus là, je garde tout à l'intérieur, je n'ai plus personne avec qui partager mes coups de cœur.

Elle se tourna vers lui, et son regard s'éclaircit comme si elle venait de se rappeler sa présence.

— Vous comprenez ?

— Oui, je pense.

Mike ne supportait ni les musées ni le tennis. Quant aux mots croisés... Ce n'était pas de quelqu'un comme lui qu'elle avait besoin.

— Cette nuit-là, j'ai perdu deux êtres chers : mon mari et mon meilleur ami, murmura-t-elle en repoussant une mèche qui lui tombait dans les yeux. Je ne crois pas être prête pour une aventure. Je vous apprécie trop pour avoir une liaison avec vous, conclut-elle avec un demi-sourire.

19

Une Lexus dernier modèle vert dollar s'engagea dans l'allée un peu trop vite et freina un peu trop brutalement devant la maison.

De l'habitacle en ronce de noyer et intérieur cuir, jaillit une bombe humaine armée d'un appareil photo numérique miniature, d'un *pager* et d'un portable fixés à son sac à main, une écritoire à pince coincée sous le bras. Elle portait un tailleur Armani, des escarpins Prada, et ses bijoux étaient sans aucun doute authentiques.

Sandra se tenait sur le seuil pour accueillir l'agent immobilier, mais la visiteuse ne vint pas tout de suite vers la porte d'entrée. Elle fit d'abord tranquillement le tour de la propriété, prit quelques photos, enregistra ses remarques dans le petit magnétophone qu'elle tenait à la main, et alla même se faire une idée de la vue au fond du jardin.

Quand elle gravit enfin les marches du perron, Sandra oscillait entre admiration et aversion. Elle appréciait l'attitude décidée de la jeune femme, bien que rebutée par sa curiosité sans vergogne.

— Bonjour, dit-elle, vous devez être Mlle Witkowski.

— Et vous, Sandra Winslow. Appelez-moi Sparky, répondit la femme en jaugeant la terrasse d'un regard.

— Entrez, je vous en prie.

Pourquoi diable une femme de son âge tenait-elle à se faire appeler Sparky ?

— Gertrude est mon vrai prénom, expliqua la visiteuse, comme si elle avait lu dans les pensées de Sandra.

Milton Banks lui avait recommandé Mlle Witkowski, agent immobilier spécialisé dans les riches propriétés de front de mer. Selon l'avocat, elle s'intéressait davantage à sa juteuse commission qu'à la notoriété du vendeur. Ce qui convenait parfaitement à Sandra.

— Désirez-vous une tasse de thé ? Ou un café ?

— Non merci, ça va. Croyez-moi, je n'ai pas besoin de café.

Accordant à peine un regard à Sandra, la jeune femme fit un tour complet sur elle-même dans le vestibule, les yeux toujours en mouvement.

— Voici comment je procède. On commence par une rapide visite générale, histoire de me faire une idée de l'endroit. Puis j'établis une évaluation et un plan marketing qui nous serviront de base.

— Cela me paraît raisonnable. Comme vous pouvez l'entendre, je fais faire des travaux avant de mettre la maison en vente.

— Parfait, j'allais justement vous le conseiller, répondit Sparky en griffonnant quelques notes. Quelle ampleur, les travaux ?

— Euh, plutôt grande. D'après l'entrepreneur, la structure de la maison est saine, mais elle a été longtemps négligée. C'est un bâtiment classé.

— C'est un plus considérable. *Considérable.* Surtout, prévenez-moi avant chaque modification.

Sandra laissa échapper un rire, mais se tut en réalisant que Sparky ne plaisantait pas. La Société des bâtiments historiques imposait certes la taille des fenêtres et la couleur des murs, mais cette femme s'y connaissait indubitablement pour vendre une maison. Tandis qu'elle arpentait le rez-de-chaussée d'un pas pressé, elle débitait comme une mitraillette ordres et opinions sur la décoration des pièces et l'emplacement stratégique des plantes en pot. Les tentures du salon imprimées de roses étaient tout bonnement hideuses ; la vue de l'aile est, par contre, était d'une perfection absolue. Elle dévala ensuite l'escalier menant au sous-sol, s'entretint quelques instants, et avec une stupéfiante autorité, sur des questions d'électricité avec Phil, puis remonta tambour battant au rez-de-chaussée.

À l'étage, elles tombèrent sur Mike qui mettait un mur à nu au marteau et au burin, manches relevées et masque de protection sur le visage. Il avait cassé le plâtre, révélant d'anciennes lattes de bois sombre, alignées telles les côtes d'un fossile. En les voyant arriver, il ôta son masque qu'il laissa pendre à son cou.

Sparky s'arrêta net.

— Ô mon Dieu, je n'arrive pas à y croire... Ça fait une éternité, Mike.

Il s'essuya la main dans son bandana rouge et la lui tendit.

— Salut, Sparky. Ça fait un bail, c'est vrai.

— Alors c'est toi qui restaures cette maison... Je vais pouvoir augmenter le prix de vente d'au moins quarante mille.

— Ne t'emballe pas trop vite.

— Avec toi, je suis toujours emballée, Mike, minauda la jeune femme qui lui effleura le bras avec une familiarité qui noua l'estomac de Sandra.

Sparky se tourna vers elle.

— Il a remporté des prix nationaux pour ses restaurations, vous savez. Il a même eu droit à des articles dans *Architecture d'aujourd'hui*, ajouta-t-elle en lui effleurant à nouveau le bras de ses ongles laqués de rouge. Tu as une réputation formidable à Newport, mon vieux.

— Espérons qu'elle aura atteint les oreilles du service des permis, rétorqua-t-il en dégageant son bras pour consulter sa montre. Je dois leur déposer des papiers cet après-midi, annonça-t-il à Sandra avec un sérieux tout professionnel. Je serai de retour tôt demain matin.

Elle hocha la tête.

— D'accord, lâcha-t-elle, incapable d'en dire davantage.

— À bientôt, Mike, lança Sparky en le couvant du regard. Appelle-moi à l'occasion.

— OK, dit-il en se dirigeant vers l'escalier.

— Tu n'en feras rien, mais c'est pas grave, soupira la jeune femme qui se retourna vers Sandra. À Newport, des gens sont prêts à dépenser une fortune pour une maison rénovée par Malloy & Meola Restauration.

Sandra la suivit dans la chambre principale. Pourquoi Mike s'était-il montré si discret ? Mais, après tout, rien ne l'obligeait à lui raconter sa vie...

Elle l'avait évité toute la journée, sans réussir à le chasser de ses pensées. Pour se forcer à s'occuper, elle avait téléphoné à son agent, à son amie Barbara, toujours au courant des derniers potins du monde de l'édition, et aussi à son père, afin de s'assurer qu'il s'en sortait.

— Tout va bien, avait-il dit.

Menteur.

Puis Mike avait de nouveau accaparé son esprit. Mike... ses bras puissants, ses mèches brunes tombant sur son front, la douceur de ses lèvres sur les siennes... L'impétuosité de sa propre réaction l'avait prise au dépourvu. D'où sortait donc toute cette passion ? Depuis combien de temps était-elle refoulée, prête à exploser ? Elle ne savait pas comment se comporter avec lui. Devait-elle faire comme si rien ne s'était passé ? Ou bien... Quelle attitude adopter, quand chaque particule de votre être dit oui, alors que votre raison dit non ?

— Vous avez de la chance de l'avoir eu, lui dit Sparky par-dessus son épaule, alors qu'elles gravissaient l'échelle grinçante du grenier.

Sandra sentit ses joues virer au rouge. Cela se voyait-il donc à ce point ?

— À Newport, il avait une liste d'attente de deux ans, poursuivit l'agent immobilier. Son entreprise gagnait des millions.

Sandra soupira intérieurement. Ouf, Sparky parlait *boulot* !

— Tout s'est effondré quand sa femme a demandé le divorce, raconta la jeune femme à mi-voix. Le jugement l'a dépossédé de tout. Son beau-père était l'associé majoritaire ; il s'est accaparé l'affaire au moment de la séparation. Enfin bon, aujourd'hui il redémarre. Et l'avantage, c'est qu'il est célibataire...

— C'est un avantage ? osa demander Sandra qui la guidait entre deux piles de cartons.

— Vous plaisantez ? Vous l'avez vu ? Le dieu de l'Amour incarné !

Sandra baissa la tête pour cacher son sourire. Ainsi, ce n'était pas seulement elle...

— Je ne suis pas surprise qu'il soit revenu à Paradise, continua Sparky en vérifiant les lucarnes neuves.

Sandra fronça les sourcils.

— Revenu ? Vous voulez dire qu'il a vécu ici ?

— Il a grandi ici. Il ne vous l'a pas dit ? Le grenier me paraît OK.

Elle tourna les talons et redescendit au rez-de-chaussée, pour une inspection plus approfondie de la cuisine. Sandra eut droit à son avis circonstancié sur les placards, puis ce fut au tour de la véranda. Sparky termina ensuite sa visite du jardin, rédigea une liste d'aménagements paysagers impératifs, et promit de reprendre contact bientôt.

Sandra ne lui prêta pas autant d'attention qu'elle l'aurait dû, préoccupée par ce qu'elle venait d'apprendre. Mike Malloy avait grandi ici, à Paradise... Rien ne l'obligeait à lui en parler, bien sûr, mais son silence la tracassait. Il la tracassait même énormément.

Alors qu'elle la raccompagnait à sa voiture, l'agent immobilier se tourna vers elle.

— Il y a une question que je pose à tous mes clients, dit-elle. Vous allez peut-être la trouver bête, mais c'est important.

— Posez-la toujours. Si je peux vous aider, ce sera avec plaisir.

— Je voudrais que vous visualisiez votre acheteur idéal. Pas quelqu'un qui en a forcément les moyens, mais quelqu'un que vous aimeriez voir vivre dans cet endroit. Je ne sais pas exactement pourquoi, mais en général la vente se passe beaucoup mieux ainsi.

— Toute personne qui me fait une offre correcte me va.

— Essayez quand même, d'accord ?

— D'accord, mais n'espérez pas trop. Vous comprenez sûrement pourquoi je veux vendre. Je n'ai pas l'intention de me montrer difficile sur le choix de l'acheteur.

— Vous pourriez être surprise... En tout cas, ce sera une bonne base pour ma stratégie marketing.

— J'y réfléchirai.

Dix acheteurs potentiels pour ma maison... Sandra détestait cette idée. À la seule perspective que des inconnus viennent s'installer dans cette demeure, son cœur se serrait.

Elle regarda la Lexus s'éloigner dans un vrombissement, puis disparaître au détour de la route côtière. Elle avait déjà oublié la tâche que lui avait assignée l'agent immobilier.

Elle ne songeait qu'à Malloy.

Ainsi, c'était un enfant du pays. Elle savait déjà qu'il avait le même âge que Victor... L'estomac noué par l'appréhension, elle se dépêcha de rentrer et monta au grenier. Elle ne s'était pas un seul instant intéressée aux affaires qu'elle avait jetées à la hâte dans des cartons, en quittant la maison qu'elle avait partagée avec Victor.

Elle alluma le plafonnier et passa en revue les cartons d'archives de leur vie commune. Ils n'étaient pas nombreux. De dix ans son aîné, Victor possédait beaucoup plus de reliques – et de secrets.

Dans un carton étiqueté *1966-1982*, il avait conservé les souvenirs de son enfance, amoureusement rassemblés par sa mère qui les lui avait offerts à l'occasion de son mariage : sa première dent de lait perdue, disposée pieusement dans une petite boîte en argent gravée à la date de l'événement ; des portraits réalisés chaque année chez un photographe professionnel, à la place de la banale photo de classe ; des bulletins scolaires élogieux et des brevets sportifs en tout genre, de la natation au golf en passant par la lutte, l'athlétisme et le tennis. Il y avait même une photo de lui en compagnie du président Jimmy Carter, lors d'une cérémonie à Rose Garden en l'honneur des lycéens les plus doués du pays.

Le carton ne concernait que Victor, réalisa-t-elle. Pas ses amis ou ses camarades de classe, seulement Victor et ses exploits, Victor et sa vie publique. Toutes ces affaires devaient revenir à ses parents. À l'époque, elle ne le connaissait même pas. Elle demanderait à Banks de les leur remettre.

Sandra finit par trouver celui qu'elle cherchait : *Récompenses sportives et albums de classe, collège et lycée,* avait inscrit Victor de sa belle écriture soignée. Elle ouvrit les deux pans du couvercle et exhuma une série de trophées, puis passa les albums en revue. Comme tous les garçons de bonne famille en Nouvelle-Angleterre, Victor devait aller en pension après le collège. Elle se souvenait vaguement de l'avoir entendu dire qu'il avait intégré en 1977 la prestigieuse Brice Hall School, mais il était revenu chez lui au bout de quelques semaines pour être admis au lycée du coin. Il n'était pas entré dans les détails et ne lui avait plus jamais reparlé de cet incident.

Elle trouva l'album de 1982, celui de sa terminale. Un ruban de satin marquait la page dédiée à Victor et ses accomplissements. Comme on aurait pu s'en douter, la liste était longue. Elle passa du W au M. Il ne lui fallut que quelques secondes pour trouver une page sur Malloy.

Parcourue de frissons, elle alla s'asseoir avec l'album sous la lucarne. La lumière blafarde de la fin d'après-midi tomba sur la page. *Michael Patrick Malloy.*

Le ressentiment qui couvait en elle se raviva. Pourquoi ne lui avait-il rien dit ?

Son regard s'arrêta sur le portrait en couleurs. Le dieu de l'Amour incarné, selon Sparky. Elle n'exagérait pas. C'était le cas, hier comme aujourd'hui. Avec sa veste de cuir et son jean délavé, il ressemblait au jeune Tom Cruise. La mâchoire carrée, le regard droit et fier, il émanait de lui un charme dont il n'avait sans doute pas conscience. Une sensualité qui le classait d'emblée parmi les garçons qu'on remarque. Ce n'était qu'un adolescent qu'elle regardait sourire à l'objectif, et pourtant elle ne pouvait empêcher son cœur de s'emballer.

Quoique moins prestigieux que celui de Victor, son cursus au lycée était impressionnant : champion en football, en natation, membre de plusieurs clubs, bénévole à la Fondation de sauvegarde du patrimoine historique. L'un de ses buts était de devenir architecte.

Sandra fouilla dans sa mémoire. Victor avait-il, ne serait-ce qu'une fois, mentionné Mike ? Non, pas la moindre. Il avait toujours été très sélectif en ce qui concernait son passé. Il se limitait à ce que, selon lui, elle devait savoir.

Elle lut ce que Malloy avait écrit au bas de la page, de l'écriture carrée qu'elle connaissait bien :

Eh, Vic – je ne sais pas quoi écrire, ça ne te surprendra pas. C'est toujours toi qui as été doué avec les mots, pas moi... Quelques trucs quand même à ne pas oublier: Scarborough Beach, l'Impala bleu, les régates de Newport, Linda Lipschitz, le vieil abri à bateaux. Attention, les violons : c'est toi le meilleur, et tu le seras toujours... Cowabunga. MM.

Sandra referma rageusement l'album. Elle était vraiment une idiote de première ! Et elle qui l'avait laissé franchir la muraille de sa solitude, qui s'était sentie attirée par lui, qui commençait à avoir confiance en lui... Elle pouvait être reconnaissante à Sparky de lui avoir ouvert les yeux !

Elle remit les vieux albums en vrac dans le carton poussiéreux et dévala les marches. Personne. Malloy était parti avant qu'elle ait pu lui demander des explications. Et il ne serait pas de retour avant le lendemain matin.

Elle se précipita à la salle de bains pour débarrasser ses mains de la poussière et des toiles d'araignée. Ce qu'elle venait d'apprendre la rongeait de l'intérieur. Jamais elle n'aurait la patience d'attendre jusque-là !

20

— Il y a eu ce spectacle à la maison des jeunes ! brailla Kevin dans le combiné.

— Moins fort. Je t'entends, tu sais.

Encore dégoulinant de la douche, Mike noua une serviette autour de ses hanches et s'extirpa de la minuscule salle d'eau. Le téléphone avait sonné avant qu'il ait eu le temps de se sécher, et il frissonnait. Il aurait sans doute dû proposer à Kevin de le rappeler, mais le gamin était un vrai moulin à paroles.

— La plupart des trucs étaient vraiment nuls, comme Travis Gannon avec ses cris de canard et Kandy Procter et son numéro de danse. On aurait dit qu'elle prenait des décharges électriques ! Et il y a eu David Bates au piano, tu sais, un de ces grands pianos gondolés...

— Un piano à queue.

— Ouais, c'est ça. Il s'assoit, l'air vachement nerveux, et trois secondes après, il se met à vomir.

— Tu rigoles !

— Pas du tout, il en a mis partout sur les touches. Tu aurais dû voir ça, c'était génial ! D'après Mme Primosic, il va falloir faire appel à une entreprise spécialisée pour démonter le clavier et le nettoyer.

Mike avait tous les soirs ses enfants au téléphone, et ne savait jamais ce qu'ils allaient lui raconter.

— Quoi de neuf sinon dans ta vie, bonhomme ? demanda-t-il.

— Rien de spécial. Si je pense à un truc, je te rappelle, d'accord ? Tu fais quoi, ce soir ?

— Je viens juste de sortir de la douche. Je vais ouvrir une boîte de thon et faire mes comptes à l'ordinateur.

— Quelle barbe !

Mike aurait tout donné pour passer la soirée avec ses enfants, même affalés devant la télé. Chaque jour qui s'écoulait renforçait sa certitude : il n'était pas fait pour vivre seul.

— Et ta sœur, ça va ?

— Attends, je te la passe. Mary Margaret, décroche ! hurla-t-il dans le combiné sans prendre la peine de l'éloigner de sa bouche.

Mike fit la grimace, puis entendit un clic.

— Bonsoir, papa.

— Bonsoir, chérie. Alors, tu as vu le spectacle, toi aussi ?

— Ouais. C'était pas mal, jusqu'à ce que ce gamin se mette à vomir partout.

— Kevin trouve que c'était le meilleur moment.

— Il n'a pas tout à fait tort. Crois-moi, tu n'as rien manqué.

— Mais vous, vous me manquez.

— Toi aussi tu me manques, papa. Oh, tu sais, j'ai eu ma robe, celle pour la Saint-Valentin...

En fond sonore, Kevin fit semblant de vomir.

— Casse-toi, débile ! lui cria Mary Margaret.

Mike écarta le combiné de son oreille quelques secondes. Il entendit des pas. La jeune fille se réfugiait dans un endroit plus tranquille, sans doute dans son recoin favori, sur le palier du premier. Il l'imagina, le téléphone dans une main et tortillant une mèche avec son index. Mon Dieu, sa jolie et timide Mary Margaret grandissait si vite...

— Je parie qu'elle est belle, dit-il.

— Géniale ! Elle est vert pâle avec des manches très, très fines. Je suis allée avec maman chez Filene, et j'ai même eu le droit de prendre les chaussures assorties.

— J'ai hâte de voir ça.

Angela avait toujours été très douée pour le shopping. Il payait d'ailleurs encore les débits de ses cartes de crédit. Il ne doutait pas une seconde que la robe était magnifique.

— Tu as lu les livres qu'on a empruntés à la bibliothèque ?

— J'en ai fini un, et j'en suis à la moitié du deuxième. Ils sont super.

C'était aussi l'avis de Mike. Il en avait acheté un l'autre jour, par curiosité. C'était l'histoire d'une fille timide, précipitée dans une situation inextricable qui la contraignait à se montrer forte et courageuse, et à la fin, elle se rebellait. La réalité rattraperait-elle la fiction ? s'était-il demandé.

— Il faut que j'y aille, papa. J'ai promis à Kevin et Carmine de faire quelques paniers avec eux. Il a installé un éclairage super-puissant dans l'allée. Maintenant, on peut jouer en nocturne.

— Génial, se força à dire Mike, qui serra les mâchoires en imaginant la maison de 1847 illuminée par d'affreux projecteurs fixés sur des poteaux en aluminium. On se rappelle demain, d'accord ?

— D'accord, papa. Je t'embrasse.

— Je t'embrasse aussi, ma puce.

Il raccrocha en prenant sur lui pour calmer ses nerfs. Depuis le temps, il aurait pourtant dû être habitué au fait qu'un étranger vive dans sa maison, couche avec son ex-femme, joue avec ses enfants et les borde chaque soir. C'est le lot de millions de papas de nos jours, tenta-t-il de se raisonner. En vain.

Il allait s'habiller, quand des pas résonnèrent sur le ponton. Zeke bondit et se rua sur la porte. La nuit était déjà tombée, et les stores étaient baissés. Il entrebâilla la porte. Une bourrasque glaciale balaya son torse et ses jambes nus.

Devant lui, dans la lueur blafarde des lumières du port, se tenait Sandra Winslow.

En dépit du froid qui s'engouffrait par la porte ouverte, il lui sourit, serrant sa serviette autour de ses hanches.

— Bonsoir, belle inconnue, dit-il avec spontanéité.

Elle pinça les lèvres.

— C'est ce que vous êtes.

Elle ne paraissait pas remarquer qu'il était pratiquement nu ou que le chien dansait de joie à ses pieds. Sans attendre d'y être invitée, elle agrippa la rampe et monta à bord. Elle portait un jean – il avait toujours aimé une femme en jean –, des gants dépareillés et une parka trop grande pour elle.

— Quoi donc ? demanda-t-il, distrait par la courbe de sa cuisse, tandis qu'elle descendait dans la cabine.

Il éteignit la radio.

— Un inconnu, répliqua-t-elle. Je croyais que nous avions dépassé ce stade, mais apparemment je me trompais.

Une nouvelle tempête se préparait. La houle claquait contre la coque et le vent sifflait dans les drisses. Découragé d'essayer d'attirer l'attention de la visiteuse, Zeke se laissa tomber sur son coussin.

— Vous allez devoir m'expliquer, mais attendez une seconde, dit Mike. Je vais me mettre quelque chose sur le dos avant d'attraper froid.

Il disparut dans la cabine qui lui servait de chambre, et enfila un pantalon de survêtement gris et un vieux sweat-shirt de son université. Sandra était là ! Il n'en revenait pas. Que me veut-elle donc ? songea-t-il en se séchant vaguement les cheveux avec sa serviette.

— Bienvenue à bord du *Coup de Pot*, lança-t-il en revenant dans la cabine principale. Comment m'avez-vous trouvé ?

— Votre nom et votre numéro de ponton sont indiqués sur la boîte aux lettres, et la grille de la marina n'était pas fermée à clé.

Debout au milieu de la cabine, elle regarda à la ronde. Mike vit ses yeux se poser sur ses dossiers de travail qui occupaient tout l'espace disponible sur les étagères, l'équipement de navigation, son ordinateur, les photos et les dessins de ses enfants sur le petit réfrigérateur. Voilà ma vie, se dit-il, un peu sur la défensive, bien qu'elle ne fît aucun commentaire. Que pouvait-elle penser ?

— Qu'est-ce qui vous amène ? demanda-t-il.

— Pourquoi ne m'avez-vous pas dit que vous étiez le meilleur ami de Victor ?

Il s'attendait à tout, sauf à ça.

— Sparky vous l'a dit.

Ce n'était pas une question.

— Non. Elle ne pouvait pas savoir que vous me le cachiez.

— Attendez, je ne vous cachais rien du tout ! Mon amitié avec Victor... c'est de l'histoire ancienne. Je ne pensais pas que c'était important.

— Tout est important, aujourd'hui. Ne faites pas semblant de ne pas comprendre.

— Bon, d'accord, j'aurais sans doute dû dire quelque chose, mais ça ne va pas bien loin. Victor et moi étions amis d'enfance et on s'est perdus de vue. Voilà tout. D'ailleurs, je parie qu'il ne vous a jamais parlé de moi.

— Non, mais...

— Vous voyez bien.

— C'était un mensonge. Par omission, certes, mais un mensonge tout de même. Pourquoi me l'avez-vous caché ?

— Parce que je me demandais comment vous réagiriez ! rétorqua-t-il d'un ton sec qui les surprit tous les deux. Regardez la vérité en face, Sandy, vous n'êtes pas des plus prévisibles. Un instant, vous m'engueulez au sujet de la peinture de vos murs, et celui d'après, vous m'apprenez à danser. J'ignorais si, en vous parlant de Victor, je vous ferais rire ou pleurer.

Elle avait blêmi.

— Sandra, murmura-t-il gentiment, asseyez-vous...

Elle lui jeta un regard noir, ôta sa parka d'un geste sec et s'assit sur la banquette.

— Alors, pourquoi n'avez-vous rien dit ?

Les raisons de Mike étaient multiples et complexes. Et sur le moment, aucune ne semblait tenir debout.

— Je n'ai pas l'habitude de raconter ma vie à mes clients, commença-t-il en passant une main dans ses cheveux humides. Vous ne racontez sûrement pas votre vie à vos éditeurs, n'est-ce pas ?

— Après que nous… je croyais… Enfin bref, c'est sans importance, maintenant.

Il sentait dans sa voix la même colère rentrée que le jour où il l'avait rencontrée pour la première fois.

— Pourquoi donc ?

— Je commençais à vous faire confiance. Décidément, je n'apprendrai jamais…

Ces paroles firent à Mike l'effet d'une claque. Il réalisa que la confiance de la jeune femme lui importait terriblement.

— Ne le prenez pas mal, Sandra. Au début, je n'ai pas jugé important de vous en parler. Dans une petite ville, tout le monde se connaît, vous le savez bien. Et puis, au bout d'un moment, ça aurait paru bizarre de lancer le sujet sur le tapis.

— Maintenant, il l'est, fit-elle sèchement.

— Qu'attendez-vous de moi ? Que je vous dise : « Désolé, j'aurais dû vous raconter mon enfance en vous donnant le devis » ? Vous n'avez pas non plus été très loquace sur vous.

— N'essayez pas de noyer le poisson, Malloy, gronda-t-elle.

— Bon, très bien. Que puis-je vous dire ? Nous nous sommes rencontrés très jeunes, en primaire. Vous savez comment c'est, avec les amitiés. Deux gamins se croisent un peu par hasard, et ensuite ils traînent ensemble par habitude.

— Vous faisiez plus que traîner ensemble. J'ai lu ce que vous avez écrit dans son album de terminale. Vous étiez son meilleur ami.

— Et vous, êtes-vous toujours en contact avec votre meilleure amie de lycée ?

Elle laissa échapper un rire sans joie.

— Qu'est-ce qui vous fait penser que j'en avais une ?

— Tout le monde a un meilleur ami.

— Si vous voulez… Alors, Victor et vous ?

Il n'avait pas réveillé ces souvenirs depuis bien longtemps. Soudain, ils se colorèrent d'une nostalgie particulière.

— Je viens de vous le dire, Sandra. Nous étions copains et nous nous sommes perdus de vue.

— Je suis venue ici chercher des réponses, Malloy, mais vous ne m'avez encore rien dit.

— Cela remonte à des années. Depuis tout ce temps, je ne l'ai jamais revu. Je n'ai pas même cherché à reprendre contact. Lui non plus, d'ailleurs.

Elle pressa les paumes sur la table. Il n'avait jamais vu d'alliance à sa délicate main tachée d'encre. Pourquoi ? Même veuve, il n'était pas rare de continuer à la porter après le décès de son mari, non ?

— J'ai grandi ici, poursuivit-il. Je connais la plupart des gens du coin. J'aurais pu vous parler de Victor et moi, mais... Pour être franc, reprit-il après un silence, je m'intéresse beaucoup plus à vous. Je croyais que cela semblait évident.

— Rien n'est évident. Jamais.

— Pour vous avouer la vérité, je redoutais de réveiller des souvenirs douloureux.

— Vraiment ? Vous savez, je n'ai vécu que quelques années avec Victor. Vous l'avez connu bien plus longtemps que moi.

Elle parut sur le point d'ajouter quelque chose, mais se ravisa.

— J'aimerais que vous me parliez de lui, se contenta-t-elle de dire. Racontez-moi tous vos souvenirs, les bons comme les mauvais.

— Du fait qu'il était fils unique et que moi j'avais trois sœurs, on passait pas mal de temps ensemble. Il y avait même un maître qui nous appelait Huck Finn et Tom Sawyer. On connaissait le coin comme notre poche, toujours sur nos vélos. L'été, c'était la plage, et l'hiver, on faisait de la luge ou du patin.

— Quel genre d'enfant était-il ?

— Un bon gamin, j'imagine. Intelligent, drôle, mignon. Tout le monde l'aimait – les autres enfants, les profs, les adultes. Et c'était réciproque.

Il pivota sur la banquette et sortit d'un petit placard à porte coulissante l'une des rares photos encadrées qu'il avait emportées de la maison.

— Cette photo a été prise à First Beach, l'été où nous avons gagné la Junior Cup.

Sandra observa le cliché pâli par les ans. Tous deux se trouvaient à bord d'un bateau, en short de surf. Ils bombaient le torse avec fierté, brandissant entre eux une coupe rutilante, l'autre bras replié pour faire saillir un biceps filiforme.

— À quoi pensez-vous, Malloy ? s'enquit-elle devant son sourire ému.

— À ces deux gamins sur la photo. Regardez-nous : le bonheur incarné. Deux copains inséparables, ignorant ce que l'avenir leur réserve. Heureusement, d'ailleurs. Si on avait su à l'époque que l'un allait droit vers un mariage raté, et que l'autre mourrait avant quarante ans…

Il surprit son expression accablée.

— Désolé, je radote.

Sandra passa le pouce sur le portrait de Victor.

— Sa mère possède une copie de cette photo. Elle avait paru dans la presse, n'est-ce pas ?

— Oui.

— Je n'avais pas réalisé que l'autre garçon, c'était vous. Vous étiez tous les deux si… adorables.

Elle la lui rendit, les yeux dangereusement brillants.

— Dites-m'en plus, ordonna-t-elle.

— Je n'ai pas de grandes révélations, vous savez. Nous étions juste… deux amis. Rien de bien extraordinaire, en fait.

— S'il vous plaît, Malloy, j'ai besoin de savoir comment était Victor.

— Vous avez été mariée avec lui.

— Vous aussi, vous avez été marié. Connaissez-vous pour autant tout de votre femme ?

Un nœud dans l'estomac, Mike songea à la première fois où il avait emmené Angela à bord. Elle avait passé la majeure partie de son temps sur le pont, à peaufiner son bronzage et admirer les yachts de Newport qui croisaient dans la baie. À l'époque, déjà, il y avait des choses sur lesquelles il avait préféré fermer les yeux.

— Peut-être pas, concéda-t-il. Pour les enfants, la vie est beaucoup plus simple. Victor et moi, ça collait, tout simplement. Ce n'était pas gagné, vous pouvez me croire. Il était riche, moi pauvre. Il avait de bonnes notes, moi, pas trop. Ses parents surveillaient le moindre de ses pas. Moi, je n'avais personne sur le dos et ça me convenait. Et pourtant, au final, on s'entendait à merveille. On faisait des balades à vélo, des cabanes, tout ce que font les gamins. On construisait des forts sur la plage, on avait même une cachette dans un abri à bateaux, avec un vieux canot pneumatique qui nous servait à faire des raids de pirates. Je parie qu'il y est encore. Plus tard, au lycée, Victor participait à tout – conseil de classe, classe de théâtre, clubs sportifs et j'en passe.

— Et vous ? À quoi vous intéressiez-vous ?

— Aux filles et aux voitures, répondit-il avec un sourire qu'elle ne lui rendit pas. Victor planifiait tout. Moi, j'étais content quand j'arrivais à trouver deux chaussettes assorties. Il n'avait que treize ans lorsqu'il a décidé de faire de la politique. Au début, je croyais qu'il plaisantait, mais j'ai vite compris que non. À compter de ce jour, il n'a eu de cesse d'atteindre cet objectif. Tout était programmé : les cours qu'il suivait, les associations auxquelles il adhérait, et même les amis qu'il se faisait. Sauf moi. Je n'étais pas ce qu'on appelle un ami influent. Il m'acceptait parce qu'il m'aimait bien. Les gens nous appelaient « la tête et les jambes ». Je n'ai pas souvenir qu'on se soit jamais accrochés. À part une fois, au sujet d'une fille…

Sandra se pencha en avant, intéressée.

— Vraiment ? Parlez-moi d'elle.

— Elle s'appelait Linda Lipschitz. Elle avait de longs cheveux noirs bouclés et des seins… Oh, pardon ! Il faut dire qu'elle avait une silhouette de rêve. On voulait l'inviter tous les deux au bal de fin d'année, en terminale. C'est l'une des rares fois où j'ai failli lui balancer mon poing dans la figure.

— Pourquoi ?

— Il avait toujours tout, vous comprenez, et en plus il voulait sortir avec la même fille que moi.

— Je n'arrive pas à croire que vous vous soyez disputés pour une fille, dit Sandra avec un petit sourire désabusé.

— En fait, on n'en est pas arrivés là. On a décidé de l'inviter tous les deux, et on a passé une super soirée. Plus tard, j'ai convaincu Linda de s'éclipser avec moi, mais Victor m'a pardonné.

— Évidemment, murmura-t-elle.

— Pardon ?

— Victor... était très indulgent, dit-elle après une hésitation.

— C'est vrai. La seule fois où il a été vraiment fâché contre moi, c'est quand je n'ai pas pris la peine de tenter l'inscription à la fac. Il savait que je voulais y aller, mais que mes parents n'avaient pas les moyens. Ses parents ont fini par trouver une solution, et il n'a cessé de me pousser jusqu'à ce que j'accepte.

— La bourse de foot.

— Exact, dit-il en pianotant sur la table. C'est ma faute, si nous nous sommes perdus de vue.

— Pourquoi ?

— J'ai quitté la fac au beau milieu de mon cursus. Je l'ai sûrement beaucoup déçu...

— Vous n'êtes pas le genre d'homme à décevoir quiconque, c'est évident.

21

Sandra n'arrivait pas à y croire. Qu'est-ce qui lui avait pris de dire un truc pareil ? Elle aurait dû savoir qu'elle regretterait de venir ici. Elle aurait mieux fait de rester chez elle, à écrire des listes dans son journal : *Dix façons d'éviter Malloy sans en avoir l'air...* Mais elle était là, présente sans y être invitée dans son foyer. Cette intrusion lui en apprenait beaucoup sur lui : les fruits qu'il aimait – bananes et clémentines dans un saladier bleu sur le plan de travail. Ses livres favoris – ouvrages d'architecture et romans de David Malouf et Patrick O'Brian. Ce qu'il mettait sur son frigo miniature – dinosaure dessiné par Kevin, dictée sans fautes de Mary Margaret, calendrier des marées.

— Je ferais mieux d'y aller, dit-elle en récupérant sa parka.

— Reste.

Mike lui prit la veste des mains et la lâcha sur la chaise derrière lui. Le bateau gîtait, tirant sur ses amarres. Sandra perdit l'équilibre et trébucha. Il la rattrapa par les épaules. Depuis qu'il l'avait embrassée, ils se tenaient à distance respectable l'un de l'autre, dans l'expectative. Mais l'intensité qu'elle lisait dans son regard lui enleva d'un seul coup tous ses doutes. L'impalpable alchimie du premier jour exerçait plus que jamais sa magie.

Reste. Que de significations, dans ce petit mot...

— Vous troublez mon jugement, Malloy, dit-elle, tentant de se raccrocher à sa méfiance et à sa timidité naturelles.

— C'est bien malgré moi, murmura-t-il en caressant lentement ses épaules, d'un air qui semblait dire : « Je n'ai pas le droit, mais je le prends quand même. »

Ses mains descendirent le long de ses côtes et se nichèrent au creux de ses hanches. Il l'attira à lui.

— Non, je ne peux pas, lâcha-t-elle dans un souffle, sans conviction.

— Reste avec moi. Tu es trop seule, Sandra.

Elle glissa un regard nerveux à Zeke qui faisait un somme, pelotonné sur un vieux coussin dans un coin.

— Alors je vais prendre un chien.

— Ne dis pas de bêtise, rétorqua-t-il en faisant courir son index sur son bras.

— Malloy...

— Chut.

Il enveloppa ses épaules de ses bras et la serra contre lui.

Le cœur de la jeune femme cognait à cent à l'heure. Au tréfonds d'elle-même, par-delà la peur, elle avait envie de lui, elle désirait ses caresses...

Ses poings se fermèrent sur le sweat-shirt. Le tissu usé était doux sous ses doigts. Il sentait bon la lessive, et l'homme qui vient de sortir de la douche.

Rappelle-toi, c'est un menteur, tenta-t-elle de se raisonner. Voilà pourquoi tu es là. Mieux vaut le repousser et partir.

— Je... je n'étais pas venue pour cela, bredouilla-t-elle, essayant de s'arracher à ses bras, à son bateau, à sa vie.

De frustration, Mike agrippa ses bras.

— Que désires-tu vraiment, Sandra ?

Déchirée entre des émotions contradictoires, elle était incapable de répondre.

— Je...

— Je sais.

Mike n'en dit pas davantage, et elle lui en sut gré. Avant qu'elle ait le temps de tenter son va-tout et de mettre un terme à ce jeu dangereux, il l'étreignit avec fougue et écrasa ses lèvres sur les siennes.

Prisonnière de ses bras vigoureux, elle était émerveillée de sentir qu'il la désirait aussi. Tandis que la main de Mike descendait le long de son dos, leurs langues entamèrent une danse qui embrasa ses sens. Dans son cerveau, c'était le black-out total. Plus rien désormais n'avait d'importance. Il la plaqua contre le bord de la table et s'insinua entre ses jambes, murmurant à son oreille des mots qu'elle n'entendit pas, mais dont la signification se grava au plus profond de son cœur. Et lorsqu'il l'embrassa à nouveau, ce fut avec une lenteur et une inexorable détermination, qui laissèrent à Sandra le temps de déguster la chaleur et le goût de ses lèvres. Comme prise de vertige, elle ne savait plus où elle était, et pourtant elle n'aurait voulu être nulle part ailleurs.

Incapable de résister davantage, elle s'abandonna au désir qu'elle refoulait depuis trop longtemps. Ses mains remontèrent sur les épaules de Mike, ses doigts fiévreux s'enfoncèrent dans les mèches humides qui effleuraient son col. Elle sentait tomber ses inhibitions, se sentait libre d'explorer le corps de cet homme.

Sauf qu'elle ne savait pas trop comment.

Mais ses mains, elles, savaient.

Ce fut une autre Sandra, plus audacieuse, plus intuitive, qui faufila les doigts sous le sweat-shirt de Mike. Qui pressa ses paumes contre sa peau, et faillit les ôter d'étonnement en découvrant les courbes de ses pectoraux et de son torse. Une autre Sandra qui souleva le bas du vieux sweat-shirt et le lui enleva par la tête. Mike le laissa tomber par terre sans la quitter des yeux, avec dans le regard une indéniable lascivité, teintée d'une pointe d'amusement. S'il se moquait d'elle, elle rentrerait sous terre ! Mais il ne se moquait pas, elle le savait.

Elle pressa sa bouche contre son torse, juste sous la clavicule, et inspira avec délices l'odeur de sa peau. Ses mains se promenèrent sur ses épaules, puis plus bas, découvrant avec fascination la géographie de son corps. Il plongea son regard dans le sien, et elle comprit sans peine la question qui couvait au fond de ses yeux de braise.

Sans un mot, il la prit par la main et lui fit traverser l'étroite cuisine, jusqu'à une porte coulissante qui s'ouvrait sur sa chambre à la proue du bateau. Sur un large coffre en bois verni était installé un lit arrondi qui épousait la coque. De part et d'autre, au mur, deux appliques diffusaient une lumière ambrée qui formait des jeux d'ombre sur les oreillers unis et l'épaisse couette à carreaux écossais.

Subitement, la résolution de Sandra flancha. Elle jeta un regard angoissé vers la porte. Mais Mike se tenait dans le passage, sans menace, un air de défi au fond des yeux. Elle se mordit la lèvre ; il était si séduisant, torse nu, son pantalon de survêtement bas sur les hanches.

— Je ne suis pas certaine de…

— Bien sûr que si, assura-t-il d'une voix douce en déboutonnant le col de son pull-over marin – celui de Victor.

Si elle avait été une séductrice accomplie, elle se serait arrangée pour porter un ravissant balconnet en satin et dentelle, avec le string assorti.

Ce soir, la chance n'était pas de son côté, même si elle avait des circonstances atténuantes, étant donné le but premier de sa visite. Sous le pull et le jean qu'il fit glisser avec lenteur sur ses hanches, elle portait un ensemble soutien-gorge et caleçon long couleur prune.

Elle tenta de se rassurer : il s'agissait quand même d'un très seyant caleçon en soie thermostatique côtelée, souvenir de vacances de neige désastreuses avec les Winslow à Killington. Dommage pour la couleur.

— Qu'est-ce qu'il y a ? demanda Mike en lui caressant le dos, puis les hanches.

Il l'embrassa dans le cou, et elle le laissa faire de bonne grâce en inclinant la tête.

— Je n'ai rien dit.

Les rafales ébranlaient le bateau avec de plus en plus de force. Elle se rattrapa au bord du lit.

— Inutile, je le vois à ta figure. Tu fais vraiment trop marcher tes méninges. À quoi pensais-tu, à l'instant ?

— À des vacances de neige dans le Vermont, répondit-elle. Avec les Winslow. Sur les pistes, j'étais une vraie boule de bowling humaine.

— Ton esprit fonctionne comme une souris dans un labyrinthe, dit-il avec un petit rire affectueux. Cesse donc de penser aux Winslow.

— Mais...

— Cesse de penser tout court.

— Je n'avais pas prévu de me déshabiller devant toi, confessa-t-elle. Sinon, je n'aurais pas mis de caleçon long.

Il la regarda des pieds à la tête, tandis que ses mains s'incurvaient autour de ses épaules, sa taille, ses hanches.

— Tu es belle comme une déesse là-dedans, Sandy. Sérieusement.

Il fit le tour de son nombril du bout de l'index, puis le glissa sous l'élastique du caleçon.

— Mais je parie que tu es encore mieux sans.

Il la déshabilla sans précipitation, sans gestes inutiles, puis fit glisser son pantalon de survêtement sur ses jambes musclées.

— Viens, murmura-t-il d'une voix rocailleuse en la prenant dans ses bras.

Il ouvrit le lit et ils y basculèrent, alors que leurs bouches avides se joignaient et que leurs mains continuaient d'explorer leurs corps avec fièvre. La force du désir de Mike flattait Sandra, mais l'inquiétait aussi un peu. Serait-elle à la hauteur ?

La bouche de Mike emprisonna tour à tour la pointe de ses seins, et elle fut soudain incapable de la moindre pensée cohérente. Elle n'était plus que sensation. Sous ses doigts, le cœur de Mike cognait sourdement contre sa poitrine. Il la souleva par les hanches et la pénétra avec une fougue qui lui coupa le souffle. C'était si nouveau, si différent...

Elle se raidit sous le choc délicieux. D'instinct, le corps de Mike imprimait au sien un rythme tantôt langoureux, tantôt fiévreux qui la fit basculer dans un univers d'extase. Haletante, elle se cambra contre lui et se perdit avec un cri dans le tourbillon de volupté.

Sandra ouvrit les yeux en clignant des paupières. Elle avait l'impression d'être Dorothy dans *Le Magicien d'Oz,* quand elle quitte son monde triste en noir et blanc pour découvrir un univers fantasmagorique et riche en couleurs.

— Êtes-vous une gentille ou une méchante sorcière ? murmura-t-elle.

Mike se laissa tomber sur le côté.

— Pardon ? fit-il en caressant sa peau du bout des doigts avec sensualité.

— C'est ce que les habitants d'Oz demandent à Dorothy à son arrivée.

— Au moins, tu ne penses plus à ton séjour au ski avec les Winslow.

Elle le regarda avec gravité.

— Je suis allée dans un endroit bien plus merveilleux, murmura-t-elle, sibylline.

Je suis allée à Oz et je ne veux plus partir. Dorothy était une idiote et une lâche. Elle aurait dû y rester pour toujours...

— Ah bon ?

Les mains de Mike continuaient leurs caresses suggestives, bientôt remplacées par des traînées de baisers brûlants qui provoquèrent en elle un regain de désir insoupçonné. Et avant qu'elle ait eu le temps de réaliser ce qui se passait, le monde basculait à nouveau.

Ensuite, désorientée et le cœur à vif, elle se mit à pleurer. Mike la serra sur sa poitrine. Il ne dit pas un mot, sachant sans doute intuitivement qu'elle ne pourrait expliquer ce déferlement d'émotions confuses.

Quand les pleurs se furent apaisés, il se redressa sur un coude et essuya ses larmes avec son pouce, puis il se pencha sur elle et embrassa ses joues, sa bouche, sa gorge, ses seins, plus bas... Sandra l'étreignit de toutes ses forces et répondit à chacun de ses baisers, chacune de ses caresses, avec une passion et une hardiesse que jamais elle n'aurait imaginé posséder. C'était incroyable, ils faisaient l'amour pour la troisième fois ! Elle avait perdu toute notion du temps. Il n'y avait plus que la nuit, les vagues tumultueuses, le cocon rassurant de la cabine, et la lumière tamisée des appliques qui dessinaient leurs silhouettes mouvantes en ombres chinoises contre la coque.

Beaucoup plus tard, ils dormirent un peu. Mais, même dans son sommeil, Sandra étreignit Mike comme s'ils étaient deux naufragés sur un radeau de survie au milieu d'une mer déchaînée.

22

Dans les ombres gris nacré du petit matin, Mike lui fit à nouveau l'amour, avec une lenteur et une tendresse réconfortantes qui ne la réveillèrent pas tout à fait, jusqu'à ce que la jouissance fasse frémir chaque fibre de son corps. Elle le regarda en clignant des yeux d'un air encore ensommeillé, si adorable qu'il sourit.

— Bonjour, beaux yeux noirs, murmura-t-il.

— Mon Dieu... que s'est-il passé ?

— Il est un peu tard pour t'expliquer les choses de la vie, tu ne crois pas ? Tu as faim ?

Elle hocha timidement la tête.

Mike ouvrit un tiroir au pied du lit et en sortit un grand sachet de M&M's.

— Je les ai achetés en pensant à toi. Je comptais te les apporter.

— Pas vraiment idéal comme petit déjeuner, fit-elle remarquer avec un sourire.

Il se leva et enfila son pantalon.

— Je vais voir ce que je trouve.

Sandra se redressa, visiblement mal à l'aise.

— Ça va ? s'inquiéta-t-il.

Elle se passa une main dans les cheveux.

— Oui, j'imagine.

Il hocha la tête ; elle avait sans doute besoin de quelques minutes de tranquillité.

— La salle de bains est là. Fais comme chez toi. Je prépare le café.

Il fit sortir Zeke pour sa promenade du matin, et alluma la radio pour écouter la météo en préparant le petit déjeuner. La tempête était passée, mais il y avait un avis de vent fort pour toute la journée. Que mangeait donc Sandra le matin ? Il avait une réserve de Choco Pops pour les enfants, mais un adulte aimait-il les Choco Pops ? Des corn flakes devraient faire l'affaire. Tout le monde aimait les corn flakes.

Alors qu'il versait le jus de fruits dans les verres, il sentit une présence dans son dos. Sandra était sur le seuil, enveloppée dans le peignoir que Kevin et Mary Margaret lui avaient offert pour la fête des Pères.

Il pensa avec nervosité à ses enfants. Ils étaient si fragiles, en ce moment... Mais Sandra était diablement séduisante dans son peignoir.

— Du café ? proposa-t-il.

— Oui, merci.

Elle s'assit à table. Il poussa le sucrier et le lait vers elle. Elle ajouta du lait et une cuillerée de sucre. Puis une autre, et encore une autre. Levant les yeux, elle croisa son regard.

— Tu l'aimes bien sucré, à ce que je vois, dit-il. Je l'avais déjà remarqué, quand on a bu un café sur la digue.

Elle hocha la tête, puis baissa les yeux.

— Je m'en souviens.

— Pourquoi es-tu aussi timide, ce matin ? s'enquit-il en lui soulevant doucement le menton. Quelque chose ne va pas ?

Elle remua son café.

— Hier soir, j'étais venue parler de Victor et de toi, pas pour... tu comprends.

— Moi, je trouve que ça a très bien tourné, non ?

Mike était sur un petit nuage. Il n'avait pas ressenti une telle forme depuis des lustres. Il vida son verre de jus d'orange d'un trait et s'en versa un autre.

Sandra sirotait son café à la cuillère.

Il versa des corn flakes dans un bol et le lui tendit.

— Euh... non, merci, fit-elle en lorgnant vers le plan de travail. Puis-je avoir plutôt des Choco Pops ?

Incroyable, elle aimait les Choco Pops !

Tandis qu'il ouvrait le paquet, elle prit la vieille photographie de Victor et lui.

— Tu en as d'autres ?

— Oui, mais ne me demande pas où. Je garde celle-ci sur le bateau, parce que c'est un souvenir particulier, expliqua-t-il en lui tendant le bol rempli de céréales au chocolat.

— Merci.

Sandra effleura la photographie du bout des doigts. Elle semblait au bord des larmes. Non, ne pleure pas, la supplia-t-il intérieurement. Cela lui avait déjà fait tant de peine de sentir ses larmes couler sur sa peau, la nuit dernière.

— Quel âge avais-tu, sur cette photo ?

— Je ne sais plus, dans les douze ans…

Mike chercha un moyen de détourner la conversation. Après la nuit qu'ils venaient de passer, il n'avait aucune envie de parler de son mari décédé.

— Et toi, c'était comment quand tu avais douze ans ?

— Pas comme ça, répondit Sandra en montrant la photo. Enfant, je n'avais pas beaucoup d'amis. C'est vrai, ajouta-t-elle devant son air surpris. Et je ne trouvais même pas ça bizarre. J'étais toujours plongée dans mes livres. Je n'ai jamais connu… ce que Victor et toi avez connu.

— N'y attache pas trop d'importance. On traînait ensemble, c'est tout.

— Durant toute votre scolarité, quand même, fit-elle remarquer en versant distraitement du lait sur ses céréales.

— Et si on parlait d'autre chose que de l'école ? suggéra Mike qui posa la photo derrière lui.

— D'accord. Et plus tard ?

— Je t'ai déjà raconté. Je n'ai pas fini la fac.

Devant son regard insistant, il se sentit obligé de s'expliquer.

— J'ai été mis sur la touche après une blessure assez sérieuse, et puis j'avais tendance à faire un peu trop la fête, à l'époque. Angela, mon ex, qui était pom-pom girl, est tombée enceinte. Elle a dû aussi quitter l'équipe. J'ai arrêté mes études, je l'ai épousée, et on s'est préparés pour l'arrivée du bébé.

Il ne lui parla pas du père d'Angela et de son légendaire tempérament italien. Ses valeurs du Vieux Continent avaient été sérieusement mises à mal. Jusqu'à ce que Mike « prenne ses responsabilités ».

— Oh, fit Sandra avec de grands yeux, alors vous avez un enfant plus âgé ?

Mike fixait ses mains, la gorge serrée au souvenir de cet événement douloureux auquel il n'avait pas pensé depuis longtemps.

— Angela a fait une fausse couche.

Il regarda par le hublot. La baie n'était plus qu'un champ d'écume moutonneux.

— Nous nous sommes installés à Newport. Je n'ai jamais plus donné de nouvelles à Victor. Pas même envoyé un faire-part de mariage. Je savais qu'il prendrait cet échec plus mal que moi.

— Quel échec ? Tu t'es marié, tu as eu deux enfants formidables. Regarde tout ce que tu as réussi. D'après Sparky, ton entreprise était florissante, sans parler des distinctions que tu as reçues.

— Je n'ai jamais eu mon diplôme d'architecte.

— Ce n'est qu'un morceau de papier, objecta-t-elle en coinçant une mèche derrière son oreille. Crois-moi, ce n'est pas le Saint-Graal.

C'était en général ce que pensaient les diplômés du supérieur. S'ils savaient le nombre de portes qui avaient été claquées au nez de Mike, parce qu'il lui manquait ce fichu bout de papier ! Il suscitait l'admiration pour avoir lancé sa propre entreprise ; personne ne semblait réaliser qu'il n'avait pas eu le choix. Et, pire encore, il avait été contraint d'aller mendier un prêt à son beau-père.

Zeke gratta à la porte, et il lui ouvrit.

— Enfin bref, dit-il en se rasseyant. Tu voulais que je te parle de Victor, et voilà que je te raconte ma vie.

Sandra cala son menton sur sa main, les yeux rêveurs.

— Il ne parlait pas beaucoup du passé. Il se contentait de dire qu'il avait eu une enfance heureuse, que ses parents l'avaient toujours affreusement gâté, et qu'il faisait de son mieux pour que cela ne se voie pas trop. Quant à Winifred et Ronald, ils n'ont jamais eu grand-chose à me dire.

Mike repensa à sa dernière conversation avec les Winslow.

— Ces gens sont idiots, décréta-t-il. Tu es superbe, intelligente, généreuse.

Elle le regarda comme s'il lui parlait en javanais.

— Pardon ?

— C'est vrai, que peut-on désirer de plus chez une belle-fille ?

— Qu'elle soit de bonne famille, répondit Sandra sur le ton de la constatation. Victor m'avait pourtant prévenue, avant de me présenter à ses parents. Il disait qu'ils étaient « très traditionnels », qu'ils avaient « de hautes ambitions » pour leur fils. Chez les Winslow, c'est un code qui signifie pedigree. En fait, le problème n'était pas que je leur sois antipathique ou non. Je n'étais tout simplement pas leur choix.

— Ils avaient quelqu'un d'autre en tête ?

— Bien sûr ! Ils y pensaient sûrement déjà avant même la conception de Victor. En fait, tu la connais, ajouta-t-elle en levant les yeux vers lui.

— Ah bon ?

— Courtney Procter.

La blonde journaliste aux dents longues... Logique, sans doute, songea Mike.

— Selon eux, c'était le parti rêvé pour leur fils. Elle avait fait ses études à Brown en même temps que lui. Ses parents sont des amis des Winslow. Victor l'avait invitée quelquefois à sortir, mais ça n'a pas été plus loin. Pourtant, même après notre mariage, Winifred s'est entêtée à exposer dans son salon des photos d'eux en tenue de soirée. Le jeune couple heureux dans toute sa splendeur... Mais pour une fois, peut-être la seule de sa vie, il s'est rebellé.

— C'était avant ou après qu'il te rencontre ?

Sandra se mit à rire.

— Quoi ? Tu imagines qu'il l'aurait plaquée pour moi ?

— Oui.

— Tu rêves, fit-elle en dodelinant de la tête, incapable de croire qu'on pût la trouver attirante. Il avait quitté Courtney bien avant de me connaître.

— Comment vous êtes-vous rencontrés ?

— Ça ne te regarde pas, lâcha-t-elle, sur la défensive.

Mike croisa les bras, outré. Après la nuit dernière, il aurait voulu qu'elle lui fasse davantage confiance.

— Tu es drôlement gonflée !

— Pourquoi donc ?

— Tu débarques ici en m'accusant de te faire des cachotteries. Je te raconte des trucs que je n'ai jamais confiés à personne et toi, tu refuses de me dire comment tu as rencontré ton mari ?

Elle soutint son regard noir sans sourciller.

— Écoute, continua-t-il agacé, la nuit dernière était peut-être une erreur. Tu es la cliente, je suis l'entrepreneur. Mieux vaudrait peut-être en rester là.

— Tu le crois vraiment ?

Ne pars pas, Sandra, je t'en supplie...

À l'immense soulagement de Mike, elle ne bougea pas. Elle le sonda un long moment du regard avec une insistance déconcertante, puis but son jus d'orange.

— Il a bouleversé ma vie.

— Comment ça ?

— Pour que tu comprennes, je dois remonter longtemps en arrière, précisa-t-elle, les mains étalées sur la table, la gorge serrée. En fait, quand j'étais petite, je bégayais.

Mike cacha sa surprise. Une ou deux fois, elle avait buté sur un mot, marqué une hésitation, mais ça arrivait à tout le monde, non ?

— J'ai entendu dire qu'il y a beaucoup d'enfants qui bégaient à un moment ou un autre...

— Moi, c'était à chaque mot. Un trouble du langage grave. Mes parents ont contacté tous les orthophonistes et pédopsychiatres qu'ils ont pu trouver. Mon père faisait des heures supplémentaires pour payer les frais, et ma mère consacrait son temps à me faire faire tous les exercices possibles et imaginables. Ce handicap a profondément marqué ma vie.

Mike essaya d'imaginer les moqueries qu'elle avait dû endurer, la frustration d'avoir tant à exprimer et aucun moyen de le faire. Pas étonnant qu'elle soit écrivain.

— Enfin bref, poursuivit-elle, à l'époque j'écrivais des livres qu'aucun éditeur ne voulait publier. Aucun agent ne voulait me représenter, et la meilleure offre d'emploi qu'on m'avait faite, c'était employée de bureau chez Trawlworks à Narragansett. Sur les conseils de mon orthophoniste, je me suis inscrite à un groupe d'entraide. C'est là que j'ai rencontré Victor. Il y faisait du bénévolat.

Mike n'en fut pas surpris. Le bénévolat, c'était la marotte de Victor.

— À lui, j'arrivais à parler. À parler vraiment. C'était tellement formidable de trouver quelqu'un capable d'écouter, et qui ne terminait pas mes phrases à ma place. J'ignore pourquoi il s'est autant intéressé à moi, mais c'est pourtant la vérité. J'ai travaillé sur sa campagne électorale, rédigé quelques-uns de ses discours. Je crois qu'il appréciait ma loyauté. Ma... discrétion.

— Crois-moi, il n'aimait pas que ça en toi.

Le peignoir trop grand laissait entrevoir généreusement son décolleté, et Mike ne pouvait s'empêcher de l'admirer.

Sandra fronça les sourcils et resserra le col.

— Tu ignores tout de nous.

— Alors raconte-moi.

Il leur reversa du café.

— Un jour, il m'a invitée à la fête foraine du comté – il y avait des obligations officielles. Nous avons eu notre première dispute au sujet d'un tour de manège. Il voulait monter sur la grande roue, et moi pas. Victor m'a pratiquement forcée à venir, alors qu'il savait que j'étais effrayée. C'est peut-être pour cette raison que mon souvenir de cette journée est encore si vif. C'était l'été, et il flottait dans l'air une odeur de barbe à papa. La grande roue était le manège le plus populaire. J'espérais qu'il y aurait trop de monde et que Victor changerait d'avis. Mais c'était un de ces moments où l'univers tout entier se ligue contre vous. Tout à coup, il n'y avait plus de queue au manège et je me suis retrouvée avec un ticket à la main. Victor m'a poussée sur la rampe. J'étais terrifiée d'y aller, mais encore plus à l'idée de faire une scène. Je crois qu'il me connaissait déjà très bien. Il savait que je préférerais mourir plutôt que de faire un esclandre.

« Alors j'ai attendu que nous soyons dans les airs, et il en a pris pour son grade. J'étais si en colère que je n'ai même pas bégayé. Et Victor était assis à côté de moi et m'écoutait. Je ne me souviens pas combien de tours on a faits, combien de tickets il a tendus au responsable de la roue. Nous avons tourné et tourné, et je lui ai parlé comme je n'avais jamais parlé à personne. C'était… continua-t-elle avec un sourire, un peu comme maintenant… À un moment, la roue s'est arrêtée et on est restés coincés tout en haut. C'est là qu'il m'a demandée en mariage.

Elle croisa les bras sur la table.

— Drôlement romantique, non ? fit-elle d'un ton narquois qui étonna Mike.

Qu'est-ce qui avait bien pu lui gâcher ce souvenir ?

— Et il t'a épousée.

Elle hocha la tête.

— Comme d'habitude, il a fait les choses en grand. Il a annoncé nos fiançailles au bal annuel des planteurs fondateurs à Providence, trois semaines plus tard.

— Victor a toujours fait les choses en grand.

— Oui, approuva-t-elle, son regard au fond du sien. Même au moment de mourir.

23

À la suite de cette confession, le silence enveloppa la cabine du vieux chalutier, seulement troublé par le choc sourd des vagues contre la coque. La dernière phrase de Sandra sembla flotter dans l'air, avant de se dissiper comme un filet de fumée dans le vent. Peut-être en avait-elle trop dit. Rares étaient ceux qui acceptaient d'entendre la vérité crue, même lorsqu'ils la demandaient.

Mike faisait un bien improbable confident, assis là en face d'elle, les cheveux embroussaillés, les mains posées sur les siennes. Dans ses yeux limpides comme un ciel après l'orage, elle devinait un mélange d'incompréhension et de regret d'avoir abordé le sujet.

— J'ai l'impression d'être une serveuse qui vient de t'apporter un plat que tu n'avais pas commandé, dit-elle en retirant ses mains.

Il s'adossa contre la coque et gratta distraitement son torse nu.

— J'imagine que j'attendais quelque chose…

— De plus léger ? Plus mignon ? Tous les couples ont toujours une anecdote marrante sur leur première rencontre. Leurs sous-vêtements emmêlés dans la machine au lavomatic, un coup de foudre en cours de géométrie… Rien de tel entre Victor et moi ; il m'a aidée à surmonter un handicap sérieux et six mois plus tard, je disais oui devant cinq cents invités.

— C'est une merveilleuse histoire. Vous formiez un couple parfait, on dirait.

Il avait raison, mais pas dans le sens où il l'entendait. Sandra ne l'avait compris qu'à l'ultime fin : elle avait été tout aussi indispensable à Victor que réciproquement. Il avait misé sur sa loyauté inconditionnelle, sa naïveté, sa discrétion.

Malloy reprit sa main.

— Je pensais que d'en parler te ferait du bien, mais tu as l'air…

Il laissa sa phrase en suspens, et elle la termina pour lui :

— … d'avoir perdu mon meilleur ami ?

Elle l'avait cru, elle aussi, mais l'accident avait bouleversé toutes ses convictions. Que pleurait-elle en définitive ? La disparition de Victor, ou la vie qu'elle avait menée avec lui ?

— C'était l'amour de ta vie, conclut Mike qui se méprit sur son expression.

— Je… Qu'est-ce qui te fait dire ça ?

— Tu n'arrives pas à aller de l'avant, répondit-il après une hésitation. Il est mort depuis un an, et j'ai l'impression que dans cinq ans tu en seras encore au même point.

— En quoi ça te regarde ? s'indigna-t-elle, piquée au vif.

— Tu t'en doutes bien, répondit Mike qui contourna la table et l'attira contre lui. J'essaie peut-être de savoir s'il y a de la place dans ton cœur pour un autre…

Il captura ses lèvres, puis la porta dans ses bras jusqu'au lit. Sa bouche avait un goût d'orange, et Sandra ne songea pas une seconde à résister.

Beaucoup plus tard, lorsqu'elle ouvrit les yeux, un halo de lumière dorée cernait le store baissé du hublot. Seigneur, quelle heure était-il ?

Malloy dormait encore. Osant à peine respirer de peur de le réveiller, elle l'observa avec émotion, une main calée sur son menton.

— Vous me dites ce qui ne va pas et je m'en occupe, lui avait-il dit le premier jour.

D'une certaine façon, il était exactement l'homme dont elle avait besoin : quelqu'un capable de lui faire reprendre pied dans le monde. Jusqu'à aujourd'hui, elle n'avait pas réalisé à quel point elle était recroquevillée sur elle-même, les sens anesthésiés depuis trop longtemps.

Mais son bonheur présent ne parvenait pas à étouffer l'appréhension sourde que lui inspirait l'avenir. Même si son cœur le réclamait, un engagement plus sérieux était impossible, surtout en ce moment. Mike avait suffisamment de problèmes à régler avec son divorce. Quant à elle, il lui fallait suivre la voie qu'elle s'était tracée et continuer de garder ses secrets. Mais le tour inattendu qu'avait pris leur relation n'allait pas lui faciliter la tâche. Elle en avait sans doute déjà trop dit, au petit déjeuner.

Le bras engourdi, elle changea de position et le sentit bouger à son côté. Il ouvrit les yeux et la gratifia d'un sourire langoureux.

— Déjà réveillée ? dit-il en se redressant sur les oreillers.

Il prit une bouteille d'eau sur la table de nuit et but au goulot.

— Tu as l'air bizarre, remarqua-t-il en lui tendant la bouteille.

— Ah bon ? fit-elle avant d'avaler nerveusement une petite gorgée. On le serait à moins, non ? Je suis venue ici hier soir pour m'expliquer avec toi, et je me retrouve sonnée dans ton lit par K-O.

Il posa une main sur le drap, à l'endroit où il recouvrait ses seins.

— Moi non plus, je ne m'y attendais pas, même si je l'espérais, dit-il, tandis que ses mains savantes reprenaient leurs caresses.

Un frisson involontaire parcourut Sandra. Elle n'était pas certaine que Victor lui importait tant que cela, hier soir, quand elle avait fait irruption sur le bateau. Elle coinça le drap sous ses bras.

— Quelle heure est-il ? Il doit être affreusement tard.

La main de Mike s'immobilisa.

— C'est sans importance, on est samedi.

Elle sentait son regard pénétrant posé sur elle.

— Tu étais vierge quand tu as épousé Victor, n'est-ce pas ? demanda-t-il à brûle-pourpoint.

Sandra se pétrifia.

— Qu'est-ce qui te fait croire une chose pareille ?

— Je ne sais pas. Disons, une supposition éclairée...

Une humiliation cuisante l'envahit. Ainsi donc, il avait remarqué son inexpérience. Elle qui, pour une fois, s'imaginait s'y prendre comme il fallait ! Mais non, erreur sur toute la ligne.

— Co... comment as-tu deviné ?

Il haussa les épaules et posa paresseusement une main sur le genou de Sandra, par-dessus le drap.

— Tu ne m'as jamais fait l'impression d'être la mangeuse d'hommes de Rhode Island, c'est tout.

— Je mène une vie de recluse, et alors ? s'emporta-t-elle, outrée. Traîne-moi en justice, tant que tu y es ! Je te préviens, tu vas devoir faire la queue !

Mike haussa les sourcils avec étonnement.

— Eh, ce n'était pas une critique, bien au contraire...

— Je ne comprends pas.

Il se passa une main dans les cheveux.

— Je ne suis pas comme toi, Sandy. Les mots, ce n'est pas mon fort, alors je vais sûrement m'exprimer de travers. La nuit dernière, tu as été pour moi... une révélation. Une telle sincérité a quelque chose d'incroyablement excitant.

Avait-elle été sincère ? D'une certaine façon, sans doute. Son corps, ses sensations n'avaient pu mentir.

— Oh, fit-elle, quelque peu rassérénée.

Un demi-sourire se dessina au coin de la bouche de Mike.

— Ça y est, tu recommences. Une fois de plus, tu réfléchis trop. Dis plutôt ce que tu ressens, au lieu de toujours tout analyser.

— Je... jamais je n'aurais cru que faire l'amour pouvait être aussi... aussi...

— Magique ? termina-t-il en promenant sa main le long de sa cuisse.

Sandra en eut des frissons partout et oublia instantanément à quoi elle pensait. Une fois de plus.

— Victor et toi n'étiez pas très « physiques », ajouta-t-il.

Ce n'était pas une question, plutôt une constatation. Décontenancée, elle se crispa.

— Je ne te permets pas de nous juger.

— Je ne vous juge pas. J'essaie juste de mieux te connaître.

— Imagine que je fasse la même chose ? se défendit-elle, les genoux repliés sur la poitrine. Qu'est-ce que tu dirais si je furetais dans votre vie intime, à ton ex-femme et toi ?

Il écarta les bras.

— Je t'en prie, vas-y. Je n'ai rien à cacher. Et toi ?

Sans même le demander, Sandra savait que ce n'était pas le sexe qui avait posé problème entre Angela et lui.

— Tu rougis souvent, fit-il remarquer en la dévisageant. J'aime bien.

Gênée, Sandra garda le silence et se replongea dans le passé. Victor et elle avaient partagé le même lit. Ils avaient dansé ensemble, fait de longues promenades, main dans la main, avaient dîné dans les meilleurs restaurants, étaient partis en vacances...

Elle s'était toujours imaginé que c'était là l'essence même du mariage. Jusqu'à cette nuit de tempête où, dans les bras de Mike Malloy, elle avait découvert un nouvel univers. Un univers peuplé de sensations que jamais encore elle n'avait éprouvées.

Il posa une main sur son épaule et l'incita à se tourner vers lui, une interrogation dans le regard. Elle s'éclaircit la gorge.

— Victor et moi... n'étions pas très... Enfin... si tu tiens à le savoir... nous n'étions pas très portés... sur la chose.

— Il y avait une autre femme ?

Sandra le repoussa.

— Comment oses-tu ? Tous les hommes ne sont pas obsédés sexuels !

Elle se mordit la lèvre. Il avait été le meilleur ami de son mari pendant dix ans, peut-être plus. Il avait vu Victor grandir et devenir adulte. Ils avaient sûrement échangé des confidences... Si ça se trouvait, il savait. Il savait depuis le début... Mon Dieu, elle aurait voulu rentrer sous terre !

— Réponds-moi, Malloy : pourquoi toutes ces questions ?

— Excuse-moi, je ne voulais pas me montrer indiscret, mais comme depuis la nuit dernière je sais que tu n'as aucun problème de ce côté-là, je me demandais si Victor... tu comprends...

Jeune mariée, Sandra avait étudié un nombre considérable de livres, dans l'espoir de mettre un peu de piment dans une vie sexuelle bien terne. Mais chaque fois qu'elle prenait l'initiative, Victor se retranchait derrière les sempiternelles excuses : il était fatigué, il avait la nausée d'avoir trop mangé, il avait la migraine. Il restait debout si tard qu'elle finissait le plus souvent par s'endormir avec la lumière allumée, son livre ouvert sur la poitrine. Et le matin, il était debout avant qu'elle ait ouvert l'œil. La seule fois où elle lui avait gentiment suggéré de consulter, il s'était mis dans une colère si noire que plus jamais elle n'avait osé aborder la question.

Elle s'inquiétait de ne pas être assez séduisante, pas assez sophistiquée, pas assez sexy. Bien sûr, avec la vie mondaine qu'elle menait, il était arrivé que d'autres hommes lui fassent des avances. Pas une fois, cependant, elle n'avait été tentée. En la prenant pour femme, Victor avait fait un choix judicieux. Non pas qu'elle fût un bon parti, mais elle possédait une qualité qu'il recherchait par-dessus tout : jamais, au grand jamais, elle ne trahirait sa confiance.

Pas même après sa mort.

24

Mike remarqua les nouveaux projecteurs en descendant de voiture. Ils étaient atroces.

Il étudia son reflet dans la vitre teintée. Bon sang, ses cheveux étaient beaucoup trop longs ; il ne se rappelait même plus quand il avait été pour la dernière fois chez le coiffeur. Mais son vieux smoking lui allait encore, et il avait même réussi à dénicher une paire de boutons de manchettes, ceux qu'il portait à son mariage. Pourvu que Mary Margaret ne remarque pas qu'il portait un nœud papillon à clip, et pas un vrai.

Il passa un doigt autour du col empesé de sa chemise et se dirigea vers la porte d'entrée. Les figurines de guerre de Kevin étaient alignées le long de l'allée, ou à moitié enterrées dans des tunnels creusés dans les massifs. À leur vue, son cœur se serra. Comme ce genre de petits détails lui manquait !

Il actionna la sonnette, remarquant au passage le nouveau panonceau : *Interdit aux démarcheurs*.

— Une seconde !

Les talons d'Angela cliquetèrent sur le carrelage, puis la porte s'ouvrit. Elle était en train de mettre une boucle d'oreille et tenait la tête inclinée sur le côté, ses longs cheveux blonds ramassés sur son épaule.

— Salut, Ange, fit-il en entrant.

Elle lâcha la boucle, qui rebondit en tintant jusqu'aux pieds de Mike. Ils se penchèrent en même temps pour la ramasser et se heurtèrent l'épaule par inadvertance.

— Oh, pardon, fit Mike qui se redressa et lui tendit le petit anneau en or. Tiens.

Devant l'air étonné d'Angela, il réalisa qu'elle ne l'avait pas vu en smoking depuis des années.

— Merci, Mike.

— Ma grande fille est-elle prête ?

Elle jeta un regard en direction de l'escalier.

— Presque.

Mal à l'aise, Mike se balançait d'un pied sur l'autre. Il avait vécu dans cette maison pendant plus de quinze ans, mais à chaque fois qu'il y venait, c'était tout juste s'il reconnaissait les lieux. Angela passait son temps à changer la décoration.

— Où est Kevin ?

— Comme il n'arrêtait pas d'embêter sa sœur, j'ai demandé à Carmine de l'emmener avec lui au restaurant. Il aime bien faire ses devoirs dans la salle de repos. Tiens, il t'a fait une carte pour la Saint-Valentin, ajouta-t-elle en désignant une enveloppe en forme de cœur, posée sur la console.

Mike l'ouvrit et sourit. D'une écriture appliquée, son fils avait inscrit ces seuls mots : *Papa : joyeuse S.-V.*

— Quelle flèche ! dit-il en la montrant à Angela qui secoua la tête en riant.

Elle est toujours aussi belle... se surprit-il à penser.

— Bon, je te la ramène à neuf heures.

— Oui, il y a école demain. Elle est tellement impatiente d'aller à ce bal, tu sais... Oh, Mike, elle grandit si vite, murmura-t-elle avec un regard attendri qui le déstabilisa.

Il recula d'un pas, les bras écartés.

— Alors, qu'en penses-tu ?

Angela le gratifia d'un regard appréciateur des pieds à la tête.

— Pas mal du tout, mais ton nœud papillon est de travers.

Elle s'avança pour l'ajuster.

Sa proximité fit remonter chez Mike des souvenirs que ni le temps ni le divorce n'avaient effacés : il connaissait par cœur chaque centimètre de son corps, l'odeur de son parfum, le souffle de sa respiration.

Les doigts tremblants, elle arrangea le nœud. Il comprit qu'elle pensait sans doute à la même chose que lui. Quand elle eut fini, elle posa les paumes sur les revers de son smoking et poussa un léger soupir.

— Parfois, je me dis que... Mon Dieu, Mike...

Puis elle se tut, les yeux brillants.

Les mâchoires serrées, il acquiesça.

— Ange, j'avais tant de rêves pour nous...

Elle fit glisser ses ongles vernis sur le tissu.

— Je sais, Michael. (Sa voix se brisa.) Comment en est-on arrivés là ?

— Tu le sais très bien, répondit-il. Mais tu es la mère de mes enfants, et je ne t'entraînerai pas sur ce chemin-là...

Angela blêmit, puis pinça les lèvres. Il y eut un bruit de pas en haut de l'escalier. Mike leva les yeux et aperçut sur le palier Mary Margaret qui les regardait. Bon sang, depuis combien de temps était-elle là ?

Angela et lui s'écartèrent.

— Il est droit maintenant, ce nœud papillon ? demanda-t-il.

— Il est parfait, bafouilla Angela en clignant des yeux.

— Tu es prête, princesse ?

Mary Margaret hésita, puis descendit lentement les marches. Lorsqu'elle s'avança dans la lumière du vestibule, l'émotion étreignit le cœur de Mike. Elle était superbe dans sa belle robe verte, ses cheveux remontés en chignon, une touche de brillant rosé sur les lèvres. Sa petite fille n'était plus si petite, désormais.

— Désolé, madame, dit-il en se forçant à sourire, je cherche ma fille.

Elle pouffa de rire.

— Arrête, papa, c'est nul !

— Tu es absolument magnifique, la complimenta Angela en leur tenant la porte. Passez une bonne soirée. Et crachez votre chewing-gum avant d'aller sur la piste, jeune demoiselle.

Mike offrit son bras à Mary Margaret. Comme elle ne s'en aperçut pas, il la poussa du coude, ce qui la fit rire à nouveau. Bras dessus, bras dessous, ils descendirent jusqu'à la voiture.

Elle bavarda comme une pie pendant tout le trajet, alors que son père lui glissait des regards en coin. Adieu les joues de bébé, les fossettes, les mains potelées. Quelle somme de contradictions il devinait en elle, tandis qu'elle faisait des bulles avec son chewing-gum tout en admirant ses ongles manucurés.

Mike se gara, et elle n'eut pas la patience d'attendre qu'il lui ouvre la portière. Elle cracha son chewing-gum par terre. Quand ils entrèrent dans la grande salle éclairée aux chandelles, elle sautillait quasiment sur place d'excitation. La plupart des pères présents, qui avaient sauté le dîner pour emmener danser leur fille, mangeaient des toasts ou des cookies en forme de cœur devant le buffet, et buvaient des gobelets d'un punch qui colorait les dents en rouge. Des guirlandes de cœurs en papier décoraient le plafond, au milieu duquel pendait une grosse boule à facettes qui jetait des milliers de reflets sur l'assistance. Seuls quelques pères courageux faisaient danser leurs filles sur l'air de *Georgia on my Mind*.

Mike et Mary Margaret restèrent au bord de la piste un moment, regardant à droite et à gauche.

— Elle, c'est Allie Monroe, lui souffla-t-elle, montrant une fille aux cheveux bouclés. Elle vient juste d'avoir un appareil dentaire, pas de bol. Et celle qui danse là-bas, près du DJ, c'est Kandy Procter. Son père est le frère de la journaliste à la télé. Il est chauve, tu ne trouves pas ? Tout le monde te regarde, ajouta-t-elle, rayonnante. C'est toi le meilleur, papa !

— Tu changeras peut-être d'avis après m'avoir vu danser.

— On n'est pas obligés de danser, si ça t'embête.

Les derniers accords de *Georgia* retentirent, puis ce fut au tour de *My Girl*. Parfait.

— Tu rigoles ? Allez, viens, ma belle, on danse.

Tout en la conduisant sur la piste, il se remémora les pas que lui avait appris Sandra. Il espérait ne pas s'emmêler les pinceaux !

Tout se passa bien. Mary Margaret et lui dansèrent comme deux virtuoses, sans un seul faux pas et bien en mesure. Devant les yeux émerveillés que sa fille levait sur lui, Mike se sentait sur un petit nuage. Toute l'année écoulée, il s'était apitoyé sur son sort ; il était temps désormais d'aller de l'avant. Des moments de pur bonheur tels que celui-ci lui prouvaient qu'il n'avait pas tout perdu.

La chanson se termina, et il fit tourner Mary Margaret sous son bras, comme Sandy le lui avait appris.

— Je croyais que tu ne savais pas danser, lui dit sa fille, radieuse.

— C'est vrai, mais j'ai pris quelques leçons.

— Ah oui ? Avec qui ?

À son expression, Mike comprit qu'elle regrettait d'avoir posé la question.

— Avec Sandra Winslow, répliqua-t-il, un peu embarrassé. Ça ne te pose pas de problème ?

Mary Margaret hésita. Son expression était éloquente.

— J'ai faim, papa, dit-elle pour toute réponse.

Puis elle se dirigea d'un pas décidé vers le buffet.

25

Un samedi après-midi venteux, Mary Margaret descendit de voiture avec son frère sur les quais. Elle faillit oublier de dire au revoir à sa mère et à Carmine, en prenant son sac à dos dans le coffre. Il y avait un soleil radieux – un bonheur rare, au milieu de cet hiver maussade. Son père avait promis de les emmener en bateau si le temps se maintenait. Elle adorait le bateau encore plus que les Backstreet Boys, les pizzas au chorizo et le hockey sur gazon réunis.

Papa les attendait devant la capitainerie. Zeke et Kevin se précipitèrent l'un vers l'autre à travers le parking et se rejoignirent avec de grandes démonstrations de joie. Angela alla parler à Mike, tandis que Carmine restait dans la voiture, moteur en marche.

Mary Margaret entendit sa mère débiter les instructions habituelles :

— Assure-toi qu'ils portent leurs gilets de sauvetage, ne donne pas de boissons à la caféine à Kevin, ils doivent rentrer tôt demain à cause des devoirs…

Elle repensa à ses parents l'autre soir, quand son père était venu la chercher pour le bal de la Saint-Valentin. Un fol espoir avait fait bondir son cœur. Un espoir impossible. Puis tout était redevenu comme avant.

Elle vit son père hocher la tête et rassurer sa mère : tout irait bien, il les ramènerait tôt et veillerait à ce qu'ils se brossent les dents. Papa se montrait toujours très coopératif, de crainte d'avoir un mauvais rapport de l'assistante sociale qui suivait leur dossier. Elle n'aimait pas que cette femme vienne fourrer son nez dans leurs affaires, comme s'ils avaient fait quelque chose de mal.

Mary Margaret n'oublia pas de se retourner et de faire au revoir de la main, lorsque sa mère et Carmine démarrèrent.

— Alors, prêts pour l'aventure ? leur demanda Mike avec un grand sourire.

— Tu parles ! hurla Kevin qui partit en courant sur le quai, lacets au vent et Zeke sur les talons.

Mary Margaret marcha à côté de son père.

— On va où, aujourd'hui ?

— J'avais pensé jusqu'au parc national de Wetherill. Qu'en dis-tu ?

— Ça me va.

La destination lui importait moins que la balade en elle-même.

— Nous avons de la compagnie, ajouta son père d'un ton détaché.

— Ah bon ?

— Oui, j'ai invité une amie. Tiens, prends ce sac de glace.

Mary Margaret fronça les sourcils. Voilà qui était nouveau. C'était la première fois que quelqu'un d'autre venait à bord. Elle glissa un regard discret à son père, histoire de deviner le fond de sa pensée, mais comme d'habitude, il la jouait cool. Impossible de savoir si cette visite était importante pour lui.

Quand ils arrivèrent devant le *Coup de Pot,* elle se figea en voyant qui les attendait dans le poste de pilotage.

— Vous vous souvenez de Sandra Winslow, les enfants ?

Kevin sauta sur le pont, aussitôt imité par Zeke.

— Salut ! fit-il avec un grand sourire.

Mary Margaret baissa la tête, les yeux fixés sur ses mains. Son vernis à ongles de la Saint-Valentin était méchamment écaillé. Elle aurait dû tout enlever avec du dissolvant.

— Ça va, Kevin ? dit Sandra. C'est la première fois que je sors sur le bateau de ton père. Tu vas devoir me montrer comment m'y prendre.

— D'abord, tu dois enfiler un gilet de sauvetage, expliqua le garçon avec autorité. Et il faut le garder tout le temps.

— Ça, je crois que c'est dans mes cordes.

Elle lui passa un gilet jaune du coffre de la cabine et en prit un autre pour elle.

— C'est le mien ! protesta Mary Margaret en montant à bord. Je prends toujours celui-là.

— Menteuse ! ricana Kevin, le traître. Ils sont tous pareils.

— Preuve que tu n'y connais rien, insista sa sœur. Celui-là, c'est le mien.

Elle se prépara à l'affrontement, mais Sandra Winslow lui tendit le gilet.

— Les sangles sont réglées pour son gros derrière, se moqua Kevin, plié en deux de rire.

Mary Margaret bouillait de colère, mais avant qu'elle ait le temps de réagir, Sandra attrapa Kevin par son gilet.

— Et celui-ci est réglé pour ta grande bouche, sans doute ?

Il pouffa de plus belle. Leur père avait suivi la scène sans un mot, l'air impénétrable.

Sandra enfila un autre gilet, piqué par l'humidité, et boucla les sangles sur son sweat-shirt vert à capuche. Mike lui resserra sa ceinture en nylon et se pencha vers elle pour lui murmurer quelque chose à l'oreille. Quand Sandra se redressa, Mary Margaret reconnut aussitôt la lueur au fond de ses yeux. Elle l'avait vue plein de fois chez d'autres femmes : la bibliothécaire, la caissière de la supérette, sa prof de biologie... Toutes n'avaient d'yeux que pour son père. Bienvenue au club, Sandra Winslow.

— Ça me fait plaisir de te revoir, lui dit celle-ci, tout sourire.

La jeune fille ne sut que répondre. Maintenant, elle comprenait pourquoi cette Sandra se montrait si sympa avec Kevin et elle. C'était juste pour impressionner papa. Comme les autres. Elle commençait à en avoir par-dessus la tête de ce manège hypocrite. Ras le bol !

se dit-elle, dégoûtée. C'était son week-end avec son père, et elle ne laisserait personne le gâcher, pas même un écrivain célèbre.

— Tu veux m'aider à mettre les moteurs en marche ? demanda son père à Kevin.

Ni l'un ni l'autre ne semblaient avoir remarqué le silence buté de Mary Margaret. Mais elle sentait le regard de Sandra posé sur elle.

Les machines diesel démarrèrent dans un concert de toussotements et un nuage de fumée noire.

— Prêt à appareiller ! cria Mike par-dessus le vrombissement du moteur. Mary Margaret, largue les amarres, veux-tu ?

— D'accord.

Elle remonta sur le quai et dénoua les cordages qui retenaient le chalutier. C'était une tâche dans laquelle elle était experte, et qu'elle n'aurait laissée à personne. Elle lança les amarres sur le pont sans les mouiller ni les emmêler, puis sauta à bord. Et pendant ce temps-là, remarqua-t-elle avec aigreur, Sandra Winslow se tournait les pouces dans la cabine !

Quelques minutes plus tard, le chalutier s'engagea dans l'étroit chenal qui reliait de bassin de St. Judith à l'Atlantique. Kevin courut à la proue saluer le monument dédié aux pêcheurs morts en mer, un rituel qu'il observait depuis tout petit. Mike n'oublia pas d'actionner la sirène – une autre tradition – tandis que Zeke, les pattes sur le plat-bord, aboyait après les mouettes qui tournoyaient au-dessus du bateau.

Ils sortirent du port. Derrière eux, la ville de Paradise prit bientôt des airs de Lilliput. Ils mirent le cap vers le large et le chalutier prit de la vitesse, fendant les flots dans des jets d'écume. Le visage fouetté par le vent et les embruns, Mary Margaret en oublia quelques minutes son ressentiment.

Debout à la proue, Kevin s'inventait d'improbables histoires de pirates. Sandra alla rejoindre Mike dans la cabine. La jeune fille les regarda, côte à côte, si proches que leurs bras se touchaient. De temps à autre, papa lui montrait quelque chose à l'horizon. Ou bien il se penchait vers elle comme pour lui confier un secret. Mary Margaret n'aimait pas les voir si complices, si intimes...

Le nez au vent, elle concentra son attention sur le phare à l'entrée du port. La balise était hérissée d'antennes et d'équipement radar, mais de loin il avait le cachet pittoresque d'une carte postale ancienne, avec le soleil et un banc de nuages en arrière-plan.

Mais son regard était irrésistiblement attiré vers la cabine. Cette fois, elle vit son père ôter sa casquette de base-ball favorite et la poser sur la tête de Sandra, la visière sur la nuque. Ils éclatèrent de rire et leurs mains se frôlèrent...

Là, c'en était trop! Elle arpenta le pont d'un pas aussi lourd que possible et fit irruption dans le poste de pilotage. Kevin avait froid. Il prit Zeke et descendit à l'intérieur.

— On va où, papa? demanda-t-elle, un peu plus fort qu'à son habitude.

— Lenny Carmichael a posé quelques casiers à Purgatory Point. Il m'a dit qu'on pouvait aller les relever et nous servir, s'il y a des prises.

L'intérieur du poste était un peu exigu pour trois. Mais la jeune fille décida de s'incruster.

— Super, il y a toujours du homard dans ses casiers. J'adore le homard.

— Avec un peu de chance, on en mangera pour le dîner.

— Je peux tenir la barre?

— Bien sûr, princesse.

Elle se plaça délibérément entre son père et Sandra et prit la barre. La jeune femme recula vers la porte.

— Je vais voir ce que fait Kevin en bas.

Elle sortit dans un tourbillon de vent froid.

Mary Margaret était terrifiée à l'idée que son père parte, lui aussi. Elle avait de l'expérience à la barre, et il la laissait souvent diriger le bateau sans surveillance. À son soulagement, il resta auprès d'elle.

Le regard rivé sur l'océan, elle s'efforçait de repérer d'éventuels débris à la dérive. Heurter un obstacle pouvait tourner à la catastrophe, et il lui fallait aussi veiller à ne pas prendre une vague de travers.

— Pourquoi fais-tu cette tête ? demanda son père.

Il avait remarqué. Tant mieux.

— Je fais la même tête que d'habitude.

Il soupira, pas convaincu.

— Tu es fâchée parce que Sandra est là.

— Je pensais qu'on serait tous les trois.

— Je croyais que ça ne te dérangerait pas.

Évidemment que si ! Mais elle se sentit soudain égoïste et mesquine de l'admettre.

— C'est ta petite amie ?

Son père se tut un long moment. Seul le ronronnement régulier du moteur troublait le silence. James Island apparut au nord, à bonne distance. Le temps était si clair qu'on voyait à des milles à la ronde.

— Alors ? insista Mary Margaret.

— Eh bien, j'imagine que oui... Ça t'embête ?

Embêter, le mot était faible. Elle était complètement écœurée. C'était déjà assez grave que sa mère soit remariée à Carmine. Voilà maintenant que son père avait quelqu'un dans sa vie !

— Alors ? insista-t-il.

Les yeux fixés sur la ligne d'horizon, elle hocha la tête une fois, avec détermination.

— J'en suis désolé, princesse. Tu sais, Zeke et moi, on se sent drôlement seuls ici, entre vos visites. J'aime beaucoup Sandra, et je crois qu'elle m'aime bien aussi, dit-il en lui caressant les cheveux. Je vous adore, Kevin et toi, tu le sais bien, et personne ne pourra jamais rien y changer. Alors inutile de se prendre la tête, on verra bien comment les choses tourneront.

Il paraissait si raisonnable... *Trop* raisonnable. Mary Margaret connaissait bien son père : il n'agissait jamais à la légère. Il n'aurait pas emmené Sandra, si ce n'était pas du sérieux.

Les larmes lui piquèrent les yeux. Elle détestait tous ces bouleversements. Jusqu'à aujourd'hui, elle avait eu son père pour elle toute seule...

Au moins, il n'avait pas l'air de vouloir lui faire la morale. Au début, quand sa mère les avait présentés à Carmine, Kevin et elle, ils avaient eu droit aux menaces et au chantage pour qu'ils se montrent sous leur meilleur jour. Avec son père, rien de tel, heureusement. Elle caressa un instant l'idée de piquer une crise de nerfs, ou de lui gâcher sa journée en faisant semblant d'avoir le mal de mer. Mais il la percerait à jour et, quelle que soit l'opinion qu'elle avait sur Sandra, elle ne pouvait supporter l'idée de décevoir son père.

Tous deux gardèrent le silence, tandis que le chalutier poursuivait tranquillement sa route. Étonnamment calme pour la saison, la mer d'un bleu marine intense scintillait de mille feux sous le soleil, désormais haut dans le ciel.

Environ une demi-heure plus tard, Mike montra du doigt les petites bouées, signalant l'emplacement des casiers de Lenny. Il y en avait trois, qui s'agitaient doucement dans le courant.

— Avance encore un peu et coupe le moteur, dit-il.

Elle s'exécuta. Dans le silence soudain, on entendit Kevin rire dans la cabine au-dessous. Le traître ! Il semblait trouver Sandra sympa. De toute façon, cet idiot s'entendait avec tout le monde. Il était sans doute en train de lui raconter ses blagues stupides favorites, et elle se forçait à trouver ça drôle.

— Va dire à ton frère et à Sandra de venir nous aider pour les casiers, déclara son père.

Mary Margaret descendit au pont inférieur en traînant les pieds et fit coulisser la porte.

— Papa dit de venir aider pour les homards.

Puis, sans attendre de réponse, elle tourna les talons, laissant la porte ouverte. Ils apparurent un instant plus tard, l'air aussi réjoui et curieux qu'un matin de Noël.

Papa jeta l'ancre et lui tendit d'épais gants en caoutchouc. Mary Margaret prit la gaffe. Avec un sentiment de supériorité, parce qu'elle l'avait fait des dizaines de fois, elle accrocha la bouée orange vif et la ramena contre la coque. Puis elle tira sur le cordage qui reliait la bouée au casier, curieuse d'en découvrir le contenu.

Elle enroula avec dextérité le cordage trempé auprès d'elle sur le pont. Le casier en forme d'igloo apparut enfin, traînant du goémon dans son sillage. Une fois sorti de l'eau, il devint lourd, mais Mary Margaret tint bon. Son père vint l'aider à le hisser par-dessus bord. Zeke se mit à le renifler comme un fou.

Le casier était vide. De l'appât, il ne restait plus que quelques arêtes de hareng et un os de côtelette.

— On ne peut pas gagner à chaque fois, dit son père qui ouvrit une vieille glacière cabossée. Remets de l'appât, on va le réinstaller.

Mary Margaret détestait manipuler l'appât. Les pattes de poulet, têtes de poisson et restes de viande, très peu pour elle ! C'était tout bonnement répugnant. Elle se tourna vers Sandra et lui parla pour la première fois depuis qu'ils avaient quitté le port :

— Tu veux appâter ?

— Bien sûr, répondit Sandra. Mais je ne l'ai encore jamais fait. Il va falloir m'expliquer.

— Fastoche, intervint Kevin. Il suffit de mettre un peu de ces trucs dégueu du seau au fond du casier.

Sandra jeta un regard méfiant au seau, puis souleva le couvercle du bout des doigts.

— Dégueu, tu disais, Kevin ? Ma foi, c'est vrai…

Mary Margaret espérait qu'elle ferait sa chochotte. Ce genre d'attitude agaçait prodigieusement son père. Mais Sandra se contenta d'une grimace en plongeant une main gantée dans le seau. Elle en sortit des têtes de poisson et quelques os rongés, qu'elle glissa dans l'ouverture du piège.

— Ça suffit ? demanda-t-elle à la jeune fille.

— Encore un peu, ne put s'empêcher de répondre celle-ci.

Sandra s'exécuta sans broncher, puis Mary Margaret relança le casier à la mer.

— Ce n'était pas si difficile, dit Sandra. Merci pour ton aide, Mary Margaret. Et tu pilotes ce bateau comme une pro, ajouta-t-elle. Moi, c'est la première fois que je sors en mer.

— Ah bon ? fit Kevin. Quel dommage !

— L'occasion ne s'est jamais présentée. Dans ma famille, on n'a pas le pied marin.

— Moi, j'adore la mer, dit Mary Margaret.

— J'espère bien entrer dans l'équipe de natation de mon école, cet été, déclara Kevin. Tu aimes nager ?

— En fait, je n'ai jamais appris.

— C'est pas vrai ! lâcha Mary Margaret, sidérée.

Là, ça devenait carrément pathétique. Elle qui croyait que tout le monde savait nager. Son père semblait aussi choqué qu'elle.

— À moi le suivant, dit Kevin en s'accaparant la gaffe.

Il lui fallut davantage de temps pour remonter le deuxième casier qui était vide, lui aussi. Ils y versèrent de l'appât et le remirent à l'eau.

— Au tour de Sandra ! décréta Kevin.

Mary Margaret s'assit et regarda avec une joie mauvaise la jeune femme se débrouiller maladroitement avec le filin qui s'emmêla sur le pont. Il lui fallut au moins deux fois plus de temps pour remonter le casier, mais quand elle le posa, ils reconnurent le cliquetis caractéristique des pinces de homard qui s'entrechoquent. Zeke grogna et battit en retraite.

— Il y en a deux ! s'écria Kevin, sautant sur place d'excitation. Deux gros ! Tu en as attrapé deux gros, Sandra !

— Je n'y suis pour rien, tu sais, répliqua celle-ci en se penchant pour jeter un coup d'œil dans le casier. C'est vrai qu'ils sont gros...

— Sais-tu qu'un homard d'une livre est âgé de sept ans ? dit le garçon, fidèle à son habitude de toujours débiter des futilités.

— Et toi, qu'une femelle homard peut pondre jusqu'à cent mille œufs en une fois ? rétorqua Sandra.

Mary Margaret leva les yeux au ciel. Décidément, ces deux-là étaient sur la même longueur d'ondes...

— On va se régaler pour le dîner, approuva Mike.

Kevin s'adonnait déjà à son jeu favori, qui consistait à tenir un homard par sa carapace, en faisant une imitation de monstre qui terrifiait le chien. Quel gamin stupide! songea Mary Margaret. Mais Sandra et son père faisaient semblant de le trouver hilarant.

Quand il se fut lassé de son petit jeu, Kevin mit un élastique autour des pinces de chaque homard, afin qu'ils ne s'entre-dévorent pas, et les lâcha dans un grand seau en plastique blanc.

— J'ai froid, dit soudain Mary Margaret qui jeta ses gants dans le coffre. Je rentre.

— Tu m'aides à la barre, fiston? demanda Mike à Kevin en remontant l'ancre.

Boudeuse, Mary Margaret descendit à la cabine qu'elle partageait avec son frère. Sur les couettes de mamie Malloy trônaient quelques peluches râpées par des années de câlins. Une incommensurable tristesse l'envahit. Depuis le divorce, elle pratiquait à la perfection l'art de se jeter sur son lit en pleurs.

La tentation fut grande, mais à quoi servirait une crise de larmes, sinon à la rendre pathétique? Avec sa mine des mauvais jours, elle retourna dans la cabine principale et se laissa tomber sur une banquette. Elle fouilla dans son sac à dos et sortit son livre du moment. Horreur: c'était l'un de ceux de Sandy Babcock! Elle voulut le faire disparaître dans son sac, mais à cet instant, Sandra descendit dans la cabine et referma la porte coulissante.

— Alors, tu en penses quoi? s'enquit-elle en apercevant le livre.

— Pas grand-chose encore, je viens de le commencer, mentit Mary Margaret.

En fait, elle l'avait presque fini et il lui avait vraiment plu. Cette idée lui était intolérable. Elle ne voulait surtout rien aimer chez Sandra.

Pourtant, l'histoire faisait partie de ses favorites. L'héroïne, une fille du nom de Carly, n'avait jamais connu son père. Sa mère vivait avec une autre femme.

Parce qu'elles étaient lesbiennes, les autres enfants à l'école rendaient la vie impossible à Carly.

Sandra prépara du thé en silence dans la petite cuisine. Elle en ressortit avec deux tasses.

— Ton père m'a dit que tu l'aimais avec de la crème et du sucre.

Mary Margaret but une gorgée sans enthousiasme, regrettant presque qu'il fût si bon. Puis elle posa sa tasse et tritura le peu de vernis qui restait sur ses ongles. Elle n'avait pas envie de parler à Sandra. Mais, au bout d'un moment, ce fut plus fort qu'elle.

— Je ne comprends pas comment la fille de ton histoire peut aller à l'école tous les jours, alors que les autres sont si horribles avec elle.

— Elle n'a pas la vie facile, hein ?

— Pourquoi écris-tu un livre sur une fille que tout le monde déteste ?

— Si tout le monde l'adorait, l'histoire n'aurait aucun intérêt, tu ne crois pas ? répondit Sandra en se réchauffant les mains avec sa tasse.

— Ça doit être déprimant d'écrire sur une fille à qui il arrive autant de malheurs.

— Tu préférerais une héroïne parfaite avec une vie parfaite ? Crois-moi, ce serait encore plus déprimant, objecta Sandra en souriant devant l'expression butée de Mary Margaret.

— J'espère que sa mère va plaquer sa copine, retrouver son vrai père et se marier avec lui.

— Crois-tu que c'est cela qui va arriver ?

— Si c'était moi qui écrivais le livre, oui.

— C'est ce qui est amusant, avec l'écriture. On peut envisager toutes les suites possibles. Dans mes livres, je m'efforce toujours d'être honnête et de trouver une fin réaliste.

— Une fin déprimante, quoi.

— Parfois. Mais je termine toujours sur une note d'espoir.

Mary Margaret ouvrit le livre au hasard. C'était bizarre de penser que celle qui avait écrit autant de pages était là, juste devant elle.

— Comment fais-tu pour imaginer toutes ces phrases ?

Sandra reposa sa tasse et sortit de son grand fourre-tout un carnet à spirale écorné, sur lequel était glissé un gros stylo à encre. Elle le feuilleta, révélant des pages entières couvertes d'une petite écriture serrée à l'encre turquoise.

— Bonne question. J'ai parfois l'impression que toutes les phrases sont contenues dans ce stylo, répondit-elle en le faisant tourner entre ses doigts. Quand j'écris, elles s'écoulent toutes seules.

Mary Margaret écarquilla les yeux.

— Eh, il faudrait que je te l'emprunte !

Sandra rit. Elle avait un joli rire, et le silence qui suivit fut un peu moins pesant.

— Donc, là, c'est ton prochain livre.

— Oui, et après je tape tout à l'ordinateur.

— Tu n'as donc que cette copie ? Et s'il lui arrivait malheur ? dit la jeune fille avec un frisson, songeant à la scène dans *Les Quatre Filles du Dr March* où Amy brûle le manuscrit de Jo.

— Je peux te confier un secret ? demanda Sandra. Je ne voudrais pas que mes bizarreries s'ébruitent…

Mary Margaret se pencha en avant.

— Quoi donc ?

— Eh bien, chaque soir avant de me coucher, je range mon carnet dans le frigo.

— Le frigo ?

— Comme ça, si la maison brûle, il ne sera pas détruit.

Pour une bizarrerie, c'en est une de taille, songea Mary Margaret.

— Pas étonnant que tu ne veuilles pas que ça s'ébruite, commenta-t-elle.

La jeune femme rangea le carnet et le stylo, puis sirota son thé en regardant par le hublot.

— J'ai demandé à papa si tu étais sa petite amie, lâcha soudain Mary Margaret sans réfléchir.

Sandra en eut le souffle coupé, au sens propre du terme. Ses poumons se vidèrent avec un étrange bruit de soufflet, comme si elle venait de recevoir un coup de poing dans l'estomac.

— Qu... qu... (Elle s'éclaircit la gorge et refit une tentative.) Qu'a... qu'a-t-il dit ?

Vraiment pathétique, pensa Mary Margaret qui vit là l'occasion de mentir. Elle pouvait raconter que son père avait répondu : « Non, pas du tout ». Prétendre qu'il la supportait parce qu'il avait besoin de ce contrat...

— À ton avis ? répliqua-t-elle.

À nouveau, Sandra donna l'impression qu'elle allait s'étouffer. Son visage vira au rouge écarlate, elle semblait incapable de sortir le moindre mot.

— Ça va ? s'inquiéta Mary Margaret.

Tête baissée, Sandra fit signe que oui. Sa drôle de respiration s'arrêta, et elle inspira profondément à plusieurs reprises.

— Désolée, finit-elle par dire de sa voix normale.

— Qu'est-ce que tu as ? De l'asthme ?

— Non. Je... je souffre de bégaiement. Tu sais ce que c'est ?

Mary Margaret hocha la tête, sidérée. Évidemment, elle savait ce qu'était le bégaiement. Le plus horrible de tous les troubles du langage, parce que le plus manifeste, et donc le plus susceptible de susciter les moqueries. En primaire, elle avait connu un garçon qui bégayait, un certain Peter. Les autres n'arrêtaient pas de le poursuivre en bégayant comme lui, jusqu'à ce qu'il fonde en larmes. Elle essaya de se rappeler si elle avait participé à ces brimades.

— Ça ne m'arrive plus très souvent, expliqua Sandra. Mais quand j'étais plus jeune, c'était un gros problème.

— Tu es guérie, maintenant.

— La plupart du temps, ça va. Mais il m'arrive de rechuter comme tout à l'heure, quand je suis stressée ou nerveuse.

Mary Margaret s'en voulait d'être à l'origine de sa nervosité. C'était bizarre qu'une adulte fasse preuve d'autant de franchise, sur un sujet aussi humiliant.

— Comment as-tu réussi à arrêter ?

— Je n'ai jamais vraiment arrêté, j'ai juste réussi à contrôler. Il m'a fallu plusieurs années de travail et d'entraînement, la plupart du temps avec ma mère, et plus tard avec mon... euh... des spécialistes. J'ai été suivie par des orthophonistes et des psychothérapeutes. En grandissant, j'ai pris confiance en moi, ce qui m'a beaucoup aidée. Et puis, j'ai quelques trucs.

— Quel genre de trucs ?

— Entre autres, un exercice très efficace avec mon diaphragme. J'utilise aussi de nombreuses tournures de substitution. Par exemple, je ne peux jamais décrocher le téléphone et dire « Allô ». Ce mot, c'est une de mes bêtes noires.

— Qu'est-ce que tu dis, alors ?

— En général « Oui, allô ? », ou bien « Sandra à l'appareil ». Avec mon psychothérapeute, j'ai dû apprendre à contourner les problèmes.

— C'est pour ça que tu es devenue écrivain ? s'enquit Mary Margaret, fascinée. Parce que tu n'aimais pas parler ?

— Pour une grande part, sûrement. J'avais beaucoup de choses à dire, mais mon handicap m'empêchait de les exprimer. Alors j'ai pris l'habitude de coucher mes pensées et mes sentiments sur le papier.

— Moi aussi, j'aimerais écrire un jour.

Les mots à peine sortis de sa bouche, la jeune fille regretta de les avoir prononcés. C'était son deuxième souhait le plus intime, et elle venait de l'avouer bêtement à quelqu'un qu'elle était censée détester. Qu'est-ce qui lui avait pris ?

— Pourquoi pas aujourd'hui ? suggéra Sandra.

Mal à l'aise, Mary Margaret haussa les épaules.

— Je ne saurais pas quoi écrire...

Sandra farfouilla à nouveau dans son sac.

— Tiens, dit-elle en sortant un deuxième carnet. J'en ai toujours un d'avance sur moi. Tu peux y écrire ce qui te chante.

Mary Margaret l'ouvrit et passa les doigts sur les pages blanches.

— C'est vrai, qu'est-ce que je vais bien pouvoir y écrire ?

— Fais-moi confiance, ça viendra. Et si tu manques d'inspiration, fais une liste.

— Comme toi sur ton frigo ?

— Exactement, approuva Sandra en feuilletant son propre carnet. Par exemple : « Dix personnes célèbres que j'aimerais rencontrer. » « Dix symptômes d'agoraphobie… »

Son visage s'empourpra.

— « Dix méthodes pour sécher le cours de gym », enchaîna Mary Margaret.

— Pourquoi pas ? Tu peux partager ton texte avec quelqu'un, dans une lettre par exemple. Ou bien le garder pour toi. À toi de décider. Si ça se trouve, tu vas te découvrir une nouvelle passion. Avec un peu de chance, tu réaliseras que tu détestes écrire, ajouta-t-elle avec un clin d'œil. Les écrivains aiment prétendre que c'est pour eux une torture permanente, mais en vérité, l'écriture est un immense plaisir. Dans mon cas, je crois que ça m'a empêchée de devenir dingue.

— C'est vrai ?

— Ça, et un nombre incalculable de séances d'orthophonie.

C'était bizarre, Mary Margaret n'avait pas l'impression de bavarder avec une adulte. Plutôt avec une copine. Voilà sans doute pourquoi sa phrase suivante lui échappa avec autant de facilité :

— Je n'ai pas encore mes règles.

Pourquoi avait-elle dit un truc pareil ? C'était la honte. La honte totale !

Mais Sandra ne rit pas. Elle n'eut même pas l'air gênée.

— Je parie que beaucoup de tes copines les ont déjà, répliqua-t-elle simplement.

— Toutes, sans exception.

— Et toi, tu as l'impression qu'elles appartiennent à une sorte de club secret dont tu serais exclue, c'est ça ?

C'était *exactement* ça. Comment le savait-elle ?

— Ton heure viendra à un moment ou un autre, poursuivit Sandra. Crois-moi, aucune fille en bonne santé comme toi ne peut y échapper. Ça ne t'aide pas beaucoup d'entendre ça, c'est sûr...

Quand même, c'était rassurant.

— Ma mère me dit que je devrais être contente. Avoir ses règles, ce n'est pas très agréable.

— Ta mère a raison.

— Sans doute, répondit Mary Margaret en tortillant une mèche de ses cheveux. Ma mère et moi, on se dispute souvent...

Elle s'en voulut aussitôt. Comment osait-elle critiquer sa mère derrière son dos ?

La jeune femme se contenta de hocher la tête.

— Moi aussi, je me disputais pas mal avec ma mère. Ça nous arrive encore, d'ailleurs, mais on se pardonne toujours. Mon père et elle se sont quittés il y a quelques semaines, ajouta-t-elle après une hésitation.

— Vraiment ? s'exclama Mary Margaret, sidérée.

— Eh oui.

— Et tu détestes, hein ?

— Je déteste complètement.

C'était comme si un lien invisible venait de se tisser entre elles.

— Quel effet ça te ferait, si ton père avait une petite amie ? demanda Mary Margaret avec curiosité.

— Ça me rendrait folle. Bien sûr, je suis censée dire qu'il est libre de mener sa vie à sa guise, de choisir son bonheur... Je voudrais qu'ils se réconcilient, ajouta-t-elle avec un soupir, mais cela ne dépend pas de moi.

Elles finirent leur thé en silence. Puis Sandra boucla son gilet de sauvetage.

— Je vais faire un tour dehors, admirer la vue.

— Moi aussi.

Le soleil était haut dans le ciel quand elles revinrent sur le pont. Les pattes en équilibre sur le coffre, Zeke reniflait l'air avec extase, tandis que le vent ébouriffait son pelage trop long et d'une propreté douteuse. Mary Margaret lui tapota la tête, et il se tortilla d'aise en remuant la queue.

— Tu sais que c'est un caniche pure race ?

— J'ai entendu cette rumeur.

— Il a un certificat et tout. Mais mon père ne lui donne jamais de bain. Je parie qu'il serait superbe après un bon toilettage.

— Et si on s'occupait un jour de lui donner un bain, toutes les deux ?

— D'accord, il faudra...

Elle se tut, car Sandra avait blêmi brusquement. Elle tituba en arrière contre le bastingage, qu'elle agrippa à deux mains, son visage horrifié levé vers le pont suspendu dont l'immense silhouette se dressait devant le bateau.

— Ça va ? demanda Mary Margaret. Papa ! hurla-t-elle comme la jeune femme ne répondait pas, je crois que Sandra va être malade !

Son père coupa le moteur immédiatement. Kevin sur ses talons, il jaillit du poste de pilotage et sauta sur le pont.

— Tu ne te sens pas bien ? s'inquiéta-t-il.

Sandra avait le souffle oppressé – pas comme tout à l'heure, lorsqu'elle bégayait, plutôt comme si elle paniquait.

— Ce... ce... p... pont là-bas... c'est le... le... Sequonset Bridge... hein ?

Mike réprima un juron.

— Sandy, je suis navré. Je n'y avais pas pensé...

Mary Margaret ne comprenait pas. Pourquoi tant d'histoires au sujet d'un pont ?

Il prit Sandra dans ses bras.

— Ça va aller, assura celle-ci. Je suis forcée d'emprunter souvent ce pont, mais... je ne l'avais jamais vu sous cette perspective.

— Qu'est-ce qui t'arrive ? questionna Kevin.

— Ne sois donc pas si curieux, le réprimanda son père.

Sandra lui lança un regard indéchiffrable, puis se tourna vers Kevin.

— Il y a un an environ, j'ai eu un grave accident sur ce pont. La voiture que je conduisais est tombée à l'eau. Mon mari, qui était avec moi, a été tué.

— La vache ! fit Kevin en sifflant entre ses dents.

Mary Margaret était rarement d'accord avec lui, mais là, si. *La vache*. En un geste de compassion spontanée, elle prit la main de Sandra et la serra fort.

— Mary Margaret, tu vas piloter un peu le bateau, d'accord ? proposa son père. De toute façon, on ne va plus tarder à regagner le port.

Elle relança les moteurs et mit le cap vers l'ouest, puis le sud en vérifiant leur position sur le GPS. Son père enlaçait toujours Sandra qui était appuyée contre lui. Mary Margaret songea à cet accident sur le pont. Quelle horrible histoire !...

— Eh, papa, fit Kevin, montre-nous des endroits où tu jouais quand tu avais notre âge.

— Tu vois cette petite crique là-bas, entre les rochers ? répondit son père, désignant un renfoncement bordé de fougères. Mes amis et moi, on avait une cachette par là. Un vieux hangar à bateaux abandonné.

— On peut aller le voir ? s'exclama Kevin en sautant littéralement sur place. On peut y aller, dis, papa ?

Son père lança un regard interrogateur à Sandra, qui hocha la tête.

— Je crois qu'on a le temps, acquiesça-t-il. Mais tu sais, si ça se trouve, il n'existe plus. C'était il y a des années.

Ils jetèrent l'ancre en face de la crique et mirent le youyou à l'eau. Ils s'y entassèrent à quatre, plus Zeke qui sauta sur les genoux de Sandra. Mary Margaret et Kevin prirent chacun une rame et souquèrent ferme jusqu'à la côte. Leur père leur montra où amarrer le canot.

Le hangar existait toujours. Avec son toit affaissé et couvert de mousse, il était aussi lugubre qu'une maison hantée.

— Génial, commenta Mary Margaret qui essayait d'imaginer son père enfant.

— Incroyable, il tient encore debout, dit Mike. C'est une crique vraiment bien abritée.

La rampe s'était effondrée et la bâche censée protéger l'ouverture pendait, déchirée et verte de mousse.

— On peut aller jeter un coup d'œil ? demanda Kevin.

— Bien sûr. Si ça ne te dérange pas de te mouiller les pieds.

Les enfants enlevèrent chaussures et chaussettes et remontèrent leurs pantalons.

— La vache ! C'est gelé ! hurla Kevin en mettant les pieds dans l'eau.

Il ne plaisantait pas. Mary Margaret sentit les siens virer au bleu, tandis qu'elle franchissait d'un pas mal assuré les quelques mètres les séparant du rivage. Zeke aboyait comme un fou. Il finit par sauter du bateau et pataugea jusqu'au sable. Il se secoua avec frénésie, puis leva la patte sur un rocher et partit en exploration, reniflant de tous les côtés.

— Papa, Sandra ! Venez ! cria Kevin en remettant ses baskets.

Mike n'avait pas l'air très heureux à l'idée de patauger dans l'eau glacée, mais tous deux débarquèrent en se tenant par la main.

— Ainsi, c'est ici que tes amis et toi vous retrouviez… dit la jeune fille.

— Parfois, répondit-il avec un brin de nostalgie. La dernière fois que je suis venu ici, c'était le soir du bal de fin d'année de terminale, en 1982.

— Quelle idée de venir ici un soir de bal ! fit remarquer Kevin.

— Tu comprendras quand tu seras plus grand.

— Vous faisiez quoi ?

— Des blagues.

— Comme fumer des cigarettes et boire de la bière ? insista Kevin. Vous ameniez des filles ?

— Je te trouve drôlement curieux, grommela son père en se retenant de rire.

Zeke entra le premier, reniflant partout tel un vrai chien de chasse. Il aboya deux fois. Kevin entra à sa suite et se cogna dans les poutres.

— Beurk ! Des toiles d'araignée !

Le plancher vermoulu craqua sous leurs pas quand ils pénétrèrent dans la pénombre du vieil abri. Zeke grattait le sol en grognant, le pelage hérissé sur sa nuque. Sans doute a-t-il senti une bestiole, songea Mary Margaret.

— Regardez tous ces trucs gravés sur le mur, dit Kevin, montrant un cœur rudimentaire entouré des initiales *LC + GV*. Eh, MPM, c'est toi, papa ?

— Sans doute, répondit son père, le regard un peu lointain. Ça remonte à longtemps. À l'époque, il y avait un vieux canot de pêche ici. Personne ne savait à qui il appartenait, alors mes amis et moi l'avons baptisé le *Robert Chance*. On sortait parfois avec. Une fois, on a même failli couler dans une tempête.

— Pourquoi le *Robert Chance* ? s'enquit Mary Margaret.

— C'était un pêcheur du coin dans les années 1930, juste après la Grande Crise. À ce qu'on raconte, il est sorti pêcher un jour et n'est jamais revenu. Tout le monde a supposé qu'il s'était noyé. Son nom est devenu célèbre parce que, des années après sa disparition, il y avait toujours quelqu'un pour dire qu'il avait reparu, sur l'île du Prince-Édouard, à Chicago, en Californie... Mais personne ne l'a jamais revu en chair et en os.

Sandra fit la grimace, comme si une bête l'avait piquée.

— Enfin bref, c'est juste une histoire, ajouta Mike. On ferait mieux de lever l'ancre. Nous avons un délicieux homard à préparer pour le dîner.

Ils quittèrent le hangar. Mary Margaret remarqua que son père restait un moment en arrière, pour jeter un dernier coup d'œil aux graffitis sur le mur.

Samedi 16 février

Dix choses qui me tracassent

1. *Finir mon exposé d'histoire.*
2. *Prendre des kilos à force de manger du homard sauce au beurre.*
3. *Le bouton sur mon front.*
4. *Avoir mes règles pendant l'école.*
5. *Avoir mes règles au milieu de la nuit.*
6. *Avoir mes règles quand je suis chez papa.*
7. *Ne JAMAIS avoir mes règles...*

— Il est temps d'éteindre, princesse, murmura Mike sur le seuil.

Avec un sursaut coupable, Mary Margaret glissa son carnet tout neuf sous la couette de sa couchette, celle du haut.

— C'est le week-end, protesta-t-elle à mi-voix en se redressant sur un coude. J'ai le droit de veiller plus tard.

Sa tête touchait presque le plafond.

— Ah oui ? fit son père en appuyant l'épaule sur l'encadrement de la porte. Depuis quand ?

Depuis que maman et Carmine m'ont dit que j'étais assez grande pour savoir quand éteindre.

Elle se mordit la lèvre. Pas question de lui dire ça. La psychologue prétendait que c'était une mauvaise idée de comparer les règles édictées par les deux parents et, parfois, il lui arrivait d'avoir raison.

— Depuis que j'ai presque treize ans, répondit-elle.

Il secoua la tête.

— C'est fou comme le temps file. J'ai l'impression que c'était hier que je te lisais les histoires de Babar.

Tête baissée, il entra dans la cabine et, doucement, ôta des mains de Kevin la dernière aventure de Harry Potter. Son frère dormait comme un loir, étreignant Zeke qui avait l'air heureux comme tout.

— Il faut quand même essayer de dormir, insista Mike en lui caressant les cheveux d'une façon qui la rendait immanquablement triste. Ta mère veut que vous rentriez tôt, demain.

— Bon, d'accord. Est-ce que je peux juste finir mon livre ?

— Celui de Sandy ?

Elle hocha la tête.

— Alors, qu'en penses-tu ? s'enquit-il. D'elle, pas du livre.

Mary Margaret tortilla une mèche de ses cheveux.

— Ça va.

Elle aurait eu des tas de choses à raconter sur Sandra, mais refusa d'en dire plus.

— Je ne peux quand même pas aimer quelqu'un sous prétexte que c'est ta petite amie, papa, finit-elle par dire devant le regard insistant de son père.

Un voile de tristesse passa sur son visage, et elle faillit fondre en larmes. Elle détestait le voir triste ; elle aurait voulu qu'il soit invincible.

— Mais elle écrit de bons livres, précisa-t-elle. Et même si elle est un peu bizarre, je crois que je l'aime bien.

Son père se pencha et l'embrassa sur le front.

— Toi aussi, tu es bizarre, murmura-t-il, mais je t'aime bien aussi.

— Bonne nuit, papa.

— Bonne nuit, princesse. Je t'aime.

Il l'autorisa à laisser la veilleuse allumée et elle ouvrit le livre de Sandra. Dans la cabine d'à côté, elle entendit le bip de l'ordinateur qui s'allume, puis le grésillement du modem. Avant de s'endormir, elle se demanda ce qu'il pouvait bien chercher sur Internet.

26

Un dimanche soir, Mike se rendit à Blue Moon Beach. Les travaux avaient bien avancé et une équipe de jardiniers avait même commencé à débroussailler le jardin et à remettre les parterres en état. Les volets avaient été enlevés de leurs gonds pour être repeints, et l'horrible auvent pour voiture en tôle ondulée avait été jeté. La maison évoquait un accidenté de la route en bonne voie de guérison.

En descendant du pick-up, il se demanda qui habiterait ici, une fois Sandra partie. Il ajusta la visière de sa casquette. Mieux valait ne pas trop y penser. Il concentra son attention sur les petites bornes de la propriété, qu'il vérifia avec sa copie du cadastre. Rien ne semblait correspondre, ce qui ne le surprit pas. Les dunes et la végétation avaient leur volonté propre, à laquelle aucun cadastre ne pouvait s'imposer, d'autant que le dernier relevé remontait aux années 1920.

Sandra ne l'attendait pas. Ils n'avaient pas harmonisé leurs rythmes de vie. Pas encore. Étaient-ils compatibles, d'ailleurs ? Et le désiraient-ils vraiment ? Il songea à leur relation si simple à ses débuts : il était l'artisan et elle, sa cliente. Puis elle avait débarqué sur son bateau et tout avait été bouleversé.

Il en avait adoré chaque seconde.

Mike tentait d'expliquer l'intensité de son désir par la longue absence d'une femme dans sa vie. Mais chaque jour qui passait voyait se renforcer les sentiments qu'il éprouvait pour Sandra. Et il savait qu'ils ne disparaîtraient pas d'un claquement de doigts, quand elle quitterait Paradise. C'était un peu effrayant de découvrir, à son âge, qu'il était capable d'aimer avec autant d'abandon. Il avait toujours vu en Angela l'unique initiatrice de leur divorce. Peut-être portait-il en réalité sa part de responsabilité ? Avec elle, jamais il n'avait ressenti un tel déchaînement de passion, une tendresse aussi dévorante.

Avec un instinct troublant, Angela semblait se douter qu'il y avait anguille sous roche. Elle n'avait rien dit lorsqu'il avait reconduit les enfants à Newport, mais son visage en disait long. Elle ne voulait pas qu'il ait une autre femme dans sa vie, il le savait, et elle serait folle d'apprendre combien il était amoureux de Sandra.

Mais l'opinion de sa première femme lui importait peu. Son souci majeur, c'était que ses enfants acceptent Sandy. Mary Margaret et Kevin étaient tout pour lui, et il n'était pas sûr qu'il y ait de la place dans ce tableau pour un quatrième personnage. D'un accord tacite, Sandra et lui avaient imposé certaines frontières à leur intimité : elle ne dormait pas sur le bateau quand les enfants étaient là, et elle ne venait pas à Newport pour les raccompagner.

Et puis, il savait qu'elle tenait par-dessus tout à partir. Pourtant, s'il la perdait maintenant, il serait dévasté...

Mike prit quelques notes pour les géomètres qui devaient passer le lendemain matin, puis alla frapper à la porte. Il était sur le point d'essayer d'abattre une autre barrière. Sandra résisterait, bien sûr, mais peut-être cette épreuve contribuerait-elle à les rapprocher.

Elle ne vint pas ouvrir. Il cherchait sa clé dans sa poche, lorsqu'il entendit Zeke aboyer sur la dune, à l'arrêt comme un vrai chien de chasse, une patte levée et le nez au vent.

Sandra marchait au loin sur la plage. L'image de cette petite silhouette solitaire, perdue dans l'immensité de sable, se grava à jamais dans l'esprit de Mike. Sandy, seule contre le monde... Comment avait-elle survécu une année entière dans cet endroit reculé ?

Les aboiements de Zeke l'alertèrent et elle s'arrêta, le temps que Mike la rattrape au pas de course. Elle l'accueillit sans un sourire, sans un mot. Bouleversé par sa tristesse et sa beauté, il la prit par les épaules et l'embrassa – avec davantage de fougue et de possessivité qu'il n'en avait eu l'intention.

Puis il la blottit contre lui en caressant ses cheveux.

— Je me suis inquiété quand tu n'as pas ouvert...

— Tu m'as manqué, dit-elle.

— Toi aussi.

Depuis jeudi soir, ils n'avaient été séparés qu'à peine plus de seize heures. Autant dire une éternité...

— Je ne savais pas si je pouvais t'appeler, continua-t-elle en frissonnant. Alors j'ai préféré m'abstenir.

— Tu aurais dû.

Mike ramassa quelques menus morceaux de bois rejetés par la mer et les disposa sous une vieille bûche, puis il chercha des allumettes dans la poche de son blouson.

— Je n'ai plus de feu sur moi depuis que j'ai arrêté de fumer, dit-il.

— Tu as fumé, toi ? Quand ça ?

— Tu tiens vraiment à le savoir ?

Elle hocha la tête.

— En 1980, l'année où j'ai aussi appris à boire de la bière, mais je n'ai jamais accroché.

— Pourquoi ?

Il finit par mettre la main sur une pochette d'allumettes du petit restaurant de Gloria Carmichael.

— À cause d'une fille.

— Linda Lipschitz.

Mike sourit, surpris qu'elle se souvienne de cette conversation.

— Elle ne supportait pas l'odeur, alors j'ai arrêté.

Il s'agenouilla et gratta une allumette au creux de ses mains. À l'aide d'un morceau de papier froissé, il enflamma les brindilles, et quelques minutes plus tard, le feu avait pris.

Sandra s'assit en tailleur sur le sable et tendit les mains vers les flammes orangées, qui dessinaient de mystérieux reflets sur son visage.

— Impressionnant, Malloy. Je devrais te décerner une décoration.

Mike s'assit auprès d'elle et l'embrassa sur la tempe. Elle glissa une main dans la poche de son blouson et joignit ses doigts aux siens.

— J'ai passé une bonne journée avec tes enfants.

— C'est vrai? Je me suis fait un peu de souci au sujet de Mary Margaret. Elle s'est montrée irritable.

— Cela te surprend?

— Ça lui arrive d'être de mauvaise humeur, mais je ne l'avais jamais vue faire preuve d'autant d'impolitesse. Je me suis demandé si je devais intervenir ou laisser filer.

— Avais-tu déjà invité une femme à bord?

— À part Angela, non.

— Tu es son héros. Elle a l'habitude de t'avoir pour elle toute seule. À ton avis, qu'a-t-elle pu penser en voyant une étrangère envahir son territoire?

— On dirait que tu la connais déjà mieux que moi.

— Non, je la cerne juste un peu mieux, c'est tout. C'est une enfant formidable, mais elle ne peut pas être formidable tout le temps.

— Kevin, lui, l'est. D'ailleurs, ça m'inquiète...

— Attends une seconde, tu t'inquiètes parce que ton fils est formidable?

— C'est trop beau pour être vrai, non? Je n'arrête pas de me dire qu'il refoule ses véritables sentiments et qu'un jour, sa tête va exploser.

— Tu es un bon père, Malloy. J'aime ta façon de t'inquiéter.

— Voilà un bien étrange compliment.

Elle souleva la tête de son épaule.

— Je suis une personne étrange.

— Mary Margaret paraissait mieux lunée, l'après-midi. Apparemment, tu as su trouver les mots qu'il fallait.

— Tu crois?

— J'en suis sûr. Qu'est-ce que vous vous êtes raconté?

Elle hésita.

— On a parlé de mes livres. Du travail d'écrivain. De quelques autres trucs…

— Quoi donc ?

— Des histoires de filles. Si tu continues à insister, je te répète mot pour mot notre conversation, d'accord ? prévint-elle en enlevant sa main de sa poche.

Mike ne se le fit pas dire deux fois. Il alimenta le feu à l'aide de quelques brindilles. Avec le crépuscule, le ciel avait viré au pourpre.

— Sandy, j'ai une question à te poser…

Elle se tourna vers lui, le regard incertain, puis noua les bras autour de ses genoux repliés.

Mike lui fit face.

— Je voudrais que tu me dises ce qui s'est passé, la nuit où Victor est mort.

— Non.

La réponse avait cinglé comme une claque.

Mike encaissa sans broncher.

— Sandy, insista-t-il après un long silence, raconte-moi.

— Tu tiens vraiment à me gâcher ma joie ? Je viens de te dire que j'avais passé une bonne journée, samedi dernier.

— Jusqu'à ce que tu paniques en voyant le pont.

Elle lui décocha un regard empoisonné. Toute la semaine, il s'était demandé comment aborder la question. C'était dur, mais nécessaire. Éclaircir le passé était peut-être la seule solution de la convaincre de rester à Paradise.

Au fond de lui, il avait la certitude que Sandra cachait un douloureux secret.

— Dis-moi ce qui s'est passé.

— Je ne veux pas en parler, Malloy. Pas même à toi.

— Pourquoi ?

— Parce que ça ne changera rien.

— Victor était mon meilleur ami. Je veux savoir ce qui est arrivé. Surtout depuis que je suis fou amoureux de toi…

— Ah bon ?

— Ne me dis pas que tu n'avais pas remarqué !

Sandra l'enlaça par le cou.

— C'est la chose la plus gentille qu'on m'ait jamais dite.

— Il faut que tu sortes plus souvent, alors.

— Fou amoureux de moi, répéta-t-elle en reculant pour mieux l'observer. C'est vrai ?

— On ne peut plus vrai. Voilà pourquoi je veux que tu me parles de cet accident. De cette nuit qui a bouleversé ta vie.

— Je n'en parlerai pas. À personne. Jamais.

Il prit le visage de la jeune femme entre ses mains.

— Je t'en supplie...

Elle cligna des yeux.

— Je ne comprends vraiment pas pourquoi tu y tiens tant.

— Parce que tu comptes beaucoup pour moi. Ce qui est arrivé cette nuit-là concerne une partie de toi-même.

Sandra inspira profondément, tel un plongeur qui se prépare pour le grand saut.

— Ce soir-là, il y avait une soirée de gala à la marina de Newport. Pour collecter des fonds pour son parti, évidemment.

— Victor et toi assistiez souvent à ce genre de soirée, n'est-ce pas ?

Cela n'avait rien d'une révélation, mais Mike préférait qu'elle en vienne au fait en douceur.

— Il passait plus de temps à lever des fonds qu'à rédiger des projets de loi. L'argent, c'est le nerf de la guerre, en politique. Enfin bref, c'était un dîner important. Les Winslow y assistaient, bien sûr. Ils parrainaient une table d'anciens prisonniers de guerre et une autre de femmes guéries du cancer du sein. Victor pouvait toujours compter sur ses parents pour inviter de généreux donateurs. Ils ont beaucoup contribué à son succès, tu sais. C'était un homme politique doué, mais son charisme à lui seul n'aurait sans doute pas suffi.

« Ce soir-là, il a bu davantage que de coutume, poursuivit Sandra en lui jetant un regard par en dessous.

Le stress de ses fonctions, l'obligation de trouver des fonds, la santé de sa mère... les causes de souci ne manquaient pas.

— Tout le monde se tracasse pour son travail et sa famille. Ce n'est pas une raison pour boire. Alors, pourquoi Victor ? Et pourquoi justement ce soir-là ?

— On ne voyait pas qu'il avait bu. Son discours s'est très bien passé.

Elle n'a pas répondu à ma question, remarqua Mike.

— Après, il paraissait crispé, de mauvaise humeur. Je lui ai demandé de danser. Il s'est détendu, a plaisanté un peu. Puis j'ai dit un truc stupide qui l'a mis hors de lui.

— Quoi donc ?

— C'était juste une phrase en l'air, comme ça. Je ne m'en souviens même pas exactement. Je sais juste que c'était à propos d'avoir un enfant. J'en avais très envie, je le lui avais souvent dit, et il semblait en accepter l'idée. Je commençais à perdre patience et j'ai simplement suggéré qu'on y songe enfin sérieusement. J'ai commis l'erreur d'aborder le sujet alors qu'il avait d'autres questions en tête. Et puis, ce soir-là, je me suis sans doute montrée plus insistante que d'habitude, je ne sais pas. Je lui ai peut-être lancé une sorte d'ultimatum, je ne m'en souviens plus... Quoi qu'il en soit, il a fait une scène. Je n'ai pas compris, cela lui ressemblait si peu. Il m'a carrément plantée là sur la piste de danse. L'humiliation totale.

Sandra remua les braises avec une brindille qui s'enflamma.

— Imagine, devant tout le monde... Lui qui était si soucieux des apparences. Mais ce soir-là, je ne sais pas, il était comme fou. Tout le monde me regardait. Je ne savais pas quoi faire, alors je suis sortie avec l'intention de rentrer seule à la maison. Il m'a suivie sur le parking et... il est monté dans la voiture avec moi.

— Tu l'as laissé monter ?

— J'étais furieuse, déboussolée. Qu'est-ce que je pouvais faire d'autre ? Il était m... mon mari et il fallait bien qu'il rentre aussi.

Elle marqua un temps d'arrêt, comme pour rassembler ses pensées.

— Je revis cet accident au moins dix fois par jour, et la nuit dans mes cauchemars. Il y avait du grésil, cette nuit-là. Et du vent. L'anémomètre du pont indiquait de fortes rafales. Victor et moi avons continué à... nous disputer dans la voiture.

— À quel sujet ?

Sandra resta longtemps silencieuse. Mike lui prit les mains dans ses poches et les serra doucement. Elle leva vers lui un regard empli de désespoir, puis baissa la tête pour fixer le feu.

— La tempête s'est renforcée, et Victor semblait indifférent à ma conduite erratique. Sur le pont, j'ai perdu le contrôle de la voiture.

— Pourquoi ?

Elle regarda une étincelle jaillir des flammes.

— Il faisait très froid. La route était verglacée.

Mike essayait de visualiser la scène. Se criaient-ils dessus ? Victor lui avait-il empoigné le bras ? L'avait-il frappée ?

— Tu étais ivre ?

— Non. J'avais bu une coupe de champagne à la soirée, c'est tout. Tu veux voir mes analyses de sang ? J'ai eu droit à tous les tests possibles et imaginables, tu peux me croire.

— Tu es une conductrice expérimentée. Tu connais bien cette route. J'essaie juste d'imaginer ce qui a pu te faire perdre le contrôle.

— J'étais distraite par notre dispute, et la voiture a sans doute dérapé sur une plaque de verglas. Elle a percuté le garde-fou de plein fouet, expliqua-t-elle, levant vers lui des yeux torturés. L'airbag s'est déclenché. Je me souviens du bruit... une sorte d'explosion, comme un pétard, puis un sifflement assourdissant. Je me suis retrouvée plaquée sur mon siège. Je me rappelle un jet de poudre blanche, puis plus rien. La voiture est tombée à l'eau, mais je n'en ai aucun souvenir. Quand j'ai repris conscience, j'étais dans un lit à l'hôpital.

— Les secours t'ont retrouvée sur la côte.

Un air soupçonneux passa dans les yeux de Sandra.

— Tu t'es informé, on dirait.

— Tu ne te souviens pas de t'être échappée de la voiture ?

— D'après le médecin qui m'a examinée, les victimes de traumatismes ont souvent des trous de mémoire. Parfois définitifs. Selon les enquêteurs, je serais sortie par le pare-brise et j'aurais regagné la terre ferme.

— Avec une robe de soirée, un long manteau et des talons hauts ?

— Je n'avais plus mes chaussures. Je ne me rappelle pas les avoir enlevées, et elles n'ont pas été retrouvées. Mais je suis sûre que tu le sais déjà puisque, à l'évidence, tu as fait des recherches.

— Que portait Victor ?

— Un smoking.

— Et qu'avait-il dans ses poches ?

— Arrête de te prendre pour Colombo, Malloy, c'est absurde.

Mike ignora son sarcasme et changea de tactique.

— Lors de l'enquête, as-tu révélé que tu ne sais pas nager ?

— Personne ne me l'a demandé.

— Et tu n'as pas jugé bon de le souligner ?

— C'était un réflexe de survie, voilà tout. On est parfois capable de l'impossible, quand on voit la mort en face.

— Même survivre dans une eau glacée ?

— Manifestement, oui.

— C'est sidérant.

— Mais pas si exceptionnel. Les enquêteurs l'ont expliqué en long et en large. Si tu avais lu leurs rapports, tu comprendrais.

— On a retrouvé du sang de Victor sur tes vêtements.

— Des traces, oui. On suppose qu'il a été blessé dans l'accident, et l'eau de mer ne fait pas disparaître les taches de sang.

— Et les impacts de balles ?

— Un mystère encore non résolu à ce jour. N… ni Victor ni moi ne possédions une arme.

Mike avait remarqué que Sandra butait parfois sur les mots. Cela lui était arrivé à deux reprises durant leur conversation. La première fois au sujet de sa dispute avec Victor, et l'autre à l'instant même à propos de l'arme.

Se pouvait-il qu'elle n'ait pas dit toute la vérité ?

27

Mardi 19 mars

Dix endroits où aller après

1. *Manhattan.*
2. *Big Sur.*
3. *Cape Cod.*
4. *Caraïbes.*

Sandra renonça. Elle voulait partir, mais comprenait aussi qu'elle ne pouvait échapper à elle-même. Certains matins, elle se réveillait en se demandant qui elle était, incapable de la moindre décision sur son avenir. Au fond de son cœur, elle savait que Mike et elle couraient droit aux ennuis. À un moment ou un autre, ils devraient sortir de cette clandestinité dans laquelle ils s'enfermaient pour l'instant – ou bien rompre.

Le temps passant, son attachement à Blue Moon Beach ne cessait de se renforcer. Ici, c'était chez elle, et elle aurait bien du mal à tirer un trait.

Irritée, Sandra parcourut le salon dont les plâtres venaient d'être refaits. Inconsciemment sans doute, Mike lui avait ouvert les yeux sur son véritable souhait : en secret, elle désirait rester dans cette maison, et cela ne lui simplifiait pas la tâche.

Sur un coup de tête, elle alla à Providence voir son père. Depuis le départ de sa mère, elle n'avait quasiment pas eu de nouvelles de lui. Il n'avait jamais été très doué pour exprimer ses sentiments, même si son amour pour elle ne s'était jamais démenti depuis sa plus tendre enfance. Elle avait des souvenirs très nets de son père assis près d'elle alors que, toute petite, elle faisait les exercices de diction recommandés par l'orthophoniste. De cet entraînement assommant, il avait fait un jeu avec des M&M's et des étoiles dorées sur un tableau pour chaque progrès accompli. Au printemps, l'année de ses cinq ans, il lui avait offert un grand vélo. Ignorant ses bredouillements d'appréhension, il avait couru à son côté, une main sur la selle. À un moment, il l'avait lâchée, mais était resté près du vélo afin qu'elle ne réalise pas qu'elle roulait sans son aide.

Son départ pour l'université avait été un coup dur pour lui, mais il n'en avait rien montré, se contentant de lui prodiguer ses encouragements. Lors de son mariage avec Victor, il s'était montré peu loquace.

— Il veillera sur toi, avait-il dit simplement.

Et Sandra se demandait si ce n'était pas un espoir plus qu'une certitude.

Après l'accident, sa mère et lui étaient restés à son chevet dans sa chambre d'hôpital. D'une certaine façon, il avait toujours été présent, mais sans doute pas comme elle l'aurait souhaité. Non pas qu'elle pût l'en blâmer. Si elle-même ne savait pas ce qu'elle voulait, comment le saurait-il ?

Elle se gara devant le petit pavillon où elle avait vécu jusqu'à ses dix-huit ans. C'était une rue modeste et tranquille, avec des maisons de brique entourées d'un jardin de la taille d'un timbre-poste, et flanquées d'un garage des années 1940 trop petit pour les voitures d'aujourd'hui. Avec le temps, les racines des arbres qui bordaient les trottoirs avaient soulevé le macadam.

L'allée qui menait au perron avait besoin d'un bon coup de balai, et la boîte aux lettres débordait de publicités. Sandra la vida et frappa à la porte. Pas de réponse. Elle aurait peut-être dû téléphoner avant de venir... Mais la voiture de son père était dans l'allée, et il n'aimait pas marcher.

Et s'il avait eu un accident ? songea-t-elle, prise d'une soudaine panique. S'il était malade ? D'une main tremblante, elle sortit la clé qu'elle possédait depuis ses dix ans et ouvrit la porte. Les stores tirés plongeaient le salon dans la pénombre. Il régnait dans la pièce une odeur de renfermé.

— Papa ? appela-t-elle. C'est moi.

Elle posa le courrier sur la table du vestibule et se dirigea vers l'arrière de la maison. Peut-être était-il dans l'atelier attenant au garage, à bricoler ses clubs de golf ou ses cannes à pêche.

— Papa ?

À cet instant, elle entendit sa voix à l'étage. Avec un soupir de soulagement, elle monta le rejoindre. Par la porte entrebâillée, elle le vit assis à l'ordinateur, un casque sur la tête.

Elle l'observa un moment avec curiosité. Une photo de valise apparut à l'écran.

— *La maleta,* dit-il.

Puis un parapluie.

— *Un paraguas.*

Sandra en fut tout attendrie. Il avait un accent abominable, mais s'entraînait avec tant de concentration et de sérieux qu'elle ne put s'empêcher de sourire.

Quand un train s'afficha à l'écran, elle entra dans la chambre et posa une main sur son épaule.

— Papa…

Il sursauta violemment, manquant tomber de sa chaise. Il arracha ses écouteurs.

— Bon sang, Sandra, j'ai failli avoir une attaque…

— Excuse-moi, dit-elle en déposant un baiser sur sa joue rugueuse. J'ai frappé, appelé, mais tu n'as pas entendu. Des cours d'espagnol ? demanda-t-elle en prenant le livret illustré, ouvert devant lui.

Il rougit.

— Un nouveau logiciel. Je m'amusais juste un peu avec.

— *Le admiro,* le félicita-t-elle, puisant dans ses souvenirs de classe.

— *Gracias. ¿Puedo conseguirle algo de beber ?*

Elle rit, impressionnée.

— J'aimerais bien une tasse de thé. Euh... non, en fait, je préférerais un soda, corrigea-t-elle devant son air embêté.

Ils descendirent à la cuisine et il sortit une canette du réfrigérateur. Sandra remarqua une carte de visite, fixée sur la porte par un *magnet*.

— Un « audiologue » ? s'étonna-t-elle en se tournant vers son père. Qu'est-ce que c'est ?

— J'ai pris rendez-vous pour faire vérifier mon audition, expliqua-t-il d'un air encore plus embarrassé qu'avec le cours d'espagnol.

Elle posa la canette et le serra dans ses bras.

— C'est une excellente idée, papa.

Il haussa les épaules.

— Ta mère me harcelait toujours pour que j'y aille.

— Elle serait si contente...

Il poussa une pile de journaux et lui fit signe de s'asseoir.

— Alors, comment vas-tu ? s'enquit Sandra.

— Bien.

— Vraiment ?

— Je pêche et je joue au golf quand j'en ai envie. Je n'ai personne sur le dos pour me dire de m'essuyer les pieds ou de manger moins de sel.

La jeune femme l'observa, essayant de deviner ce qu'il cachait derrière sa nonchalance étudiée.

— Moi, je crois que tu t'ennuies.

— Je n'ai jamais été plus occupé. J'ai mes copains au golf. Le mardi soir, je joue au poker.

— Tu t'ennuies de maman, précisa-t-elle en posant une main sur la sienne.

Ils n'avaient jamais été une famille très démonstrative, et elle se surprit à le regretter. Mike lui avait appris l'incroyable pouvoir du contact physique, qui rapprochait les êtres dans la confidence...

— Il n'y a pas de mal à dire qu'elle te manque, tu sais. À quoi bon faire semblant ?

— Tu crois que je fais semblant ?

— Oui, et c'est mauvais pour toi, papa.

Et elle, n'avait-elle pas fait semblant au sujet de Victor ?

Son père contempla leurs deux mains jointes.

— J'ai eu le temps de réfléchir, tu sais. Et de me rendre compte que j'aime bien être avec ta mère... J'aime bien sa cuisine. J'aime bien être avec elle le soir, à regarder la télé ou lire le journal. Et même quand elle m'asticote. (Il secoua la tête.) Je ne crois pas lui avoir jamais dit ces choses-là.

— Il n'est pas trop tard. Quand elle rentrera de sa croisière, demande-lui de revenir à la maison.

Il dégagea sa main et se la passa dans les cheveux, qui commençaient à être trop longs.

— Ce n'est pas un sonotone et des cours d'espagnol qui pourront tout arranger.

Sandra repensa à leur vie commune, sa mère triant ses chaussettes et lui prenant ses rendez-vous chez le coiffeur. Lui, vérifiant les pneus de la voiture et téléphonant deux fois par jour, où qu'il fût. Ils pensaient toujours l'un à l'autre, sans même s'en rendre compte.

— Ce qui importe, c'est l'intention, papa. Tu dois réussir à la convaincre que si elle rentre, les choses seront différentes. Et faire en sorte qu'elles le soient.

— Je m'y applique, répondit-il, embrassant d'un regard triste le désordre dans la cuisine. Je vais faire davantage d'efforts... Tu as de ses nouvelles ?

— Elle m'envoie des cartes postales. La croisière est formidable, à part les séminaires pour arrêter de fumer qui sont, paraît-il, à mourir d'ennui...

— Elle essaie d'arrêter de fumer ?

— Apparemment. Sa croisière s'intitule « Croisière pour un nouveau départ ». Elle propose une foule d'activités pour tenter de faire des progrès sur soi-même. Tu ne savais pas ?

— C'est pas vrai ! fit son père avec un petit sourire en coin.

— Si. Dans une autre carte, elle raconte qu'elle est passée au niveau perfectionnement en tai-chi, et qu'elle a attrapé un énorme marlin.

— Ah bon ? Ta mère pêche, maintenant ?

Sandra finit son soda.

— Tu vois, je ne crois pas qu'elle ait plus envie que toi de renoncer à votre mariage.

— Alors pourquoi est-elle partie ?

— Parce que tu ne voulais rien entendre.

Une lueur s'alluma dans le regard de son père. L'espoir. Il lui caressa la joue, un geste d'affection qu'il avait rarement.

— Et toi, comment vas-tu ?

Durant le trajet, Sandra avait décidé de rester discrète sur ses affaires. Elle ne s'attendait pas à ce que son père se montre si ouvert. Elle l'avait toujours adoré, mais de cet amour filial distant que l'on imagine venant d'une fille. Maintenant, elle savait que leur relation était beaucoup plus profonde.

— Les Winslow ont déposé une plainte au civil. Mon avocat est persuadé que le juge va la rejeter, expliqua-t-elle.

— Tant mieux.

— Encore faut-il qu'il statue en ma faveur.

— Pourquoi ne le ferait-il pas ?

— Les avocats des Winslow cherchent de nouvelles pièces à conviction.

— Ils ne trouveront rien. N'est-ce pas ? ajouta-t-il après un silence.

— Je n'en sais rien. Dieu seul sait ce qu'ils peuvent inventer.

Il se leva brusquement et arpenta la cuisine de long en large.

— Qu'est-ce qu'ils cherchent, à la fin ? Ils n'ont pas besoin de ton argent !

— Tu sais bien que ce n'est pas une question d'argent, papa. Ils veulent juste... je ne sais pas... une coupable pour la mort de leur fils. C'était une mort tellement insensée. Peut-être est-ce leur façon de lui trouver un sens.

Il s'arrêta net et agrippa le dossier d'une chaise.

— Pourquoi es-tu si compréhensive envers ces gens ?

Si seulement il savait combien la tentation avait été grande de révéler le cauchemar qui la hantait. Mais elle ne l'avait pas fait, et ne le ferait jamais. Ce n'était pas de la compréhension, mais la forme la plus lâche de l'instinct de survie.

— Ce ne sont pas de mauvaises gens, répondit-elle. Ils souffrent, c'est tout.

— Et te faire souffrir aussi va les aider, tu crois ?

— Je n'en sais rien, papa. Ça va aller. D'après Milton Banks, ils n'ont aucune chance de l'emporter.

— Encore heureux !

— Les travaux avancent bien à Blue Moon Beach, dit Sandra, soucieuse de dévier la conversation sur un sujet plus léger.

— Oui ? C'est bien.

— J'ai engagé un agent immobilier qui s'appelle Sparky.

— Sparky ? Ça fait vendeur de voitures d'occasion.

— En fait, c'est une femme. D'après mon avocat, c'est la meilleure. Selon elle, la maison vaut une fortune.

— C'est sûr, située comme elle est. Alors comment se fait-il que tu n'aies pas l'air heureuse de la vendre ?

Sandra n'avait pas réalisé que ses doutes se lisaient sur sa figure. Avant l'accident, Victor et elle projetaient de rénover Blue Moon Beach et de s'en servir comme résidence d'été. Ils se voyaient à la retraite, admirant la mer le soir dans leurs fauteuils à bascule sur la terrasse. À l'époque, déjà, Victor avait su que ce rêve ne se réaliserait jamais. Mais elle y avait cru de tout son cœur.

— L'incertitude, j'imagine, répliqua-t-elle. Je n'ai aucune idée de l'endroit où je vais m'installer.

— Pourquoi pas à Cape Cod ? Ou même dans le Sud ? C'est Victor qui parlait tout le temps de la Floride, non ?

Elle refoula la panique qui menaçait de lui nouer la gorge.

— L'occasion ne s'est jamais présentée.

— Voilà peut-être celle que tu attendais. Prends ton temps, tu finiras bien par trouver l'endroit où tu veux vivre.

La Floride avait été le rêve de Victor, pas le sien. Elle avait toujours été heureuse à Paradise, la bien nommée. Elle savait qu'il n'y aurait jamais un autre Blue Moon Beach, quels que soient la distance parcourue et l'argent dépensé.

— Et puis, à Paradise, les gens te mènent la vie dure. Tu ne vas pas rester là plus longtemps qu'il ne...

— J'ai rencontré quelqu'un.

Cette confession imprévue les surprit tous les deux. Son père haussa les sourcils.

— Ah bon ?

— En fait, c'est... euh... l'artisan qui travaille sur la maison.

Il se rassit en la dévisageant.

— Un certain Malloy, c'est ça ? Tu m'en avais parlé.

— Mike Malloy. Je... je ne m'attendais pas à ça. Dieu sait que je n'ai pas eu la tête à chercher quelqu'un. Mais... Mike et moi, nous nous sommes vus beaucoup ces derniers temps, à cause de la maison, et... nous avons fini par nous rapprocher.

Il se pencha en avant.

— Quel genre d'homme est-il ?

Il y a quelques années, il lui avait posé la même question au sujet de Victor.

— Il est parfait, avait-elle répondu avec une naïveté sincère. Absolument parfait.

Elle ne recommencerait pas la même bêtise. Elle avait suffisamment mûri pour se rendre compte que Mike n'était pas parfait. Mais il était... tout le reste. Attentionné. Fort et tendre. Sexy en diable. Solide et rassurant comme un roc dans une mer déchaînée.

— Tu l'aimerais bien, je crois. Avant, il avait une entreprise de bâtiment à Newport. Maintenant, il lance une nouvelle affaire à Paradise. C'est un père divorcé. Il a un garçon de neuf ans et une fille qui vient d'en avoir treize.

— C'est du sérieux entre vous ?

— Je n'en ai aucune idée, répliqua Sandra, consciente d'esquiver la question.

En vérité, elle avait des frissons à chaque fois qu'elle pensait à Mike, et un seul de ses regards faisait bondir son cœur. C'était une conversation qu'elle aurait dû avoir avec Joyce ou Barbara, et voilà qu'elle s'épanchait auprès de son père !

— Il y a quelque chose que tu dois savoir. Victor et lui étaient amis d'enfance.

— *Quoi ?*

— Il a grandi à Paradise. Il connaît beaucoup de gens.

— Sandra, en as-tu parlé à ton avocat ?

— Non, pourquoi ?

— Ce type te mène peut-être en bateau. Tu l'as laissé entrer dans ta maison. Si ça se trouve, il met son nez dans tes affaires. Et s'il trouvait des éléments contre toi, pour les Winslow ?

— C'est un peu mélodramatique, non ? Et puis j... je n'ai rien à cacher.

— Sois prudente, la prévint son père. Tu es dans une situation délicate, avec cette plainte suspendue au-dessus de la tête. Ne le laisse pas profiter de toi.

— Jamais il ne ferait une chose pareille, je t'assure.

Les soupçons de son père la hantèrent pendant tout le trajet de retour. Au lieu d'apaiser ses craintes au sujet de sa relation avec Mike, leur conversation avait soulevé de nouvelles questions. Des questions ô combien angoissantes.

28

De retour chez elle, Sandra se mit en quête de Mike. Les ouvriers avaient fini leur journée, mais lui était encore là. Perché sur son échelle, il mettait la touche finale à une corniche dans la salle à manger, tandis qu'à la radio Bruce Springsteen chantait en sourdine.

Elle ne se lassait pas de le regarder travailler. Il y avait dans ses gestes et ses attitudes un petit côté mystérieusement évocateur qui ne manquait jamais de toucher son cœur. La hanche calée sur le dernier barreau de l'échelle, les mâchoires serrées, et cette concentration dans le regard lorsqu'il étudiait son niveau à bulle... Il s'agissait de tâches de routine, sans doute ennuyeuses, mais il les effectuait avec tant de... talent – oui, c'était le mot – qu'elle éprouvait une fascination irrésistible.

Elle essaya de l'imaginer assez fourbe pour l'espionner en secret et fouiller sa maison au profit des Winslow. Non, c'était tout bonnement ridicule ! Jamais Mike ne ferait une horreur pareille. Elle se sentit stupide et paranoïaque d'avoir pu, ne serait-ce qu'une seconde, envisager pareille accusation.

Zeke se réveilla de sa sieste sur le rebord de la fenêtre et vint l'accueillir en trottinant. Alerté, Mike glissa son niveau dans sa ceinture à outils et se tourna vers elle.

— Bonsoir, dit-il avec un grand sourire en descendant de l'échelle. Je ne t'avais pas entendue rentrer.

Il l'étreignit par la taille et l'embrassa avec fougue. Le cœur de Sandra s'enflamma comme une allumette, et lorsqu'elle se libéra de ses bras, elle s'efforça de se remémorer ce qu'elle avait prévu de lui demander. En vain.

— Tu m'as manqué, murmura-t-elle alors.

— Hmm, chérie, toi aussi tu m'as manqué, dit Mike en l'attirant à lui.

Il lâcha sa ceinture à outils et l'embrassa de plus belle, tout en l'entraînant à reculons dans le vestibule jusqu'à l'escalier. Seigneur, elle adorait ce désir sauvage qu'elle déclenchait en lui, cette aptitude qu'il avait à se déconnecter du monde pour ne plus voir qu'elle. Grâce à lui, elle parvenait à oublier…

Dans la chambre, ils se laissèrent tomber sur le lit, faisant grincer les ressorts du vieux sommier. Mike recouvrit son corps du sien et tandis que leurs bouches se cherchaient avec fébrilité, il voulut déboutonner le chemisier de Sandra. Sa main s'emberlificota dans la lanière de son fourre-tout qu'elle portait encore sur l'épaule.

— Mettons d'abord un peu d'ordre, plaisanta-t-il en se redressant.

Elle rit.

— Je n'avais pas prévu de me laisser séduire.

Maintenant ! s'ordonna-t-elle. Demande-lui maintenant.

— L'imprévu, il n'y a rien de mieux.

Il lui prit son sac et lui enleva son chemisier par la tête. Les doutes de Sandra s'envolèrent comme par enchantement. Elle déboutonna sa chemise de travail en jean et l'ouvrit sur son torse nu. Il faisait encore clair, dehors. Les pâles rayons du soleil soulignaient chaque contour de son corps musculeux. Il y avait quelque chose de délicieusement coquin à se livrer à ces petits jeux en plein jour.

— J'ai besoin d'une douche, dit-il, alors qu'elle sortait de son jean les pans de sa chemise.

— Maintenant ?

Il fit glisser le slip de Sandra le long de ses hanches fines, marquant une pause pour embrasser du bout des lèvres l'intérieur de son genou.

— Oui.

— Mais…

Mike se redressa et dégrafa son soutien-gorge, puis recula d'un pas pour admirer son corps parfait.

— Maintenant, insista-t-il en lui prenant la main.

Il l'entraîna dans la salle de bains attenante. Elle possédait le même charme désuet que le reste de la maison, avec son carrelage noir et blanc hexagonal, et son immense baignoire à pattes de lion en porcelaine blanche. Mike fit couler l'eau chaude et ôta ses vêtements. Il lui sourit à travers la vapeur et, d'un geste étonnamment formel, lui prit la main pour l'aider à monter dans la baignoire. Ils s'embrassèrent avec passion sous le jet d'eau bienfaisant, puis il lui tendit le savon.

Sandra le tourna et le retourna entre ses mains, si bien qu'il finit par lui glisser des doigts. Mike se pencha vers elle.

— Arrête donc de réfléchir comme ça, lui murmura-t-il à l'oreille.

— Je ne…

— Si, je le vois à ta tête.

Elle poussa un profond soupir et se concentra sur lui, la douceur de sa peau, le goût de ses lèvres. D'une main timide, elle caressa son torse, puis ses clavicules, laissant un sillage de mousse. Au son de gorge qu'il laissa échapper, elle sut qu'elle était sur la bonne voie. Sur la pointe des pieds, elle joignit sa bouche à la sienne, tandis que ses mains s'enhardissaient dans leur exploration. Sous les caresses et les baisers, elle ne pensa bientôt plus qu'au désir qui la consumait.

Elle noua les bras autour de sa taille.

— J'ai envie de toi… tout de suite.

— Vos désirs sont des ordres, madame.

Sandra ferma les robinets en hâte. Comme dans un brouillard, elle se laissa mener jusqu'au lit et se noya dans un océan de volupté.

Ils ne remarquèrent que bien plus tard les draps dévastés par leurs corps trempés. La jeune femme lui prêta son peignoir en éponge rose, et rit de voir l'allure qu'il avait dedans. Enveloppé dans une serviette de bain, elle ôta les draps mouillés et les remplaça par une parure propre, avec l'aide de Mike. Une fois la courtepointe à sa place, il captura Sandra par la taille et la renversa à nouveau sur le lit.

— C'était exactement ce dont j'avais besoin, dit-il en l'embrassant tendrement dans le cou.

— D'une douche ?

— Non, de câlins aussi merveilleux.

— Merveilleux ? C'est vrai ?

— Tu ne trouves pas ?

Le sourire de Sandra s'évanouit. Impossible de mentir ou de bluffer.

— J'ai l'impression d'être au paradis, Mike. Jamais je n'aurais imaginé…

Son embarras lui paraissait absurde, après leurs ébats. En proie à des sentiments contraires, elle se dégagea de son étreinte.

— Tu es vraiment très doué, conclut-elle.

Mike se redressa en riant.

— Chérie, il ne s'agit pas d'une question de compétence, objecta-t-il, et son regard se fit langoureux. C'est à cause de ce que je ressens pour toi.

— Mike…

— Tu ne comprends pas ?

— Quoi donc ?

Il se pencha vers elle et prit son visage dans le creux de ses mains.

— Je suis en train de tomber amoureux de toi. Follement.

Sandra le dévisagea sans un mot avec effarement. Que répondre à une confession si bouleversante ? Elle se leva d'un bond du lit et s'empressa de dissimuler son corps sous un caleçon et un sweat-shirt.

— Là, en principe, tu es censée répondre : « Vraiment ? C'est formidable, je ressens la même chose pour toi », fit-il remarquer avec un sourire désarmant.

— Je ne suis pas en train de tomber amoureuse, finit-elle par murmurer, prise au dépourvu par une subite envie de pleurer. Je le suis déjà.

29

Pour le dîner, ils mangèrent des œufs brouillés en écoutant Natalie Cole sur la chaîne. Puis Mike laissa Zeke sortir pour sa promenade du soir. Pelotonnée sur le canapé, Sandra admirait le bleu indigo du ciel, où s'allumaient les premières étoiles. Ils n'avaient pas reparlé de leur conversation dans la chambre, mais une ambiance nouvelle les enveloppait. Elle savoura le luxe de se reposer pendant que Mike faisait un feu dans le poêle.

Elle se sentait si bien avec lui. Les doutes qui l'avaient assaillie plus tôt avaient disparu. Ils lui paraissaient tellement grotesques, après ce qu'elle et Mike venaient de partager…

Il réparait sa maison, sa vie, son cœur brisé… Il l'avait trouvée au plus bas et, petit à petit, il recollait les morceaux, lui montrait le véritable visage de l'amour. Tendresse, affection, gratitude… les sentiments qui étreignaient Sandra étaient si forts qu'elle en avait mal. Mike se chargeait de tout réparer, mais qui s'occupait de lui ?

— J'ai une idée, dit-elle, prise d'une subite inspiration.

Elle le conduisit à la cuisine par la main et plaça un tabouret sous le plafonnier.

— Tu as besoin d'une bonne coupe.

Il tâta les mèches sur sa nuque.

— Tu trouves ?

— Sans aucun doute, assura-t-elle en sortant les Fiskars d'un tiroir.

Avec un haussement d'épaules nonchalant, il s'assit sur le tabouret.

— D'accord.

Sandra mit une serviette autour de son cou et alla chercher un peigne. Puis elle se plaça devant lui et partagea ses cheveux encore humides par une raie au milieu.

— Je n'arrive pas à croire que tu me laisses faire.

— J'ai confiance.

— J'ai toujours aimé couper les cheveux, confessa-t-elle en taillant les épaisses mèches brunes sous ses doigts. Je n'ai pas de diplôme, mais j'ai le chic. Bizarre, non ? Quand j'étais petite, je m'entraînais sur mes poupées. Elles y sont toutes passées. À six ans, je me suis fait une coupe à l'iroquois, bien avant que ce soit la mode.

— Ça devait valoir le coup d'œil.

— C'est l'une des rares fois où j'ai vu ma mère pleurer. J'ai dû aller à l'école avec un bonnet ou un foulard pendant au moins six semaines !

— Tu devais être une gamine adorable.

— Perdu, Malloy ! J'étais une catastrophe.

Elle n'aimait pas repenser à ces années. Elles avaient beau être lointaines, elle se souvenait avec une douloureuse acuité des mots qui restaient coincés dans sa gorge, puis jaillissaient en un charabia incompréhensible. Elle entendait encore les murmures des adultes et les quolibets des autres enfants. Elle était « Sandy Bab-bab-babblecock », la fille qui bégayait.

— Mais si je ne l'avais pas été, ajouta-t-elle en s'activant avec ses ciseaux, je ne me serais peut-être pas mise à l'écriture. Dans mes histoires, j'étais toujours la star. La merveilleuse danseuse étoile, le médecin qui guérit le cancer, l'héroïne qui sauve une ville des inondations. J'avais une imagination fertile. Voilà sans doute pourquoi je suis un personnage aussi insignifiant dans la réalité.

Alors qu'elle vérifiait sa coupe sur le devant, Mike lui saisit les poignets.

— Pas dans la mienne, protesta-t-il en l'embrassant.

— Arrête de me distraire, Malloy. J'ai presque terminé.

Quelques minutes plus tard, elle chassa avec la serviette les petits cheveux qui collaient au cou de Mike, puis recula pour admirer son travail.

— Mon Dieu, je suis une pro... Tu es Russell Crowe.

— Qui ça ?

— Russell Crowe. Tu n'as pas vu *Gladiator* ? Eh bien, tu devrais. Tu lui ressembles. Sparky avait raison.

— Qu'a donc dit Sparky ?

— Que tu étais le dieu de l'Amour incarné.

Il ricana.

— Qu'est-ce qu'il ne faut pas entendre ! Bon, c'est fini ? grommela-t-il en se passant une main dans les cheveux. Merci.

Il alla prendre la balayette et ramassa les mèches éparpillées sur le carrelage refait à neuf.

— Tu ne veux pas voir à quoi tu ressembles ? s'étonna Sandra.

Il vida la pelle dans la poubelle.

— Ça te convient ?

— Le dieu de l'Amour incarné, le taquina-t-elle.

— Alors ça me va aussi.

Il rangea la balayette et fit entrer Zeke, qui se laissa tomber sur son coussin près du poêle.

Puis ils remontèrent dans la chambre et firent à nouveau l'amour, avec une lenteur et une tendresse bouleversantes. Sandra baignait dans un état d'extase tranquille, qu'elle aurait voulu ne plus quitter.

Plus tard, Mike l'embrassa et se glissa hors du lit, cherchant son jean à tâtons.

— Il faut que j'y aille, murmura-t-il.

— Reste, le supplia-t-elle sur le même ton.

Il hésita.

— S'il te plaît, Mike...

Il revint sous les couvertures et elle se blottit contre lui, rayonnante.

— D'accord, mais pourquoi murmure-t-on ?

Elle ne répondit pas, trop émue pour prononcer le moindre mot. En cet instant, elle avait une conscience aiguë de son bonheur. Mais derrière sa joie se profilait l'angoisse terrible de le perdre.

30

C'était si agréable de se réveiller avec la femme qu'il aimait dans ses bras, qu'à part ouvrir un œil, Mike ne broncha pas à six heures. Il n'avait jamais eu besoin de réveil – il se réveillait naturellement à la même heure, tous les matins.

Dans cette maison isolée, nul besoin de tirer les rideaux pour garantir son intimité. La vue était spectaculaire. Le soleil n'était pas encore levé, mais les premières lueurs de l'aurore commençaient à poindre à l'horizon, jetant sur l'océan un voile argenté.

Il se redressa doucement sur un coude et regarda Sandra dormir. Sa seule vue le remplissait d'émotion : sa peau veloutée, ses traits apaisés, ses cheveux soyeux étalés sur l'oreiller, ses lèvres pleines à peine entrouvertes, de la même couleur qu'un bouton de rose... Il était content d'être resté, même s'il avait conscience que leur situation avait changé. Il allait sans doute être forcé de mettre un nom sur ce qui leur arrivait – ce dont il s'était délibérément abstenu, jusqu'ici.

Il existait toutes sortes d'expressions passe-partout bien pratiques – se voir, se fréquenter. Le hic, c'était qu'aucune d'elles ne convenait désormais.

Son unique certitude, c'était que Sandra comblait le vide qu'il avait en lui depuis trop longtemps, et il ne voulait pas la perdre.

Le cœur débordant d'affection, il déposa un tendre baiser sur sa tempe. Mystérieuse Sandra. Elle était comme les vitraux à facettes, délicatement ouvragés, qui ornaient les fenêtres anciennes de sa chambre, passant du soleil à la nuit au moindre changement de luminosité. Certaines de ses facettes lui demeuraient cachées, il en avait conscience. Les connaîtrait-il un jour ? Rien de moins sûr.

Fidèle à son habitude, Zeke se réveilla à six heures et demie et alla gratter à la porte. Mike se leva de mauvaise grâce, ignorant la plainte de protestation ensommeillée qui monta des couvertures.

— Je reviens, murmura-t-il.

Il enfila son jean et alla ouvrir au chien.

Il faisait si froid dans la maison qu'il voyait presque le halo de sa respiration. Il n'aimait pas savoir Sandra ici, jour après jour, affrontant seule un avenir incertain. Il alluma le poêle et mit la cafetière en marche, aussi naturellement que s'il avait habité là.

Pendant que le café passait, il observa Zeke qui courait dans les dunes en direction de la plage. Appuyé sur le rebord de la fenêtre, il admira le panorama. Il ressentait un profond attachement à ce lieu ; c'était le paysage de son enfance, où il avait appris les secrets des criques et marais, bercé par les piaillements des mouettes et les sirènes de bateaux. C'était bizarre, mais il était tombé sous le charme de la maison, presque autant que sous celui de sa propriétaire.

Zeke effaroucha une volée de bécasses, qui s'égaillèrent sur le sable mouillé. L'exubérance du chien fit sourire Mike. La cafetière s'arrêta dans un sifflement ; il retourna à la cuisine. Il remplit deux tasses et les emporta à l'étage.

Assise dans le lit, les cheveux ébouriffés, Sandra lui sourit.

— Tu es un ange, dit-elle en prenant la tasse qu'il lui tendait. Quand j'ai senti le café, j'ai cru nager en plein rêve.

Elle but une gorgée, puis plissa le front en remarquant une chose marron informe, gisant sur la descente de lit.

Mike ramassa l'objet entre le pouce et l'index.

— Aïe, fit-il, c'est le vieil ours que tu gardais sur ton lit. Apparemment, Zeke lui a réglé son compte.

Du rembourrage piqué de moisissure s'échappait de la peluche lacérée.

— Victor l'avait gagné à la fête foraine, le jour où il m'a demandée en mariage. Jette-le à la poubelle, ajouta-t-elle après un temps d'arrêt.

— Désolé, marmonna-t-il en emportant l'ours dans la salle de bains.

Lorsqu'il revint, elle l'observait avec une telle intensité qu'il détourna le regard.

Au même instant, son portable sonna. Il fouilla dans le tas de vêtements au pied du lit et finit par le trouver, attaché à la ceinture de son jean.

— Mike Malloy.

— Allô, c'est Angela.

— Angela ? (Du coin de l'œil, il vit Sandra se raidir et remonter les couvertures sur elle.) Les enfants vont bien ?

— Oui, pas de problème. Écoute, j'ai besoin d'un service. L'école est fermée aujourd'hui – encore une panne de courant générale. Je dois me rendre à Providence. Peux-tu prendre les enfants ?

— Bien sûr. Je suis là dans une demi-heure.

Il expliqua la situation à Sandra en s'habillant.

— Peux-tu dire à Phil de m'appeler quand il arrivera ? Nous avons une nouvelle inspection électrique aujourd'hui. Je voulais être présent, mais puisque j'ai les enfants, je vais devoir annuler.

— Amène-les ici, proposa-t-elle.

Il hésita.

— Je ne peux pas te demander de...

— Malloy, j'aime bien tes enfants. J'adorerais passer la journée avec eux... Tu ferais mieux de te raser, ajouta-t-elle en lui tendant un Lady Schick jetable.

Sandra passa la matinée sur un petit nuage. Avec la présence de Mike et des enfants dans sa maison, le monde semblait enfin tourner rond. Un monde nouveau et magique. Elle confectionna des muffins aux myrtilles et fut récompensée par une expression de pur bonheur sur le visage de Kevin, quand il entra dans la cuisine et sentit les arômes qui s'échappaient du four.

Après que sa sœur et lui eurent dévoré plusieurs muffins, Sandra fit une demi-douzaine de parties de dames avec lui. Sans merci, il la battit cinq fois à plate couture. Lorsqu'elle demanda à Mary Margaret si elle voulait lire le manuscrit de *Présents simples,* celle-ci sauta avec joie sur l'occasion. Elle s'installa au bureau de Sandra, dans le coin bibliothèque, et s'absorba dans la lecture des feuillets fraîchement sortis de l'imprimante, qu'elle tournait avec une méticuleuse révérence.

— Et si je tombe sur une faute d'orthographe ? s'enquit-elle.

Sandra lui donna un paquet de Post-it.

— Tu marques l'endroit avec ça, et je la corrigerai plus tard.

— C'est vrai ?

— Bien sûr. J'indiquerai ton nom à la page des remerciements.

— Cool !

Coinçant une mèche derrière son oreille, Mary Margaret reprit sa lecture avec concentration, sans paraître gênée par le défilé bruyant des ouvriers dans la pièce.

L'arrivée d'une cargaison de bois arracha Kevin à ses parties de dames avec Sandra. Son père lui prêta un casque et l'emmena assister au déchargement.

La présence des enfants donnait à cette journée un air de vacances. Que pouvaient-ils bien penser de sa relation avec Mike ? se demanda Sandra. Mary Margaret avait compris qu'ils étaient plus que de simples amis, mais elle ne devait pas voir en elle une rivale tentant de s'accaparer l'affection de son père.

Après le déjeuner – des paninis à la saucisse bolonaise, qui ravirent Kevin –, elle emmena les enfants à la plage avec Zeke. Le chien s'élança à fond de train, aboyant après les vagues et pourchassant les mouettes, langue pendante. Presque aussi fringant, Kevin courait sur le sable, blouson et lacets au vent. Avec des bruits de jet supersonique, il bombardait des cibles imaginaires.

Mary Margaret, elle, faisait des méandres, ramassant çà et là des coquillages ou de petits galets qu'elle rangeait dans sa poche.

— L'état de la grand-mère de Charlotte ne va pas s'améliorer, hein ?

— Non, répondit Sandra avec sincérité. Mais Charlotte va changer.

— Elle en a, des problèmes. Des mauvaises notes à l'école, sa mère qui travaille tout le temps, sa grand-mère de plus en plus malade chaque jour...

— C'est ainsi que la fiction fonctionne. Ma fiction, en tout cas. L'héroïne ne trouve pas de solution miracle, mais elle mûrit et est mieux armée pour affronter les difficultés de la vie.

— Beurk, c'est dégueulasse ! cria Kevin en courant vers elles, Zeke sur ses talons.

— Qu'y a-t-il ? demanda Sandra.

— Zeke a trouvé une bestiole crevée et il s'est roulé dedans ! Beurk ! Beurk ! Beurk ! s'exclama le garçon qui fit semblant de vomir dans le sable.

Une matière gluante, aux relents de poisson pourri, souillait le pelage du caniche. Sandra et Mary Margaret reculèrent de dégoût. Zeke bondit autour d'elles, croyant à un nouveau jeu.

— Quelle horreur ! Ça pue ! protesta la jeune fille.

— Il va falloir lui donner un bain, dit Sandra, le nez froncé.

— Pas question que je touche à...

— On va tous s'y coller.

Sandra siffla le chien et courut devant lui jusqu'à la maison. Elle l'enveloppa dans une vieille nappe à pique-nique, dénichée dans le garage, et monta au pas de charge dans la salle de bains, son paquet répugnant sous le bras.

— Remplis la baignoire d'eau tiède, dit-elle à Kevin.

— C'est comment, tiède ?

Mary Margaret leva les yeux au ciel.

— Je te dirai.

Sandra jeta un rapide coup d'œil à la ronde. Pourvu qu'il n'y ait pas de traces du passage de Mike... Le rasoir en plastique rose au bord du lavabo n'avait rien de suspect, tout au moins l'espérait-elle. Elle s'efforça de ne pas penser à leurs ébats, la nuit dernière, même si son corps s'en souvint avec un spasme de plaisir. Pas question qu'ils sachent que leur père était resté dormir. Elle n'était pas prête à ce genre de révélation. Et eux non plus, certainement.

— Tu as du shampooing pour chien ? s'enquit Kevin.

— Elle n'a pas de chien, débile, râla sa sœur.

Il lui tira la langue.

— Vous n'avez qu'à prendre cette bouteille bleue, soupira la jeune femme.

C'était son shampooing biologique de Bergdorf Goodman, New York. Mary Margaret vida la moitié du flacon dans la baignoire.

Sandra essuya le plus gros du poisson pourri avec la nappe, puis elle plaça le chien dans la baignoire remplie de mousse. Paniqué, Zeke se débattit comme un beau diable, pour le plus grand plaisir de Kevin. À tour de rôle, ils apaisèrent le pauvre chien tremblant et le frottèrent avec une éponge en loofa, sur laquelle Sandra fit mentalement une croix.

— Regardez comme il est maigrichon ! s'exclama Kevin en soulevant le caniche dégoulinant.

Tandis que son frère s'esclaffait, Mary Margaret continua de laver Zeke.

— C'est fou ! En fait, son pelage est blanc. Je l'avais toujours cru gris.

Sandra finit par avoir pitié. Elle vida la baignoire et le rinça sous la douche, pendant qu'il hurlait à la mort. Puis elle ferma le robinet et enveloppa le chien dans une épaisse serviette en éponge égyptienne – cadeau de mariage d'une grand-tante de Victor, avec onze autres, présentées dans une luxueuse boîte rouge vif de chez Macy.

Secoué de tremblements incontrôlables, Zeke gémissait à fendre l'âme.

— Et s'il attrape froid ? s'inquiéta Mary Margaret en se mordant la lèvre.

— Passe-moi le séchoir, dit Sandra, l'index pointé vers l'appareil. Et la brosse.

— Ce n'est pas ta brosse à cheveux ?

— J'en achèterai une autre.

Zeke apprécia l'étape du séchage et du brossage. Kevin était mort de rire à le voir tendre son museau vers le jet d'air chaud, comme s'il se trouvait dans un tunnel aérodynamique.

— Il est beau, commenta Mary Margaret, enchantée. Il ressemble presque à un vrai caniche. Sauf que tous ces poils cachent ses yeux... Si ça se trouve, il ne voit plus rien. À mon avis, il a besoin d'une bonne coupe.

— Tu viens de prononcer les mots magiques, Mary Margaret, approuva Sandra.

Investie d'une nouvelle mission, elle envoya Kevin chercher les ciseaux dans la cuisine – les mêmes que ceux dont elle s'était servie pour Mike, la veille. Toiletter un chien était un nouveau défi. Elle posa Zeke sur le placard à serviettes, près de la fenêtre. Kevin l'assista, avec pour instruction de le tenir.

Les deux enfants prodiguèrent leurs conseils, alors qu'elle s'affairait avec ses ciseaux :

— Fais-lui une boule sur la queue, comme dans les shows canins.

— Et si on lui mettait une barrette ?

— Ou un nœud ?

— Du vernis à ongles sur les griffes, ce serait génial, non ?

Une heure plus tard, Zeke ressemblait à un chien de concours, toiletté à la perfection. Tous trois reculèrent, admiratifs.

— Il est parfait, murmura Mary Margaret.

Le caniche sauta de son piédestal et bondit de tous les côtés, ravi de ces attentions.

— Vous croyez qu'il se rend compte ? demanda Kevin.

— Difficile à dire, répondit Sandra.

Entre les serviettes mouillées et les touffes de poils, il régnait dans la salle de bains un chaos innommable.

— Allons le montrer à papa.

Kevin se précipita sur le palier, Mary Margaret et Zeke sur ses talons. Sandra les suivit plus tranquillement, savourant son plaisir d'être avec des enfants aussi amusants. Si seulement cette journée pouvait durer éternellement...

Elle avait toujours réfuté l'existence de l'amour parfait. À présent, ses certitudes étaient ébranlées. La promesse d'une vie heureuse avec Mike et ses enfants se profila devant elle, tel un mirage envoûtant. Aujourd'hui, ils avaient formé une famille...

Pourtant, tandis qu'elle descendait les marches, la boule trop familière se reforma au creux de son estomac. Une sensation oppressante de calme avant la tempête...

Mike discutait avec Phil et le reste de l'équipe dans le salon. Ils levèrent le nez quand les enfants et le chien firent irruption dans la pièce. Mike resta bouche bée devant la boule de poils pomponnée qui trottinait vers lui.

— Nom de Dieu, marmonna-t-il en lâchant son crayon.

Les autres se poussaient du coude en se retenant de rire.

— Zeke, mon pauvre vieux... qu'est-ce qu'ils t'ont fait ?

— Il est mignon, hein ? s'extasia Mary Margaret, qui prit le chien dans ses bras et le présenta comme un cadeau à son père.

— Eh, chouette caniche, Malloy ! lança Phil d'un ton rigolard. Bon, les gars, la journée est finie. On y va.

Les ouvriers s'éclipsèrent, tandis que Mike secouait la tête, atterré. Il tint Zeke à bout de bras. Le chien se tortilla de plaisir et lui lécha la figure.

Sandra fut la seule à entendre le bruit de portière. Par la fenêtre, elle remarqua une Volvo bordeaux, garée dans l'allée. Une grande femme élégante se dirigeait vers le perron.

Elle n'eut aucune hésitation sur l'identité de la visiteuse. La ressemblance avec Mary Margaret était frappante. Ravalant le nœud d'angoisse qui lui bloquait la gorge, elle chercha tant bien que mal une contenance et ouvrit la porte à l'ex-femme de Mike.

— B...

Le mot resta coincé dans sa gorge. Mon Dieu, non, pas maintenant!

À son regard, Sandra comprit qu'elle l'avait reconnue. Une lueur de suspicion s'alluma aussitôt dans les yeux de la visiteuse.

— B... oui, bonjour, parvint-elle à articuler dans un souffle.

— Bonsoir, maman! s'exclama Kevin qui se précipita sur la terrasse. Regarde, on a toiletté Zeke!

— C'est bien, mon chéri.

De près, Angela était d'une beauté renversante, avec ses fins cheveux blonds coupés au carré. Elle portait un manteau de cachemire foncé et des gants en cuir couleur crème.

Sandra préféra oublier comment elle-même était attifée – vieux sweat-shirt et jean salis par l'épisode de la baignoire.

— Enchantée, je suis Sandra Winslow.

— Angela Falco.

Les mots avaient claqué, frisant l'impolitesse.

— Mike? appela-t-elle par-dessus l'épaule de Sandra.

— Eh, Angela... Qu'est-ce que tu fais là?

— Ma réunion s'est terminée tôt. Je suis venue chercher les enfants pour t'épargner un trajet à Newport. Je suis passée à la marina, et on m'a dit que je te trouverais ici. (Elle avait prononcé ce dernier mot comme s'il s'agissait de l'enfer de Dante.) Venez, les enfants. Prenez vos manteaux, on y va. Enchantée de vous avoir rencontrée, conclut-elle sèchement à l'adresse de Sandra.

Les enfants remercièrent spontanément Sandra et lui dirent au revoir. Mike les raccompagna à la voiture et les embrassa. Kevin et lui se tapèrent la main. Puis il échangea quelques mots avec son ex-femme, tandis que Sandra observait la scène, Zeke coincé sous son bras.

À un moment, Angela se pencha vers Mike et posa une main possessive sur son avant-bras. La familiarité du geste surprit Sandra. Son imagination lui jouait-elle des tours, ou bien y avait-il comme un flux d'énergie sexuelle entre eux ? Ils avaient été mariés longtemps ; le divorce n'avait pas effacé l'intimité qui les avait reliés de longues années...

Après leur départ, Mike rentra et jeta un regard navré à Zeke.

— Je ne le reconnais plus...

La jeune femme posa le chien et referma la porte.

— C'était gênant, dit-elle.

Il l'enlaça.

— Ne t'en fais pas.

— Je n'y peux rien, Mike, répliqua-t-elle, la voix étouffée par son épaule. Tu as cette autre vie sur une autre planète, c'est du moins l'impression que j'ai. Ton ex, les enfants, tes amis, ta famille... Je ne vois pas la place que je peux prendre dans ta vie.

— Ça va s'arranger, tu verras.

— Tu crois ? (Elle frotta le bras de Mike, comme pour effacer le contact d'Angela.) Cela en vaut-il vraiment la peine ?

— Pourquoi cela n'en vaudrait-il pas la peinc ?

— Il y a un million de raisons. Je compte partir dès que la maison sera vendue. Tu ne peux pas quitter Paradise, et moi, je ne peux pas rester.

— À cause de la plainte ?

— À cause de beaucoup de choses.

Elle pressa son front contre son torse et écouta les battements sourds de son cœur. Mike souleva son visage vers le sien.

— Tu aimes cette maison, cet endroit. Tu pourrais choisir de rester. Ou est-ce au-dessus de tes forces ?

— Est-ce cela que tu souhaites ? Que je reste ? demanda-t-elle en le dévisageant.

Il hésita. Et cette hésitation eut pour Sandra un goût de défaite.

— Et si je répondais oui ?

— Je te dirais que je n'en sais rien. Je ne sais plus, Malloy. Je ne suis plus sûre de rien.

31

— Qu'est-ce qui vous a pris, Malloy ? s'exclama Loretta Schott d'une voix suraiguë qui vrilla les tympans de Mike, au point qu'il dut éloigner le combiné de son oreille. Vous avez complètement perdu l'esprit ou quoi ?

Assis dans la cabine de son bateau, Mike pianota sur la table.

— Qu'est-ce qui vous chagrine ?

Son avocate poussa un soupir excédé.

— Que vous laissiez vos enfants fréquenter une meurtrière. Croyez-moi, ça va faire une impression d'enfer sur votre prochain rapport d'évaluation !

Maudite Angela. Elle avait dû rentrer droit chez elle et appeler aussitôt son avocat. La journée avait été si belle, pourtant. Il avait adoré voir ses enfants s'amuser à Blue Moon Beach avec Sandra. La situation lui avait paru si... normale.

— Premièrement, Angela m'a demandé à la dernière minute de prendre les enfants un jour non prévu. J'ai été très content de pouvoir la dépanner, mais j'ai du travail par-dessus la tête et j'ai dû les emmener avec moi sur le chantier. Deuxièmement, Sandra Winslow n'est pas une meurtrière. Elle a été victime d'un accident et j'en ai marre qu'on raconte n'importe quoi sur son compte.

— Coupable ou pas, cette femme n'est pas fréquentable. Elle a une plainte pour homicide sur le dos, et je peux vous garantir que ça ne va pas plaire du tout au juge des affaires familiales. Et ces livres controversés qu'elle écrit ! D'après votre femme, vous les avez donnés à lire à Mary Margaret. Ils abordent des sujets si douteux que la bibliothèque refuse la libre consultation !

— Ce sont de simples histoires pour enfants. La bibliothécaire elle-même était gênée d'admettre cette censure injustifiée.

— Pour l'amour du Ciel, Malloy, donnez *Pollyanna* à lire à votre fille. Ne prenez pas de risque, mon vieux, ou bien adieu à votre droit de garde !

— Bon sang, Loretta...

— Pas de « Bon sang, Loretta » avec moi, s'il vous plaît ! Bon, vous en êtes où avec cette femme ? Vous couchez ensemble ?

— Ne franchissez pas la ligne jaune, maître, grommela Mike, les mâchoires serrées.

— Alors ne la franchissez pas vous-même. Si vous voulez vous envoyer en l'air, évitez au moins les assassins présumés. Les juges ne voient pas ces fréquentations d'un très bon œil.

Mike serra les dents à en avoir mal, pestant intérieurement contre Angela. Ne lui ficherait-elle donc jamais la paix ? Elle était terrifiée à l'idée qu'il aime une autre femme plus qu'il ne l'avait aimée. L'idée le tenta de mettre un terme à ce bluff, en dévoilant au grand jour sa liaison avec Carmine Falco avant le divorce. Puis il pensa aux enfants et sut que jamais il ne descendrait aussi bas.

Il était si énervé qu'il avait envie d'étrangler quelqu'un. Son avocate, par exemple ! Son regard tomba sur une photo calée contre l'ordinateur : il serrait ses enfants dans ses bras, tous trois radieux. Ne gâche pas tout, s'ordonna-t-il, garde ton sang-froid.

— Écoutez, Loretta, dit-il après un profond soupir, je vous paie pour que vous fassiez de moi le papa poule idéal devant le juge.

— Alors cessez de me rendre la tâche impossible. Soyez au moins plus discret, jusqu'à la prochaine évaluation. Ne donnez pas du grain à moudre à votre ex-femme, d'accord ? Faites-vous voir à l'église le dimanche. Trouvez-vous une jolie maison avec un joli jardin. Ce sera un argument de moins pour Angela. Avez-vous déjà cherché ?

— J'y travaille.

— Eh bien, travaillez-y davantage.

— À vos ordres, maître.

Mike raccrocha et se passa une main dans les cheveux. Il ne comprenait pas pourquoi Angela s'acharnait à l'enfoncer ainsi. Ou plutôt si, il comprenait. Elle avait beau être une bonne mère, elle n'hésitait pas à se servir des enfants pour l'atteindre. Depuis le divorce, il lui échappait et elle avait trouvé là le moyen de le manipuler.

Tout au moins le croyait-elle.

Mike passa quelques coups de fil, puis se changea. Ce n'était pas le programme qu'il avait prévu pour la soirée, mais le doute ne cessait de le tarauder depuis un moment déjà. Il avait fait beaucoup de recherches, tentant de combler les vides au sujet de l'accident. Sandra le détesterait peut-être pour ce qu'il s'apprêtait à faire, mais il ne trouverait pas le repos avant d'avoir percé à jour ses secrets.

Le soir tombait lorsqu'il se gara devant le poste de police annexe, au bout de Bay Street. Le store de l'unique fenêtre était à demi baissé, tel un œil géant qui clignait. Dans une ville où deux vols à la tire étaient assimilés à une vague de criminalité, la police locale n'était guère surmenée.

Mike hésita avant d'entrer. C'était la seule solution pour obtenir les réponses qui lui manquaient... Il franchit le seuil. Derrière le comptoir de l'accueil, encombré de formulaires, deux bureaux se faisaient face. À l'un d'eux, une femme en uniforme parlait au téléphone en jouant au solitaire à l'ordinateur. À l'autre était assis Stan Shea, dont le père dirigeait les entrepôts sur les quais, quand ils étaient gamins.

Stan se leva. C'était un homme trapu et dégarni.

— Mike Malloy, bon sang, ça fait un bail ! l'accueillit-il avec chaleur. Je suis content de te revoir. Alors, qu'est-ce qui se passe ? Des ennuis ?

— Des questions, plutôt, comme je te l'ai dit au téléphone. Au sujet de l'accident de Victor Winslow.

Stan croisa les bras sur le comptoir.

— Sale affaire, hein ?

— J'aimerais pouvoir jeter un œil au dossier.

Mike avait déjà lu tous les articles de presse sur Internet, mais ils avaient soulevé davantage d'interrogations qu'ils n'en avaient résolu.

— Pas de problème, répondit Stan avec un haussement d'épaules, c'est un document accessible au public. J'ai sorti le dossier juste après ton appel.

Il conduisit Mike dans la salle des archives et extirpa une pile d'épaisses chemises d'un lourd tiroir.

— Excuse ma curiosité, mais pourquoi cette affaire t'intéresse-t-elle ? lui demanda Stan après lui avoir fait signer une décharge.

— Autrefois, Vic et moi étions de bons copains.

— Oui, je m'en souviens. Les deux inséparables. Vraiment une sale affaire, répéta-t-il en secouant tristement la tête.

Mike espérait que Stan ne se montrerait pas trop curieux. Le règlement exigeait qu'il reste dans la pièce, mais il eut la bonne idée de s'installer sur une chaise à la porte, avec des mots croisés. Mike entreprit de feuilleter les pages et les pages de rapports, déclarations et formulaires officiels. Les photographies austères et crues lui glacèrent le sang : le garde-fou du pont déchiqueté au point d'impact, la carcasse méconnaissable de la voiture arrachée de la vase, quelques heures après l'accident.

Chaque objet retrouvé dans le véhicule avait été catalogué : cric et roue de secours, une boîte de Kleenex, un CD du *Fantôme de l'Opéra* dans le lecteur, deux paires de lunettes de soleil, papiers du véhicule dans la boîte à gants et plusieurs cartes : une de Rhode Island, une autre de Boston et la dernière de Floride du Sud.

Les objets habituels que l'on trouve dans une voiture. Sauf que celle-ci appartenait à Victor et Sandra.

Quand il tomba sur le rapport médical de Sandra, photos à l'appui, son cœur fit un bond. Les clichés implacables en noir et blanc montraient une femme en état de choc, le visage livide et les yeux écarquillés de terreur. Des pages de jargon médical analysaient les moindres détails.

Suivaient quelques gros plans : un petit trou dans le tableau de bord, le pare-brise en miettes, l'airbag dégonflé côté conducteur, un manteau de femme taché.

Il avait dû laisser échapper une exclamation involontaire, car Stan leva le nez.

— Le non-lieu est dur à avaler, hein ? Elle doit une fière chandelle à son avocat. Il a réussi à convaincre les juges que Victor Winslow s'était blessé dans l'accident et s'était noyé, tandis qu'elle regagnait la côte à la nage.

Mais Sandra ne savait pas nager. Victor, lui, avait été champion sur cinq cents mètres nage libre au lycée.

Mike n'en dit mot à Stan. Il avait besoin de mettre de l'ordre dans ses idées.

— Elle était inconsciente quand on l'a trouvée, fit-il remarquer en citant une transcription qu'il avait déjà lue des dizaines de fois sur Internet. Et personne n'a cherché à identifier le témoin qui a prévenu la police.

— Il n'y avait pas lieu de le faire. La transcription de l'appel est là.

Mike avait déjà lu la brève conversation : *Une voiture vient de tomber du pont… oui, le Sequonset Bridge. Elle allait vers l'ouest… Je vous en supplie, faites vite, il va se noyer…*

Selon l'opératrice qui avait reçu l'appel, c'était une voix d'homme. Il avait raccroché brutalement. Le premier véhicule de secours était arrivé treize minutes plus tard.

— Comment se fait-il que le témoin ait dit « il » va se noyer, et pas « elle » ou « ils » au pluriel ?

Stan ouvrit les bras, paumes en l'air.

— Qui peut le dire ? Tu sais, le type ne devait pas avoir les idées très claires. Ce n'est pas tous les jours qu'on est témoin d'un accident pareil.

— Où se trouve la voiture, maintenant ?

— À la casse, juste à côté.

— Je pourrais y jeter un coup d'œil ?

— Pas de problème.

Stan prévint sa collègue qu'il sortait, et conduisit Mike sur un parking presque vide entouré d'une clôture. Seuls quelques véhicules plus ou moins délabrés l'occupaient.

La Cadillac STS des Winslow se trouvait au milieu des carcasses rouillées, mémorial lugubre de la tragédie. Une main calée sur le toit, Mike découvrit à l'intérieur le volant cassé, le tableau de bord faussé d'où pendait l'airbag, les ceintures de sécurité gisant sur les sièges. La doublure était arrachée du toit cabossé, figée par le limon et le sel.

Il procéda à un examen minutieux de la voiture, détestant chaque minute parce qu'il imaginait Sandy au volant. Il imaginait aussi Vic qui lui criait dessus, ivre alors que ce n'était pas dans ses habitudes... Pourquoi se disputaient-ils ? Que s'était-il donc passé entre eux cette nuit-là ?

Il s'assit sur le siège en cuir, raidi par le sel et la vase. Une bruine glacée lui mouillait le visage par le trou béant du pare-brise. Il n'avait pas son pareil pour faire parler les vieilles demeures, mais les fantômes qui hantaient cette voiture semblaient décider à garder leurs secrets.

En se relevant, il jeta par hasard un coup d'œil au plafonnier et se figea. La batterie était depuis longtemps hors d'état, bien sûr, mais l'interrupteur côté passager se trouvait sur *on*.

— Eh, Stan, ce plafonnier était allumé. As-tu une idée pourquoi ?

Stan passa la tête par la portière.

— Pas la moindre. Peut-être pendant l'accident. Ou l'enquête. Il y a eu du monde à travailler dessus, tu sais.

Durant le trajet de retour à Paradise, Mike passa et repassa le scénario de l'accident dans sa tête. La voiture qui défonçait le garde-fou, la chute dans l'eau... Pourquoi Vic aurait-il allumé son plafonnier alors que la Cadillac coulait à pic ?

Ce détail semblait insignifiant. Les enquêteurs l'avaient sans doute remarqué sans y trouver un quelconque intérêt. Mais ils n'étaient pas au courant de ce qu'il avait découvert, dans le grenier de Sandra...

32

Dimanche 7 avril

Dix signes de l'arrivée du printemps

8. Maman et Carmine ont demandé des brochures pour une colonie de vacances.
9. Kandy Procter fait un régime à l'ananas pour rentrer dans son bikini.
10. Kevin (alias Cervelle de Bigorneau) entre chez les minimes, enfin !

Fatigué de regarder sa sœur écrire, Kevin lui arracha son carnet des mains et le tint à bout de bras au-dessus de sa tête.

— J'ai vu ce que t'as écrit !

Zeke se réveilla de sa sieste au soleil, au bout du quai. Il bâilla et posa la tête entre ses pattes.

Mary Margaret se leva d'un bond.

— Rends-le-moi ou je te casse la figure !

— Ouh, arrête, je suis mort de trouille !

Il en avait marre de ses cachotteries. Il se moquait pas mal de ce qu'elle écrivait dans son maudit carnet, mais puisqu'il était si important pour elle, c'était une bonne raison pour le lui piquer.

— Je parie que ce truc est plein de poèmes d'amour pour Billy Lawton...

Il sourit en voyant sa sœur rougir comme une tomate.

— Espèce de sale fouineur ! hurla-t-elle, folle de rage.

Kevin tint le carnet au-dessus de l'eau, tout au bord du quai où était amarré le *Coup de Pot*. Il le laissa pendre entre deux doigts. Ce serait bien fait pour elle, s'il le lâchait. Elle était si bizarre, ces derniers temps ! Peut-être que là, elle ferait enfin attention à lui.

Le souhait de Kevin fut exaucé d'une manière qu'il n'avait pas imaginée. D'une main, Mary Margaret l'attrapa par le devant de son sweat-shirt à capuche et, au lieu de l'attirer vers elle, le poussa. Il vacilla sur le bord du ponton.

— Eh !

Il fit des moulinets avec les bras, essayant de retrouver son équilibre. Mary Margaret lui arracha son journal, puis lâcha son frère qui se rattrapa in extremis à un poteau goudronné.

— Tu as failli me noyer, espèce de folle !

— J'aurais dû, répliqua-t-elle en rangeant son précieux carnet dans son sac à dos.

Kevin ramassa un bâton et taquina une grappe de moules, collées au rocher sous le ponton.

— Tu es toujours occupée à écrire des trucs, se plaignit-il. Pour faire comme Sandra.

— Faux, protesta-t-elle sèchement. J'écris pour moi, parce que ça me fait plaisir.

— Tu idolâtres Sandra.

— Tu ne sais même pas ce que ça veut dire, débile !

— Tu fais tout pareil qu'elle, tu essaies de lui ressembler !

— Tu mens !

— Non, je mens pas !

— Si, je...

La jeune fille referma brusquement la bouche, comme une grenouille qui vient de gober une mouche.

— Bonjour, dit-elle en souriant par-dessus l'épaule de son frère.

— Ne vous dérangez pas pour moi, leur lança Sandra en montant sur le ponton, une grande boîte à pizza en équilibre dans les mains. Vous aviez l'air de si bien vous chamailler...

Kevin essuya ses doigts tachés de goudron sur son jean.

— Salut, Sandra.

— Comme c'est l'heure du déjeuner, je me suis dit que vous auriez un petit creux.

Il prit Zeke sous le bras.

— Je meurs de faim.

— Où est votre père ?

— À la capitainerie, répondit Mary Margaret. On attend que maman vienne nous chercher.

— Si Mike n'est pas là, il y aura plus de pizza pour nous, dit Sandra. On va manger dehors, d'accord ? C'est la plus belle journée depuis le début de l'année.

— Je sors la table pliante, proposa Mary Margaret en montant à bord du chalutier.

— Va te laver les mains, Kevin, d'accord ? Il faudra peut-être utiliser la pierre ponce pour enlever ces taches de goudron.

Kevin descendit dans la cabine. Parfois, Sandra lui donnait des ordres comme si elle était sa mère, et il ne savait qu'en penser. Mais la plupart du temps, elle était sympa, et plus marrante que beaucoup d'adultes de sa connaissance.

Tout en se frottant énergiquement les mains, il se demanda si elle deviendrait sa belle-mère, un jour. Son père et elle ne se faisaient jamais de mamours en sa présence, mais il avait surpris entre eux certains regards qui le rendaient un peu nerveux.

De retour dehors, il dévora sa part de pizza avec sa sœur et Sandra. Ils lancèrent des morceaux de croûte aux mouettes, tandis que Zeke aboyait à tout rompre.

Ensuite, Mary Margaret décida qu'elle aimerait bien avoir des tresses. Sandra alla chercher un peigne et se mit au travail.

Comme il s'ennuyait, Kevin prit une épuisette et pêcha un peu sur le ponton. Il attrapa un crabe qui crapahuta sur le quai, manquant de rendre fou le pauvre Zeke, puis retomba à l'eau. Ils étaient en train de discuter et de rire, quand leur mère arriva.

Lorsqu'elle vit Sandra coiffer les cheveux de Mary Margaret, le visage d'Angela se durcit.

— Où est votre père ? s'enquit-elle.

— À la capitainerie, répliqua Kevin.

Sandra se dépêcha de terminer les nattes.

— Allez chercher vos affaires, on rentre.

Kevin et Mary Margaret descendirent dans leur cabine récupérer leurs sacs marins. C'était bizarre de devoir toujours tout trimballer à chaque fois qu'ils allaient chez papa.

— Eh, où est ma Gameboy ? demanda-t-il à sa sœur.

— Chut !

Mary Margaret avait l'oreille collée au hublot. Leur mère et Sandra parlaient sur le ponton.

— ... pourrait perdre son droit de garde, disait Angela.

Silence. Puis Sandra rétorqua :

— Vous iriez jusque-là ?

— Ce sera au juge des affaires familiales d'en décider. Ce n'est pas moi qui établis les règles. J'agis pour le bien de mes enfants, c'est tout ce qui compte pour moi.

C'était le ton qu'elle prenait quand elle allait à l'école se plaindre d'un prof. Courtoise en surface, mais dessous, on sentait bien qu'elle bouillait.

Sandra répondit trop bas pour qu'ils puissent entendre.

— ... ou cela sera notifié sur le prochain rapport d'évaluation. À vous de choisir, conclut Angela.

Kevin fronça les sourcils.

— Qu'est-ce qu'elles...

— Tais-toi, ordonna sa sœur en se mordillant la lèvre, comme lorsqu'elle réfléchissait très fort.

— ... le forcer à choisir, répliqua Sandra.

— Écoutez, c'est une chose qu'il travaille pour vous, mais une autre qu'il... enfin, bon, la vie est une succession de choix difficiles, n'est-ce pas ?

— Maman est hyper en colère. Qu'est-ce qu'elle a contre Sandra ? murmura Kevin.

Mary Margaret haussa les épaules.

— Elle n'aime pas que papa sorte avec elle, j'imagine.

— Il ne sort pas avec elle, si ?

— Mon pauvre Kevin, tu ne comprends vraiment rien à rien, bougonna sa sœur en lui lançant sa Gameboy.

Ils finirent de ranger leurs affaires et remontèrent sur le ponton. Maman les attendait près de la voiture, le coffre ouvert.

Sandra porta la boîte à pizza vide à la poubelle. Elle était toute pâle et très sérieuse, quand elle leur dit au revoir. L'estomac de Kevin se noua. Il n'avait jamais aimé les au revoir.

33

Sandra rentra de Newport après son rendez-vous chez son avocat. Dans la voiture, elle aurait dû se concentrer sur la foule de conseils qu'il lui avait prodigués en vue de l'audience : comment se comporter, comment s'habiller, ce qu'il fallait dire et – plus important que tout – *ne pas* dire. Mais c'était Mike qui occupait toutes ses pensées.

Quel déchirement d'imaginer la vie sans lui ! Le cercle rassurant de ses bras, son rire, l'extase de leurs ébats... Comment pourrait-elle renoncer à ce bonheur ? Pourtant, elle n'avait pas le choix. Angela avait été on ne peut plus claire : elle prendrait toutes les dispositions nécessaires pour l'éloigner de ses enfants. Et de Mike. Si Sandra insistait pour rester avec lui, il serait forcé de choisir entre ses enfants et elle. Or jamais il n'accepterait de renoncer à eux.

Comment lui dire ? Impossible de lui rapporter cette conversation. Il ne pardonnerait pas un coup pareil à son ex-femme.

La tentation d'aller à l'affrontement était forte. Sandra crispa les doigts sur le volant et fixa la route devant elle avec détermination. Elle n'infligerait pas ça à Kevin et Mary Margaret.

Elle freina devant la boîte aux lettres, la première réparation de Mike à Blue Moon Beach. Au pied du poteau, un trio de jonquilles s'agitait doucement dans la brise. Quand avaient-elles donc poussé ?

Repoussant la confrontation un moment encore, elle passa le courrier en revue : publicités, coupons de réduction, offres de crédit. Elle les jeta sur le siège du passager et s'engagea dans l'allée.

La rénovation de la terrasse couverte était terminée. La balustrade blanche ornementée entourait la maison, tel le glaçage en sucre d'une pièce montée. Les marches du perron étaient à nouveau impeccablement symétriques, aussi accueillantes que le jour où son aïeul avait fait franchir le seuil à sa jeune épouse, voici plus de cent ans.

Elle descendit de sa voiture et cligna des yeux, comme si elle sortait d'une longue hibernation. C'était à Mike qu'elle devait cette métamorphose. Les améliorations avaient été progressives, bien sûr, mais jusqu'à aujourd'hui, elle n'avait pas pris la pleine mesure de l'avancement des travaux.

Pendant le week-end, ils s'étaient occupés du jardin, assistés par une petite équipe de jardiniers. Ils avaient nettoyé les massifs et le bord des allées, taillé les lilas et les rosiers sauvages. La douceur printanière avait fait jaillir de terre une multitude de crocus mauves ; les jonquilles et tulipes précoces éclaboussaient le jardin de leurs couleurs chatoyantes.

Le monde renaissait, gai et plein de promesses, telle une page blanche. Mais fidèle à sa prudence coutumière, elle se souvint que le printemps était incertain à Paradise. La saison des tempêtes n'était pas terminée, et la météo sur la côte réservait bien souvent des surprises.

Perchés sur des échelles, en maillot de corps, deux ouvriers installaient les anciens volets restaurés et repeints.

— Il y a un paquet pour vous à l'entrée, lui annonça l'un d'eux.

Au pied de la porte, Sandra trouva une somptueuse composition florale, accompagnée d'une enveloppe FedEx. Son cœur bondit. Qui pouvait bien lui expédier des fleurs ? Le front plissé, elle prit la carte et lut : *Félicitations et bonne chance !* C'était signé de son éditeur. Perplexe, elle ouvrit l'enveloppe. Un courrier officiel de la Société nationale des libraires annonçait qu'*Un jour sur deux* était nominé pour les Addie Awards.

Elle réprima une exclamation de joie. Un Addie Award ! C'était la récompense suprême en littérature pour la jeunesse. Attribué à des auteurs qu'elle admirait depuis son enfance – Beverly Cleary, Madeline L'Engle, Lois Lowry –, il représentait la reconnaissance de son travail par les libraires américains, avec une augmentation des ventes à la clé et donc plus de lecteurs. Et toucher le maximum de lecteurs n'était-il pas le but premier d'un écrivain ?

Avec émotion, elle passa le pouce sur l'en-tête en relief de la lettre, puis ramassa le grand vase. L'espace d'un fugitif instant, elle savoura la bonne nouvelle, la beauté du bouquet, la renaissance de sa maison. Pourtant, son bonheur n'était pas complet. Comment aurait-il pu l'être ? Elle aurait voulu se précipiter à l'intérieur, se jeter dans les bras de Mike en lui annonçant sa nomination. Mais c'était impossible. Pas maintenant.

Autrefois, elle aurait couru rejoindre Victor. Il l'aurait embrassée en la serrant dans ses bras, puis l'aurait emmenée dîner dans un restaurant chic et aurait commandé le meilleur champagne.

Elle entra par la véranda baignée de soleil et abandonna son sac sur la table de la cuisine.

— Mike ?

— Je suis dans le bureau !

Elle s'attendait à le trouver occupé à mastiquer une vitre, poser une nouvelle rosace ou arranger les rayonnages. Il était assis à sa table de travail.

En la voyant, il se leva et contourna le bureau.

— Sandy...

— Mike, il faut que je te parle, l'interrompit-elle, réfléchissant à la façon dont elle allait lui présenter sa décision.

Sa gravité intrigua Mike.

— C'est quoi, ces fleurs ?

Elle posa le vase.

— Mon livre est nominé pour un Addie Award – une distinction importante en littérature pour la jeunesse. Je n'ai aucune chance de l'emporter, bien sûr, continua-t-elle, consciente de tergiverser. Je ne peux pas concurrencer les meilleurs auteurs du moment...

— Félicitations, la complimenta Mike en lui tendant la petite coupelle de M&M's qu'il remplissait régulièrement sur son bureau.

Elle en prit plusieurs, avec une nervosité qui vira à l'irritation.

— Mike...

— Écoute, Sandy, moi aussi, il faut que je te parle.

Elle le dévisagea et remarqua avec étonnement son air sérieux. Peut-être son ex-femme lui avait-elle lancé un ultimatum, à lui aussi ? Peut-être était-ce lui qui, pour finir, allait initier la rupture ?

— Qu'est-ce qu'il y a ?

— Assieds-toi.

Sur ses gardes, Sandra s'assit dans le fauteuil de son bureau.

— Tu as trouvé des termites ? La maison est sur le point de s'écrouler ?

— C'est au sujet de Victor, déclara-t-il en s'installant sur le bord du bureau avec un regard qui lui fit froid dans le dos, comme si, pour la première fois, il n'avait pas confiance en elle. Je veux que tu me dises la vérité.

La brutalité de la question la déstabilisa. Elle venait de se faire cuisiner une demi-journée par son avocat, et voilà que Mike s'y mettait aussi !

Sondant ses yeux bleus, elle essaya d'imaginer ce qu'il attendait d'elle. La mise en garde de son père lui revint en mémoire. La vie lui avait appris à se méfier de tout le monde, même de ceux qu'elle aimait.

— Je ne veux pas en parler.

Mike frappa du poing sur la table. C'était la première fois qu'il était aussi à cran. Elle réalisa que jamais elle ne l'avait vu en colère. Peut-on connaître celui qu'on aime avant de l'avoir vu s'énerver ?

— J'en ai assez que tu te taises, dit-il d'une voix si calme qu'elle en était menaçante.

— Me taire ? Mais...

— Raconte-moi la vérité sur votre couple.

— Je l'ai déjà fait. On a été mariés, il est mort dans un accident. Il n'y a rien d'autre à dire.

Sandra repensa à ce qu'ils s'étaient envoyé à la figure cette nuit-là, Victor et elle. *Victor.* Elle l'aimait. Elle le détestait. Elle aurait souhaité avoir encore cinq minutes avec lui. Juste cinq minutes.

— Qu'est-ce qui te prend, Mike ?

Sous ses sourcils froncés, ses yeux n'étaient plus que deux fentes brillantes.

— Depuis le début, tu me caches la vérité. Est-ce que tu avais prémédité ton coup ? (Comme elle ne répondait pas, son regard se durcit davantage.) Depuis combien de temps savais-tu qu'il était homosexuel ?

Tout s'arrêta – sa respiration, les battements de son cœur, les vagues sur le sable, la Terre sur son axe... Aussitôt elle pensa : il bluffe, il ne peut pas savoir. Mais Mike Malloy n'était pas du genre à mentir ou à bluffer.

Ainsi, le moment qu'elle redoutait tant était arrivé. Le moment qui rendrait son amour pour Mike stupide et vain. Aussi stupide, d'une certaine façon, que l'avait été son amour pour Victor.

La honte et la culpabilité l'assaillirent, surgies tout droit d'un passé qui ne la laisserait jamais en paix. En cet instant, elle aurait tout donné pour retourner à sa solitude glacée. D'une seule petite question, Mike venait de lever le voile sur l'horrible vérité et la forçait maintenant à l'affronter.

Sandra se leva et s'approcha de la fenêtre. Un soulagement fugace la prit au dépourvu : peut-être avait-elle enfin trouvé la personne à qui se confier ? Puis son regard tomba sur le petit dauphin de verre bleu et vert, qui tournoyait doucement devant la vitre, et la fureur l'envahit.

— C... comment oses-tu, Malloy ? lâcha-t-elle dans un souffle.

— Comment oses-tu, *toi* ? rétorqua Mike en lui agrippant le bras pour la faire pivoter vers lui. Pourquoi ne m'as-tu rien dit ?

Elle libéra son bras d'un geste brusque.

— Ça ne te regarde pas, ni personne d'autre. Pourquoi t'aurais-je parlé ? Pour que tu m'accuses d'avoir tué ton meilleur ami parce qu'il était homosexuel ?

Il laissa échapper un rire sec.

— Pourquoi ferais-je une chose pareille ?

— N'importe qui tirerait cette conclusion.

— Donc, tu n'en as parlé à personne.

— Et alors, j'ai eu tort ?

— Oui. Tu t'es rendue coupable de rétention d'information dans une enquête judiciaire.

— Une information qui aurait aggravé mes ennuis et bouleversé encore plus de vies, sans rien changer à la situation.

— Tu fuis la réalité, Sandy. C'est une sale habitude chez toi. Tu m'as toujours caché une partie de toi-même. À tout le monde. Tu tournes le dos à la vie.

Elle avait du mal à respirer.

— Je crois... que tu devrais partir.

— Et te rendre la tâche facile ? Certainement pas ! Pas avant d'avoir obtenu les réponses à mes questions. Le savais-tu quand tu l'as épousé ? Si ça se trouve, c'est même *pour cette raison* que tu l'as épousé ! Pour t'éviter d'avoir à t'engager ! Pour t'éviter d'avoir à aimer vraiment ! (Les traits durs, le souffle saccadé, il s'efforçait visiblement de ne pas exploser.) Bon Dieu, Sandra, pourquoi ne m'as-tu pas dit la vérité ? Pourquoi ne m'as-tu pas fait confiance ?

— Tu te trompes, ce n'est pas une question de confiance...

— Tu ferais aussi bien de te rasseoir, Sandy. Il n'est pas question que je parte.

Un sentiment de défaite envahit la jeune femme. Ou peut-être de capitulation. L'estomac noué, elle s'assit sur la banquette contre la fenêtre. Dehors, le vent avait forci et une branche de forsythia battait contre la vitre. Quelques semaines auparavant, l'arbuste semblait nu et mort. Aujourd'hui, des boutons de fleurs jaunes avaient fait leur apparition.

Mike s'assit auprès d'elle et prit ses mains entre les siennes, en les frottant pour les réchauffer.

— Parle-moi, Sandy. Je veux comprendre.

— Tu ne pourrais pas. Nous étions heureux, Malloy. Nous aimions être ensemble. Nous partagions beaucoup, mais... il y avait cette autre facette en lui.

— Son homosexualité, dit-il, incrédule. Et moi qui ne me suis jamais douté de rien... Je n'arrive pas à y croire.

— Ah oui ? ironisa Sandra. Pourtant, tu étais son meilleur ami.

— Tu étais sa femme et il t'a menée en bateau. Alors lequel d'entre nous est le plus idiot, dans cette histoire ?

Agité, il se leva d'un bond et arpenta la pièce. Pour la première fois, Sandra réalisa que lui aussi devait affronter cette réalité nouvelle. Quel choc ce devait être, d'apprendre que votre meilleur ami n'était pas celui que vous croyiez – surtout pour un homme tel que Mike, qui ne connaissait pas la dissimulation !

— C'était un homme bon, Malloy. Tu ne peux pas savoir à quel point.

— J'aurais dû deviner mais, bon Dieu, c'était Victor... Comment aurais-je pu imaginer ? (Il s'arrêta devant la photo sur le bureau – une photo de Victor, souriant, un bras autour des épaules de Sandra qui riait.) Il a peut-être essayé de me le dire et je n'ai pas saisi, murmura Mike, le regard torturé. Puis, au bout d'un moment, il a laissé tomber.

Sandra comprenait son sentiment de culpabilité, même si cela ne l'excusait en rien d'avoir fureté dans ses affaires. Elle aussi se sentait coupable. Idiote et aveugle. Juste sous son nez, son mari avait lutté pour nier son homosexualité, la réprimer, se l'extirper par tous les moyens. Et elle avait été son instrument d'autoflagellation.

— Il a tout fait pour cacher la vérité, le détrompa-t-elle. Et c'est là que je suis intervenue, ajouta-t-elle d'un ton amer. (Elle ressentit l'habituelle morsure de colère ; Victor s'était servi d'elle.) Quel meilleur moyen aurait-il pu trouver que le mariage ? Un mariage auquel il s'est employé à donner l'apparence d'un véritable conte de fées ?

Le regard de la jeune femme se perdit dans le vague, comme sous l'effet hypnotique du petit mobile de verre, et elle remonta le temps jusqu'à ces jours d'innocence et d'ignorance. Dès le premier tour de la grande roue, elle avait cru que son attirance pour Victor était partagée. Jusqu'à leur ultime dispute, elle n'avait jamais réalisé que leurs rares ébats étaient pour lui une forme de pénitence. Autoflagellation : oui, c'était le mot qui convenait. Elle était le fouet avec lequel il s'était puni, chaque jour de leur mariage.

Elle s'arracha à la contemplation du petit dauphin translucide avec un frisson.

— Tu connais ses parents – leur fierté, leurs espoirs... Toute sa vie, il s'est battu pour être à la hauteur de leurs ambitions. Il a tout donné pour devenir quelqu'un qu'il ne pouvait pas être. Il savait que si son secret était découvert, il perdrait l'amour de ses parents, l'estime de ses concitoyens, sa carrière, tout ce pour quoi il avait travaillé tant d'années.

Elle pressa les paumes sur ses genoux, essayant comme tant de fois d'imaginer ce qu'il avait pu ressentir. Ses multiples succès publics n'avaient pu, au bout du compte, compenser le sacrifice de sa véritable personnalité.

— Avec le temps, il est devenu de plus en plus distant et ombrageux. Sans doute ne savait-il plus où il en était. Il affirmait m'être fidèle, mais je réalise maintenant combien il était dévoré par la frustration. Et par la peur aussi, ajouta-t-elle, songeant aux événements de la dernière nuit, aux ultimes paroles qu'il avait prononcées. Sans le savoir, j'ai aggravé la situation en le pressant d'avoir un bébé. Je désirais tellement un enfant...

Sandra ferma les yeux, cherchant à maîtriser son émotion, puis se força à regarder Mike.

— Je me suis souvent demandé pourquoi je n'étais pas davantage en colère après Victor, pourquoi la brûlure de la trahison n'était pas plus vive. En fait, s'il n'était pas l'amant de mes rêves, il comptait énormément pour moi. Victor était mon ami. C'est assez difficile à comprendre, je sais...

Mike se leva si brusquement qu'elle tressaillit.

— Cesse donc de te montrer aussi compréhensive ! Ne vois-tu pas ce qu'il t'a fait subir ?

— Il était bon avec moi.

— Ah oui ? Comment était votre vie sexuelle, Sandy ? Réponds-moi ! ordonna-t-il en saisissant ses bras pour l'arracher à la banquette, sa bouche presque contre la sienne. C'était comme nous deux ?

Sandra garda le silence ; Mike connaissait déjà la réponse. Il avait été une révélation pour elle, c'était dans ses bras qu'elle avait découvert la passion. Mais il se trompait sur un point : elle connaissait la rage, une rage si dévorante qu'elle en aurait perdu la raison. Tout au long de son mariage, elle s'était trouvée nulle, moche, pas à sa place. Bref, elle s'était accablée de tous les défauts de la terre. Et Victor n'avait rien fait pour la détromper ; il l'avait abandonnée à sa souffrance. Jamais elle ne pourrait lui pardonner.

— À quoi bon ressasser tout ça, maintenant qu'il est mort ?

— Je ne comprends pas, Sandy. De quoi es-tu donc prisonnière au point de subir des poursuites judiciaires, l'opprobre général et des difficultés financières à la limite de la ruine, alors que tu détiens la vérité ?

— Tu crois vraiment que révéler l'homosexualité de Victor m'innocenterait ? Ne sois pas si naïf, dit-elle en secouant la tête. Personne ne me croirait, ou alors on m'accuserait d'avoir eu un mobile en or pour me débarrasser de lui. On me traiterait de menteuse, d'opportuniste, prête à salir la réputation d'un honnête homme pour sauver ma peau.

— Tu continues à te cacher derrière lui.

Sandra se leva et entreprit de ranger les livres sur les étagères récemment vernies, alignant les reliures avec une précision maniaque.

— Comment pourrais-je me cacher derrière un fantôme ?

— Tu es vraiment gonflée, tu sais. Tu prétends qu'il est noble de taire la vérité alors qu'en réalité tu refuses toute main qui se tend. Tu préfères vivre en recluse, à jouer au martyr jusqu'à ce que cette ville te chasse. Car si tu restais, tu devrais vivre en dehors de tes livres, accepter d'aimer un homme comme tu n'as jamais osé le faire. Mais tu as peur de prendre ce risque. Et sans doute aussi de paraître stupide, hein ? Mariée à un homme dont tu ignorais l'homosexualité, ce n'est pas très glorieux !

Ces paroles firent à Sandra l'effet d'une claque. Il la forçait à admettre que jamais de sa vie elle n'avait connu le véritable amour. Elle avait cru l'avoir trouvé avec Victor. Jusqu'au jour de sa mort.

— Je veux que tu partes, supplia-t-elle d'une petite voix. S'il te plaît… laisse-moi.

— Non, Sandy, dit Mike qui s'approcha du bureau, ouvrit le tiroir supérieur et en sortit une poignée de lettres. (Une disquette tomba de la pile.) Ça te dit quelque chose ?

C'étaient de vieilles lettres d'aspect banal, toutes adressées à Victor.

— Qu…

Le mot resta coincé dans sa gorge. Plus elle essayait de parler, plus ses cordes vocales se contractaient. Mike attendit patiemment.

— Où… as-tu trouvé c… ces lettres ? parvint-elle à articuler, faisant appel à toute sa volonté.

— Dans le grenier, cachées dans un carton. La doublure d'une vieille mallette, en fait. Je suis tombé dessus par hasard.

Sandra sentit une colère sourde s'insinuer dans tout son être. L'homme à qui elle avait donné son cœur et son corps était soudain redevenu un étranger. Le bégaiement s'évanouit comme par enchantement.

— De quel droit te permets-tu de lire des lettres privées, cachées dans mon grenier ? demanda-t-elle d'une voix un peu rauque.

— Quand je les ai trouvées, je ne les ai pas lues. Mais plus je réfléchissais à l'accident, plus je me suis dit qu'elles pouvaient avoir leur importance. Ces lettres et cette disquette expliquent beaucoup de choses. Elles soulèvent aussi une foule de nouvelles questions.

— Je trouve ta curiosité très mal placée, Malloy !

— Il faut bien que quelqu'un soit curieux. Tu ne trouves pas que la police a un peu trop vite conclu au décès de Victor ?

À la colère se mêla l'écœurement.

— Pour l'amour du Ciel, tu es pire que la presse à sensation ! C'est moi qui suis censée avoir une imagination débordante, tu te souviens ? Les plus grands experts de l'État ont enquêté sur cette affaire. Ils n'ont omis aucun détail.

— Mais ils ne connaissaient pas Victor comme moi. Ou toi.

Une étincelle d'espoir insensé s'alluma dans le cœur de Sandra. *Victor, vivant*... Bien sûr, elle y avait pensé. Puis elle revit la carcasse cabossée et boueuse, les visages découragés des secouristes...

Après l'accident, tout le monde avait prié pour qu'il ait réussi à s'en tirer d'une façon ou d'une autre. Sa mère s'était accrochée avec l'énergie du désespoir aux hypothèses les plus irréalistes. Réfugiée dans la chapelle de l'hôpital, Winifred avait imploré Dieu à genoux jusqu'à s'évanouir d'épuisement. Même quand son mari lui avait expliqué qu'on ne pouvait survivre plus de quelques minutes dans des eaux aussi froides, même quand la police avait fait état du coup de feu, elle avait continué de nier la mort de son fils.

— Je t'en conjure, Malloy, murmura Sandra, submergée par l'effroi et le chagrin, ne remue pas toute cette histoire.

— J'y suis obligé.

— Pourquoi ?

— Parce que j'ai raison. J'ai mené quelques recherches qui me l'ont démontré.

— Tu es artisan, pas détective. La police a fait son travail.

— L'enquête a laissé trop de zones d'ombre. Voilà d'ailleurs pourquoi les Winslow te poursuivent aujourd'hui.

— C'est mon problème.

— Le mien aussi.

— Ah bon ? Pourquoi ?

— Parce que je tiens à toi, voilà pourquoi ! (Il traversa la pièce en deux enjambées et l'attira à lui.) J'ai étudié toutes les conclusions, toutes les hypothèses. Mais j'ai un avantage sur le médecin expert : je vous connais, Victor et toi. Il ne s'est pas noyé, Sandy. Pas lui. Il t'a sauvée de la noyade, puis il a disparu dans la nature.

— C'est insensé, objecta-t-elle en essayant de se libérer de son étreinte. Ils ont fouillé chaque rocher, chaque centimètre carré de marais, chaque brin d'herbe de part et d'autre du pont !

— Il est parti, je te dis.

— Comment ça, parti ?

— À pied, en bus, en train, en stop... Est-ce que je sais, moi ?

— Il aurait quitté son foyer, sa famille, sa carrière politique ?

— Oui.

— Et pour aller où ?

Mike la sonda du regard, et elle se força à ne pas ciller. Pas question de trahir sa peur. Pour finir, il la lâcha.

— Ces lettres fourniront peut-être une explication, dit-il avec un geste du menton en direction du bureau.

Le sang de la jeune femme ne fit qu'un tour.

— Je t'avais engagé pour rénover ma maison, pas pour fureter dans mes affaires personnelles !

— C'est aussi mes affaires.

Il tendit la main vers elle et, l'espace d'un court instant, elle désira à en avoir mal le contact de ses doigts sur sa peau.

— Je t'avais engagé pour réparer, pas pour tout ficher en l'air, lança-t-elle en reculant. Qu'est-ce que tu t'imagines ? Que je n'ai pas voulu le retrouver ? Qu'on n'a pas envisagé l'hypothèse qu'il pouvait souffrir d'amnésie à la suite du choc ? Les meilleurs enquêteurs de l'État n'ont retrouvé aucune trace de lui. Pourquoi aurais-tu davantage de chance ?

— Je sais lire entre les lignes, répondit-il en montrant les lettres.

— Ne crois-tu pas que si Victor était vivant, il aurait pris contact avec moi ? Il ne m'aurait pas laissée souffrir ainsi !

Il la dévisagea avec incrédulité.

— C'est ce qu'il a fait durant tout votre mariage.

Elle le foudroya du regard.

— D'une certaine façon, c'est bien que nous ayons cette conversation aujourd'hui. Sinon, je n'aurais jamais su quel salaud tu es ! s'exclama-t-elle en claquant la main si fort sur l'encadrement de la porte qu'elle ne sentit plus ses doigts. Je veux que tu partes, Malloy. Sors de ma maison, de ma vie ! Tes ouvriers n'auront qu'à terminer les travaux seuls, et tu m'enverras la facture. Je ne veux plus jamais te voir ! cria-t-elle. Sors d'ici immédiatement ou j'appelle la police !

Elle s'attendait à ce qu'il l'accuse de bluff. La police avait sûrement d'autres choses à faire que de venir en aide à la Veuve noire de Blue Moon Beach.

Mais il se contenta de la regarder un moment sans un mot, puis se dirigea vers la porte.

— Ne t'inquiète pas, je fiche le camp, répondit-il avec une colère rentrée qu'elle ne lui connaissait pas. Quand tu seras prête à entendre la voix de la raison, appelle-moi.

Sandra se mordit la lèvre pour s'empêcher de le rappeler, de le supplier de rester.

En fait, songea-t-elle, je devrais plutôt être soulagée. Toute la journée, elle s'était torturé les méninges pour savoir comment rompre avec Mike. Il venait de lui offrir l'argument idéal sur un plateau.

34

Dorrie Babcock pianotait nerveusement sur l'accoudoir de la banquette. Elle mourait d'envie d'en griller une, et à l'arrière de ce taxi il n'y avait personne pour l'en empêcher. Aucun soutien à attendre non plus du chauffeur, avec sa Camel à filtre brun coincée entre ses doigts tachés de nicotine. Une odeur âcre de tabac froid imprégnait l'habitacle, comme pour la narguer.

Elle se força à se redresser et effectua la litanie des exercices appris en séminaire : autosuggestion, visualisation, chewing-gum dans son portefeuille... Si rien n'y faisait, il lui resterait le médicament.

Le chauffeur fit tomber sa cendre juste au-dessous du panonceau *Merci de ne pas fumer*. Dorrie se tourna vers la portière et se concentra sur le paysage qui défilait. Après une aussi longue absence, cela faisait bizarre d'être de retour. Elle était partie dans le froid morne de l'hiver et retrouvait les lilas en bourgeons ; bientôt s'épanouiraient leurs fleurs odorantes. Une dernière salve de tempête hivernale avait balayé les rues et les trottoirs. Les enfants rentraient de l'école, leurs vestes nouées autour de la taille, le visage levé vers le soleil.

Durant sa croisière, Dorrie n'avait pas seulement changé d'air ; dans la brise tiède des tropiques, au milieu de tous ces gens qu'elle avait fréquentés sur le paquebot, elle avait fait un retour sur elle-même, retrouvant celle qu'elle avait été lorsqu'elle savait encore rêver.

Elle avait appris à danser, à jouer au black jack, à avaler la tequila frappée. Elle avait posé près du trophée qu'elle avait pêché, un bras levé en signe de victoire. Elle s'était initiée à plusieurs langues étrangères. Tant de façons de dire « S'il vous plaît », « Merci », « Où sont les toilettes ? »…

Elle avait réappris l'art de rêver, mais dans ses rêves il y avait toujours Lou. Et la nuit, allongée dans sa petite cabine, elle avait redouté les affres de la solitude, conséquence de sa décision de quitter son mari.

Comme il lui manquait ! Le froissement de son journal le soir au salon, sa présence réconfortante auprès d'elle dans le lit conjugal, et même ses tentatives maladroites mais sincères pour l'aider à faire le ménage… Elle fit la grimace en se souvenant de sa réaction – il ne s'y prenait pas « correctement ».

Comme s'il y avait une façon « correcte » de passer le chiffon !

Le bonheur de naviguer sur l'immensité de l'océan, accoudée au bastingage de l'*Artemisia*, lui avait appris à relativiser. Même au sujet des corvées ménagères.

L'envie de cigarette s'estompa, comme elle s'en doutait. Chaque jour qui s'écoulait lui rendait la tâche un peu plus facile. Combien de fois Lou ne l'avait-il pas suppliée d'arrêter, fou d'inquiétude pour sa santé ? Rien n'aurait pu la faire renoncer.

Pourtant, aujourd'hui, elle avait arrêté. Cela n'avait pas été facile, et il lui fallait une volonté farouche pour tenir le coup, mais elle y était parvenue. Lou serait-il fier d'elle ? Ou indifférent ?

Le taxi s'engagea dans Sycamore Street et une vague de nostalgie la submergea. Depuis presque quarante ans, ce quartier était son univers – une rue calme et modeste, bordée de pavillons résonnant de rires d'enfants, où flottaient des odeurs de soupe et de pain frais. Elle avait été l'une de ces jeunes mamans qui se promenaient sans se presser sur les trottoirs, surveillant leurs enfants d'un œil confiant. Elle avait l'habitude d'écouter la radio et de chantonner en préparant le dîner. Et lorsqu'elle entendait la Chrysler de Lou remonter l'allée, son cœur se mettait immanquablement à cogner dans sa poitrine…

Comme aujourd'hui.

L'appréhension lui donna le vertige quand le taxi se gara le long du trottoir, devant la maison. Elle paya le chauffeur qui l'aida à porter ses bagages jusqu'à la porte. La maison était, comme tous les printemps, à moitié endormie. Dans le jardin, seuls les bulbes pointaient hors du terreau des massifs bien entretenus.

Immobile dans l'allée, Dorrie était partagée entre l'angoisse et le bonheur. Son voyage l'avait menée à la seule destination que son cœur ait jamais désirée : la maison.

Mais une incertitude demeurait : qu'allait-elle y trouver ? Pour Lou, ces trois mois de séparation avaient peut-être aussi été une révélation ? Peut-être souhaitait-il le divorce ?

Avant que son courage ne la lâche, elle entra par la porte du cellier, sur l'arrière de la maison. Le sac de golf de Lou était appuyé contre le mur, et ses chaussures étaient posées à côté sur une feuille de journal. Elle hésita sur le seuil de la cuisine, puis s'avança.

Il y avait une odeur de renfermé, mais il n'y régnait pas le chaos qu'elle avait redouté. Le plan de travail était propre et relativement peu encombré. Le couvercle de la boîte à café était entrouvert ; elle résista à l'envie de le refermer. La baie vitrée au-dessus de l'évier montrait la vue familière du pommier noueux, couvert de bourgeons.

De tout son cœur, elle espérait être encore là quand il serait en fleur.

Sur la petite étagère au-dessus de l'évier se trouvaient les mêmes bibelots : la boîte à cure-dents des chutes du Niagara, le seul beau vase qu'elle possédait, la tasse à espresso que sa sœur Wanda lui avait rapportée d'un voyage à Florence. Sans doute tout ce qu'elle verrait jamais de l'Italie, avait-elle l'habitude de plaisanter.

Il y avait un ajout sur l'étagère : une photographie encadrée. Émue, elle reconnut le portrait de Sandra et elle que Lou avait gardé sur son bureau pendant des années. Sa photo préférée. Elle avait été prise dans le jardin. Sandra, qui devait avoir dans les huit ans, était suspendue à une branche du pommier par les genoux, la tête en bas. Elle-même se tenait à son côté. Mère et fille souriaient à l'objectif. Le bonheur simple de gens simples... Pourquoi Lou aimait-il autant cette photo ?

Elle entendit le ronron de la télé dans le salon, à l'autre bout de la maison.

— Lou ?

Il devait avoir entendu quelque chose, car lorsqu'elle pénétra dans le salon, il était debout.

— Je suis là, dit-elle, regrettant aussitôt cette phrase aussi inutile qu'idiote.

Lou était comme pétrifié. Un silence passa. Elle s'apprêtait à dire une autre banalité, quand il tendit la main vers elle.

— Je suis... content, murmura-t-il d'une voix plus douce que dans le souvenir de Dorrie.

Son portefeuille lui glissa des mains, mais elle ne regarda pas où il était tombé.

— C'est vrai ?

— Oui.

— Tu as déplacé le fauteuil, observa-t-elle, partagée entre espoir et crainte.

— Je n'aimais pas être si près de la télé, expliqua-t-il. Si tu veux que je le remette, je...

— Non, il est très bien où il est, l'arrêta-t-elle, les larmes aux yeux. Lou, est-ce que tu veux bien encore de moi ? Lou, s'il te plaît... fit-elle en avançant d'un pas vers lui.

Il garda le silence. Le cœur de Dorrie se serra. Il ne l'avait pas entendue.

Elle respira un grand coup.

— J'ai dit...

— J'ai entendu ce que tu as dit.

Elle se souvint alors du rendez-vous chez le spécialiste de l'audition. Sandra lui en avait parlé dans une lettre. Pendant des années, Dorrie l'avait tarabusté pour qu'il y aille, et il avait fini par se décider.

Lou s'approcha et l'enlaça. Comme c'était bon de se retrouver à nouveau blottie dans ses bras ! Il la serra contre lui, le visage enfoui dans ses cheveux.

— Je t'ai attendue si longtemps, Dor, murmura-t-il. Je t'aime. Je n'ai jamais cessé de t'aimer.

Il embrassa ses joues mouillées de larmes, puis sa bouche, et quand Dorrie ferma les yeux, ce fut comme si les années s'étaient envolées. Ils étaient là, ensemble comme au premier jour, avec leurs rêves et leurs espoirs... Et ces espoirs ne seraient jamais déçus, elle le savait maintenant. Leur amour était un roc solide et rassurant.

Il l'embrassa dans le cou et lui chuchota quelque chose à l'oreille.

Elle plissa le front.

— Qu'est-ce que tu dis ?

— C'est ce qu'on dit en espagnol pour...

Il lui traduisit à l'oreille, et elle laissa échapper un rire incrédule, le rouge aux joues.

— Eh oui, j'apprends l'espagnol. Ce n'est pas si difficile depuis que j'entends à nouveau.

Il l'embrassa une fois encore, puis la prit par la main et l'entraîna à l'étage.

35

Mardi 9 avril

Dix choses que ma mère m'a apprises

6. La meilleure recette de donut au monde.
7. Le fait que chaque donut contient plus de graisse qu'une livre de bacon.
8. Un trou ou une maille filée dans un collant n'est jamais invisible.
9. Si tu veux connaître le vrai caractère d'un garçon, regarde son père.
10. Personne n'a jamais dit que le mariage était facile ; mais la facilité n'a rien d'intéressant.

— Regarde tes parents, dit Joyce en donnant un coup de coude à Sandra. Ils me font penser à une pub pour le Viagra.

Sandra s'arrêta au milieu du parking du palais de justice. Joyce pointait l'index vers la Grand Marquis garée à l'ombre d'un cornouiller. Son père ouvrit la portière à sa femme, puis la prit par la taille. Dorrie se pressait contre lui, comme si elle ne pouvait supporter d'être séparée de lui. Elle portait un manteau rouge cerise neuf, et si leurs visages rayonnaient, ce n'était pas seulement à cause du soleil printanier.

— Tu vois ce que je veux dire ? fit Joyce avec un nouveau coup de coude.

— Arrête. Ce sont mes parents, quand même.

Joyce se tourna vers le large perron en béton du palais.

— Bon, je te vois à l'intérieur, d'accord? Bonne chance.

— Merci. J'ai vraiment besoin de soutien.

Quand Joyce eut disparu en haut des marches, elle traversa le parking d'un pas pressé.

— Maman!

Tous trois s'étreignirent avec effusion. Dans les bras de ses parents, Sandra se sentait en sécurité, protégée dans le cocon de leur amour. Durant quelques secondes, elle oublia qu'elle s'apprêtait à affronter les Winslow.

— Je suis contente que tu sois de retour, dit-elle à sa mère, radieuse. Tu m'as tellement manqué!

Sa mère avait pris un peu de joues, et sa peau était hâlée.

— Toi aussi, tu m'as manqué.

La gratitude et le soulagement étreignaient le cœur de la jeune femme. Deux jours plus tôt, sa mère lui avait téléphoné pour annoncer une nouvelle qui dépassait toutes les espérances de Sandra: elle était à la maison et il n'était plus question de divorce. La réconciliation de ses parents était sa seule source de joie, dans cette période bien sombre. Elle n'avait pas revu Mike depuis qu'elle l'avait chassé de sa maison et de sa vie. Il avait disparu, comme elle le lui avait ordonné, laissant son équipe finir les travaux.

— N'a-t-elle pas l'air en pleine forme? lui demanda son père.

— Vous l'êtes tous les deux, répondit Sandra en s'empourprant au souvenir des paroles de Joyce.

— Nous nous sommes mis d'accord sur un compromis, expliqua sa mère avec un clin d'œil. Je vais me mettre au golf, mais seulement en pays étranger. Et ton père fera les antiquaires et les musées avec moi, précisa-t-elle en glissant une main sous le bras de Lou. La plongée sous-marine et le parachutisme sont encore en négociation...

Sandra observa les mains délicates de sa mère, parsemées de petites taches brunes, puis le visage rond et doux de son père. Où avaient-ils donc puisé ce courage ? Elle aurait tant aimé prendre exemple sur eux, mais à chaque fois qu'elle décrochait le téléphone ou passait devant le port de Paradise, elle se dégonflait. Rien n'était aussi fort que la douleur qui l'avait dévastée, après le départ de Mike. Rien, sauf la joie d'être avec lui. Elle avait fini par admettre qu'il avait raison : c'était la peur qui la motivait. Tant qu'elle ne donnait pas entièrement son cœur à Mike, à ses enfants, elle ne s'exposait à aucun risque...

— Je suis fière de vous deux, dit-elle. L'épreuve que vous avez traversée n'a pas été facile, je sais.

— Tenir bon dans les coups durs, voilà le véritable test du mariage, répliqua sa mère avec gravité. Nous avons tous deux commis l'erreur de croire que la retraite serait le bonheur parfait, l'occasion rêvée de réaliser nos ambitions. Mais toute erreur peut être bénéfique : nous devons découvrir de nouvelles facettes chez l'autre, de nouveaux chemins à explorer ensemble.

Sandra soupira.

— Je suis heureuse de vous avoir tous les deux. Je vais avoir besoin de vous.

Ils entrèrent dans le palais de justice par une porte latérale, et se rendirent à une salle de conférences où les attendaient Milton Banks et ses deux assistants, passant en revue notes et procédures. À leur arrivée, les avocats levèrent à peine le nez, sauf pour inspecter la tenue de Sandra.

— Vous êtes parfaite, approuva Banks devant son tailleur en lin bleu marine. Classique et pas trop voyant. Inutile de donner à penser au juge qu'elle a fait du shopping avec des fonds malhonnêtement acquis, n'est-ce pas ? lança-t-il à l'adresse de ses parents. Alors comme ça, vous divorcez ? C'est votre fille qui me l'a dit.

— Nous avons changé d'avis, le détrompa Lou.

— À notre âge, mieux vaut chercher à s'arranger, ajouta Dorrie avec un sourire gêné.

— Oui, il est toujours comme ça... répondit Sandra à la question muette dans les yeux de ses parents. Je vous vois dans la salle d'audience, d'accord ?

— Que font tous ces journalistes ici ? grommela son père en apercevant la foule dans la salle des pas perdus. À croire que quelqu'un les a convoqués...

Courtney Procter ? se demanda Sandra. Non, elle préférait les exclusivités. À en juger par la forêt de micros, c'était raté. Bizarre, pourtant. Son affaire était déjà ancienne, et la presse réagissait comme si c'était la sensation du jour.

— Surtout pas un mot aux Winslow, aux journalistes ou au public, les prévint Milton Banks. Je ne peux aider votre fille que si j'ai le contrôle total sur le cours des événements.

— Faites-lui confiance, dit Sandra. Il est mon seul recours.

— Le meilleur qui existe, précisa l'avocat.

— Tout va bien se passer, conclut sa mère.

Sandra embrassa ses parents, qui quittèrent la salle. Leur départ lui laissa un vide à l'intérieur, comme une plaie à vif. Elle aussi espérait que Banks assurerait... Comme bien souvent, elle se surprit à penser à Mike. Elle ne l'avait pas connu longtemps, mais à cause de lui, elle avait changé. Jamais plus elle n'aurait le même regard sur la vie. Sans lui, comment aurait-elle su qu'on pouvait vivre une passion aussi intense ?

Mais les inepties qu'il pensait sur Victor avaient dressé une barrière entre eux. Mike lui rendait sans doute service en ne revenant pas. Avec le temps, elle oublierait et retrouverait la rassurante torpeur dans laquelle elle avait si longtemps vécu. À l'abri du chagrin. À l'abri de l'amour.

Une partie d'elle-même aurait voulu qu'il revienne tête basse, en s'excusant d'avoir commis une terrible erreur, en la suppliant de lui pardonner.

Cependant, la réalité était là : Mike était avant tout un père divorcé, qui se battait pour rester dans la vie de ses enfants. Pour rien au monde elle n'aurait mis en danger sa relation avec eux.

Mike était sorti de sa vie. Kevin et Mary Margaret aussi. Angela y avait veillé. Et bientôt, elle quitterait Paradise.

— Vous êtes prête ? s'enquit Banks en rassemblant ses notes.

Elle se dirigea vers la porte d'un pas décidé.

— On y va.

Il s'arrêta, un sourire aux lèvres.

— Qu'y a-t-il ? s'étonna-t-elle.

— Vous êtes différente.

— C'est vrai ? J'ai changé ma coupe de...

— Non, pas ça. Je veux dire vraiment différente, objecta-t-il en reculant, les sourcils froncés. Avant, vous aviez peur de votre ombre. Vous êtes plus forte, prête à en découdre.

— J'imagine que c'est un compliment.

— Je veux, mon neveu.

Une haie de journalistes et de photographes encombrait le couloir jusqu'à la salle d'audience. Flanquée de ses avocats, elle s'y engagea sous les flashs et un feu roulant de questions.

Du coin de l'œil, elle repéra une tête blonde familière, les lèvres rouge vermillon, un tailleur Armani. Courtney Procter.

La journaliste lui tendit un micro sous le nez.

— Madame Winslow, comment comptez-vous répondre à l'accusation selon laquelle vous auriez manigancé cette affaire par appât du gain ?

— En fait, mademoiselle Procter, j'ai moi aussi une question pour vous. Arriverez-vous un jour à encaisser le fait que je vous ai piqué votre petit ami ? répliqua Sandra du tac au tac sans s'arrêter. Et essayez de rapporter la vérité, cette fois.

Milton Banks émit un petit sifflement impressionné.

— Je n'arrive pas à croire que j'aie dit ça, lui murmura-t-elle en pénétrant dans la salle d'audience silencieuse.

Son avocat lui avait rappelé de toujours regarder droit devant elle, mais elle ne put s'empêcher de reconnaître des visages parmi la foule. Les paroissiens de Ronald Winslow s'entassaient sur les bancs, dirigeant vers elle leurs regards accusateurs. Gloria Carmichael était là, arborant un tee-shirt sur lequel s'étalait un péremptoire : *99 % des avocats donnent une mauvaise réputation au reste.* Elle repéra ses parents et Joyce, derrière la table de la défense. Elle fut sidérée de voir aussi les ouvriers de Mike, presque méconnaissables sans leurs bleus de travail tachés de peinture. Bizarrement, Phil Downing était assis près des Carmichael, derrière la table de l'accusation. Une question fugitive lui traversa l'esprit : le public était-il divisé par l'allée centrale en amis de la mariée d'un côté, ennemis de l'autre ? Lors de son mariage avec Victor, les placeurs de l'église avaient eu pour instruction de répartir l'assemblée équitablement de part et d'autre de la travée. Personne n'avait donné de raison, mais elle avait deviné que c'était pour dissimuler le fait que ses amis et sa famille se comptaient sur les doigts d'une main.

Elle fut encore plus surprise d'apercevoir Sparky Witkowski, rayonnante dans un tailleur bleu cobalt, son portable scotché à l'oreille. Captant son regard à travers la salle, l'agent immobilier la désigna d'un ongle interminable en articulant silencieusement : « Il faut que je vous parle. »

Le moment est mal choisi pour discuter immobilier, songea Sandra en franchissant le petit portillon, avant de prendre place à la longue table. Elle ne regardait pas les Winslow, mais elle sentait leur présence, tel un courant d'air glacé. Elle s'efforça de se murer dans une carapace insensible.

Le juge Santucci fit son entrée dans le tribunal et invita l'assemblée à s'asseoir. Il percha une paire de lunettes en demi-lune sur son nez, puis rappela aux avocats leur obligation de respecter le cadre défini par lui, quelques jours avant l'audience.

Sandra ne savait que faire de ses mains. Elle prit un stylo et griffonna sur le bloc jaune qui se trouvait là : *Dix choses que personne ne sait sur moi...*

Chaque point lui rappelait Malloy. Ce n'était pas seulement l'amour qu'elle éprouvait pour lui, mais tout ce qu'il représentait – les petits miracles quotidiens qui font que la vie vaut la peine d'être vécue. Elle adorait ses enfants, et même son chien. Elle aimait qu'il soit un homme ordinaire, pas une célébrité. Qu'il soit manuel. Calme et fort, il était l'accomplissement d'un rêve qu'elle ignorait avoir en elle, avant de le rencontrer. Il incarnait une promesse de sécurité, une bouée de sauvetage.

En se rendant dans le box, elle eut l'impression de se noyer. Elle leva la main et jura de dire toute la vérité.

Quelle vérité ? La sienne ? Celle de Victor ?

Milton Banks lui avait recommandé de garder les yeux rivés sur lui, même pendant les questions de l'accusation. Elle se concentra donc sur l'avocat. Imperturbable, il faisait son imitation du lézard sur son rocher, figé comme une statue.

Comme prévu, l'avocat des Winslow commença les hostilités par quelques questions courtoises d'apparence banale : où elle avait grandi, où elle était allée à l'école... L'idée était de brosser le tableau d'une femme d'origine modeste, prête à tout pour s'accaparer l'argent de son mari.

— Madame Winslow, comment décririez-vous votre mariage avec Victor Winslow ?

— Nous étions heureux ensemble.

Elle n'entra pas dans les détails. Banks le lui avait interdit. Et puis, ce n'était pas vraiment un mensonge. Ils avaient été heureux même si, avec le temps, l'attitude de Victor s'était dégradée au point que certaines fois, il se comportait envers elle en parfait étranger.

— D'après nos informations, vous travaillez dans l'édition...

Voilà qui était nouveau. Elle glissa un regard à son avocat qui fronça les sourcils, puis haussa les épaules.

— C'est exact.

— Pour être précis, vous avez publié cinq romans sous un pseudonyme.

— Mon nom de jeune fille, corrigea-t-elle.

— Dans l'esprit de beaucoup, les auteurs sont des gens riches. Vous êtes-vous enrichie grâce à vos livres ?

— Cela dépend de ce que vous entendez par « riche ».

— Vivez-vous de vos livres ?

— Objection ! intervint Milton Banks. Ces questions sont sans rapport avec l'instruction.

— Votre Honneur, notre but est de démontrer que Mme Winslow est incapable de subvenir à ses besoins par sa seule activité d'auteur.

— Maître, je vous prie de limiter vos questions aux circonstances du drame qui nous occupe, déclara le juge.

— Il s'agit du mobile, Votre Honneur. Outre vos droits d'auteur négligeables tirés d'échecs en librairie, madame Winslow, quels étaient vos revenus durant votre mariage ?

— Le salaire de sénateur que percevait mon mari. Ses revenus sont... étaient de notoriété publique.

— Pourquoi avait-il souscrit une assurance vie aussi importante ?

— Il était jeune, en bonne santé. Les primes étaient faibles.

— Voilà qui vous arrangeait bien.

— Objection !

— Objection accordée, décida le juge. Gardez vos opinions personnelles pour vous, maître.

L'avocat joignit le bout des doigts et baissa la tête – le saint qui se prépare à faire face au diable.

— Revenons à la nuit du 9 février. Madame Winslow, racontez-nous avec vos mots ce qui est arrivé.

Sandra avait peaufiné ses réponses pendant des jours avec Banks. Pourtant, elle fut prise au dépourvu par l'effroi qui s'insinua en elle. Tout comme par l'envie presque irrésistible de révéler la vérité sur son mari.

— Victor et moi assistions à un dîner de gala, à la marina de Newport...

Elle récita les faits, à peu près dans les mêmes termes qu'à Mike. Elle évoqua le bref discours de son époux, admit qu'il avait bu plus que de raison ce soir-là, et décrivit son humiliation quand il l'avait abandonnée au beau milieu de la piste de danse.

Elle raconta son départ précipité, son intention de rentrer à la maison. Mais à aucun moment elle ne mentionna l'homme qui l'avait abordée, alors qu'elle faisait démarrer la voiture. Jamais elle n'avait parlé de lui. Pas même à Mike.

— Dites à votre mari qu'il a oublié notre rendez-vous, ce soir. Dites-lui que c'est de la part de Max...

Le dénommé Max s'était évanoui dans la nuit, la laissant interdite. Victor avait quitté le bâtiment un instant plus tard, et Max l'avait intercepté. Elle n'avait pas entendu ce qu'ils s'étaient dit, mais Max s'était avancé vers Victor et lui avait agrippé le bras. En dépit de l'agressivité qui se dégageait de leur attitude, elle avait perçu un étrange courant entre eux. Victor s'était libéré brusquement et avait pressé le pas vers la voiture. Elle revoyait encore sa silhouette, devant les projecteurs du parking.

Les journalistes et photographes avaient jailli du bâtiment et Victor s'était jeté sur le siège du passager. Sans réfléchir, Sandra avait démarré en trombe, les roues arrière de la Cadillac chassant sur le bitume du parking. Elle avait accéléré dans l'espoir de leur échapper.

À ce moment-là, elle ignorait encore la vérité. Elle devait l'apprendre quelques minutes plus tard, lorsqu'ils avaient réalisé que Max les avait pris en chasse. Victor s'était effondré et avait révélé sa vie secrète, sa lutte solitaire, la pression intolérable qui avait fini par exploser en une passion incontrôlable pour Max.

Sandra n'avait pas su ce qu'il était advenu de Max, cette nuit-là. C'était sans doute lui qui avait prévenu les secours, mais elle n'avait jamais voulu qu'il soit retrouvé, à cause des révélations qu'il aurait pu faire sur Victor. Il aurait pu aller jusqu'à l'accuser d'avoir provoqué délibérément l'accident.

Quand elle décrivit une fois de plus les circonstances de celui-ci, elle ne put empêcher les larmes de couler. Elle marqua une pause pour boire une gorgée d'eau et reprendre ses esprits.

L'avocat des Winslow ne lui demanda pas ce qui lui avait fait perdre le contrôle de la voiture sur le pont. Personne ne lui avait posé cette question.

— Madame Winslow, continua-t-il, étiez-vous fière du travail de votre époux au Sénat ?

— Bien sûr.

— De la loi HR728 aussi ? Parlez-nous-en, s'il vous plaît.

Le sang de Sandra se glaça dans ses veines.

— C'est la loi sur le contrôle des armes à feu.

— Approuviez-vous ce texte ?

— Oui, absolument.

Elle s'efforça de garder les yeux fixés sur Milton Banks, mais un mouvement à l'arrière de la salle attira son attention. Un policier parlait à l'huissier qui surveillait l'entrée. Celui-ci vint déposer une feuille de papier pliée sur la table de chaque avocat.

— Si c'est le cas, madame Winslow, pouvez-vous m'expliquer pourquoi, le 5 janvier de l'année dernière, vous avez acheté un revolver sur Internet ? (Il consulta ses notes.) Un Luger neuf millimètres semi-automatique avec chargeur à dix coups, le modèle à canon fileté d'avant l'interdiction.

Le choc pétrifia la salle, Sandra comprise. Puis l'agitation s'empara de l'assistance et de la galerie des journalistes, tandis que les dessinateurs tentaient de capturer l'instant sur leurs blocs. Le marteau du juge Santucci s'abattit à plusieurs reprises, jusqu'à ce qu'un silence lourd de curiosité s'installe péniblement. Milton Banks ne bougeait pas un muscle, mais elle vit la lueur d'inquiétude dans son regard. Il ne s'attendait pas à ça.

Sandra ne répondit pas, tétanisée.

— Madame Winslow, souhaitez-vous que je répète la question ?

Elle secoua la tête et ses lèvres bougèrent, mais aucun son ne sortit de sa gorge.

— S'il vous plaît, répondez à la question, la pressa le juge.

Sa langue était comme atrophiée, sa gorge complètement nouée. Elle avait l'impression d'avoir les yeux exorbités comme si elle étouffait.

— La question est simple, pourtant, insista l'avocat de l'accusation. Avez-vous acheté, oui ou non, une arme sur Gunexchange.com ?

Elle aurait voulu protester, mais c'était peine perdue. Elle était redevenue « Sandy Bab-bab-babblecock ». Même si sa vie en avait dépendu, elle aurait été incapable d'articuler le moindre mot.

L'agitation reprit à l'arrière de la salle, ajoutant à la confusion. La jeune femme vit ses parents se pencher par-dessus la barre qui les séparait des assistants de Banks.

Celui-ci se leva d'un bond.

— Votre Honneur, je...

— Si cela peut vous aider, adressez-vous à moi, madame Winslow, suggéra le juge.

Qu'aurait-elle pu dire ? Son regard paniqué se posa sur Phil Downing. Elle lui avait donné son vieil ordinateur portable pour le remercier de ses services...

L'avocat des Winslow revint à la charge.

— Répondez par oui ou par non, s'il vous plaît. Nous sommes en possession des données de la transaction : numéro de carte de crédit à votre nom de jeune fille, confirmation de la livraison poste restante à votre nom de jeune fille également, Sandy Babcock... Dites-nous pourquoi vous avez acheté cette arme, madame Winslow.

— Ce n'est pas elle qui l'a achetée, fit une voix au fond de la salle.

Le marteau du juge s'abattit.

— Silence dans la salle !

— C'est moi qui ai acheté ce revolver.

Un homme en costume sombre franchit le seuil, flanqué d'un policier en tenue.

Blême, Sandra n'en croyait pas ses yeux.

Il avait les cheveux plus blonds qu'avant, et très courts. Il avait dû se battre ; sa mâchoire paraissait tuméfiée, et il avait sur la lèvre une blessure coagulée. Pourtant, son visage mince et hâlé était toujours aussi beau. Il y avait dans ses yeux bleus une gravité d'une troublante intensité.

Des murmures parcoururent l'assistance, de plus en plus bruyants, et les gens se retournèrent sur leurs bancs.

Winifred Winslow poussa un gémissement et s'agrippa à son mari.

Comme par enchantement, la gorge de Sandra se débloqua enfin. Le seul mot qu'elle prononça au micro plongea la salle tout entière dans un chaos indescriptible :

— Victor !

36

Victor Winslow fit ce qu'il faisait le mieux : il tint une conférence de presse. Alors qu'il s'apprêtait à affronter un déchaînement de questions, il ressentit une poussée d'adrénaline. Tout cela lui avait manqué.

Alerter les médias avait été son idée, même s'il avait conscience que l'épreuve serait douloureuse. Depuis son départ de Paradise, il avait beaucoup appris sur la souffrance. Pire que celle qu'on ressent dans sa chair, il y a celle qu'on inflige à autrui. À quelqu'un qui n'a commis d'autre crime que de vous aimer.

La souffrance de Sandra avait été médiatisée à outrance ; il allait rétablir la vérité de façon éclatante. Son retour serait aussi spectaculaire que sa disparition.

Il n'eut qu'un instant pour repérer ses parents à la table de l'accusation, mais cela lui suffit pour lire le choc sur leurs visages. Le mélange de joie incrédule et de soulagement qu'il y discernait lui rappela pourquoi il s'était efforcé si longtemps de les protéger.

Pourquoi a-t-il fallu que vous vous en mêliez ? songea-t-il. En définitive, c'étaient eux qui l'avaient empêché de poursuivre plus longtemps sa mystification. Quelle ironie ! S'ils avaient laissé Sandra en paix, jamais il n'aurait eu besoin de revenir. D'ici quelques minutes, une nouvelle souffrance prendrait le dessus, aiguisée par la trahison et la répulsion. Mais au moins c'en serait fini de sa vie de mensonge et de dissimulation.

En sortant de la salle d'audience, Sandra et lui furent happés et entraînés comme des feuilles mortes dans un torrent furieux. Tandis que les journalistes se disputaient les meilleures places dans la salle des pas perdus, il se dirigea vers les marches qui lui serviraient de podium improvisé. Il voulut prendre la main de Sandra. Ses doigts étaient glacés.

— Ne me touche pas, murmura-t-elle en se dégageant.

Elle jetait des regards effarés à la ronde, mais la foule bloquait toutes les issues, et elle n'eut d'autre choix que de rester à son côté. Comme pendant leur vie commune.

Comment aurait-il pu imaginer le calvaire qu'elle avait enduré ? Quand Max et lui avaient pris la fuite, cette nuit-là, tout avait paru si simple...

Sous le feu aveuglant des projecteurs, micros et objectifs jaillirent de la marée des journalistes, massés au pied des marches. Victor espérait qu'ils ne s'intéresseraient pas trop à ses hématomes et coupures, résultat de la bagarre d'hier – mais c'était une autre histoire. Il sortit une déclaration de sa poche. Il l'avait rédigée durant le vol qui l'avait ramené à Providence. Toute la sincérité et l'éloquence qu'il y avait mises ne changerait rien au fond de son message.

— Mesdames et messieurs, c'est une histoire de courage que je vais vous raconter. Pas le mien, non. La suite va vous montrer à quel point j'en ai manqué. Je n'avais jamais pensé revenir ici, me trouver à nouveau aux côtés de Sandra, mais la situation exige que j'affronte mes erreurs et rétablisse la vérité.

Les questions fusèrent de tous côtés et les éclairs des flashs firent tressaillir la jeune femme. Avec son autorité naturelle, Victor leva une main, jusqu'à ce que les journalistes se calment.

— Ma femme n'a rien fait de mal, déclara-t-il. Son seul tort a été de se taire.

— Voulez-vous dire que vous vous êtes fait passer pour mort avec la complicité de Mme Winslow ? demanda une femme dans la foule.

Courtney Procter. Il avait quelques comptes à régler avec elle. Le moment ne s'y prêtait guère, mais elle ne perdait rien pour attendre.

— Avait-elle manigancé une fraude à l'assurance ? insista la journaliste avant qu'il ait pu reprendre la parole.

— Êtes-vous ici pour entendre les faits ou lancer d'idiotes rumeurs sans fondement ? répliqua-t-il sèchement.

Victor prit un malin plaisir à voir la journaliste rougir et bredouiller. Quand il était sénateur, il ne pouvait se permettre de remettre la presse à sa place ; cette époque-là était révolue.

— Jusqu'à ce que j'apparaisse dans ce tribunal, ma femme me croyait mort. Je n'avais pas prémédité de disparaître, la nuit du 9 février, mais les circonstances m'ont contraint à cette décision. C'était l'unique choix qui me restait, tout au moins le croyais-je.

« En fait, l'origine de cette tragédie remonte à bien des années avant ma rencontre avec Sandra. J'ai acheté le revolver à cause de quelqu'un qui avait resurgi de mon passé, mon ancien amant, un homme du nom de Max Henshaw.

Il marqua une pause, le temps que le déclic se fasse. Comme il s'y attendait, ce fut l'explosion.

— Vous avez un amant ? Vous êtes homosexuel ? Qui est Max Henshaw ?

Il sentait Sandra mortifiée à son côté, mais il ne la regarda pas. Il voulait toute l'attention concentrée sur lui.

— M. Henshaw et moi avons été amants en 1992. J'avais cru que cet événement appartenait au passé, mais le fait que je me trouve aujourd'hui devant vous vient contredire le vieil adage qui prétend que « le passé, c'est le passé ». Rien n'est plus faux. Il finit toujours par vous exploser à la figure. Des années après notre liaison, il a voulu me revoir, en dépit de tous mes efforts pour lui faire comprendre que j'avais l'intention de rester fidèle à ma femme. Ses exigences sont devenues de plus en plus… agressives. J'ai tenu bon aussi longtemps que possible, mais au bout du compte, la situation a échappé à mon contrôle. Je me suis procuré une carte de crédit au nom de jeune fille de ma femme, et j'ai acheté le Luger sur un site Internet. Jamais je n'ai envisagé de m'en servir réellement. Je voulais juste faire peur à M. Henshaw, le convaincre de renoncer.

La nuit de l'accident, il m'a lancé un ultimatum. Voilà pourquoi j'ai quitté la marina aussi brusquement.

Il glissa un bref regard à Sandra.

— L'accident s'est passé exactement comme ma femme l'a décrit – nous nous sommes disputés et elle a perdu le contrôle de la voiture. Il y a un fait cependant qu'elle n'a pas mentionné, c'est que M. Henshaw nous avait pris en chasse dans une voiture de location. C'est lui qui a prévenu les secours. La Cadillac est tombée à l'eau, et le système électrique des vitres s'est bloqué. Ma femme était inconsciente, et j'ai tiré dans le pare-brise pour nous sortir de là. M. Henshaw nous a aidés à regagner la terre ferme. Ensuite, j'ai agi sous le coup d'une impulsion. Je n'avais peut-être pas les idées claires à cause du choc et de l'hypothermie, je n'en sais rien... Quoi qu'il en soit, j'ai pris la fuite avec Max Henshaw.

L'assistance était subjuguée. Près d'un pilier, sa mère enfouit son visage dans ses mains. Son père, lui, était immobile dans son fauteuil, telle une statue de monument aux morts.

— J'ai été élevé dans la croyance que l'homosexualité est un péché. J'ai prié chaque jour de ma vie pour trouver la force de résister, cachant ce combat à mes parents, mes amis, ma femme... Suivre ma nature signifiait perdre l'amour et l'estime de ma famille, ma place dans la société, ma carrière. Je croyais être prêt à ce sacrifice. Et pendant longtemps j'ai tenu bon. Mais au bout du compte, le prix à payer était trop élevé. Certaines choses sont plus fortes que la volonté d'un homme. Je n'ai plus honte de celui que je suis ; j'ai seulement choisi la mauvaise issue, et je suis prêt à assumer l'entière responsabilité de mes actes devant la justice.

« Je répondrai à vos questions plus tard cet après-midi, ajouta-t-il après un silence. Vous comprendrez que pour l'instant j'ai plus important à faire.

Des vigiles les escortèrent, Sandra, ses parents et lui, à travers la bousculade jusqu'à une salle de réunion tranquille. Il ignora les flashs et les questions dont on le bombardait.

Lorsque la porte de la salle se referma, sa mère fit un pas vers lui, puis s'arrêta avec dans le regard un mélange de tendresse et d'incompréhension. Son père, lui, n'hésita pas une seconde ; avec un ronronnement de moteur électrique, il déplaça son fauteuil à l'autre bout de la longue table et lui tourna le dos.

Le cœur de Victor se serra, mais sa détermination ne faiblit pas. S'il avait tiré une leçon de cette tragédie, c'était que ses parents avaient tort de mépriser l'homme qu'il était. Plus jamais il ne s'évertuerait à cacher sa véritable nature, dans le seul but de leur épargner du chagrin et de préserver la réputation des Winslow.

Sandra se percha sur l'accoudoir du fauteuil le plus proche de la porte, comme si elle se préparait à prendre la fuite à tout instant.

— J... je suppose que tu as des choses à me dire... murmura-t-elle.

Victor sentait presque ses cordes vocales se contracter. Un flot de tendresse l'envahit. La vaillance de Sandra était l'une des raisons pour lesquelles elle lui avait plu. Elle maudissait sans doute le jour de leur rencontre, mais lui ne le regretterait jamais.

Il s'assit de l'autre côté de la table et commença son récit, entraînant la jeune femme et ses parents dans le monde qu'il avait si longtemps gardé secret. Il se souvenait du premier coup de téléphone comme si c'était hier. Après, Max n'avait cessé de l'appeler et, au fond de lui, Victor avait su qu'ils finiraient par se détruire l'un l'autre. Ils y avaient presque réussi.

Puis les lettres et les e-mails avaient afflué à son bureau, et il s'était retrouvé le dos au mur. La terreur d'être découvert et le feu de cette passion qu'il n'arrivait pas à oublier s'étaient mués en désespoir. Sous l'emprise de la panique, il avait acheté l'arme. Il n'envisageait pas de s'en servir, mais ne pouvait accepter l'idée de renoncer à la vie qu'il s'était si difficilement bâtie. Et encore moins de subir le dégoût de son père, si la vérité éclatait au grand jour. Quand Max l'avait abordé sur le parking, sa vie avait basculé avec la même violence que plus tard la voiture par-dessus le parapet du pont.

Il avait encore en mémoire la collision étourdissante contre le garde-fou, suivie par l'impact de la Cadillac sur l'eau. Ses dents s'étaient entrechoquées avec force, et il avait senti un filet de sang couler le long de son menton. Il était resté immobile sur son siège avec un étrange détachement, tandis que la voiture s'enfonçait lentement sous l'eau, le faisceau fantomatique des phares pointé vers le ciel. En pivotant, il avait vu les phares arrière submergés, telles deux flaques de sang.

Pas une seconde il n'avait eu peur de mourir. Après la vie qu'il s'était infligée, la mort aurait été un soulagement. Ses parents l'auraient pleuré, certes, mais le choc aurait été moins rude pour eux que de découvrir la vérité. Une abomination, selon les enseignements de son père.

Comme dans un rêve, il était resté là, serein. Dans sa main, l'arme était lourde et froide. Ses secrets avec Max n'avaient plus d'importance, désormais. C'était parfait... presque.

Pourtant, dans le brouillard confus qui l'habitait, il avait allumé son plafonnier, mû par une impulsion soudaine. Sandra. Elle disparaissait à moitié sous l'airbag. L'eau s'infiltrait dans l'habitacle et commençait à la recouvrir. Il lui avait caressé le visage, ému par la douce chaleur de sa joue. Innocente Sandra. Elle n'avait d'autre tort que d'avoir désiré l'homme qu'il ne pouvait être : un mari, un amant, le père de ses enfants. Elle n'avait fait que l'aimer avec une loyauté qu'il ne méritait pas.

Il devait à tout prix la sortir de là.

Comme électrisé, il avait dégrafé sa ceinture de sécurité. Sandra était tombée dans ses bras telle une poupée de chiffon. À cet instant, il ignorait si elle vivait encore.

Les vitres électriques ne fonctionnaient plus, et il avait eu beau pousser de toutes ses forces, impossible d'ouvrir la portière. Pour la première fois, la panique s'était emparée de lui. Il avait saisi le revolver et appuyé sur la détente. La détonation avait été assourdissante.

Avec le recul, le coup était parti de travers. À la deuxième tentative, le pare-brise avait implosé sous la pression de l'eau. Des débris de verre lui avaient écorché la figure et les mains. L'eau glacée qui s'était engouffrée dans l'habitacle le plaquait contre son siège. Les poumons en feu, il avait failli lâcher Sandra. Mais, bon nageur, il était parvenu à s'extirper avec elle par le trou béant du pare-brise.

Luttant contre les courants, forts à cet endroit, il avait nagé vers la côte. Max s'avançait dans l'eau pour lui porter secours, guidé par la lueur sinistre des phares qui déjà disparaissaient dans les profondeurs. Sans un mot, ils avaient traîné Sandra jusqu'à une plage de galets. Une écume blanche lui sortait du nez et de la bouche. Elle avait craché de l'eau et suffoqué, puis repris péniblement son souffle.

Debout à son côté sur les galets qui roulaient sous ses pieds, il avait ressenti un étrange sentiment de liberté et de détachement. Il avait défié la mort. Il avait sauvé la vie de Sandra.

Sandra qui, désormais, connaissait la vérité.

— J'ai prévenu les secours, lui avait dit Max en l'agrippant par le bras. Tu es blessé ?

— Non.

Au loin, le hurlement d'une sirène avait retenti, de plus en plus fort.

— Viens avec moi, avait proposé Max, ses doigts serrés en étau sur son bras.

— Quoi ? Tu es fou, c'est…

— Tu ne comprends donc pas, Victor ? Ta vie ici est finie. Maintenant, rien ne sera plus comme avant – tu devras démissionner, ta femme exigera le divorce. Et Dieu sait ce que feront tes parents. C'est ça que tu veux ?

— Non, mais...

— On va aller chez moi, en Floride. Filons vite d'ici, avant l'arrivée des secours. Personne ne doit nous voir. Ils trouveront ta femme, mais pas toi.

— Max, arrête...

Il avait le tournis. Son corps était secoué de tremblements irrépressibles.

— Cet accident est une bénédiction ! avait insisté Max. Une occasion pareille ne se représentera jamais !

Un frisson d'excitation mêlé d'espoir avait parcouru Victor. Il venait d'être baptisé par la mer impitoyable, et c'était un homme nouveau qu'elle avait rejeté. Mais il savait à quoi il renonçait. Jamais il ne pourrait regarder en arrière ou rentrer chez lui. Jamais il ne pourrait contacter ceux qu'il aimait ou réconforter ses parents éplorés...

Quel hasard étrange, s'était-il dit, que sa vie d'avant se termine sur cette côte dont il connaissait chaque recoin depuis l'enfance ! On aurait pu y disparaître pendant des jours sans être retrouvé.

— Je t'aime, mais je ne peux plus continuer ainsi, avait-il murmuré à Sandra, en l'embrassant sur le front.

Il faisait trop sombre pour qu'il voie le sang qui avait goutté sur son manteau. Puis il était monté dans la voiture de Max et avait disparu dans la nuit, laissant la jeune femme inconsciente sur la plage de galets.

Dans la même semaine, ils étaient arrivés d'abord à Miami, puis au bout du monde, à Key West. Dans le bungalow de Max, à Sugarhouse Row, il avait réinventé sa vie sous une nouvelle identité, acquise avec une facilité déroutante sur Internet. Robert Chance, c'était le nom qu'il s'était choisi – personne ou presque ne pouvait en comprendre la signification. Dans la galerie fréquentée de Max, sur le front de mer, il vendait aux touristes ses petits mobiles de verre coloré.

C'était la vie dont il avait toujours rêvé, si différente de celle de Victor Winslow qu'il lui arrivait d'oublier qui il avait été.

Pas complètement, cependant.

Sur Internet, il avait suivi les étapes de l'enquête jusqu'à l'instruction pour homicide. Plusieurs fois, il avait été tenté d'intervenir, mais Max l'avait convaincu d'attendre, de voir comment les choses allaient tourner. À l'annonce du non-lieu, il avait poussé un grand ouf de soulagement, persuadé d'avoir pris la bonne décision. La dernière péripétie – la plainte déposée par ses parents – l'avait pris totalement au dépourvu.

Il aimait se dire qu'il se serait présenté de lui-même… mais l'aurait-il fait ?

Un silence pesant s'abattit sur la salle. Victor poussa un profond soupir. Les paumes moites pressées l'une contre l'autre, il regarda Sandra. Il aurait voulu tendre la main vers elle, mais n'osa pas. Elle semblait différente. Toujours aussi belle, avec ses cheveux noirs, son regard un peu égaré et ce mélange unique de fragilité et de force qui l'habitait. Aujourd'hui cependant, il remarquait de subtils changements, par exemple le fait qu'elle soit assise aussi près de ses parents sans sourciller. Pourtant il devinait qu'elle prenait sur elle : la blancheur des articulations de ses mains, posées sur ses genoux, l'attestait.

— Je ne pouvais pas me douter de ce qui arriverait, lui dit-il. Je pensais qu'en disparaissant je te donnerais un coup de pouce mérité. La fraude à l'assurance vie paraissait le plus véniel de mes péchés, parce que j'avais réussi à me convaincre que Victor Winslow était mort. Je me disais que cet argent te permettrait de refaire ta vie…

— Tu n'espères quand même pas que je vais avaler ça, rétorqua-t-elle sur un ton qu'il ne lui connaissait pas. C'est facile de disparaître dans la nature et de prétendre l'avoir fait pour mon bien. Qu'est-ce que tu crois que ça m'a fait de te perdre, de te pleurer, d'affronter toutes ces accusations haineuses pendant que toi, tu avais la belle vie à Key West avec ton petit ami ?

— Comment aurais-je pu imaginer une seconde que tout le monde te tiendrait pour responsable ?

— Sandra... nous sommes terriblement navrés, bredouilla Winifred. Si seulement nous avions compris...

— Vous n'avez jamais rien voulu comprendre, la coupa Sandra d'une voix posée.

Ronald leva vers la jeune femme un regard torturé par la culpabilité, puis baissa la tête. Quand il la releva, au bout d'un long moment, il y avait de la souffrance dans ses yeux – mais pas de pardon.

— Pourquoi es-tu revenu ? lança-t-il à Victor. Hein, pourquoi as-tu pris cette peine ? insista-t-il, ignorant l'exclamation horrifiée de son épouse.

Victor se leva d'un bond.

— À cause de vous, pardi ! Vous et votre stupide plainte ! Je suis parti parce que je ne pouvais être celui dont vous rêviez. Vous préfériez me voir mort plutôt qu'homosexuel ! Alors je vous ai donné ce que vous vouliez ; je suis mort ! Vous auriez mieux fait de ne pas vous mêler de ça !

Sans un mot, Sandra se leva et se dirigea vers la porte. Il lui bloqua le passage.

— Attends !

— Laisse-moi partir.

Il y avait toujours du brouhaha, de l'autre côté de la porte. Victor réalisa qu'elle n'avait pas peur, elle qui autrefois affrontait la presse à reculons. Elle n'était plus la petite souris timide qu'il avait épousée ; une force et une détermination nouvelles l'habitaient.

— Je t'en supplie, il faut me croire. Je n'ai jamais voulu te faire souffrir. Honnêtement, je pensais que c'était la meilleure solution jusqu'à ce que Mike...

— Mike ?

Sandra blêmit.

— Mike ? répéta-t-elle.

— Malloy.

Le regard de la jeune femme se posa sur l'hématome qui marquait sa joue, et il vit qu'elle venait de comprendre. Sa lèvre fendue le tirailla quand il essaya de sourire.

— C'est lui qui m'a ramené. Je suis venu réparer les dégâts que j'ai causés, Sandra. Je te rembourserai tes frais d'avocat, je m'occuperai de la compagnie d'assurances...

— Je ne veux qu'une seule chose de toi, Victor.

— Quoi donc ?

— Le divorce.

37

Mike ôta le sachet de petits pois congelés de son œil et se pencha vers le miroir. L'hématome avait un peu dégonflé et virait au noir. Victor a eu de la chance, fut-il tenté de penser, mais cela aurait été se voiler la face. Il était rouillé, voilà tout. Il ne s'était plus bagarré depuis bien longtemps.

Il regarda si sa montre tachée de peinture marchait. Elle était sûrement cassée ; les aiguilles ne bougeaient plus. Il envisagea un instant d'allumer la télé ou la radio, mais se ravisa. Cela le rendrait encore plus fou.

Incapable de tenir en place, il quitta le *Coup de Pot* et descendit sur le parking du port qu'il arpenta de long en large, se demandant s'il devait aller ou non au palais de justice.

Victor l'avait dissuadé de provoquer un cirque médiatique. Sa présence ne ferait qu'ajouter à la confusion. Quant à son avocate, elle en aurait une attaque. Il ne manquerait plus que ses enfants le voient au journal du soir, un œil au beurre noir, dans une affaire de fugitif homosexuel !

— Profil bas, lui avait conseillé Vic, et il avait sûrement raison.

Mais l'attente était insupportable.

Les pouces coincés dans les poches arrière de son jean, Mike contempla la mer qui miroitait sous le soleil bas de cette fin d'après-midi. Les retrouvailles avec Victor avaient été surréalistes. Il était arrivé à Key West après un voyage interminable, sur les rotules et à bout de patience. Il s'était rendu au domicile de Henshaw, mais il n'y avait personne. Un voisin lui avait indiqué une galerie du front de mer. Dans la chaleur de Mallory Square, il s'était mêlé à la foule bigarrée des touristes, SDF, couples gays et artistes de rue.

Assis au comptoir d'une buvette rose bonbon, il avait observé les passants qui déambulaient et venaient parfois boire un verre sous les parasols Campari. Dans la galerie artisanale en face, le soleil tropical se reflétait dans les dizaines de petits mobiles en verre, suspendus dans la vitrine. À l'heure de la fermeture, un homme de haute stature avait verrouillé la porte à l'aide d'une clé de sécurité électronique.

Au premier abord, Mike n'avait pas reconnu l'homme aux cheveux blonds décolorés, en sandales, short et tee-shirt sans manches qui dévoilaient ses épaules hâlées. Mais la démarche souple et assurée lui avait été aussitôt familière…

Une seule émotion habitait Mike : la rage. Il le suivit de l'autre côté de la rue et le plaqua contre la digue creusée par des siècles de tempêtes.

— Eh, Victor, ça faisait longtemps…

— *Mike?* Mike, c'est toi ? Qu'est-ce que tu fiches ici ?

— Oh, je crois que tu t'en doutes, Vic.

Le coup de poing partit sans crier gare, atteignant Mike à l'œil gauche. Étourdi, celui-ci décocha à son meilleur ami un crochet en pleine figure. Victor tituba en arrière contre la digue, puis se redressa et tenta de prendre la fuite.

Le deuxième coup de Mike fendit la lèvre de son ami. Les badauds commençaient à s'attrouper, mais il s'en moquait éperdument.

— Pas de ça, Victor. Tu ne veux quand même pas que je te traîne par les cheveux jusqu'à l'aéroport ?

Mike esquiva un coup de genou.

— Je ne vais nulle part…

— Faux, tu rentres illico chez toi, tirer ta femme du pétrin où tu l'as fourrée !

— Elle n'a pas besoin de moi, Mike. Tout va s'arranger, tu verras.

Mike l'agrippa par son tee-shirt taché de sang.

— Disons que je n'ai rien entendu, d'accord ? Tu l'as épousée en sachant que tu ne la rendrais jamais heureuse, et tu t'es barré, espèce de lâche !

— Je l'ai fait pour Sandra, protesta Victor en esquivant un coup de poing. Elle voulait...

Mike le jeta à terre.

— Espèce de salaud ! C'était un mari qu'elle voulait ! Un mari et des enfants !

Victor crapahuta en arrière.

— Je n'ai jamais eu l'intention de lui faire du mal. Je la trouvais... parfaite.

— Parfaite pour toi, oui ! Avec elle, c'était sans risque ! Tu t'es servi d'elle, voilà la vérité !

Mike lui laissa le temps de se relever. Autour d'eux, les touristes médusés élargirent leur cercle.

— Et toi, tu étais parfait pour elle ? reprit-il. Est-ce que tu as pris la peine de te poser cette question ?

— Sincèrement, je le crois. Elle était si innocente, si solitaire. Elle m'a... ému.

Le poing de Mike partit avec hargne, mais manqua sa cible.

— Tu ne vois pas à quel point tu l'as fait souffrir, espèce d'ordure ? Tout ce temps, elle a cru qu'*elle* avait un problème !

— Voilà pourquoi disparaître était la solution.

— Tu n'as jamais entendu parler du divorce, Vic ? Un truc très pratique, et parfaitement légal dans ce pays.

Écumant de rage, Mike le plaqua à nouveau contre la digue et appuya son avant-bras contre sa gorge.

— Aucun Winslow n'a jamais divorcé, mais beaucoup sont morts jeunes... rétorqua Victor qui déglutit avec peine, le visage cramoisi, le souffle de plus en plus court.

Mike desserra son étreinte.

— Il faut qu'on parle.

Victor s'écarta de lui.

— Le spectacle est terminé ! lança-t-il à la cantonade.

Les touristes se dispersèrent, jetant des regards méfiants par-dessus leur épaule. Victor regarda ses mains, tout écorchées.

— Je n'avais pas idée que ça lui exploserait à la figure, admit-il. Je n'avais pas réfléchi… Et ensuite, je n'ai plus eu envie de renoncer à cette vie.

Victor resta un long moment immobile à contempler les reflets du soleil sur l'eau, inconscient du filet de sang qui coagulait sur son menton.

— Bon, d'accord. On y va.

Durant le vol de retour, Victor lui avait raconté tous les détails de l'histoire : sa liaison secrète, son serment de vivre en hétéro à cause de ses parents et de sa carrière, la réapparition de Max, la terreur permanente d'être découvert, jusqu'à l'occasion unique qui s'était présentée la nuit de l'accident.

— Je me suis dit que Sandra méritait une seconde chance, conclut-il.

— Sandy n'a pas besoin de seconde chance, mais de toi.

Mike découvrait son ami sous un jour complètement nouveau, et pourtant jamais il ne lui avait paru autant en accord avec lui-même. Il ne put s'empêcher de lui poser la question qui le harcelait depuis leurs retrouvailles :

— Quand t'es-tu rendu compte ?

Une lueur d'humour s'alluma dans l'œil de Victor.

— Tu veux dire, est-ce que j'étais excité quand on campait ensemble ou que tu restais dormir chez moi ? N'aie crainte, tu n'as pas été ma grande révélation. J'imagine que je l'ai toujours su, mais je me suis efforcé de le réprimer – même après Brice Hall. Je ne t'ai jamais raconté ce qui s'est passé là-bas, n'est-ce pas ?

— Je me suis dit que tu ne voulais pas en parler. Je n'étais pas très futé à l'époque, mais comme tout le monde, j'avais entendu parler des trucs bizarres qui se passent dans les pensionnats de garçons. Je croyais que ça n'arrivait que dans les romans anglais.

— Dieu sait que j'ai essayé d'être hétéro. Dans ma famille, entre le devoir et le désir, on choisit toujours le devoir. Je ne savais même pas que j'avais le choix.

— Des choix, tu en as fait beaucoup, objecta Mike sèchement. Sandy, par exemple. Bon Dieu, Vic, tu l'as presque détruite.

Victor s'enferma dans un silence songeur.

— Tu l'aimes, hein, c'est ça ?

— Tu as bousillé la seule chance que j'avais avec elle.

— Oh non, Mikey, protesta Victor avec son aplomb de toujours. Je suis coupable de beaucoup de choses et je suis prêt à assumer, mais ne me mets pas tes échecs sentimentaux sur le dos...

Ces paroles résonnaient encore aux oreilles de Mike, tandis que la fraîcheur du soir enveloppait le port. À cette heure, Victor devait avoir fait sa déclaration. Il remonta le col de sa veste. Avait-il eu raison de le contraindre à la confrontation ? Il ne lui restait plus qu'à attendre et espérer.

Il porta ses doigts à sa bouche et siffla Zeke. Le caniche, encore un peu trop pomponné à son goût, traversa le parking ventre à terre et sauta dans le pick-up.

38

Mardi 9 avril

Dix idées pour ma nouvelle vie

1. Inventer dix supplices pour Victor Winslow.
2. Débuter une carrière d'orateur.
3. Écrire mon histoire et me lancer dans le circuit des émissions de télé.
4. Passer à la pharmacie acheter un test de grossesse.

Sandra mit du temps à s'arracher au chaos qui s'était emparé du palais de justice. En dépit de l'éternel charisme de Victor, qui lui donnait l'impression d'être la groupie d'une star du rock, c'était sur elle qu'aujourd'hui s'était focalisée l'attention. Tout le monde voulait lui parler : Victor, ses parents, son avocat, Sparky, les journalistes… Assommée par le feu roulant des questions, elle avait réussi à lancer un SOS du regard à ses parents. Joyce l'avait poussée dans les toilettes des dames et avait monté la garde devant la porte. Elles avaient échangé leurs manteaux et leurs chapeaux, puis quitté le bâtiment par une porte latérale, tête baissée et lunettes noires sur le nez.

Joyce et ses parents avaient pris sa voiture, les camionnettes de la presse à leurs trousses, tandis qu'elle rentrait tranquillement à Blue Moon Beach avec la Grand Marquis.

Sur le trajet du retour, elle se mit à pleurer. Ce n'était pas des larmes de joie ou de chagrin, non. Simplement de soulagement.

En fin d'après-midi, elle entra dans la maison remise à neuf. Isolée et charmante, elle évoquait dans son esprit un gros coquillage solitaire, abandonné sur une plage déserte.

Le téléphone ne cessait de sonner ; elle débrancha toutes les prises. Dans le silence entrecoupé de grincements, elle entendait les battements de son cœur. Un peu perdue, elle posa le manteau et le chapeau de Joyce sur la banquette du bow-window et regarda par la fenêtre.

À cause de Victor, sa vie venait de prendre un virage à cent quatre-vingts degrés. Sans doute parviendrait-elle un jour à lui pardonner... mais pas de sitôt. Aujourd'hui, elle devait simplement se faire à l'idée que le cauchemar était enfin terminé.

Son regard tomba sur le fax. Une interminable bande de papier thermique pendait le long du bureau. D'un œil distrait, elle lut la première page.

Un jour sur deux avait remporté l'Addie Award !

Cet honneur représentait le plus grand succès de sa carrière, et pourtant la nouvelle sonna creux en elle, comme si elle n'avait plus que du vide à l'intérieur, plus la moindre capacité à se réjouir. Elle prit quelques M&M's dans la coupelle sur le bureau. Et si elle appelait ses parents pour partager la bonne nouvelle avec eux ? Mais à côté de la résurrection spectaculaire de Victor, tout paraissait si banal... Et le fait que ce soit Mike qui l'ait contraint à revenir était plus extraordinaire que tout.

Les autres fax n'avaient pas de rapport avec son prix. Un message de Sparky annonçait :

Je n'ai pas réussi à vous approcher. Rejoignez donc le monde des vivants et achetez-vous un répondeur. Bonne nouvelle ! Je vous ai trouvé un client. Rendez-vous ce soir chez vous à dix-huit heures. Vous allez adorer. *Offre suit. Il y a une condition particulière, mais je vous conseille fortement d'accepter.*

Sandra jeta un coup d'œil à la pendule. Six heures moins dix. Mince. Elle ne voulait voir personne. Pas maintenant. Elle passa une veste et sortit à la hâte. Elle traversa le jardin d'un pas pressé en direction des dunes.

Le sable s'immisça dans ses escarpins tout neufs, mais elle s'en moquait. Tout comme du fait qu'une fois de plus elle fuyait les problèmes au lieu de les affronter.

Sur la plage, elle marcha jusqu'au bord de l'eau et resta là, à goûter la caresse du vent sur sa peau, bercée par le rythme apaisant des vagues. Tout allait si vite… Vendre la maison et partir, tel avait été son but. Pourtant, cette victoire avait un arrière-goût amer. Où aller ? se demanda-t-elle. Manhattan ? Athènes ? Hong-Kong ? Copenhague ?

Qui vivrait dans la maison, après son départ ? Un jeune couple heureux qui se lançait dans la vie ? Une famille cherchant un lieu de vie idyllique pour ses jeunes enfants ? Un couple de retraités paisibles, qui contempleraient chaque matin le lever du soleil, assis sur la terrasse ? À présent que la vente se concrétisait, une incommensurable tristesse l'envahit. Elle allait avoir le plus grand mal à quitter la maison après tout ce temps passé ici, toute cette énergie dépensée à restaurer la vieille bâtisse, toutes ces disputes avec Mike au sujet des interrupteurs et des gonds de portes, toutes ces fois où ils avaient fait l'amour dans la chambre qui donnait sur la mer. Sans s'en rendre compte, elle avait empli les lieux de souvenirs et maintenant, elle n'avait plus envie de partir.

C'était le projet qu'elle avait eu, oui, mais au fond d'elle-même, elle savait que c'était une erreur. Elle avait atteint un point dans sa vie où elle pouvait aller n'importe où, mais le seul endroit où elle souhaitait être, c'était ici, à Paradise.

La brise du soir, apportant avec elle un léger parfum d'été, soulevait de fins tourbillons de sable. Le cœur serré par l'émotion, Sandra songea à Mary Margaret et Kevin qui aimaient tant s'amuser sur la plage avec le chien, même en hiver. Elle se rappelait la première fois que Mike l'avait prise dans ses bras, quand elle lui avait appris à danser. Et celle où il avait fait du feu sur la plage et réchauffé ses mains dans les siennes. C'était peut-être ce jour-là, songea-t-elle, qu'elle était tombée amoureuse de lui.

Le bruit d'un moteur se fit entendre, du côté de la maison. Elle rentra la tête dans les épaules. Avec un peu de chance, Sparky et l'acheteur ne la chercheraient pas ici... Pour l'instant, son seul souhait, c'était de ne voir personne.

Un aboiement joyeux dans les dunes la fit sursauter. Quelques secondes plus tard, Zeke déboula le long de la pente, la langue pendante. Le cœur de Sandra bondit, puis elle se figea en apercevant Mike. Sa silhouette se dessinait à contre-jour sur les reflets jaunes et rouges du couchant. Elle cligna des yeux, une main en pare-soleil.

Un filet de larmes brûlantes lui coula dans la gorge. Comme il lui avait manqué... Mais que dire, après tout ce qui s'était passé? Comment renouer un fil si brutalement cassé?

— Bonsoir, Malloy. Ou devrais-je t'appeler « inspecteur Malloy » ?

— Pas mal pour un homme à tout faire, hein?

Elle remarqua son œil gauche tuméfié.

— Tu n'as pas chômé, à ce que je vois.

— Il fallait bien que je m'occupe, après m'être fait congédier, répondit-il en se balançant d'un pied sur l'autre, un pouce coincé dans le ceinturon de son jean, geste qui trahissait sa nervosité. Alors, comment ça a marché au palais de justice?

— Comme tu l'imagines, Victor s'en est bien sorti. Il s'en sort toujours, même avec des aveux publics. Il a réussi à arracher des larmes aux journalistes et m'a fait une foule de promesses: un divorce immédiat, le remboursement de mes frais d'avocat, le règlement du contentieux avec la compagnie d'assurances. Bref, Victor restera toujours Victor. Et toi... qu'est-ce que tu fais là?

— J'ai oublié quelque chose.

— Quoi donc? s'étonna Sandra, pensant à un outil ou à sa brosse à dents dans la salle de bains.

Il hésita, puis respira un grand coup.

— Mon cœur.

Elle enfonça les mains dans les poches de sa veste et recula d'un pas, interdite.

— Bon Dieu, Malloy, il faut toujours que tu...
— Quoi donc ?
— Que tu me fasses...
Tourner la tête au point de te désirer plus que tout au monde.
Sandra cligna des yeux, au bord des larmes.
— Nous avons à parler, dit-elle, mais ce n'est pas le bon moment. J'attends quelqu'un.
— Je sais.
Mike fit un pas vers elle en souriant. Le vent lui ébouriffait les cheveux. La jeune femme ne pouvait détacher le regard de son œil au beurre noir. Personne ne s'était encore jamais battu pour elle.
— Sparky doit arriver d'une minute à l'autre, avec un acheteur pour la maison.
La première larme roula sur sa joue. Elle l'essuya promptement d'un revers de main, mais une autre suivit aussitôt.
— Ça aussi, je sais...
Avec une infinie douceur, il lui caressa la joue d'un pouce. Elle était si bouleversée qu'elle chancela.
— Comment ?
Mike la prit par les épaules. Elle aurait voulu se laisser aller contre lui, mais l'appréhension la pétrifiait.
— Sandy, l'offre vient de moi.
— Quoi ?
— Je me suis porté acquéreur pour la maison.
— Malloy... *Mike.*
— Je sais que tu avais prévu de quitter Paradise, mais tout a changé. Que les gens d'ici pardonnent ou non à Victor, c'est leur problème. Il t'a innocentée, tu n'as plus aucune raison de partir.
Sandra écouta le grondement des vagues, le cri plaintif d'une mouette très haut dans le ciel. Puis elle prit une profonde inspiration.
— Ai-je une raison de rester ?
Mike lui prit la main et pressa ses doigts entre les siens. Devant son sourire à la fois grave et radieux, elle retint son souffle.

— Sparky t'a-t-elle expliqué le contrat? Il y a une condition particulière.

— Laquelle?

— En fait, je ne l'ai pas vraiment inscrite au contrat. C'est... une demande en mariage.

Sous le choc, le sang de Sandra se mit à battre si fort à ses tempes qu'elle n'entendit plus ni les vagues ni le vent. Seuls résonnaient en écho les mots qu'il venait de prononcer, des mots aux accents merveilleux et magiques.

Au bout d'un moment, elle retrouva sa voix.

— Oh, Mike...

— Je t'aime, Sandy. Moi, les enfants... nous t'aimons tous. Reste ici et épouse-moi. Nous finirons la maison ensemble. Nous nous disputerons sur la couleur des peintures, le plâtre, les poignées des placards. J'ai vu ton regard, quand tu étais avec moi dans cette maison. Tu ne veux pas être ailleurs, Sandy.

— C'est impossible. Comment veux-tu, avec Angela...

— Ne t'inquiète pas pour elle, rétorqua-t-il avec une détermination qui la surprit.

— Elle est la mère de tes enfants. Elle fait toujours partie de ta vic, Mike. Et elle ne veut pas de moi auprès des enfants.

— Ce n'est pas à elle d'en décider. Au bout d'un moment, elle finira par s'habituer. De toute façon, je ne lui laisserai pas le choix. C'est juste qu'elle ne s'attendait pas à ce que je trouve quelqu'un, je crois. Elle ne se doutait pas que je pouvais aimer à ce point, ajouta-t-il en repoussant une mèche de cheveux égarée sur sa joue. Elle a peur, tout simplement.

— Moi aussi, j'ai peur, avoua Sandra. Les sentiments que j'éprouve pour toi sont... si forts. Pour toi, je risquerais tout, Mike. Un amour aussi intense, ce n'est pas sain. Au contraire, c'est destructeur et effrayant. Regarde l'exemple de Victor.

— C'est le mensonge qui a perdu Victor. Tu n'auras pas à en arriver là. Il existe des moyens tout à fait légaux d'officialiser son amour, répondit-il en nouant les doigts aux siens, au fond de ses poches. Victor t'a toujours fait passer au second plan. Pas moi. Je t'aime. Pour être honnête, tu ne me rends pas toujours la tâche facile, mais je t'aime chaque jour davantage.

Sandra pensa à ses parents. L'amour n'était censé être ni facile ni parfait.

— J'ai quand même peur, dit-elle.

— Je sais, chérie. Tout le monde a peur. Il y a des gens qui laissent passer l'amour de leur vie, parce qu'ils ont trop peur d'exprimer leur désir. Mais tu n'es plus comme ça.

Comme bien souvent, elle fut frappée par la justesse de son franc-parler. Quelques instants plus tôt, la vie avec Mike lui semblait impossible, alors qu'en réalité tout était si simple.

Il prit son silence pour une hésitation et l'attira plus près de lui.

— Tu ne peux tourner le dos à la vie et je ne peux te protéger de tous les maux, mais je n'en ai pas besoin et tu n'en as pas envie, fit-il remarquer en la tenant à bout de bras avec un demi-sourire.

Mike avait ô combien raison. La vie au jour le jour était si riche. Elle la voulait tout entière, avec ses joies et ses peines. Et avec personne d'autre que lui.

— On finira ensemble les travaux de la maison. On fera peut-être un bébé ou deux... (Il essuya ses larmes avec le bandana qu'il avait dans sa poche arrière.) S'il te plaît, dis oui, murmura-t-il en l'embrassant sur le front, les joues, la bouche. Sandra, je t'aime. Je ferai tout pour te rendre heureuse.

À cet instant, la jeune femme fit une découverte : le bonheur pouvait être intense au point de faire mal. La joie aiguë qui la transperçait était la plus douce des sensations qu'elle eût jamais éprouvées.

— C'est déjà fait, répliqua-t-elle dans un souffle.

Il l'enveloppa dans ses bras et l'attira contre lui pour la protéger du vent froid qui soufflait du large.

REMERCIEMENTS

Merci, comme toujours, aux véritables Barbara et Joyce ; à Alicia, toujours si efficace pour le brainstorming ; et au gang de Port Orchard : Anjali, Kate, Janine, Lois, Rose Marie et PJ. Je remercie aussi mon agent, Meg Ruley, et son assistante, Annelise Robey, pour leurs précieux commentaires ; Maggie Crawford pour son soutien à l'origine de ce projet, et Beth de Guzman pour ses talents de rédaction lors des corrections finales. Toute ma gratitude également à Harry Helm, qui a lu mon premier jet et prodigué ses conseils avisés.

Merci aussi à : Lisa Baumgartner qui m'a aidée pour la couleur locale, la bibliothèque Redwood de Newport, l'Association américaine des bègues pour l'attention qu'elle m'a accordée, l'inspecteur Joseph Cabaza qui a bien voulu répondre à mes nombreuses questions sur les enquêtes concernant les disparitions, et à l'étonnante Sandra McDowd, avocate, pour ses conseils juridiques sur les personnages de fiction.

6419

Composition Interligne B-Liège
Achevé d'imprimer en Europe (France)
par Brodard et Taupin à La Flèche (Sarthe)
le 25 octobre 2002 – 15235.
Dépôt légal octobre 2002. ISBN 2-290-32136-2

Éditions J'ai lu
84, rue de Grenelle, 75007 Paris
Diffusion France et étranger : Flammarion